DIE STERBENDE WILDNIS

KÖNIGREICH ERISHUM TRILOGIE - DRITTER BAND

GWEN DEMARCO

KAPITEL 1

*V*allen starrte mit leerem Blick ins Lagerfeuer, während seine Gedanken zu den fünf Tributen wanderten. Sein Magen verkrampfte sich, als er darüber nachdachte, was sie durchmachten. Obwohl er damals unter Drogen stand, erinnerte er sich lebhaft daran, wie er wie ein Verbrecher durch die Straßen von Erishum geführt wurde, bevor er auf dem Opferhügel als vermeintliche Mahlzeit für die Hyva zurückgelassen wurde. Er schüttelte diese Erinnerungen aus seinem Kopf und blickte zu Nyssa hinüber. Das Feuer warf einen ätherischen Schein auf ihr Gesicht und betonte die dunklen Ringe unter ihren Augen und die müden Linien, die ihren Mund umrahmten. Sie hatten durch die Sterbende Wildnis eilen müssen, um rechtzeitig zum Opfertag anzukommen. Sie hatten ihre erschöpften Körper ignorieren müssen; Nahrungssuche, Jagen und die Wanderung durch den Wald – und schon vor Beginn ihrer Reise hatten sie sich beeilen müssen, um alles zu sammeln, was sie für die gefährliche Fahrt brauchten. Die eisige Kälte hatte sich dauerhaft in seinen Knochen festgesetzt. Trotz des allmählichen Frühlingsbeginns hielt die bittere Kälte an. Fast ihr ganzes hart verdientes Geld war ausgegeben worden, um sicherzustellen, dass sie die geopferten Tributen Enums retten konnten, zusammen mit ihren Freunden, die noch im Königreich waren, bevor sie nach Puzur zurückkehrten. Es war schwer zu verkraften gewesen, wie ihre kleine Ersparnissumme innerhalb weniger Tage verschwand – nachdem sie monatelang gespart hatten. Nur die Gewissheit, bald zurückzukehren und ihre Arbeit in der Bäckerei und auf dem Fischerboot fortsetzen zu können, hatte Vallen dazu bewogen, all ihr Geld auszugeben.

Ein plötzliches Rascheln erregte Vallens Aufmerksamkeit. Ein Hyva tauchte aus der Dunkelheit auf, seine langen spiralförmigen Hörner schimmerten unheimlich im Mondlicht. Die Schuppen der Kreatur, hart wie Chitin, aber glatt wie die einer Schlange, glänzten bedrohlich im Feuerschein. Zwei goldene Iriden durchbohrten die Dunkelheit und ließen Vallen erstarren. Der vielbeinigte Körper des Hyva glitt lautlos über den Boden, ein lebendiger Schatten in Bewegung. Egal wie oft er einen Hyva gesehen hatte, er erfüllte ihn immer noch mit Furcht. Ohne Anweisung seines Gehirns bewegte sich seine Hand zu seiner Waffe, während Nyssa dasselbe tat. Sein Griff um den Griff des Messers an seiner Hüfte verstärkte sich, jeder Muskel angespannt, während der Hyva ihn unverwandt anstarrte. Baku, eine Eselin, die sie in Puzur besorgt hatten, gab einen alarmierten Laut von sich und begann, an ihrem Halfter zu zerren. Die plötzliche Bewegung zog für einen Moment die Aufmerksamkeit des Hyva auf sich, aber sein Blick kehrte schnell zu Vallen und Nyssa zurück. Der Hyva füllte seinen Kehlsack, die dünnen Hautfalten pulsierten wie ein grotesques Herz. Eine Reihe von Klicklauten, gefolgt von einem tiefen Trillern, hallte in die nächtliche Luft und kräuselte den Kehlsack an seinem massiven Hals. Der Klang war eine Warnung, ein tiefes Summen aus seiner Brust, das selbst den mutigsten Krieger zittern ließ. Ohne den Blickkontakt zu brechen, klapperte das furchterregende Tier bedrohlich mit den Kiefern und entblößte ein Maul voller Reißzähne. Es war ein Akt der Dominanz und Aggression. Vallen starrte zurück, stählte sein

Rückgrat und fletschte die Zähne gegen das Monster, um es zum Angriff herauszufordern. Der Hyva verharrte einen atemlosen Moment, bevor er einen verärgerten Atemzug ausstieß. Dann drehte er sich mit unheimlicher Anmut, seine langen Beine schwenkten geschmeidig auf dem rauen Terrain, bevor er im schwarzen Wald verschwand und nur Stille zurückließ. Vallen atmete erleichtert aus und spürte, wie das Adrenalin aus seinen Muskeln wich, als das Monster in der Ferne kreischte.

Während Vallen weiterhin das Gelände im Auge behielt, eilte Nyssa hinüber, um Baku zu beruhigen, die immer noch hektisch an ihrem Halfter zerrte. Nyssa hatte eine besondere Vorliebe für das Tier und kümmerte sich um seine Bedürfnisse wie um ein Kind. »Ruhig, Mädchen«, murmelte Nyssa und streichelte Bakus Hals. Die Eselin war eher für angenehme Wiesen als für raues, gefährliches Terrain geeignet, aber sie hatten sie als Packtier mitgebracht, und sie hatte wiederholt ihre Tapferkeit bewiesen. Ein bitterer Wind bahnte sich seinen Weg durch knorrige Äste, deren skelettartige Finger unheimliche Schatten auf den Boden warfen und Vallen trotz seines dicken Umhangs frösteln ließen. Er blickte zu Nyssa hinüber und beobachtete, wie sie sich um Baku kümmerte. Als Nyssas Gesicht vor Zuneigung für die Eselin weicher wurde, spürte Vallen eine Wärme in seiner Brust aufblühen. Ihr sanftes Wesen mit Baku erinnerte ihn an all die Gründe, warum er sich in sie verliebt hatte – ihre Freundlichkeit, ihre Stärke, ihre fürsorgliche Zärtlichkeit, die selbst unter härtesten Umständen existierte. Während er sie jetzt beobachtete, schöpfte Vallen Kraft aus ihrer Gegenwart. Die Liebe, die er für Nyssa empfand, war ein Leuchtfeuer in der Dunkelheit.

Während er Nyssa anstarrte, malten die letzten Strahlen der untergehenden Sonne Farbtöne von Karmesinrot und Orange über den Himmel, bevor sie zu einem blauen Violett verdunkelten. Mit einem Seufzer brach Vallen die Stille. »Die Sonne ist untergegangen, Nyssa«, sagte er, seine Stimme von Widerwillen gefärbt. Er deutete auf den in Zwielicht getauchten Himmel, wo die blassen Silhouetten der Zwillingsmonde gerade über dem Horizont erschienen. Nyssa nickte; ihr Blick blieb an dem Stück verdrehter Wildnis hängen, das sie zwischen zwei Felsbrocken erspähen konnte. Die Sterbende Wildnis schien unter dem schwachen Licht der Zwillingsmonde lebendiger, voller verborgener Gefahren und geflüsterter Geheimnisse. Er blickte hinüber und erwischte Nyssa dabei, wie sie ihre Hände rang. Er legte seine Hände über ihre und drückte sie beruhigend. Ihre Finger schlängelten sich seinen Arm hinauf und strichen leicht über die markanten Kanten einer alten Narbe an seinem Unterarm. Sie hatte Vallen einmal danach gefragt, und er hatte erklärt, dass er sie während seiner Ausbildung zum Neuntöter bekommen hatte.

»Es ist Zeit«, erklärte Vallen leise, sein Ton gedämpft, aber fest. »Sobald wir dort sind, können wir einen Platz abstecken, der einen klaren Blick auf das Geschehen bietet, uns aber verborgen hält.« Während Nyssa das Lagerfeuer löschte, schulterte Vallen die zusätzlichen Kanister mit Quellwasser für die Tributen. Sie ging dann zu Baku und unterzog die Eselin einer gründlichen Inspektion. Sie überprüfte die mit Magie gefüllte Tasche, die am Hals des Tieres hing, justierte sie leicht und testete die Festigkeit des Knotens. Vallen beobachtete amüsiert, wie Baku Nyssa beharrlich anstupste. »Nun sei still, du. Du hast genug gehabt. Ich schwöre, dieser Magen von dir ist eine endlose Grube, so wie du dich aufführst. Du wirst ein schöner fetter Happen für den Hyva, wenn du nicht aufpasst«, ermahnte Nyssa spielerisch. Vallen konnte nicht anders, als über die Interaktion zu lächeln. Baku, unbeeindruckt von der spielerischen Schelte, zog mit ihren breiten, flachen Zähnen an Nyssas Ärmel. Mit einem resignierten Kopfschütteln, das Vallen nur zu gut kannte, gab Nyssa nach und bot der Eselin ein letztes Stück Obst an. Sein Herz erwärmte sich, als er sah, wie Nyssa in Bakus intelligente, braune Augen blickte und murmelte: »Bleib, Baku. Es ist sicherer für dich hier.« Die Eselin spitzte die Ohren beim Klang ihrer Stimme. »Wir sind bald zurück«, fügte Nyssa hinzu und legte ihre Hand flach gegen Bakus Schnauze. Vallen bemerkte den verweilenden Blick in Nyssas Augen, als sie die Eselin einen Moment länger ansah, bevor sie sich umdrehte, um sich ihm anzuschließen.

Als Vallen unter dem aufkeimenden Licht der aufgehenden Zwillingsmonde den Weg zum Opferhügel führte, konnte er Nyssas Mischung aus Beklommenheit und Aufregung hinter sich spüren. Er verstand das Gewicht ihres gewählten Weges – erschreckend, aber notwendig. Trotz der Angst, die ihm Schauer über den Rücken jagte, durchströmte ihn ein seltsamer Nervenkitzel bei der Aussicht, fünf Seelen zu retten, die für ein grausames Ende bestimmt waren. Er stellte sich die Erleichterung vor, die Dankbarkeit in ihren Augen, hoffend, dass sie ein neues Leben in Puzur annehmen würden, wie er und Nyssa es getan hatten. Vallen spürte Nyssas Hand, die sein Hemd umklammerte, ihre Gegenwart eine tröstliche Wärme in der bedrückenden Dunkelheit. Er navigierte vorsichtig durch die labyrinthischen Schatten, sich der Verantwortung bewusst, sie beide sicher zu führen. Splitter von Mondlicht enthüllten das tückische Terrain – knorrige Wurzeln und lose Steine, die unter ihren Füßen einen sich ständig verändernden Hindernisparcours bildeten. Vallens Augen huschten ständig umher, scannten nach Gefahren voraus, während er sicherstellte, dass jeder Schritt sicher war.

Versunken in seiner Wachsamkeit kam Vallen abrupt zum Stehen, als der Opferhügel plötzlich in Sicht kam. Er spürte, wie Nyssa gegen seinen Rücken stieß. »Vallen, was—«, begann Nyssa, aber ihre Frage erstarb, als sie zweifellos seinem Blick folgte. Gegen das unheimliche Glühen der aufgehenden Monde erhob sich der monströse Opferhügel, seine Silhouette stark und imposant, wie ein Leviathan in der Dunkelheit aufragend. Der Anblick ließ Vallens Magen verkrampfen, seine Erinnerungen an seine Zeit auf dem Gipfel füllten seinen Geist. Nyssa drückte sich eng an seine Seite und starrte entsetzt auf den Opferhügel. Er wusste, dass seine Beschreibungen Nyssa nicht vollständig auf diese

Realität vorbereitet hatten. Der Opferhügel schien den Himmel herauszufordern. Sein Gipfel war mit fünf massiven Steinsäulen gekrönt, die wie kolossale Finger einer titanischen Hand wirkten, welche durch die Erdkruste gebrochen war. Uralte Stufen, in die Felsflanke gehauen, waren durch die Zeit und den Tritt zahlloser feierlicher Prozessionen glatt geschliffen worden. An der Basis erstreckte sich ein dunkler Erdweg, der sich in schattigen Kurven in Richtung Erishum schlängelte – eine grimmige Erinnerung an die Verbindung zwischen diesem Ort des Opfers und dem Reich, dem er diente.

»Jetzt müssen wir nur noch warten«, murmelte Vallen, seine Stimme ein ernster Flüster in der Stille. Er griff zurück, fand Nyssas Hand und drückte sie beruhigend, Kraft aus ihrer Gegenwart schöpfend, während sie sich der entmutigenden Aufgabe stellten, die vor ihnen lag.

KAPITEL 2

*U*nter dem verkrümmten Baldachin eines geschwärzten Baumes schien die Welt den Atem anzuhalten. Die Zeit verlangsamte sich zu einem Kriechen, die Luft verdickte sich mit einem unsichtbaren Gewicht, das drohte, sogar die Sterne darüber zu ersticken. Die Zwillingsmonde hingen am Nachthimmel, ihr unheimlicher Schein bildete die Silhouette des Opferhügels.

Nyssa schmiegte sich an Vallens Seite und suchte Wärme und Trost. Ihr erschöpfter Körper verschmolz mit der festen Linie seines Rumpfes, während die lang anhaltende Stille der Nacht sie in den Schlaf wiegte. Sogar die normalerweise unruhigen Hyva waren in der vergangenen Stunde still geworden. Nyssas Augenlider wurden schwer, Vallens gleichmäßiges Atmen war ein beruhigendes Wiegenlied. Ein subtiles Stocken in Vallens Atmung riss Nyssa zurück in die Wachsamkeit.

Als sie sich aufrichtete, flackerte Nyssas Blick zu Vallen, bemerkte die tiefe Linie, die zwischen seine Brauen gegraben war. »Vallen?«, flüsterte sie, ihre Stimme kaum hörbar über das sanfte Rascheln der Blätter im Wind.

Vallen deutete zum Pfad, der sich von Erishum zum Opferhügel schlängelte. Nyssas Blick folgte seiner ausgestreckten Hand und verfolgte die Route, die sich durch die Sterbenden Wildnis wie eine alte Narbe schnitt. Plötzlich flammte eine Fackel um eine Biegung zum Leben auf und beleuchtete den Mann, der sie hielt. Die karmesinrote Tunika des Neuntöters flackerte im Licht und erinnerte Nyssa an einen Blutspritzer gegen die trostlose Landschaft.

Als der Neuntöter zur nächsten unbeleuchteten Fackel entlang des Pfades weiterging, erschien ein Enumerii-Priester, sein nackter, geweißter Rumpf glühte im Mondlicht. Das Licht verschwand, als würde es in die schwarze zeremonielle Robe absorbiert, die um die Hüften des Mannes gewickelt war. Ungebeten machte sich ein Schauer Nyssas Wirbelsäule hinauf.

Der Neuntöter bewegte sich den Pfad entlang und entzündete eine Fackel nach der anderen. Jede Flamme flammte auf, drängte die herannahende Dunkelheit zurück und badete die umliegenden Wälder in einen flackernden, bernsteinfarbenen Schein. Sobald die letzte Fackel entlang des Pfades entzündet war, wandte er sich zum Opferhügel und begann seinen Aufstieg. Die Flamme schwankte mit jedem Schritt und warf tanzende Schatten, die sich zu winden und nach ihm zu greifen schienen. Endlich erreichte er den Gipfel, seine einsame Flamme ein trotziger Funke gegen die weite, sternenübersäte Nacht.

Eine nach der anderen entzündeten sich Fackeln um den Gipfel des Hügels und bildeten einen lodernden Kreis, der dramatisch die fünf Säulen beleuchtete, die an seinem Gipfel standen.

Der Neuntöter stieg vom Gipfel herab und gesellte sich wieder zu dem Priester, der aufmerksam an der Basis des Hügels stand. Sie standen wie gespenstische Wächter, ihre gespiegelten Haltungen verliehen eine Atmosphäre von gespenstischer Stille.

Das erste Opfer erschien: ein hagerer Mann, flankiert von zwei Neuntötern. Sein Kopf hing tief zwischen seinen Schultern und enthüllte nur die Krone seines rabenschwarzen Haares.

Seine zerfetzten, verschmutzten Kleider hingen lose an seinem abgemagerten Körper.

Nyssa kauerte neben Vallen in den Schatten, ihre Augen auf die düstere Prozession gerichtet. Der stumme Marsch zum Opferhügel war ein erschütterndes Spektakel. Sie wagte einen Blick auf Vallen und sah die Anspannung, die in seine Züge geätzt war. Sein Kiefer war fest zusammengepresst, und Qual wirbelte in seinen Augen. Trotz seiner üblichen Stärke konnte Nyssa sehen, welchen Zoll es von ihm forderte.

Sie sehnte sich danach, ihn zu trösten, wusste aber, dass Worte unzureichend waren, Nyssa bedeckte seine geballte Faust mit ihrer Hand und bot stille Unterstützung. Vallen begegnete ihrem Blick, sein Stirnrunzeln wich leicht. Er drehte seine Hand und verschränkte ihre Finger in einem stillen Versprechen.

Vallen nickte zu den Steinsäulen, die ominös hoch am Gipfel des Hügels standen wie stille Wächter gegen den Nachthimmel. »Sie haben die Säule repariert, an die ich gefesselt war«, flüsterte er heiser.

Eins nach dem anderen kamen die vier verbleibenden Opfer in Sicht. Nyssa kniff die Augen zusammen und wünschte sich, sie könnte eine klarere Sicht auf jede Person bekommen. Obwohl keiner sofort vertraut schien, konnte sie aus dieser Entfernung nicht sicher sein. Der Drang, sich für einen besseren Blick näher zu bewegen, nagte an ihr, aber sie wusste, dass das Risiko zu groß war.

Nyssa und Vallen beobachteten schweigend, wie die fünf Tribute, in kaum mehr als Lumpen gekleidet, die Stufen des Hügels hinaufstolperten. Schreie erfüllten die Nacht; die kläglich Rufe hallten über die Landschaft, die Stimmen der Tribute rau vor Schrecken. Nyssas Herz zog sich schmerzhaft bei jedem herzzerreißenden Wehklagen zusammen. Die letzte Gestalt war so klein, dass Nyssas Herz sich verkrampfte, aus Furcht, ein Kind sei zum Tode verurteilt worden. Die Vorstellung, dass König Jorek so tief gesunken sein könnte, ließ ihr Blut gefrieren.

Nyssa riss ihren Blick von den Tributen los, ihr Blick fiel auf die unheimliche Gestalt am Fuße des Hügels. Großer Enumerox Berossus stand im Profil, eine Insel unheimlicher Ruhe inmitten der grausamen Szene. Als das letzte Opfer an seiner Säule befestigt war, begann der Hohepriester seinen Aufstieg. Jeder seiner Schritte war gemessen und bewusst, als wären die bevorstehenden Tode für ihn ohne Bedeutung. Seine Gelassenheit unterstrich nur das Grauen, das sich vor ihnen entfaltete. Nyssa schluckte schwer, ihr Mund trocken wie Wüstensand.

Die Zeit schlich dahin, jede Minute dehnte sich zu einer Ewigkeit. Nyssa klammerte sich an Vallens Arm, ihr stilles Versteck verstärkte die fernen Schreie vom Hügel. Ihre Lippen formten ein lautloses Gebet zu Enum und bettelten um göttliche Hilfe bei der Rettung der Tribute.

Als die Neuntöter und Priester schließlich die Treppen herabstiegen, angeführt von der imposanten Gestalt des Großen Enumerox Berossus, schauderte Nyssa. Ihre Gesichter wirkten unbarmherzig und zeigten keine Spur von Reue für die Leben, die sie gerade geopfert hatten.

Nyssas Muskeln spannten sich vor Anspannung, als die Prozession der fackeltragenden Neuntöter und Priester den Erdpfad hinunterging. Eine nach der anderen wurden die Fackeln gelöscht, die Dunkelheit eroberte das Land in ihrem Kielwasser zurück. Nyssas Finger zuckten vor zurückgehaltener Energie, ihr Körper gespannt wie ein gespannter Bogen.

Nyssa atmete langsam und kontrolliert aus und kämpfte gegen den Drang an, sofort nach vorn zu stürzen. Geduld, ermahnte sie sich, auch wenn jeder Instinkt nach Aktion schrie. Nyssa schöpfte Kraft und Entschlossenheit aus Vallens beständiger Gegenwart neben ihr. Der Moment zum Handeln näherte sich, und sie stählte sich für das, was vor ihr lag.

»Wir sollten jetzt hinaufgehen«, flüsterte Nyssa, ihre Worte kaum hörbar über die Tribute. Vallens Finger umklammerten ihr

Handgelenk, seine Augen auf den Pfad gerichtet, der zurück nach Erishum führte.

»Warte«, murmelte er. »Ein paar Minuten mehr schaden uns nicht. Wir müssen sicher sein, dass sie weg sind.«

Stille hüllte schließlich den Pfad ein. Sogar die Schreie von der Spitze des Hügels waren verklungen. Vallens Griff um Nyssa lockerte sich, und er nickte zum Hügel hin. »Lass uns gehen«, atmete er, seine Stimme durchbrach kaum die Stille.

Hand in Hand traten sie aus den Schatten der Wälder hervor. Als sie sah, dass Vallen mit seiner freien Hand seinen Dolch gezogen hatte, eilte Nyssa, dasselbe zu tun. Als sie den Hügel hinaufstiegen, knirschten die geätzten Steinstufen gegen die Sohlen von Nyssas Schuhen.

Als sie den Gipfel des Hügels erreichten, erbleichte Nyssa bei dem Anblick vor ihr. Die Tribute, an die Säulen gekettet, stießen heisere Angstschreie aus und hielten ihre Retter für eine neue Bedrohung. Ihre verwirrten, verzweifelten Wehklagen durchbohrten die Nacht.

Durch den Chor der angstvollen Schreie rief eine vertraute Stimme verzweifelt. »Nyssa! Vallen!«

Der plötzliche Ruf erschütterte Nyssa. Ihr Herz donnerte in ihrer Brust, als sie sich instinktiv näher an Vallen drückte. Den Hügel absuchend, blickten ihre Augen auf die gekettete Gestalt, die gerufen hatte. Die Erkenntnis traf sie wie ein Stoß eisiger Luft, raubte ihr den Atem, als sie in das Gesicht des Tributs starrte.

»Tarric!«

KAPITEL 3

allen folgte schnell auf Nyssas Fersen, als sie zu ihrem Freund hinübereeilte. Wut breitete sich in ihm aus – Tarric war kaum mehr als ein Junge. Selbst nach all den Ungerechtigkeiten, die Vallen während seiner Zeit als Neuntöter miterlebt hatte, traf ihn der Anblick seines jungen Freundes, an eine Opfersäule gekettet, mit einer frischen Welle von Entsetzen und Empörung.

Vallens Augen schweiften über Tarrics hagere Gestalt, so anders als der strahlende, fröhliche Junge, den er einst gekannt hatte. Die Gefangenschaft hatte seinen Augen das Licht und seiner Haut die Farbe geraubt. Mit zusammengepresstem Kiefer begann Vallen durch die Seile zu sägen, die Tarrics Handgelenke an die Säule banden.

»Tarric, geht es dir gut? Bist du verletzt?«, fragte Nyssa, als Tarric stöhnte, während er seine Arme senkte und die ausgefransten Seile zu Boden fielen.

»Mir geht es gut. Nur steif.«

»Was ist passiert?«, fragte Vallen. »Wie bist du als Tribut gelandet?«

»Das Königreich ist im Chaos«, krächzte Tarric, seine Hände

zittern, als er Gefühl zurück in seine Schultern massierte. »Dieser Winter war brutal. Nahrung ist knapp, und die Menschen sind verzweifelt. Viele haben nicht überlebt.« Er hielt inne und schluckte schwer. »Nach meiner Entlassung aus der Weihestätte letzten Herbst suchte ich Egmond auf, wie ihr vorgeschlagen hattet. Wir haben für Veränderung gearbeitet, aber es ist gefährlich. Es gab Aufstände, und Jorek geht hart gegen jede Andeutung von Rebellion vor. Ich wurde beim Verteilen von Protestflugblättern erwischt. Es gab sogar mehrere öffentliche Hinrichtungen. Ich hatte Glück, diesem Schicksal zu entgehen, obwohl die Opferung sich kaum besser anfühlt als der Galgen.«

Vallens Herz sank.

Nyssa umarmte Tarric schnell, ihre Stimme dick vor Emotion, als sie flüsterte: »Es tut mir so leid für alles, was du durchgemacht hast.« Aber bevor sie mehr sagen konnte, durchbohrten verzweifelte Schreie der anderen Tribute die Luft.

»Helft uns! Bitte!«

»Wir werden hier oben sterben!«

Vallens Stimme schnitt durch die Panik. »Wir werden euch helfen. Bleibt nur ruhig.« Er wandte sich an Nyssa und Tarric. »Wir müssen uns beeilen. Wir müssen alle von diesem Hügel wegbringen.«

Nyssa ließ Tarric sofort los, ihre Augen sprangen zu den anderen gefesselten Opfern. Ohne zu zögern eilte sie zur nächsten Säule und zog ihr Messer.

Tarric, immer noch unsicher auf den Beinen, nickte Vallen zu. »Lass es uns tun«, sagte er, Entschlossenheit überwand seine Erschöpfung.

»Hier«, sagte Vallen und reichte ihm einen mit Quellmagie gefüllten Schlauch. »Das ist mit Magie gefüllt, die dich schützen wird. Behalte es jederzeit bei dir. Es wird dich davon abhalten, dich in eine Hyva zu verwandeln, und wird alle abwehren, die es wagen, sich zu nähern.«

Tarric hielt den prallen Wasserschlauch vorsichtig und starrte

GWEN DEMARCO

ihn neugierig an. Bei Vallens eindringlichem Stupser nickte er noch einmal, sah halb verwirrt, halb entschlossen aus, bevor er den Riemen der Tasche um seinen Hals hängte.

»Gut«, sagte Vallen und atmete tief ein, verlagerte seinen Fokus zurück auf die Seile, die die verängstigten Tribute an den Hügel banden. »Wir müssen diese Fesseln lockern... Und denkt daran, wir brauchen das Seil so aussehen zu lassen, als wäre es gerissen, durch Gewalt zerbrochen, nicht geschnitten.«

Ohne auf eine Antwort zu warten, bewegte sich Vallen, um ein anderes Opfer zu befreien und arbeitete schnell an den Fesseln des Mannes. Der Tribut, ein dünner Jugendlicher mit struppigem braunem Haar, seine Augen weit vor Verzweiflung, flüsterte ein inbrünstiges Dankeschön, als Vallen die Seile lockerte. Tarric trat neben Vallen, seine Augen leuchteten mit einer neuen Entschlossenheit, und zusammen arbeiteten sie daran, den Mann zu befreien.

»Wie heißt du?«, fragte Vallen, als sie ihn endlich befreit hatten.

»Fenol.«

»Gut, Fenol. Nimm das.« Vallen reichte dem Mann einen anderen Wasserschlauch. »Das ist mit einer magisch durchdrungenen Flüssigkeit gefüllt, die dich vor der Hyva schützen wird. Nun – das ist sehr wichtig: Du musst dies ausnahmslos immer bei dir tragen, sonst wirst du hier draußen sterben – oder Schlimmeres erleiden. Verstehst du?«

Fenol nickte, seine Augen so weit wie die Vollmonde über ihren Köpfen. Er nahm den Wasserschlauch behutsam aus Vallens Hand und befestigte ihn an seinem Gürtel.

Innerhalb weniger Minuten hatten sie alle Tribute befreit. Sie versammelten sich um Vallen und Nyssa und sahen aus wie verlorene, verängstigte Lämmer.

»Wir haben ein Lager nicht weit von hier aufgeschlagen. Folgt uns, und wir werden euch Essen und Wasser geben, sobald wir dort sind. Dann können wir alles erklären.«

Als sie sich umdrehten, um vom Hügel herabzusteigen, ließ der Anblick von Erishum in der Ferne Vallen abrupt anhalten. Er hatte nie gedacht, dass er das Königreich seiner Geburt wieder erblicken würde. Es erfüllte ihn mit gleichen Maßen von Sehnsucht und Ekel.

Nyssa führte die Tribute die steilen, in den Hügel gehauenen Stufen hinunter, während Vallen hinten blieb, um sicherzustellen, dass niemand zurückgelassen wurde. Die Spannung hing wie ein dicker Vorhang über ihnen, als sie in die Dunkelheit der Sterbenden Wildnis hinabstiegen.

Als sie tiefer unter das Blätterdach vordrangen, zuckten die Tribute zusammen und drängten sich bei jedem Rascheln im Unterholz oder Peitschenhieb des Windes näher zusammen, was Vallen an verängstigte Herdentiere erinnerte. Der kehlige, klickende Ruf einer unsichtbaren Hyva hallte durch die Bäume, schnitt durch die Stille und ließ die Tribute wimmern und sich noch enger zusammendrängen.

Nyssa blickte zurück, ihre dunklen Augen trafen sich mit Vallens, eine Mischung aus Sorge und grimmiger Entschlossenheit in ihrem Blick. Mit einem tiefen Atemzug richtete sie ihre Schultern und drängte vorwärts. Nebel wirbelte um ihre Füße und folgte ihrem Weg durch die Sterbende Wildnis, erinnerte Vallen an das Kielwasser, das die Silvan-Galeere in den Gewässern von Puzur hinterließ.

Erleichterung überkam ihn, als ihr provisorisches Lager in Sicht kam. Eingebettet in einen flachen Krater, der von Felsbrocken und spärlichen, verkrümmten Bäumen gebildet wurde, bestand die bescheidene Einrichtung aus wenig mehr als ein paar Schlafdecken, die um eine zentrale Feuerstelle verstreut waren.

Nyssa eilte hinüber, um nach Baku zu sehen, während die befreiten Tribute mit großen Augen zusahen. Vallen ging, um das Feuer zu überprüfen und winkte der Gruppe zu, sich ihm anzuschließen.

GWEN DEMARCO

»Was ist das?«, flüsterte Tarric und blickte über seine Schulter zu Nyssa und der Eselin.

»Das ist eine Eselin. Sie ist ein Lasttier. Nyssa nannte sie Baku.« Er deutete dorthin, wo Nyssa die Eselin unter ihrem langen Kinn kratzte. »Wir kauften sie von einem Bauern in Puzur, einem Königreich, das jenseits der Sterbenden Wildnis existiert. Dort haben Nyssa und ich die letzten Monate gelebt.«

Ein junger Mann mit dunklen, lockigen Haaren und muskulösem Körperbau hob eine schwielige Hand, seine Augen weit vor Schock. »Warte. Es gibt andere Orte jenseits der Sterbenden Wildnis?«

Vallen nickte und erkannte den Unglauben des Mannes an. »Ja, es gibt eine ganze Welt jenseits dieses Ortes.«

Tahj blinzelte und versuchte noch immer, die Tragweite von Vallens Worten zu begreifen. »Ich bin Tahj«, sagte er, seine Stimme leicht zitternd. »Ich... ich dachte, niemand könnte die Sterbende Wildnis überleben. Wie habt ihr es geschafft durchzukommen?«

»Es war nicht einfach«, gab Vallen zu, während seine Stimme tiefer wurde. »Wir hätten es nicht geschafft, wenn wir nicht zufällig eine Quelle der Quellmagie gefunden hätten.«

Es gab so viel der Gruppe zu erklären, dass Vallen kaum wusste, wo er anfangen sollte.

»Erishum und die Sterbende Wildnis sind nicht alles, was es gibt«, sagte Vallen, seine Stimme ruhig, aber fest. »Es gibt eine Welt jenseits unserer Grenzen. Kommt, setzt euch ans Feuer und nehmt etwas Essen und Wasser. Wir werden alles erklären, und dann könnt ihr uns erzählen, was in Erishum passiert ist, seit wir gegangen sind.«

Als hätte sie ein Stichwort gehört, trat Nyssa mit Wasserkrügen und einer Tasche voller hartem Brot und Reiseproviant in den Händen vor. »Ihr müsst hungrig sein«, murmelte sie und verteilte das Essen und Wasser.

Hungrige Hände griffen nach ihrem Anteil, ihre früheren

Befürchtungen waren momentan vergessen – überwältigt von ihrem Hunger und vielleicht dem Trost der Normalität, den eine bescheidene Mahlzeit bot.

Vallens Blick wanderte zu Nyssa, als er begann. »Letztes Jerwan-Fest war ich dort... auf dem Opferhügel«, gab er zu, seine dunklen Augen von der Erinnerung verfolgt. »Ich war ein Tribut – eines der Opfer, die den Hyva und der Sterbenden Wildnis geopfert wurden. Nyssa hatte eines der Amulette der Priester gestohlen—« er berührte den Anhänger, der immer noch um seinen Hals hing »—im Glauben, es würde die Hyva abwehren. Sie hatte auch eine Karte bekommen, von der ihr gesagt wurde, sie würde mich durch die Sterbende Wildnis zur Welt dahinter bringen. Ich glaubte ihren Worten damals kaum. Nachdem sie uns auf dem Hügel verlassen hatten...« Seine Stimme zitterte leicht, als er sich an den Terror erinnerte, ein Tribut zu sein. »Anstatt von Hyva angegriffen zu werden, wie ich dachte, beobachtete ich, wie sich meine Mitjubute stattdessen in die Monster verwandelten.«

»Warte. Die Tribute wurden zu Hyva? Ich dachte...«, stammelte Fenol.

»Ja. Alle Hyvas draußen in der Sterbenden Wildnis waren einst Menschen. Wenn du mehr als ein paar Stunden hier draußen ohne die Quellmagie zu deinem Schutz verbringst, wirst du zu einem geistlosen Tier.«

»Mein Cousin wurde vor mehreren Jahren geopfert«, murmelte die einzige weibliche Tributin. »Du meinst... er könnte da draußen sein, jetzt gerade, lebend als Hyva. Würde er wissen, wer er ist?«

Vallen zuckte mit den Schultern. »Ich weiß nicht, ob es dir Trost spendet, aber ich glaube nicht, dass dem so ist.«

Nyssa griff den Faden von Vallens Geschichte auf, als er für einen Moment nicht weitersprechen konnte. »Wir wussten, dass Vallen nicht nach Erishum zurückkehren konnte, ohne zu riskieren, erkannt zu werden, also machten wir zusammen die Reise durch die Sterbende Wildnis. Als wir auf halbem Weg durch die Wildnis waren... entdeckten wir eine Höhle mit der Quellmagie. Ohne sie hätten wir die Wanderung nicht überlebt, ohne uns selbst in Hyva zu verwandeln.«

»An einem Punkt gingen uns fast die Quellmagie aus. Ich begann mich in eine Hyva zu verwandeln«, gab Vallen zu, seine Stimme heiser. »Ich erinnere mich an den Schmerz, an die sengende Agonie... und dann... nur geistlose Wut, anders als alles, was ich je gefühlt habe.

»Aber dann das Wasser der Quelle... es wirkte. Es machte die Verwandlung rückgängig«, beendete er und fuhr sich mit den Fingern durch sein dunkles Haar.

»Und dann... schafften wir es endlich nach Puzur«, sagte Nyssa mit einem Lächeln und hob ihren Blick, um Vallens Augen zu treffen.

»Aber... was ist Quellmagie? Ich verstehe nicht«, fragte Tahj.

Vallen griff nach einer der zusätzlichen Taschen, die mit dem Zauberwasser gefüllt waren. Die Tasche aufmachend, goss er einen Spritzer der schillernden Flüssigkeit auf seine Handfläche und ließ sie in seiner Hand sammeln. Sie schimmerte im Feuerschein.

»Wir stießen auf eine Höhle und entdeckten in ihrem Inneren ein Becken mit Quellwasser. Es war nichts weniger als ein Wunder.« Sein Blick wurde weicher, als er Nyssa ansah. »Wo immer Quellmagie im Boden existierte, findest du gesunde Vegetation, und die Hyvas meiden sie. Als wir Puzur erreichten, erfuhren wir, dass Erishum einst für seine Magie berühmt war. Vor Jahrhunderten hatte sie das gesamte Königreich durchdrungen. Wir glauben, König Jerwan schnitt die Versorgung an ihrer Quelle ab und schuf die Sterbende Wildnis, um andere fernzuhalten. Unter unseren Füßen gibt es leere Höhlen und unterirdische Wasserläufe, die einst die Quellwasser beherbergten.«

»Was passiert jetzt?«, fragte Tarric.

Vallen blickte zu Tarric und bemerkte, wie Essen, Wasser und die Wärme des Lagerfeuers ihn zu beleben schienen. Farbe war in Tarrics Wangen zurückgekehrt, und er erschien wacher und geerdeter. Vallen fühlte einen Schwall der Erleichterung.

Vallen wechselte einen Blick mit Nyssa, ein Unbehagen regte sich in seinem Bauch. »Unser Plan war es, die Tribute zu retten, bevor sie sich in Hyva verwandelten und sie mit uns zurück nach Puzur zu bringen.«

Tarrics Brauen runzelten sich. »Aber was ist mit meinem Bruder? Was ist mit allen, die wir zurücklassen würden?«

Vallen zuckte mit den Schultern, während seine Unsicherheit wuchs. »Wir planten, uns zurück ins Königreich zu schleichen und ein paar Freunde zu finden – du warst einer von ihnen – und ihnen eine Chance anzubieten, mit uns zurückzukehren. Du könntest deinen Bruder mitbringen und ein neues Leben in Puzur beginnen.«

»Und einfach alle anderen zurücklassen?«, echote Tarric, seine Stimme stieg vor Unglauben. Als die Realität der Situation zu ihm durchdrang, wich Unglauben der Wut. Er zitterte vor kaum zurückgehaltener Wut. »Du kannst nicht ernsthaft bereit sein, einfach davonzulaufen, während die Menschen von Erishum leiden! Sie verdienen es, die Wahrheit zu erfahren!«

Vallen nahm den Tadel ruhig auf. »Ich verstehe, Tarric. Aber bist du sicher, dass die Menschen die Wahrheit wissen wollen? Ich weiß nicht, wie ich sie überzeugen sollte, und selbst wenn es mir gelänge, was dann?«

Tarrics Fäuste waren geballt. »Und was passiert mit den nächsten Opfern, Vallen? Was passiert mit den Menschen, die im Königreich verhungern?«

Vallen blickte über die zusammengewürfelte Gruppe von Menschen um ihn herum.

»Wir sind sieben«, sagte Vallen, seine Stimme schwer vor Frustration und Bedauern. »Was können sieben Menschen tun, um ein ganzes Königreich zu retten?« Trotz seiner düsteren Einschätzung schlich sich eine Note der Entschlossenheit in seinen Ton. »Aber wir können so viel tun – wir schleichen uns zurück nach Erishum und holen Timi raus. Er wird mit uns kommen.«

Tarric lehnte sich vor und blickte Vallen in die Augen, das Feuerlicht warf flackernde Schatten über sein Gesicht und betonte die feste Entschlossenheit, die in seine Züge geätzt war. »Hört zu«, sagte Tarric, seine Stimme stetig und unerschütterlich. »Es gibt mehr zu diesem Widerstand, als ihr denkt. Wir können einen Unterschied machen – wir tun es bereits.

»Egmond und ich, wir haben es geschafft, Menschen zu sammeln. Es gibt ein Netzwerk, das unserer Sache hilft, bereit, ihren Teil zu tun, um Veränderungen im Königreich zu bewirken.«

»Eure Sache?« Vor Monaten, als Vallen und Nyssa geflohen waren, hatten sie einen bloßen Jungen zurückgelassen. Jetzt war klar, dass Zeit und Prüfungen ihn zu einem Mann geschmiedet hatten.

»Egmond hat damit begonnen«, sagte Tarric. »Er ist scharfsinnig und mutig. Er führt den Widerstand in Erishum an und drängt den König, die Bedürfnisse seines Volkes anzugehen. Egmond glaubt, dass, wenn wir genug Unterstützung sammeln, König Jorek keine andere Wahl haben wird, als unsere Forderungen ernst zu nehmen. Während ihr weg wart, haben wir Allianzen geschmiedet, Informationen gesammelt und das Bewusstsein unter den Menschen geweckt.«

Vallen brachte eine Hand an sein Kinn, tief in Gedanken. Wie oft hatte er von einem anderen Erishum geträumt, während er auf seiner Pritsche in der Kaserne lag – einem besseren, das sich um seine Bürger kümmerte? Aber jetzt war alles anders. Vallen hatte Nyssa, um die er sich kümmern musste.

Die schiere Komplexität der Situation lastete schwer auf seinem Herzen. »Aber wie können wir…«, begann er und arbeitete daran, seinen Zweifel zu schlucken.

»Vallen«, flehte Tarric, seine Stimme hallte mit einem Hauch von roher Verzweiflung. »Da wir uns sowieso zurück nach Erishum schleichen werden, um unsere Familien und Freunde zu holen, könnten wir uns nicht mit Egmond treffen? Du könntest mit ihm teilen, was du seit dem Verlassen entdeckt hast. Er verdient es, die Wahrheit zu erfahren.«

KAPITEL 4

*A*ls sie zurück zu den hohen, ominösen Grenzmauern trotteten, die Nyssa nie gedacht hätte, jemals wiederzusehen, blickte sie über die fünf Tribute. Tarric, Tahj, Fenol, Katori und Rhio.

Obwohl es fast ein halbes Jahr her war, seit sie Tarric das letzte Mal gesehen hatte, schien er viel älter. Seine sommersprossigen Wangen waren weniger rund, und er hatte eine Härte in seinen Augen, die vorher nicht da gewesen war. Tarric wandte sich Fenol zu und murmelte etwas mit diesem vertrauten Grinsen, was den Knoten in Nyssas Brust lockerte. Fenol schüttelte den Kopf zu Tarric mit einem leidgeprüften Blick, seine braunen Locken tanzten bei der Bewegung um seinen Kopf.

Nyssa richtete ihre Aufmerksamkeit auf die anderen drei Tributen, alle wegen Hochverrats angeklagt, weil sie Unzufriedenheit gegen König Jorek angestiftet hatten. Tahj, der Größte, trug Haare so kurz geschoren, dass sie Stoppeln ähnelten – ungewöhnlich im Vergleich zu Erishums typischen langhaarigen Stilen. Als sie fragte, erklärte er, dass ein verirrter Funke während seiner Schmiedlehre den drastischen Schnitt erzwungen hatte.

Neben Tahj stand Rhio, ein stämmiger junger Mann mit misstrauischen Augen, der sich beschützend in der Nähe seiner Begleiterin aufhielt. Diese Begleiterin war Katori, bekannt als »Krümelchen« – ein Name, der perfekt ihre winzige Statur einfing. Auf den ersten Blick hatte Nyssa sie für ein Kind gehalten. Doch Katoris zierlicher Körperbau verhüllte die Intensität, die aus ihren großen braunen Augen strahlte, teilweise unter einer Kaskade dunkler Haare versteckt. Während der ganzen Nacht hatte Nyssa kaum drei Worte von der kleinen Frau gehört, aber sie hatte die stille Kommunikation und das Verständnis bemerkt, das zwischen Katori und Rhio zu verlaufen schien und von einer tiefen Bindung sprach.

Neugierig auf ihre Beziehung, lehnte sich Nyssa zu Tarric und flüsterte: »Sind Rhio und Krümelchen verwandt?«

Tarric schüttelte den Kopf, ein leichtes Lächeln auf seinem Gesicht. »Nein, sie sind keine Familie. Nur sehr enge Freunde, die viel zusammen durchgemacht haben. Sie passen aufeinander auf wie Familie.«

Nyssa nickte, ihre Neugierig gestillt, als sie ihre Aufmerksamkeit wieder auf die Straße vor ihnen richtete. Die großen Mauern von Erishum kamen bald in Sicht, eine beeindruckende Mischung aus grauem Stein und gehärtetem Lehm. Lichter schimmerten von innerhalb der Stadt und signalisierten, dass die Festivitäten des Frühlingsmondfestes noch in vollem Gange waren. Der lebendige Kontrast der Stadt zur verwüsteten Wildnis jenseits ihrer Grenzen ließ ihre Mauern wie ein Leuchtfeuer der Hoffnung erscheinen, das Ruhe und Erholung versprach, obwohl Nyssa wusste, dass es nur eine Illusion war.

Die Gruppe hielt beim Anblick der massiven Tore an, die vor ihnen aufragten, jetzt fest gegen die Außenwelt versiegelt.

Nyssa räusperte sich und blickte zu den anderen. »Ich kann mich durch das Fallgitter am Fluss schleichen«, bot sie an und hielt ihre Stimme ruhig, um ihre Nervosität zu verbergen. »Dann treffe ich euch am zweiten Tor und öffne es von innen.« Sie konzentrierte sich darauf, Vertrauen auszustrahlen, entschlossen, keine Andeutung von Befürchtung in ihrem Ton zu zeigen.

Vallens Stirn runzelte sich vor Sorge. »Bist du sicher, Nyssa? Jemand anderes könnte gehen, wenn es dir nicht behagt. Es ist gefährlich.«

Nyssa schüttelte den Kopf, ein Hauch von Sturheit schlich sich in ihre Stimme. »Ich habe es schon einmal getan«, bestand sie. »Ich kenne den Weg, und ich bin klein genug, um leicht durchzuschlüpfen. Ich bin die Richtige dafür.«

Vallen hielt ihren Blick einen Moment, suchte ihre Augen ab. Schließlich gab er ein widerwilliges Kopfnicken. »In Ordnung. Aber sei vorsichtig.«

Mit einem schnellen Nicken trat Vallen näher zu Nyssa und drückte einen sanften Kuss auf ihre Lippen. Die zärtliche Geste vermittelte sowohl seine Sorge als auch seinen Glauben an ihre Fähigkeiten. Als sie sich trennten, begann Nyssa ihre einsame Reise zum Flussufer und ließ die Gruppe unter dem schwachen Licht der Zwillingsmonde stehen.

Als sie sich dem Fluss näherte, versuchte Nyssa, ihre Aufregung unter Kontrolle zu bringen. Das Wasser war kalt und dunkel und reflektierte den Nachthimmel darüber. Sie watete langsam hinein, spürte die Kälte durch ihre Kleider und in ihre Knochen sickern. Die Strömung zerrte an ihren Beinen, aber sie drängte vorwärts, ihre Augen auf das aufragende Tor vor ihr gerichtet.

Die dicken Stäbe erreichend, untersuchte Nyssa sie genau und suchte nach der breitesten Lücke. Eine geeignete Stelle findend, holte sie tief Luft und begann sich durchzuzwängen. Das Metall war glatt und kalt gegen ihre Haut, als sie ihren Körper verdrehte und Stück für Stück vorwärts kroch. Für einen Moment, in dem ihr Herz aussetzte, befürchtete sie, stecken zu bleiben – sie hatte in Puzur regelmäßig essen können – aber mit einem letzten Stoß schlüpfte sie zur anderen Seite durch.

Tropfend und zitternd zog sich Nyssa aus dem Wasser und

auf das Flussufer innerhalb der Stadtmauern. Sie kauerte niedrig und nahm ihre Umgebung wahr. Erishum lag vor ihr, ein Flickwerk aus Schatten und schwachen Lichtern. Der größte Teil der Stadt war dunkel und ruhig, ihre Bewohner längst für die Nacht zur Ruhe gegangen. Aber hier und da bestanden Taschen der Feier – Überreste des Frühlingsmondfestes, die noch nicht ganz abgeklungen waren.

Nyssa bewegte sich vorsichtig durch die Straßen und hielt sich an die tiefsten Schatten. In einer Gasse erstarrte sie, als lautes, ausgelassenes Gelächter aus einer nahen Taverne ausbrach. Eine Gruppe von Feiernden stolperte heraus, ihre Gesichter rot vor Trank und Fröhlichkeit. Sie drückte sich gegen eine Wand und wagte kaum zu atmen, bis sie vorbeigingen.

Als sie sich dem zweiten Tor näherte, beschleunigte sich Nyssas Herzschlag. Sie konnte die Silhouetten patrouillierender Neuntöter sehen, die sich entlang der Mauerkrone bewegten. Ihre roten Uniformen hoben sich gegen den Nachthimmel ab, eine ständige Erinnerung an die Gefahr, in der sie sich befand. Als sie über ihr vorbeigingen, duckte sie sich in einen schattigen Türeingang, um ihren scharfen Blicken zu entgehen, zählte die Sekunden, bis sie weiterzogen.

Endlich ragte das zweite Tor vor ihr auf. Nyssa schlich darauf zu, ihre Bewegungen gemessen und bewusst. Ihre Augen flackerten zwischen dem stabilen eisernen Riegel und den ominösen Silhouetten der patroullierenden Wachen darüber. Einen tiefen Atemzug nehmend, um sich zu beruhigen, streckte Nyssa ihre leicht zitternden Hände zum Riegel aus. Ihre Finger berührten das kühle Metall und fanden die vertraute Form in der Dunkelheit. Mit einem sanften Stoß und Heben gab der Mechanismus leicht nach, ungehindert von irgendeinem Schloss.

Der Riegel gab mit einem leisen Klicken nach, das in der Stille der Nacht ohrenbetäubend schien. Nyssa hielt den Atem an und suchte die Mauern darüber nach irgendeinem Zeichen ab, dass das Geräusch die Wachen alarmiert hatte. Sekunden dehnten sich zu einer Ewigkeit, als sie wartete, ihr Herz pochte. Als kein Alarm ausgelöst wurde, atmete sie langsam aus und öffnete das Tor gerade genug, um hindurchzuschlüpfen. Als sie auf der anderen Seite hervorkam, begann sich die Anspannung in ihren Schultern zu lösen. Ihre Augen, jetzt an die Dunkelheit gewöhnt, suchten die Schatten nach ihren Begleitern ab.

Das erste, was sie entdeckte, war Tarrics zerzaustes braunes Haar im blassen Mondlicht, als seine Augen sich auf Nyssas richteten. Sie konnte nicht anders, als bei dem vertrauten schelmischen Glanz in seinem Blick zu lächeln.

Nyssa führte die Gruppe durch das kleine Tor und bewegte sich mit geübter Heimlichkeit in die trübe Dunkelheit des Schattenbezirks. Die Nachtluft war dick vor Spannung, als sie vorwärts krochen, ihre Sinne durch die Notwendigkeit der Wachsamkeit geschärft. Die dunkle Gasse ragte vor ihnen auf und verschluckte das leise Flüstern ihrer Schritte auf dem rauen Kopfsteinpflaster. Das baufällige Haus, gegen das sie sich drängten, war dunkel und still, bis auf ein schwaches Flackern von Kerzenlicht, das durch einen verzogenen Fensterladen sickerte und Leben in dem ansonsten trostlosen Gebäude andeutete.

»Ihr alle habt etwa zwei Stunden«, sagte Tarric zu den Tributen. »Tut, was ihr tun müsst, und trefft uns im Hauptquartier. Lasst euch von niemandem sehen, dem ihr nicht bedingungslos vertraut, verstanden?«

Als alle feierlich mit den Köpfen nickten, gab Tarric ihnen einen Gruß. »Wir sehen uns bald.«

Vallen beobachtete, wie die Tribute in die Dunkelheit davonschlichen.

»Habt ihr jemanden, den ihr sehen wollt?«, fragte Tarric sie, seine Stimme zögernd und leise.

Sie schüttelten die Köpfe. Es gab niemanden in Erishum für Vallen, und außer vielleicht Kuratorin Athura niemanden, den Nyssa hatte. Tarric nickte. »Wollt ihr mitkommen und Timi mit mir sehen? Er wird sich freuen, euch zu sehen.«

Vallen blickte zu Nyssa. Ihre Augen strahlten vor Hoffnung, also nickte er schnell.

Sie folgten Tarric durch die gewundenen Kopfsteinstraßen von Erishum und kamen mit jedem Schritt näher zum Fluss Assur. Bald kam das winzige Haus in Sicht, das Tarric mit Timi teilte.

Tarric drehte sich um und bedeutete Vallen und Nyssa, zurückzubleiben. Er drückte einen Finger an seine Lippen. Er wandte sich zurück zum Haus und näherte sich lautlos. Er klopfte einen komplexen Rhythmus gegen die altersschwache Vordertür.

Ein Schlag der Stille hing in der Luft, bevor er durch das Knarren der sich öffnenden Tür zerschlagen wurde. Aus dem scheinbar verfallenen Heim sprang ein kleiner Junge vorwärts ins Mondlicht, sein Gesicht leuchtete mit einer Freude so rein, dass sie durch die Dunkelheit schnitt. Timi warf sich auf Tarric zu, schon im Begriff, vor Freude aufzuschreien. Tarric hob ihn hoch und legte seine Hand über den Mund des Jungen, dämpfte seinen jubelnden Ruf. Sein anderer Arm krümmte sich beschützend um Timi, hielt ihn fest, und für einen Moment waren die harten und schrecklichen Ereignisse des Tages vorübergehend vergessen.

»Wie? Wie?«, rief Timi, sobald Tarric seine Hand wegnahm. »Ich dachte, du wärst tot.«

Mit einem leisen Seufzer wandte sich Tarric seinem Bruder zu: »Timi«, begann er langsam, »ich bin hier, weil einige alte Freunde mich gerettet haben.« Er winkte mit seiner Hand, und Vallen trat vor, dicht gefolgt von Nyssa.

Bei ihrem Erscheinen wich die Farbe aus Timis Gesicht. Seine Augen weiteten sich vor Schock, und sein Mund klappte auf. »V-Vallen?«, stammelte Timi heraus, Unglaube erfüllte seine Stimme. »Nyssa?«

Vallen gab Timi und Nyssa ein nachsichtiges Lächeln, als sie ausrief, wie viel größer der Junge geworden war, seit sie ihn das letzte Mal gesehen hatten.

»Wie?«, schaffte Timi schließlich zu äußern, seine Augen flackerten zwischen Tarric, Vallen und Nyssa.

»Wir werden alles erklären«, versicherte Tarric Timi, der Nyssa endlich losgelassen hatte und zwischen allen mit wachsender Verwirrung und Staunen starrte. »Aber wir sind nicht die einzigen, die es wissen müssen. Die Vorhut muss es auch hören.«

Vallen hob eine Augenbraue, neugierig darauf, was die Vorhut war, entschied sich aber, seine Fragen für später aufzuheben, wenn sie nicht so exponiert im Freien waren.

Tarric klopfte seinem Bruder herzlich auf die Schulter. »Versammle den inneren Kreis, Timi. Sag ihnen, sie sollen uns im Hauptquartier treffen. Sorge dafür, dass niemand dich sieht.«

»Aber«, zögerte Timi, »was soll ich ihnen sagen?«

»Sag ihnen nichts«, wies Tarric an, sein Ton streng, aber von Wärme durchzogen. »Flüstere nur in ihre Ohren, dass sich große Neuigkeiten entfalten. Sag ihnen, dass sie vor Sonnenaufgang im Hauptquartier sein müssen. Erzähl ihnen nichts über Nyssa oder Vallen. Oder mich.«

Timi, ernüchtert von Tarrics Ernst, nickte.

»Geh jetzt. Und beeil dich«, wies Tarric an. Mit einem Nicken seines Kinns huschte Timi davon und verschwand in der Dunkelheit.

KAPITEL 5

*D*as Kopfsteinpflaster unter Vallens Füßen war rutschig vom letzten Frost des Winters und zwang ihn, vorsichtig zu gehen. Als sie sich vom Schattenviertel ins Stadtzentrum bewegten, war der Wandel erschütternd – die Gebäude standen höher mit verzierteren Fassaden und sprachen von Reichtum und Privilegien, die eine Welt entfernt von dem Elend schienen, das sie zurückgelassen hatten.

Vallen staunte darüber, wie anders die Stadt aus dieser Perspektive aussah – nicht länger betrachtete er sie aus der distanzierten Sicht eines Neuntöters, sondern als Flüchtling, scharf bewusst für jeden Schatten und Klang.

Nyssas Hand fand seine in der Dunkelheit. Die einfache Geste gab ihm Halt. Er drückte ihre Hand sanft und schöpfte Kraft aus ihrer Gegenwart.

Als sie sich ihrem Ziel näherten, wurden die Gebäude noch imposanter. Egmonds Villa ragte vor ihnen auf, ein Zeugnis für den Status und Einfluss des Mannes innerhalb des Königreichs. Die steinerne Gartenmauer, die das Anwesen umgab, war mit komplizierten Schnitzereien geschmückt und mit verzierten eisernen Spitzen gekrönt. Die perfekt gepflegten Gärten waren im Mondlicht sichtbar. Perfekt geschnittene Hecken warfen tiefe Schatten, ihre scharfen Linien wurden durch das silbrige Licht weicher gemacht, während die blassen Formen der Marmorstatuen glänzten. Mondstrahlen tanzten über die Oberfläche eines stillen Teichs und verwandelten ihn in einen Spiegel aus flüssigem Silber. Zarte Blumen, ihre Farben durch die Nacht gedämpft, nickten sanft in der kühlen Abendbrise.

Tarric hob eine Hand und signalisierte ihnen anzuhalten. Seine Augen sprangen umher und suchten nach irgendeinem Zeichen von Wachen oder neugierigen Blicken. Zufrieden, dass sie allein waren, bedeutete er Vallen und Nyssa, ihm zu folgen, als er in die Schatten schlüpfte.

Mit geübter Leichtigkeit führte Tarric sie zu einem kleinen, versteckten Tor, das teilweise von einem Gewirr aus Efeu verdeckt war. Das Tor schwang mit kaum einem Flüstern auf, und sie fanden sich in dem üppigen Garten von Egmonds Anwesen wieder.

Der Duft nachtblühender Blumen hing schwer in der Luft, eine willkommene Erholung von den schwülen Gerüchen des Schattenviertels. Vallen hielt an und spannte seine Ohren für jedes Zeichen, dass ihre Anwesenheit entdeckt worden war. Alles, was er aufnahm, war das schwache Rascheln von Blättern, das leise Tröpfeln von Wasser aus einem nahen Brunnen und das Geräusch leisen Murmelns.

Sie krochen vorwärts und hüteten sich davor, auf dem Kies unter ihren Füßen zu knirschen. Als sie um eine Ecke gingen, sahen sie Egmond, hoch und stolz stehend trotz seiner fortgeschrittenen Jahre.

Egmonds erhöhtes Gelände bot einen weiten Blick auf die Stadt unten, der opulente königliche Palast befahl Aufmerksamkeit am fernen Horizont. Sogar von weitem bemerkte Vallen die Anspannung in Egmonds Schultern und die Straffheit in seinem Kiefer. Der Stock des alten Mannes lehnte vergessen gegen die

Wand, als er sich intensiv auf die sich entfaltende Szene konzentrierte.

Die Klänge der Feier stiegen vom Hof auf – gedämpftes Geplauder, raues Gelächter und das Pochen festlicher Musik. Es war ein erschütternder Kontrapunkt zur düsteren Stimmung der Nacht. Egmonds Gesicht war vor Ärger gespannt, seine Augen loderten mit einer Wut, die nach außen zu strahlen schien.

Sie standen dort für einen langen Moment. Dann, mit einem leichten Nicken von Tarric, traten sie vor.

Egmond wirbelte herum, seine Hand griff instinktiv nach seinem Stock, bevor Erkennung in seinen Augen dämmerte.

»Tarric?« Der Name entwich Egmonds Lippen in einem heiseren Flüstern, Unglaube war über seine Züge geätzt. »Wie... ich dachte... ich beobachtete, wie du...« Seine übliche Fassung bröckelte.

Ein trauriges Lächeln spielte um Tarrics Mundwinkel. »Es ist eine lange Geschichte, alter Freund. Eine, die du meiner Meinung nach hören musst.«

Als der anfängliche Schock verblasste, verlagerte sich Egmonds Blick und nahm Vallen und Nyssa zum ersten Mal wahr. Seine Augen weiteten sich weiter, als er Vallen anstarrte. »Du«, atmete er, seine Stimme eine Mischung aus Ehrfurcht und Verwirrung. »Du bist der Neuntöter – derjenige, der mir den Brief vom König von Puzur gegeben hat.«

Vallen nickte und fühlte einen Stich von Schuld bei der Erinnerung an ihre vorherige Begegnung. »Ja, das war ich. Ich war es auch, der dir verriet, wo Kuratorin Athuras Besitztümer geborgen wurden.«

Egmonds Augen verengten sich, sein scharfer Verstand arbeitete daran, das Rätsel vor ihm zusammenzusetzen. »Ihr drei habt ziemlich eine Geschichte zu erzählen, stelle ich mir vor«, sagte er nach einem Moment, seine Stimme gewann etwas von ihrer üblichen Fassung zurück. »Kommt, lasst uns hineingehen, wo wir frei sprechen können. Ich muss mich aus meiner Nachtkleidung umziehen, bevor wir eine so wichtige Diskussion haben.«

Egmond führte sie zum Haus. Als sie gingen, konnte Vallen nicht anders, als zu bemerken, wie die Schritte des alten Mannes, obwohl durch das Alter verlangsamt, zielstrebig und stetig waren.

Das Innere von Egmonds Villa war so opulent, wie seine Außenseite vermuten ließ.

Egmonds Augen weiteten sich, als er Nyssas verwahrloster Zustand zum ersten Mal bemerkte. Ihre Kleider waren feucht und klebten unbequem an ihr, und sie zitterte leicht. Ihr Haar hing in nassen Strähnen um ihr Gesicht, und Wassertropfen fielen gelegentlich vom Saum ihrer Tunika.

»Meine Güte, Kind!«, rief Egmond aus, sein strenger Gesichtsausdruck weichte sich vor Sorge auf. »Du bist bis auf die Knochen durchnässt. Was ist passiert?«

Nyssa umschlang sich mit den Armen und versuchte ein weiteres Zittern zu unterdrücken. »Ich... ich musste durch das Flusstor schwimmen, um in die Stadt zu gelangen«, erklärte sie, ihre Zähne klapperten leicht.

Egmonds Ausdruck wechselte von Überraschung zu Verständnis. »Natürlich, natürlich. Wir können nicht haben, dass du dir den Tod holst, besonders nicht heute Nacht.« Er drehte sich um und schritt schnell zu einem nahen Schrank, wühlte einen Moment darin herum, bevor er mit einem Bündel weicher, trockener Kleidungsstücke zurückkehrte.

»Hier«, sagte Egmond und reichte Nyssa die Kleider. »Es gibt eine kleine Kammer gleich den Flur hinunter, wo du dich umziehen kannst. Wir werden hier auf dich warten.«

Nyssa nahm die Kleider dankbar an und bot ein kleines Lächeln des Dankes, bevor sie Egmonds Anweisungen zum Umkleideraum folgte.

Als sie ein paar Minuten später zurückkehrte, hatte sich ihre Farbe verbessert, und sie sah in der geliehenen Kleidung viel behaglicher aus – ein einfaches Outfit, das etwas zu groß für ihren kleinen Körperbau war, aber trotzdem warm.

»Danke«, sagte Nyssa leise zu Egmond, der anerkennend nickte.

»So denn«, sagte Egmond, seine Stimme gewann ihre frühere Dringlichkeit zurück, »lass uns zu meinem Arbeitszimmer gehen. Wir haben viel zu besprechen, und die Zeit drängt.«

Prachtvolle Wandteppiche zierten die Wände, ihre komplizierten Designs erzählten Geschichten von Erishums langer und komplexer Geschichte – viele waren dem Vermächtnis des berühmten Ritters Hurrian gewidmet, Egmonds renommiertem Vorfahren. Plüschteppiche dämpften ihre Schritte, als Egmond sie zu einem Arbeitszimmer führte, das mit Bücherregalen gesäumt war, die sich vom Boden bis zur Decke erstreckten.

»Wartet hier«, wies Egmond an, sein Ton weichte sich leicht auf. »Ich bin nur einen Moment weg.«

Als sich die Tür hinter ihnen schloss, fühlte sich Vallen von einem großen Porträt angezogen, das eine Wand des Arbeitszimmers beherrschte. Interessiert näherte er sich ihm, seine Augen weiteten sich, als er das Gemälde betrachtete. Die Leinwand zeigte einen viel jüngeren Egmond, sein Gesicht ungezeichnet vom Lauf der Zeit. Der Mann im Porträt trug immer noch einen intensiven Blick, gekleidet in die formellen Roben eines hochrangigen Beamten von Erishum. Seine Hand ruhte auf einem antiken Folianten, während sich hinter ihm eine Kulisse der Stadt erstreckte. Vallen war beeindruckt davon, wie der Künstler nicht nur Egmonds Ähnlichkeit eingefangen hatte, sondern auch das Gefühl von Zweck und Vision, das den Mann immer noch definierte.

Er drehte sich um und sah Nyssa vor der gewaltigen Sammlung von Büchern stehen, ihre Augen wanderten über die unzähligen Buchrücken mit einer Mischung aus Staunen und Ehrfurcht. Vallen beobachtete, wie sie die Hand ausstreckte, ihre Finger über den ledergebundenen Bänden schwebten. Der

Reichtum an Wissen, der in diesem einzigen Raum enthalten war, war atemberaubend. Titel über Geschichte, Philosophie und die arkanen Künste waren sogar von dort, wo er stand, sichtbar. Massive Folianten saßen neben zarten Bänden mit vergoldeten Seitenrändern. Einige Bücher sahen antik aus, ihre Einbände von den Händen von Generationen von Lesern glatt geschliffen, während andere mit der Neuheit kürzlicher Erwerbung glänzten. Vallen bemerkte ganze Regale, die der Militärstrategie, Politik und Regierungsführung gewidmet waren. Er erkannte, dass dieser einzige Raum mehr Wissen enthielt, als beide von ihnen in ihrem ganzen Leben begegnet waren. Das Gewicht von Jahrhunderten des Lernens und der Weisheit schien auf sie zu drücken, ein Zeugnis für Egmonds gelehrte Beschäftigungen und den weiten Umfang seiner Interessen.

Die Tür öffnete sich, und Egmond trat wieder ein, jetzt in einfache, aber elegante Kleidung gekleidet, die seinem Stand angemessen war. Seine Augen flackerten zum Gemälde, ein Schatten eines Lächelns berührte seine Lippen, als er Vallen vor seinem Porträt stehen sah.

»Ein Leben lang her«, sagte er leise, seine Stimme war von Nostalgie und etwas Dunklerem gefärbt – vielleicht Bedauern? »Aber das ist eine Geschichte für ein anderes Mal. Im Moment muss ich, dass ihr mir alles erzählt. Von Anfang an.«

Tarric sprach zuerst und erzählte die Ereignisse, die zu seiner Beinahe-Hinrichtung und wunderbaren Rettung geführt hatten. Vallen und Nyssa füllten die Lücken und erklärten ihre Reise von Puzur, ihre Zeit in der Sterbenden Wildnis und die Offenbarungen, die sie zu diesem Punkt gebracht hatten. Während sie sprachen, hörte Egmond aufmerksam zu, wobei sein Ausdruck mit jedem vergehenden Moment düsterer wurde. Als sie schließlich verstummten, schloss der alte Mann die Augen und schien das Gewicht ihrer Worte auf seinen Schultern zu tragen.

»Das habe ich schon lange kommen sehen«, sagte er schließlich, seine Stimme schwer vor Resignation. »Die Korruption, die

Lügen – ich habe die Zeichen jahrelang gesehen. Aber das... das geht über meine schlimmsten Vermutungen hinaus.«

Er stand auf und bewegte sich zu einem verzierten Schreibtisch, der in eine Ecke des Arbeitszimmers geschoben war. Aus einer Schublade zog er einen Stapel Papiere, deren Ränder durch das Alter vergilbt waren. »Seit Jahren sammle ich Beweise«, erklärte Egmond, als sein Finger eine Linie auf einem der Dokumente nachzog. »Die Wahrheit aus Fragmenten und Flüstern zusammengesetzt. Aber was ihr mir heute Nacht gebracht habt... es ist der Schlüssel, der uns gefehlt hat. Ich habe nie vermutet, dass die Hyva wirklich Menschen waren. Es widert mich an, daran zu denken.« Egmonds Blick schweifte über sie, sein Ausdruck weichte sich leicht auf. »Ihr habt uns eine Gelegenheit gegeben, die Wahrheit aufzudecken und vielleicht die Dinge richtigzustellen. Aber wir müssen vorsichtig vorgehen. Die Kräfte, die gegen uns aufgereiht sind, sind mächtig, und der König wird nicht zögern, jede Opposition zu zermalmen.«

Ein entschlossenes Licht trat in Tarrics Augen. »Ich habe Timi bereits losgeschickt, um die Vorhut zu sammeln.«

Egmond nickte, ein Hauch von Stolz zeigte sich durch sein strenges Auftreten. »Ausgezeichnet. Du hast mir bereits Zeit gespart. Die Vorhut bereitet sich seit Jahren auf diesen Moment vor, auch wenn sie nicht den vollen Umfang dessen wussten, womit wir es zu tun hatten.«

Er bewegte sich zu einem Schrank, der in eine Ecke des Arbeitszimmers geschoben war, und zog eine Flasche bernsteinfarbener Flüssigkeit und mehrere Gläser heraus. Während er einschenkte, fuhr er fort: »Bevor wir uns den anderen anschließen, müsst ihr etwas verstehen. Der Weg vor uns ist gefährlicher als alles, womit ihr bisher konfrontiert wart – sogar in der Sterbenden Wildnis. Sobald wir das in Gang setzen, gibt es kein Zurück mehr. Die Zukunft von Erishum hängt in der Schwebe.« Egmond reichte jedem von ihnen ein Glas, seine Augen suchend. »Ich muss wissen, dass ihr für das vorbereitet seid, was kommt.

Dass ihr die Risiken versteht und bereit seid, das durchzuziehen, egal welche Kosten.«

Vallen blickte auf das Glas in seiner Hand, ein konfliktreicher Ausdruck kreuzte sein Gesicht. Er stellte das Glas auf einen nahen Tisch und atmete tief ein.

»Egmond, ich – wir schätzen alles, was du getan hast, aber ich muss ehrlich sein«, sagte Vallen, seine Stimme war von Unsicherheit gefärbt. »Nyssa und ich kamen nicht hierher, um uns einer Rebellion anzuschließen. Wir kamen, um die Tribute davor zu bewahren, in Hyva verwandelt zu werden, aber unsere Absicht war immer, zu unserem Leben in Puzur zurückzukehren.«

Nyssa trat vor, ihre Augen trafen Egmonds. »Vallen hat recht«, sagte sie, ihre Stimme entschuldigend, aber fest. »Wir haben schon zu viel Leiden gesehen. Die Vorstellung von mehr Konflikt...« Sie schüttelte den Kopf. »Wir wollen Menschen eine Chance auf ein neues Leben bieten, weg von all dem.«

Vallen nickte und fügte hinzu: »Wir sind bereit, jeden mitzunehmen, der mit uns gehen will. Es gibt ein Leben jenseits der Sterbenden Wildnis, jenseits dieses Konflikts.« Aber sogar als er es sagte, fragte er sich, wie sie so ein Unterfangen bewältigen würden. Würden es nur ein paar Nachzügler sein, oder planten sie unbeabsichtigt eine Massenmigration?

Egmonds Ausdruck weichte sich auf. Er stellte sein eigenes Glas hin und trat näher zu dem Paar.

»Ich verstehe euer Zögern, wirklich«, sagte Egmond, seine Stimme sanft, aber ernst. »Aber bedenkt das: Wir haben eine echte Chance, dauerhafte Veränderungen im Königreich zu bewirken. Die Korruption, die euch aus euren Heimen vertrieben hat, die Lügen, die unser Leben geformt haben – wir können allem ein Ende setzen. Kommt nur zu diesem Treffen und hört, was wir zu sagen haben.«

Er hielt inne und ließ seine Worte wirken. »Ihr habt die Chance, uns zu helfen, eine Welt zu schaffen, in der unsere Bürger ohne Furcht oder Unterdrückung gedeihen können.«

Vallen fühlte das Gewicht von Egmonds Worten auf seinen Schultern niedergehen. Er wandte sich Nyssa zu. »Was denkst du? Was willst du tun?«

Nyssa war einen Moment still, ihre Stirn vor Nachdenken gerunzelt. Schließlich sprach sie, ihre Stimme leise, aber entschlossen. »Ich denke, wir sollten ihr Treffen besuchen.« Ein kleines, ermutigendes Lächeln berührte ihre Lippen, als sie fortfuhr: »Wir sind so weit gereist, Vallen. Wir schulden es uns selbst – und denen, die wir zurückgelassen haben – zu teilen, was wir miterlebt haben. Lass uns hören, was Egmonds Leute zu sagen haben, und dann unseren nächsten Schritt entscheiden.«

Vallen nickte langsam und erkannte, dass das Besuchen des Treffens vielleicht Antworten auf die Fragen liefern könnte, die ihn jetzt plagten. Vielleicht gab es mehr zu bedenken, als er anfangs gedacht hatte.

Er wandte sich zurück zu Egmond und nahm sein Glas wieder auf.

»In Ordnung«, sagte er fest. »Lass uns sehen, was deine Vorhut für eine Rebellion geplant hat.«

Tarric, der den Austausch ruhig beobachtet hatte, antwortete, indem er sein Glas in einem stillen Toast erhob, seine Augen brannten vor Entschlossenheit. Egmond nickte und erhob sein Glas ebenfalls.

»Auf die Wahrheit also«, sagte der alte Mann feierlich. »Und auf eine bessere Zukunft.«

Vallen blickte auf das Glas in seiner Hand und beobachtete das Spiel des Lichts durch die Flüssigkeit. Er dachte an alles, was sie durchgemacht hatten, an die Lügen und Manipulationen, die ihr Leben geformt hatten. An die Freunde, die sie verloren hatten, und die, die sie gefunden hatten. Als er seine Augen hob, um Egmonds Blick zu begegnen, schluckte er die bernsteinfarbene Flüssigkeit.

Vallen beobachtete, wie Nyssa einen Schluck des starken Alkohols nahm, verbarg sein Grinsen, als sie versuchte, einen

Schauder zu unterdrücken. Als Neuntöter hatte Vallen über die Jahre seinen Anteil an hartem Alkohol konsumiert, aber er wusste, dass das stärkste Getränk, das Nyssa je probiert hatte, Bier oder Met war. Seine Belustigung sprudelte zu einem Grinsen über, als Nyssa ihr kaum berührtes Glas Tarric anbot. Er nahm es mit einem wissenden Kichern an und trank seinen Inhalt geschickt in einer glatten Bewegung aus.

Egmond stellte sein leeres Glas mit einem leisen Klirren hin. »Wir sollten gehen«, sagte er, seine Stimme nahm eine Note der Dringlichkeit an. »Ich würde gerne vor den anderen dort sein, und wir haben viel zu besprechen, bevor die Morgendämmerung anbricht.«

KAPITEL 6

*A*bgenutzt und müde ging Nyssa hinter Egmond und Tarric her und beobachtete, wie die beiden ihre Köpfe zusammensteckten und leise sprachen. Sie fragte sich kurz, worüber sie diskutierten, aber fand ihre Aufmerksamkeit schweifen, zu erschöpft, um sich ehrlich zu kümmern. Ihre Müdigkeit spürend, zog Vallen sie sanft an seine Seite, sein Arm umschlang sie in einer kleinen, beschützenden Umarmung. Als die Gruppe durch den Marktplatz schnitt, lehnte sich Nyssa in Vallens Umarmung. Als sie an der Bäckerei vorbeigingen, wo sie kurz in der Lehre gewesen war, wurden ihre Augen zum dunklen Fenster des Mädchenschlafsaals gezogen. Ein Stich der Nostalgie traf sie, als sie sich fragte, was die Hauptbäckerin, Frau Kayseri, und die anderen Lehrlinge von ihrem plötzlichen Verschwinden all die Monate zuvor hielten.

Als sie sich ihren Weg durch schattige Gassen und an stillen, verschlossenen Läden vorbei wanden, fand sich Nyssa auf einem vertrauten Pfad wieder. Sie staunte nicht schlecht, als sie ihr Ziel erkannte – das Hauptquartier der Vorhut – war das große Museum der Stadt. Die imposante Fassade des Gebäudes stand in starkem Kontrast zu ihren Erwartungen eines heimlichen Treff-punktes in einem Hinterzimmer einer Kneipe.

Kuratorin Athuras Domäne war das stattliche Museum, ein massiver Bau aus archaischem Stein, durchdrungen von Jahren des Wissens und der Geschichte. Als sie an dem zugenagelten großen Haupteingang vorbeigingen, eilte Nyssa, um Tarric einzuholen.

»Was ist mit dem Museum passiert?«, fragte sie.

»Nachdem der König die Kuratorin verhaften ließ, ließ Berossus das Museum schließen. Er erklärte, dass es von gott-losen Einflüssen 'gereinigt' werden müsse, bevor es wieder für die Öffentlichkeit geöffnet werden könne. Aber nichts ist damit getan worden, nachdem die Priester Athuras Quartiere geleert hatten.«

Egmond legte Nyssa beruhigend eine Hand auf die Schulter. »Ich weiß, es ist beunruhigend, aber du solltest erfreut sein, denn wenn es nicht für dich gewesen wäre, wäre ihre gesamte persön-liche Sammlung zerstört worden. Ich schaffte es, alle Gegen-stände zu bekommen, die du gerettet hast, und sie an einem sicheren Ort zu verwahren, damit Athura sie zurückhaben kann, sobald wir einen Weg finden, sie aus dem Gefängnis zu befreien.«

»Also wurde sie nicht hingerichtet oder geopfert?«, fragte Nyssa und musste die Worte hören.

»Jorek würde es nicht wagen. Die Kuratorin hat viel Unter-stützung in Erishum, und der König ist vieles, aber kein Idiot. Athura ist ein Mitglied der königlichen Familie und war einst fast die Königin. Wenn Jorek versucht hätte, Adlige hinzurichten, würde die Aristokratie nicht zögern zu vergelten.«

Erleichterung überkam Nyssa bei der Nachricht von Kura-torin Athuras Überleben, aber eine Welle des Schreckens dämpfte sie schnell. Das Bild der eleganten älteren Frau, die in einer schmutzigen, feuchten Gefängniszelle dahinsiechte, sandte einen Schauer über ihren Rücken.

Sie betraten die Gasse neben dem Museum, wo der geheime Eingang in das Gebäude versteckt war. Der schmale Durchgang war ein unübersichtliches Labyrinth aus vergessenen Trümmern und lauernden Schatten. Mit einer Geste führte er sie in ein provisorisches Versteck, das zwischen einem Stapel feuchter, modernder Balken und einem verfallenen Unterstand eingebettet war. Die Luft war dick vom muffigen Geruch des Verfalls.

»Wir müssen sicherstellen, dass das Gebiet frei und das Museum leer ist«, flüsterte Egmond, seine Stimme kaum hörbar über den Umgebungsgeräuschen der schlafenden Stadt. Er bedeutete Tarric, sich ihm anzuschließen, und die beiden Männer glitten in die Dunkelheit davon und ließen Nyssa und Vallen allein in der Ruhe der Nacht. Die plötzliche Einsamkeit war fühlbar, nur von ihren gemessenen Atemzügen und den fernen Echos des nächtlichen Lebens der Stadt unterbrochen.

Gerade als die Angst des Wartens an Nyssas Nerven zu gehen begann, steckte Tarric seinen Kopf aus der Schuppentür und trug sein charakteristisches Grinsen. Er blickte umher, um sicherzustellen, dass sie immer noch allein waren, bevor er ihnen winkte, ihm zu folgen. Zusammen eilten sie zum Schuppen. Als sie die Tür erreichten, verschwand Tarric in dem winzigen, dunklen Raum.

Ein Schauer glitt Nyssas Wirbelsäule hinunter, als Tarrics Gestalt in den schattigen Tiefen des geheimen Eingangs schmolz. Sie hielt an der Schwelle inne, zog einen beruhigenden Atemzug und warf einen letzten Blick auf die mondbeleuchtete Gasse hinter sich. Das silbrige Licht schien zurückzuweichen, als zögerte es, in die unbekannte Dunkelheit voraus zu folgen. Ihre Nerven stählend, schlüpfte Nyssa hinein, die kühle Luft der versteckten Gänge des Museums umhüllte sie wie ein Flüstern. Der weiche, stetige Rhythmus von Vallens Schritten an ihrer Ferse tröstete sie.

Als sich die Falltür hinter ihnen schloss, umhüllte tintenhafte Dunkelheit Nyssa und Vallen. Nyssas Augen weiteten sich und versuchten sich an die Abwesenheit von Licht zu gewöhnen. Ohne zu zögern griff Vallen nach Nyssas Hand und verschränkte seine Finger mit ihren. Die raue, niedrige Decke zwang sie zu bücken, ihre freien Hände berührten den groben Stein darüber, als sie den schmalen Gang navigierten.

Gerade als ein Silberstreifen Licht voraus sichtbar wurde, blockierte Tarrices Schatten ihn. Dann, mit einem Knarren einer Tür, flutete goldenes Licht den verdunkelten Korridor. Nyssa zuckte instinktiv zusammen, ihr Arm flog hoch, um ihre Augen vor der unerwarteten Helligkeit zu schützen.

Tarric half ihr auf die Füße, bevor er sich Vallen zuwandte und ihm eine Hand anbot. Als sich ihre Sicht an das Licht gewöhnte, blickte Nyssa um die Quartiere der Kuratorin. Das letzte Mal, als sie in dem Raum gewesen war, waren seine Wände mit antiken Kuriositäten gesäumt gewesen, Tische mit Artefakten bedeckt und Schmuckstücke bis zum Überlaufen in Schränke gestopft.

Der Raum, der sie begrüßte, war eine karge Weite der Leere, beraubt der Wärme und des Charakters, die ihn einst definiert hatten. Wo Artefakte und Kuriositäten einst gewohnt hatten, blieben nur nackte Oberflächen, als wäre die Seele des Raumes weggewischt worden. Nyssas Augen wurden zu einem großen, blassen Rechteck an der beigen Wand gezogen – eine geisterhafte Erinnerung an die antike Karte, die einst dort gehangen hatte. Diese Karte war ihr Leitstern gewesen und hatte ihren Kurs zum Königreich Puzur kartiert.

»Es ist alles weg«, flüsterte Nyssa, ihre Stimme ein zerbrechliches Ding, das in der Leere des Raumes zu verschwinden schien. Sie wandte sich zur Haupttür, die ihren Blick vom öffentlichen Bereich des Museums trennte, und ein bleiernes Gewicht legte sich in ihre Brust. »Egmond«, rief sie, ihre Stimme jetzt etwas stärker, von verzweifelter Hoffnung gefärbt, »ist der Rest des Museums auch... ausgeräumt worden?« Während sie sprach, wanderten ihre Gedanken zu der zarten Teetasse, die sie einst im

Schlamm des Flusses Assur entdeckt hatte. Dieses kleine, elegante Stück war ihr Beitrag zu Erishums historischem Vermächtnis gewesen, eine greifbare Verbindung zur Vergangenheit, die sie zu bewahren geholfen hatte. Der Gedanke daran, dass es zerstört oder weggeworfen wurde, sandte eine Welle der Übelkeit durch sie.

Egmonds Grinsen beruhigte Nyssa noch bevor seine Worte es taten. »Es ist alles sicher. Obwohl nicht aus Mangel an Versuchen von Jorek und Berossus. Adelsfamilien haben genug von der Sammlung des Museums gespendet, dass Jorek es nicht wagen würde, sie zu zerstören. Ritter Hurrians Rüstung ist im Foyer ausgestellt. Sie würden wie Narren und Heuchler aussehen, wenn sie zu behaupten versuchten, dass die Rüstung des größten Helden des Königreichs irgendwie korrupt war.«

Das Vermächtnis des tapferen Ritters war in das Gewebe ihrer Königreichsgeschichte eingewoben. Ein Klopfen an der geheimen Tür unterbrach sie, als sie Fragen stellen wollte. Es waren drei kurze Schläge, gefolgt von einer Pause und zwei härteren Klopfern.

»Unsere erste Ankunft«, kündigte Egmond an, als Tarric zur Tür eilte und sie öffnete. Der kleine Timi hüpfte in den Raum, voller Überschwang und Energie. Ihm auf den Fersen folgten drei Männer und eine Frau. Nyssa dachte, einer von ihnen sah vage vertraut aus.

»Alle wurden über das Treffen informiert und sollten auf dem Weg sein«, kündigte Timi stolz an.

»Gut gemacht«, antwortete Egmond und lächelte über den stolzen Blick im Gesicht des Jungen. »Kannst du gehen und nach dem Rest der Gruppe Ausschau halten – sicherstellen, dass niemand verfolgt wurde?« Als der Junge eifrig nickte und sich umdrehte, um zurück in den geheimen Gang zu gehen, schlug Egmond vor: »Tarric, warum gehst du nicht mit ihm?«

Nachdem sie gegangen waren, muss Egmond den besorgten Blick in Nyssas Gesicht erkannt haben. Er seufzte, seine Augen hielten ein trauriges, aber entschlossenes Licht, als er ihrem fragenden Blick begegnete. »Ich würde lieber nicht Timi um Hilfe bitten müssen. Es gefällt mir nicht, dass ich gezwungen bin, die Hilfe der Schlammlerchen und Straßenratten in Anspruch zu nehmen. Aber versteht das – die Kinder von Erishum sind nicht nur hilflose Opfer. Sie sind Überlebende – nein, Krieger.«

Egmond hielt inne, seine Worte gemessen und bewusst. »Diese Kinder haben das Überleben zu einer Kunstform verfeinert. Sie sammeln Informationen und übermitteln Nachrichten mit einer Effizienz, die viele unserer ausgebildeten Spione beschämt. Sie schlüpfen durch die Risse unserer Gesellschaft, unsichtbar für die wachsamen Augen von Neuntötern und Priestern gleichermaßen. Die Welt mag diese Kinder als unbedeutend sehen«, fuhr Egmond fort, seine Stimme schwoll vor Leidenschaft an. »Aber in dieser Rebellion sind sie unsere größte Stärke. Ohne ihre Hilfe wären wir hilflos gegen Joreks Streitkräfte. Sie sind nicht bloße Informanten oder Boten; sie sind der Funke unserer Revolution.«

Nyssa verstand die Notlage dieser Kinder weit besser, als Egmond es je könnte. Sie war einst eine von ihnen gewesen, vertraut mit den nagenden Schmerzen des konstanten Hungers und dem lauernden Schatten der allgegenwärtigen Furcht. Trotz dieser persönlichen Verbindung fand sie sich widerwillig nickend in Übereinstimmung mit Egmonds Einschätzung. Seine silberne Zunge hatte eine Art, selbst die widerlichsten Ideen vernünftig klingen zu lassen. Logisch wusste sie, dass seine Strategie wahrscheinlich richtig war – diese verzweifelten Kinder könnten sich tatsächlich als unschätzbar für die Sache der Vorhut erweisen. Doch diese kalte Vernunft tat wenig, um den Schmerz in ihrem Herzen zu lindern. Sie konnte das Gefühl nicht abschütteln, dass sie die Verletzlichkeiten ausnutzten, die sie einst geteilt hatte, auch wenn es für ein größeres Gut war.

Ihre trübsinnigen Gedanken beiseiteschiebend, beobachtete Nyssa verstohlen, wie neue Ankömmlinge den Raum betraten.

Ihre Aufmerksamkeit wurde zu einem Mann gezogen, dessen Gesicht vage vertraut war. Der stämmige, bärtige Mann gab Egmond einen strengen, sachlichen Blick und kreuzte seine Arme über seiner Brust. »Egmond«, knurrte er, seine Stimme rau und verärgert. »Was in Enums Namen ist die Bedeutung von all dem? Du weckst uns aus unseren Betten mitten in der Nacht, Stunden nach der Opferzeremonie, bietest aber keine Erklärung.«

Egmond betrachtete ihn mit ruhigem Auftreten, als wäre er an das Getöse des Mannes gewöhnt. »Garron, ich hätte dich nicht geweckt, wenn es nicht zwingend gewesen wäre.«

»Also, warum klärst du uns nicht jetzt auf?«, unterbrach eine andere Stimme, weicher, aber ebenso verärgert.

Egmond wandte sich der Sprecherin zu, einer Frau mit scharfen, kantigen Zügen, geätzt von Alter und Weisheit. Eine Hand auf Garrons Schulter legend, überredete Egmond: »Ich bitte um etwas mehr Geduld. Ich möchte warten, bis alle angekommen sind. Dann werde ich alles erklären.«

Als Garron etwas unter seinem Atem knurrte, erinnerte sich Nyssa plötzlich daran, woher sie ihn kannte. Sie hatte ein Gespräch zwischen ihm und Egmond am Tag von Jerwans Fest letzten Herbst belauscht. Sie hatten über die Knappheit der Kornreserven und die Wahrscheinlichkeit diskutiert, dass es nicht genug geben würde, um die Bürger durch den Winter zu ernähren.

Über die nächste Stunde kamen mehr Menschen an – einige einzeln und andere in kleinen Gruppen. Ihre Ausdrücke waren eine Mischung aus Neugier und Sorge, als sie den geräumigen, leeren Raum betraten. Gedämpftes Flüstern erfüllte die Luft, ein leises Murmeln von Stimmen, die sich fragten, warum sie zusammengerufen worden waren.

Als Fenol ankam, erkannte Nyssa ihn mit einem subtilen Nicken. Dicht hinter ihm war eine ältere Frau, ihr braunes lockiges Haar und ihre Augen auffallend ähnlich Fenols, ließen keinen Zweifel an ihrer Verwandtschaft.

Fenol trat vor und führte die Frau an seiner Seite sanft. »Vallen, Nyssa«, sagte er, seine Stimme warm vor Zuneigung, »ich möchte euch meine Mutter vorstellen, Frau Thana.«

Die Augen der Frau, so wie Fenols eigene, füllten sich mit Tränen, als sie sie betrachtete. Ohne Warnung stürzte sie vor und umhüllte Nyssa und dann Vallen in einer heftigen Umarmung, die ihre kleine Statur Lügen strafte.

»Danke«, sagte sie, ihre Stimme dick vor Emotion. »Danke, dass ihr meinen Jungen gerettet habt.«

Als sie sich zurückzog, verweilten ihre Hände auf ihren Armen, als könnte sie sich nicht ganz dazu bringen, loszulassen. »Als Fenol mir erzählte, was ihr getan habt, wie ihr ihn davor gerettet habt, zu einer... einer Hyva zu werden«, flüsterte sie, ihre Stimme stockte bei dem Wort Hyva, Schmerz blitzte über ihr Gesicht, »konnte ich es nicht glauben. Ihr habt alles riskiert für ihn.«

Nyssa spürte einen Kloß in ihrer Kehle entstehen, plötzlich bewusst für den Welleneffekt ihrer Handlungen. Es war nicht nur Fenol, den sie gerettet hatten, sondern die Welt dieser Frau. Vallen, normalerweise so gefasst, sah ebenso bewegt aus. In diesem Moment fühlte sich das Gewicht ihrer Mission, die Leben, für die sie kämpften, realer denn je an.

Nicht lange danach kehrte Tahj zurück. Er brachte mehrere junge Männer ähnlichen Alters mit. Nyssa fragte sich, ob sie auch Familie waren oder nur Freunde. Bevor sie sich vorstellen konnte, erregte eine weitere Gruppe von Ankömmlingen ihre Aufmerksamkeit.

Nyssa beobachtete die wachsende Versammlung, ihr Blick scharf, ihre Augen analytisch. Sie studierte jede Person, bewertete ihre Haltung, Ausdrücke und Kleidung, genau wie Vallen es sie vor Jahren gelehrt hatte. Viele von ihnen waren unbekannt, obwohl sie ein paar schon einmal gesehen hatte. Sie senkte den

Kopf zur Anerkennung der wenigen Personen, die sie in ihrem früheren Leben gekannt hatte – meist Ladenbesitzer, an die sie Gegenstände verkauft hatte, die aus den schlammigen Tiefen des Flusses Assur gezogen worden waren. Fast alle Ankömmlinge waren in der auffälligen Kleidung des Adels und der Kaufleute gekleidet – feine Seide und weiche Samt, die Farben leuchtend in dem tristen Raum.

Als Nyssa jeden Neuankömmling musterte und über ihre Motive nachdachte, sich der Rebellion anzuschließen, kamen Rhio und Krümelchen schließlich an. Anders als die anderen Tribute kamen sie allein. Krümelchens Gesicht war kreidebleich, ihre Züge von Kummer geätzt, der an den Winkeln ihres Mundes zog. Rhio verweilte nahe, seine beschützende Haltung offensichtlich, als er nahe ihrem Ellbogen schwebte. Seine Hände zuckten mit abgebrochenen Gesten des Trostes, streckte sich aus, nur um unsicher zurückzuziehen. Seine Augen, voller Sorge, verrieten seinen Wunsch, sie zu trösten, obwohl er ratlos schien, wie er es tun sollte.

Nyssa begann zu ihnen hinüberzugehen, in der Hoffnung, Hilfe oder zumindest eine Schulter zum Anlehnen anzubieten, als die scharfe Stimme einer Frau aufrief und durch das wachsende Geplauder schnitt.

»Nyssa!«

KAPITEL 7

ei dem scharfen, lauten Ruf von Nyssas Namen flog Vallens Hand zum Griff seines Dolches. Die Waffe fühlte sich wie eine Verlängerung seines Körpers an, als er sich instinktiv drehte und sich zwischen Nyssa und die potenzielle Bedrohung positionierte. Seine Muskeln spannten sich an, bereit zu springen, während seine Augen nach der Quelle suchten.

Erkennung dämmerte, und Vallens Griff um seine Waffe lockerte sich mit einem leichten Grimassen. Er trat beiseite, als Nyssas ehemalige Arbeitgeberin, die Bäckerin, zu ihnen eilte, ihr rundes Gesicht vor Aufregung gerötet und die Augen hell vor Erleichterung. Bevor Nyssa reagieren konnte, schloss die stämmige Frau die Lücke und umhüllte sie in einer heftigen Umarmung, wirbelte Nyssa in eine atemlose Umarmung, die sie leicht vom Boden hob.

»Frau Kayseri!«, rief Nyssa aus, ihre Stimme gedämpft gegen die Schulter der Frau.

»Bei Enums Willen, Nyssa!«, rief die Frau mit einem Schluchzen aus. Sie klammerte Nyssa noch fester an sich, als hätte sie Angst, dass sie wieder verschwinden könnte. »Ich war entsetzt, als du verschwunden bist. Ich fürchtete, du wärst tot.«

Frau Kayseri löste Nyssa aus ihrer Umarmung und trat auf Armeslänge zurück. Sie musterte Nyssa von Kopf bis Fuß, ihre scharfen Augen verpassten nichts, als würde sie eine geistige Inventur jedes Merkmals machen. »Wo warst du, Nyssa?«, verlangte sie, ihre Stimme besorgt und übermäßig laut in dem jetzt stillen Raum. Vallen beobachtete, wie Nyssas Blick nervös umherhuschte, ihre Wangen blühten vor Farbe bei all den gaffenden Zuschauern. »Was ist passiert? Warum bist du gegangen und hast nicht einmal auf Wiedersehen gesagt? Du hattest die ganze Bäckerei in Panik versetzt.«

Bevor Nyssa antworten konnte, schnitt Egmonds befehlsgewohnte Stimme durch die Luft und brachte den Raum zum Schweigen. »Frau Kayseri, alle hier müssen Nyssas Geschichte hören. Die Geschichte, wo sie und Vallen diese vergangenen Monate verbracht haben, könnte die wichtigste Information sein, die die Vorhut je erhalten hat.« Sich zurück zu Nyssa wendend, weichte seine Stimme sich leicht auf. »Würdest du bitte alles teilen, was während deiner Abwesenheit geschehen ist?«

Nyssas Augen flackerten vorsichtig zu Vallen, unsicher und argwöhnisch. Vallen begegnete ihrem Blick. Mit einem sanften Nicken vermittelte er sein Vertrauen in sie.

Gestärkt durch Vallens stille Unterstützung, straffte Nyssa ihre Schultern und trat vor. Als sich ihr Kinn hob und ihre Haltung sich straffte, schwoll Vallens Herz in seiner Brust an. Er hatte Nyssa immer geliebt, aber das Geschenk, ihren Mut und ihre Entschlossenheit zu sehen, erfüllte ihn mit Stolz. Nicht länger war sie das Mädchen, das bei Schatten zitterte – obwohl dieses süße, schüchterne Mädchen, das er kennengelernt hatte, immer noch da war – aber jetzt war sie eine Flamme, die die Dunkelheit erhellte.

Nyssa ließ ihren Blick über die Menschen wandern, die in Kuratorin Athuras ehemalige Quartiere gedrängt waren.

»Bis letzten Herbst war ich eine Schlammlerche«, begann sie, ihre Worte hallten von den Steinwänden wider. »Eines Tages fand ich etwas Außergewöhnliches im Fluss Assur – einen Gegenstand, der anders war als alles, was ich je gesehen hatte. Als ich ihn zu Kuratorin Athura brachte, sagte sie mir, es sei ein Musikinstrument, eines, das es in Erishum nicht gibt.«

Die Menge hing an ihren Lippen.

»Es kam von jenseits der Sterbenden Wildnis, von einem der Königreiche, von denen uns gesagt wurde, dass sie nicht mehr existieren. Großer Enumerox Berossus beschlagnahmte das Instrument und erklärte es für verdorben. Aber die Kuratorin wusste es besser. Sie schickte mich zurück zum Fluss, um nach mehr Gegenständen wie diesem zu suchen – um Beweise zu finden, dass die alten Königreiche jenseits der Sterbenden Wildnis noch existierten.«

Nyssa hielt inne, ihr Blick schweifte über die gespannten Gesichter vor ihr. »Und ich fand diesen Beweis. Den Kadaver eines enormen Reittieres namens 'Pferd', das einem Boten aus dem König-reich Puzur gehörte. Ich barg Briefe und andere Gegenstände von dem Tier und brachte sie zu Athura. Die Neuntöter und Priester hätten mich beinahe erwischt.« Ihre Augen wurden weicher, als sie zu Vallen blickte. »Vallen opferte sich, um mich zu beschützen. Er ermöglichte mir die Flucht, wurde daraufhin verhaftet und dazu verurteilt, als Tribut für Enum beim Jerwan-Fest zu dienen.«

Sie holte einen weiteren beruhigenden Atemzug, bevor sie ins Herz ihrer Geschichte tauchte. »Mit Hilfe einer alten Karte und zwei gestohlenen Amuletten entkamen wir aus der Weihestätte. Wir durchquerten die tückischen Sterbenden Wildnis, und dort deckten wir die Wahrheit hinter Joreks Lügen auf.« Nyssas Stimme zitterte leicht. »Andere Königreiche existieren – wir haben sie mit unseren eigenen Augen gesehen. Aber die entsetz-lichste Lüge handelt von den Hyva.«

Die Spannung im Raum war greifbar.

»Die Hyva sind nicht Enums Beschützer, erschaffen von König Jerwan. Sie sind unser eigenes Volk, verwandelt durch die

verdorbene Magie der Sterbenden Wildnis in geistlose Monster.«
Ein Keuchen hallte durch die Menge. Nyssa hielt einen ledernen
Wasserschlauch hoch, ihre Stimme voller grimmiger Entschlossenheit. »Ohne Magie von den Zauberquellen verwandelt sich
jeder, der die Sterbenden Wildnis betritt, innerhalb weniger
Stunden in eine Hyva. Die Tribute werden nicht als Nahrung für
die Bestien geschickt – sie werden geschickt, um sie zu werden,
um die verdorbenen Länder jenseits unserer Mauern mit mehr
Monstern zu bevölkern.«

Als Nyssa ihre Reise durch die Sterbenden Wildnis erzählte,
blieb Vallen still, seine Aufmerksamkeit auf die Menge gerichtet.
Er musterte ihre Gesichter und studierte jeden schockierten
Ausdruck und jeden klaffenden Mund. Er suchte nach irgendeinem Hinweis auf Vorwissen, verräterische Vertrautheit oder –
am schlimmsten – Schuld. Doch als er die weit aufgerissenen,
empörten Reaktionen beobachtete, fand Vallen keinen Hinweis
darauf, dass jemand in der Vorhut diese Wahrheit vorher gekannt
hatte.

»Mein Onkel Egat wurde vor zehn Jahren geopfert. Sagst du,
er könnte da draußen sein—« Garron zeigte mit einem
zitternden Finger zur fernen Wand »—noch am Leben, aber
gefangen im Körper einer Hyva?«

»Es ist möglich, ja. An unserem dritten Tag in den Sterbenden
Wildnis begann Vallen sich in eine Hyva zu verwandeln.« Vallen
spürte, wie sich alle Augen zu ihm wandten. Er hielt sein Gesicht
gelassen, aber begegnete jedem Blick mit stetigen Augen. »Wir
hatten nicht bemerkt, dass einem der Amulette die Quellmagie
ausgegangen war.«

Ein Murmeln lief durch die Menge bei der Erwähnung von
Magie, ihre Flüstern stiegen wie eine plötzliche Windböe. Ihre
Unruhe spürend, eilte Nyssa zu erläutern, ihre Stimme schnitt
durch das Murmeln. »Wir entdeckten Taschen magischen
Wassers – die Magie der Quelle – versteckt unter den Ster-

benden Wildnis. Diese unterirdischen Reservoire halten den Schlüssel zum sicheren Durchqueren der verdorbenen Länder.«

Alle Gesichter waren Masken des Schocks, als sie ihnen die Quellmagie zeigte und eine kleine Menge des glitzernden Wassers in eine hohle Handfläche goss.

»In Puzur entdeckten wir eine antike Karte von Erishum in einem Museum, datiert von vor der Entstehung der Sterbenden Wildnis. Diese Karte enthüllte die Quelle der Quellmagie – gelegen genau dort, wo die Weihestätte jetzt steht. Wir glauben, diese Quelle könnte noch existieren, versteckt in den Mauern der Weihestätte, aber abgeschnitten von den Grundwasserleitern unter den Sterbenden Wildnis.«

Eine Stimme aus dem hinteren Teil des Raumes beklagte sich: »Die Weihestätte wird jetzt Tag und Nacht bewacht seit den Aufständen nach dem letzten Jerwan-Fest. Es gibt keine Möglichkeit, uns in die Weihestätte zu schleichen, um eure Geschichte zu bestätigen.« Der Raum explodierte mit Stimmen, viele stritten darüber, was getan werden sollte.

»Wir sollten den Menschen von Erishum die Wahrheit sagen«, argumentierte Tarric laut.

»Ohne Beweis – echten Beweis, nicht nur die Geschichten eines Mädchens – wird uns niemand glauben«, konterte Garron.

Vallen rollte seine Schultern bei der Art, wie Garron 'Mädchen' sagte – das war Nyssa, von der er sprach, und sie verdiente mehr Respekt als jeder Anwesende. Nyssa erkannte den Blick in Vallens Gesicht und eilte hinüber und legte eine zurückhaltende Hand auf seinen Arm.

»Er muss Manieren lernen«, knurrte er.

»Ja, das muss er. Aber du musst nicht derjenige sein, der sie ihm beibringt. Zwietracht zu säen ist ein Luxus, den wir uns nicht leisten können, Vallen«, sagte sie ihm, ihre Stimme fest. »Wir brauchen jede Seele in der Vorhut, die mit uns steht – die uns als Verbündete betrachtet, nicht als Feinde.« Vallens zorniger

Blick flackerte zu Nyssa, der Sturm in ihm wirbelte. Aber sie hielt stand.

Vallen ließ einen Atemzug frei, die Luft puffte aus seinem Mund in einer Wolke aufgestauter Verärgerung. Seine Schultern senkten sich langsam, die Spannung verließ ihn und seine geballten Fäuste entspannten sich. »Du hast recht. Wie üblich«, gab er zu, sein Grinsen wurde breiter, als er den erfreuten Blick in ihrem Gesicht sah.

»Natürlich habe ich das«, antwortete sie, die Mundwinkel zuckten nach oben.

Vallens Herz schwoll mit einer Liebe an, die so tiefgreifend war, dass sie jede Faser seines Wesens zu füllen schien. Nyssa war ein Balsam für seinen Geist, ein Trost und sicherer Hafen, der die Wirren ihrer Welt überstieg und Ruhe inmitten des Chaos bot. Ob sie an den Ufern von Puzur, den vertrauten Straßen von Erishum oder der trostlosen Weite der Sterbenden Wildnis standen, Nyssa war sein Heiligtum – sie war Heimat.

Nyssas Offenbarungen hatten einen Sturm von Stimmen entfesselt, die aufeinanderprallten und summten wie wütende Bienen. Inmitten dieses Chaos erhob sich Egmond, sein dünner, ergrauter Körperbau widerlegte die Autorität, die er befehligte. Seine Stimme war ein Donnerschlag, der den Sturm zum Schweigen brachte – ein tiefes, resonantes Dröhnen, das über den Raum rollte und Aufmerksamkeit verlangte. Die streitende Menge, gefangen im Kielwasser seiner gebietenden Gegenwart, verstummte widerwillig. Egmond schlug mit seinem Stock, bis die letzten Murrungen in wartende Stille starben.

»Wir haben heute Abend viel gelernt. Jetzt wissen wir mit Sicherheit von König Joreks Verrat und Gefühllosigkeit gegenüber den Leben seiner eigenen Bürger. Jedoch können wir noch nicht von dem sprechen, was heute Nacht offenbart wurde.« Als eine Welle zornigen Murmelns drohte, zu einem Gebrüll anzuschwellen, hob Egmond seine Hände und befahl Stille. Sein stählerner Blick schweifte über den Raum und traf die Augen der

Versammelten. »Wir müssen vorsichtig vorgehen. Wir können es uns nicht leisten, unser Blatt zu früh aufzudecken. Versteht das: Wenn wir unbesonnen handeln und uns bewegen, bevor wir vollständig vorbereitet sind, wird Jorek vor nichts zurückschrecken, um seine Missetaten zu begraben – zusammen mit jedem, der es wagt, sie aufzudecken.«

Das anfängliche Feuer des Ärgers in den Augen der Menge wich langsam einem düstereren, nachdenklicheren Glühen.

»Die Versuchung, unsere entdeckten Wahrheiten zu offenbaren, ist verlockend«, fuhr Egmond fort, sein Blick verhärtete sich, »Aber wir müssen uns daran erinnern, dass die Beweise, die wir brauchen, tiefer gehen als die Worte eines kryptischen Briefes oder ein Wasserschlauch voller glitzerndem Wasser. Garron hat recht – wir brauchen unwiderlegbare Beweise.«

»Der einzige Weg, seine Lügen zu beweisen, ist, jemanden in eine Hyva zu verwandeln«, schlug eine andere Stimme vor.

Die Menge keuchte, Entsetzen breitete sich über ihre Gesichter aus. Sie tauschten unruhige Blicke aus und rangen mit dem schrecklichen Vorschlag. Aber bevor eine so entsetzliche Idee Wurzeln schlagen konnte, trat Vallen vor und durchbrach die schwere Stille. Obwohl er vor Emotion zitterte, trug seine Stimme eine Stärke, die Aufmerksamkeit befahl. »Ich wäre fast zu einer Hyva geworden, während ich in den Sterbenden Wildnis war«, begann er, seine Worte schnitten durch den Raum. »Ich spürte, wie die Verwandlung begann. Nur Nyssas schnelles Denken mit unserem zusätzlichen Amulett rettete mich vor diesem entsetzlichen Schicksal.« Er hielt inne, seine Augen trübten sich bei der Erinnerung. »Aber selbst diese teilweise Veränderung war... entsetzlich. Mein Geist wurde zu einem Strudel aus Wut und Hunger, mein Wesen glitt weg.«

Sein Blick schweifte über die Menge und traf jedes Augenpaar. »Ich kann nicht – werde nicht – an der Zufügung eines solchen Schicksals an jemand anderen teilnehmen«, erklärte er, seine Stimme gewann an Stärke. »Es ist eine Grausamkeit, die ich nicht einmal meinem ärgsten Feind wünschen würde. Egal wie tief unser Durst nach Gerechtigkeit ist, wir dürfen nicht zu solcher Barbarei sinken. Wir müssen einen anderen Weg finden.«

Kein Argument folgte Vallens eindringlicher Erklärung. Die Massen nickten nur ihre stille Zustimmung.

»Also, was machen wir jetzt?«, fragte Tahj.

Egmond trat vor, seine Stimme trug mit ruhiger Autorität über den Raum. »Mein Ziel ist es, einen Weg zu finden, Jorek vom Thron zu entfernen, mit so wenig Blutvergießen wie möglich. Wir werden weiterhin Druck auf den König ausüben und ihn diskreditieren. Ihr alle wisst, dass ich hoffe, ihn dazu zu bringen, den Thron zugunsten von Prinz Javan abzudanken, von dem ich glaube, dass er beeinflussbar und handhabbar ist. Sollte das geschehen, habe ich Leute in Position, die dem Prinzen ins Ohr flüstern.«

Viele Gesichter flackerten mit Skepsis bei dieser Ankündigung, und ein paar verstreute Murmeln rieselten durch die Menge. Die Spannung im Raum war greifbar.

Egmond schlug mit seinem Stock auf den Boden und brachte die Aufmerksamkeit der Menge zurück zu sich. »Sobald wir Prinz Javan auf den Thron bekommen, glaube ich, dass wir mit ausreichendem Zwang den Prinzen dazu drängen könnten, ein Parlament zu akzeptieren, das aus Zunftführern besteht. Dieser Rat könnte helfen, die ausufernde Macht der Monarchie zu zügeln und sie gleichmäßiger zu verteilen, auf eine Weise, die für alle vorteilhaft ist.«

Viele der Versammlung spotteten beim Hören seiner Idee. Vallen beobachtete, wie Frau Kayseri die Augen rollte. »Jedes Treffen redest du immer wieder über dieses Parlament, Egmond. Glaubst du wirklich, dass die Zunftführer sich mehr um die Menschen von Erishum kümmern werden als um ihre eigenen Geldbeutel? Die meisten Zunftführer sind bereits bequem in der Tasche des Königs eingenistet. Sie sind alle Joreks plumpe, eitle Haustiere, kaufen königliche Gunst mit einem Bruchteil ihrer riesigen, unrechtmäßig erhaltenen Zehnten. Der Führer der Bäckerzunft hat meinen Zehnten dreimal dieses Jahr erhöht. Ich kann es mir kaum leisten, meine Türen offen zu halten. Warum sollten diese fetten, verwöhnten Blutsauger jemals den Wunsch haben, ihren opulenten Lebensstil aufzugeben?«

Egmond schüttelte den Kopf, sein mageres, verwittertes Gesicht wurde durch das schwankende Kerzenlicht weicher. »Ihr verpasst den Punkt, meine Freunde«, sagte er, seine Stimme ein kiesiger Flüster in dem Lärm der Kammer. »Es geht nicht darum, dass sie ihre bequeme Existenz aufgeben. Es geht darum, die unkontrollierte Herrschaft des Königs zu verringern und das Gleichgewicht in unserem Reich wiederherzustellen.«

Eine nachdenkliche Stille legte sich über den Raum, als jede Person mit den Implikationen rang. Die Vorstellung, die Autorität des Königs herauszufordern und ihre Gesellschaft umzugestalten, war sowohl aufregend als auch entmutigend.

Tarric trat vor und fixierte Vallen mit einem intensiven Blick. »Vallen, Nyssa, könnten wir auf Hilfe von anderen Königreichen zählen – wie dem, in dem ihr gelebt habt?«

Vallens Augen trafen Nyssas, ein wortloser Austausch geteilter Zweifel ging zwischen ihnen hin und her. Ihre verzogenen Lippen und das leichte Kopfschütteln bestätigten seine Instinkte. Sich zurück zum Raum wendend, verrieten Vallens sturmgraue Augen ein Flackern der Unsicherheit, als sie über die erwartungsvollen Gesichter schweifen. »Puzur könnte ein Verbündeter sein«, wagte er vorsichtig und lehnte sich gegen Kuratorin Athuras vernarbten, leeren Arbeitstisch. Seine Finger trommelten nachdenklich auf das abgenutzte Holz. »Aber unsere Erfahrung dort war begrenzt. Die Menschen waren freundlich, doch wir begegneten nie ihren Herrschern. Soweit wir wissen, könnte ihr Adel genauso gleichgültig gegenüber ihren Untertanen sein wie König Jorek.«

Er zögerte, bevor er sein Hauptanliegen äußerte. »Sobald wir Erishums Existenz offenbaren, gibt es kein Zurück mehr. Der

Schleier des Geheimnisses wird für immer gelüftet, was uns potenziell exponiert und verwundbar zurücklässt. Wir müssen unserer Verbündeten sicher sein, bevor wir einen so irreversiblen Schritt unternehmen – besonders wenn wir an unserem schwächsten Punkt sein könnten.«

Die Aussage verweilte und erregte Unruhe unter den Versammelten. Murmeln hallten gegen die alterschwachen Steinwände der Kammer. Die Aussicht auf Exposition und potenzielle Unterjochung durch ein fernes Königreich ließ sie bis ins Mark erfrieren.

»Wir müssen unsere Position innerhalb Erishums festigen, bevor wir überhaupt daran denken, Hilfe von außen zu suchen«, argumentierte eine Frau in einem schicken Kleid, ihre Finger drehten nervös einen schweren Ring, der ihren Finger schmückte. »Wir können es uns nicht leisten, unter die unterdrückerische Ferse eines unbekannten Königreichs zu fallen.« Ihre Worte wurden mit eifrigen Kopfnicken der Zustimmung von mehreren anderen im Raum aufgenommen.

Hoch stehend bei einem leeren kalten Kamin, blickte Egmond streng auf die Mitglieder der Vorhut. »Ich stimme zu, Frau Sarna. Es ist zu früh, nach Hilfe von Außenstehenden zu suchen. In der Zwischenzeit sollten wir unsere Bemühungen beim Horten von Waffen und Nahrung verstärken. Wir müssen auf jede Situation vorbereitet sein.«

Tahj räusperte sich, seine Stirn runzelte sich, als er Egmond ansprach. »König Jorek hat Herrn Kassite letzten Monat hinrichten lassen«, sagte er, seine Frustration offensichtlich. »Es wird gemunkelt, dass Herr Xair, der Neffe des Schmiedezunftführers, den Platz erben wird. Er ist seinem Onkel und dem König loyal und hat keine Liebe für unsere Sache. Und nach Kassites Schicksal wagt kein anderer Schmied, Joreks Zorn zu riskieren.«

»Tahj, du warst Herr Kassites bester Lehrling«, sagte Egmond. »Wenn wir dir eine Schmiede finden könnten – einen Ort, wo du vor Entdeckung sicher wärst – wärst du bereit, dort weiterzumachen, wo Kassite aufgehört hat? Würdest du daran arbeiten, Waffen für die Vorhut zu schaffen?«

Tahj runzelte die Stirn, Verwirrung war in seinen Augen offensichtlich, aber nach einem Moment des Zögerns neigte er den Kopf in Zustimmung.

Vallens Blick schweifte über den Raum, eine Mischung aus Belustigung und Sorge erfüllte ihn. Wenn irgendeine anwesende Person dort auch nur ein Schwert gehalten hätte, würde er seinen Gürtel essen. Die ernsten Gesichter, die ihn anblickten, waren die von Bäckern, Kaufleuten und Handwerkern – nicht Kriegern. Er rollte seine Schultern. »Ich will nicht die Stimmung dämpfen«, begann er, sein Ton vorsichtig, aber direkt, »aber ich muss fragen: Kann jemand hier ein Schwert führen? Oder irgendeine Waffe überhaupt?« Die Stille, die folgte, war so aussagekräftig wie jede verbale Antwort hätte sein können.

Nyssa lehnte sich nah zu Vallen, ihre Stimme ein gedämpftes Flüstern. »Vallen, willst du bleiben und bei dieser Rebellion helfen, oder willst du zurück nach Puzur?« Ihre Augen suchten intensiv sein Gesicht ab. »Ich denke, sie brauchen unsere Hilfe.«

Vallen starrte Nyssa für eine lange Minute an und versuchte zu bestimmen, ob Nyssa das Angebot seinetwegen machte oder ob sie es ernst meinte. Schließlich ließ er einen leisen Seufzer aus. »Ich denke... ich will bleiben«, gab er zu, seine Stimme kaum hörbar.

Nyssa nickte, ein kleines Lächeln zog an ihren Lippen. »Ich denke, wir sollten auch bleiben«, stimmte sie zu und drückte beruhigend seine Hand. »Ich denke, wir können wirklich etwas bewirken.«

Vallen fing Egmonds Blick. »Wenn Tahj die Waffen machen kann, bin ich bereit, Menschen zu trainieren, wie man sie benutzt.«

»Ihr werdet einen sicheren Ort dafür brauchen. Weit weg von neugierigen Blicken—« begann Egmond. »Ich kann an keinen

Ort in Erishum denken, wo der Rauch von der Schmiede nicht bemerkt würde.«

Vallen wusste bereits, wo sie die Schmiede aufstellen sollten. »Es wird innerhalb der Sterbenden Wildnis sein müssen. Es ist der eine Ort, wo wir garantieren können, dass wir nicht gefunden werden. Nyssa und ich wissen, wie man dort draußen überlebt. Egmond, wenn du die Ausrüstung besorgen kannst und Tahj bereit ist, unsere Waffen zu machen, bin ich bereit, Menschen zu lehren, wie man sie benutzt.«

Vallen blickte zu Tahj hinüber, der bereits mit dem Kopf nickte.

»Wir brauchen Ausrüstung und Vorräte, um eine Schmiede zu schaffen... Ich denke, ich weiß, wer sie für uns liefern sollte. Frau Sarna«, sagte Egmond und wandte sich der fein gekleideten Frau zu. »Wärst du bereit, eine Abendgesellschaft in deinem Anwesen zu veranstalten und Herrn Xair einzuladen? Ich würde bitten, dass du ihn an diesem Abend gut in seinen Bechern hältst. Denkst du, du könntest so etwas in den nächsten Tagen arrangieren?«

Ein langsames Lächeln breitete sich über Frau Sarnas Gesicht aus, ihre Augen leuchteten mit einem schelmischen Funkeln, das ihr raffiniertes Erscheinungsbild Lügen strafte. »Warum, Egmond«, schnurrte sie, ihre Stimme reich vor Belustigung, »ich dachte, du würdest nie fragen.« Sie tippte mit einem perfekt manikürten Finger gegen ihr Kinn, als würde sie die Bitte bedenken, aber das Glänzen in ihren Augen deutete darauf hin, dass sie bereits entschieden hatte. »Eine Abendgesellschaft, sagst du? Ich glaube, ich kann das schaffen. Tatsächlich denke ich, ich werde ein paar Flaschen Brandy kaufen, die unser lieber Herr Xair einfach probieren muss.« Sie gab ein zartes Lachen von sich, der Klang klingelte wie Kristall in der angespannten Atmosphäre des Raumes. »Gib mir zwei Tage, und ich richte es ein.«

Die versammelte Gruppe tauschte Blicke der Bewunderung und leichter Besorgnis über Frau Sarnas offensichtliche Begeiste-

GWEN DEMARCO

rung für die Aufgabe aus. Es war klar, dass unter ihrem eleganten Äußeren ein listiger Verstand lag, der mehr als fähig zu Intrigen war.

»Wie werden wir Schmiedeausrüstung durch das Königreich und in die Sterbenden Wildnis bekommen, ohne dass jemand es bemerkt?«, fragte Nyssa.

»Ich könnte einen Weg wissen...«, sagte eine leise Stimme.

Die Versammlung wandte sich einem jungen Mann zu, der den charakteristischen blauen Hut eines Bauern trug. Neben ihm stand ein älterer Mann, dessen Ähnlichkeit sie als Verwandte markierte. Beide hatten die gebräunte, verwitterte Haut von Männern, die ihre Tage im Freien verbringen.

Der junge Mann zuckte zusammen, als jedes Augenpaar auf ihn fiel. Er sah unbehaglich mit der Aufmerksamkeit aus. »Mach schon, Ignac. Erzähl ihnen, was wir gefunden haben«, drängte der ältere Bauer und gab ihm einen leichten Schubs.

Der junge Mann zögerte einen Moment, blickte mit Beklommenheit auf die erwartungsvolle Versammlung, bevor er sich aufrichtete und seine Lippen festigte. »Vor ein paar Jahren verschwand eines unserer Kälber. Nach viel Suchen entdeckten mein Vater und ich es in einer tiefen Felsspalte nahe der Grenzwand gefangen. Nachdem wir das Tier herausgeholt hatten, stellten wir zu unserem großen Erstaunen fest, dass die Felsspalte keine bloße Ritze war, sondern ein Eingang zu einer Höhle, die unter der Erde versteckt war. Es schien unter der Grenzwand hindurchzugehen, also schickten wir nach dem Großen Enumerox. Berossus ließ mehrere Priester und Neuntöter die Höhle überprüfen und bestätigen, dass sie sich in die Sterbenden Wildnis öffnet.«

»Ihr habt einen offenen Tunnel, der in die Sterbenden Wildnis führt«, keuchte Frau Sarna und klammerte sich an den Kragen ihres Kleides.

Der ältere Bauer schüttelte den Kopf und übernahm die Erzählung: »Nein, Berossus ließ einen großen Felsbrocken über die Öffnung in unserem Feld legen. Als ich Bedenken über Hyva äußerte, die Zugang innerhalb unserer schützenden Mauern bekommen könnten, sagte er mir, dass die Magie in den Grenzwällen sie daran hindern würde, Erishum zu betreten.«

»Seid ihr jemals in die Höhle gegangen?«, fragte Vallen.

Der Mann tauschte einen Blick mit seinem Sohn aus, und sie schüttelten die Köpfe.

»Wenn wir einen Weg finden könnten, den Felsbrocken zu bewegen oder zu verschieben, würde ich gerne ein paar Leute schicken, um zu sehen, ob es ein gangbarer Weg aus dem Königreich ist. Wärt ihr bereit, dass unsere Leute euer Land als Zugang zu den Sterbenden Wildnis nutzen?«

Der alte Bauer neigte den Kopf, sein verwittertes Gesicht von grimmiger Entschlossenheit geätzt. »Ja«, sagte er, seine Stimme tief und entschlossen. »Der König muss zur Rechenschaft gezogen werden. Er hätte seine Magie nutzen können, um unserem Boden dieses Jahr wieder Leben einzuhauchen, aber stattdessen stand er untätig da. Wir waren gezwungen, die meisten unserer Felder brach liegen zu lassen, nur um dann unter Druck gesetzt zu werden, ihm unsere magere Ernte zu Preisen zu verkaufen, die kaum unsere Kosten deckten.« Die Augen des Bauern blitzten vor Empörung. »Und was macht er mit seinem unrechtmäßig erworbenen Gewinn? Er hortet ihn wie ein Geizhals. Mein Nachbar schwört, der König hat mehr Nahrungsvorräte, als er je verwenden könnte. Dieser Jorek würde sie lieber alle verrotten lassen, als sie mit seinem hungernden Volk zu teilen.«

Egmond schlug mit seinem Stock auf den Boden und erregte jedermanns Aufmerksamkeit, als sie wieder zu murmeln begannen. »Hier ist mein Vorschlag... Ihr alle müsst in die Sterbenden Wildnis zurückkehren«, sagte er und zeigte auf Vallen, Nyssa und die fünf Tribute. Sein Blick traf Vallen und Nyssa und flehte um ihr Verständnis. »Wir müssen ein Basislager errichten. Ein Heiligtum, wo wir uns verschanzen und vorbereiten können. Ein

61

Ort, wo unsere Soldaten trainieren können, ungesehen und unentdeckt.«

Vallen nickte. »Wir brauchen Zeit, um einen guten Standort zu erkunden und den Raum vorzubereiten. Es gibt viel zu tun.«

Egmond erwiderte sein Nicken, bevor er sich Tahj zuwandte. »Tahj, ich möchte, dass du mit Vallen zusammenarbeitest, um einen Platz für eine Schmiede zu finden, irgendwo abgelegen, versteckt vor neugierigen Blicken, die die Spitze der Grenzwälle patrouillieren. In der Zwischenzeit werde ich an einem Plan arbeiten, um dir die Werkzeuge und Vorräte zu besorgen, die du brauchst, um Waffen zu schaffen.«

Als Tahj nickte, bot Egmond ihm ein beruhigendes Nicken, bevor er sich Tarric zuwandte. »Tarric, ich weiß, dass du bald gehen musst. Du kannst nicht riskieren, innerhalb der Mauern von Erishum gesehen zu werden.« Kerzenlicht tanzte in Egmonds entschlossenen Augen. »Aber ich brauche deine Fähigkeiten. Wenn morgen die Nacht fällt, wähle mehrere starke, diskrete junge Männer und triff uns hier. Wir haben einen Felsbrocken auf Herrn Lumians Land zu bewegen.«

Tarric nickte und gab dem älteren Mann ein breites Grinsen.

»Ich glaube, das schließt alles ab, was wir heute Nacht besprechen mussten. Wisst, dass wir einen Weg finden werden, die Ungerechtigkeiten richtigzustellen, die Jorek gegen unser Königreich begangen hat. Ich glaube, dass wir Veränderung bewirken können. Sorgt dafür, dass ihr einzeln oder nur in kleinen Gruppen geht. Wir dürfen nicht entdeckt werden.« Egmond ließ seinen Blick über die Menge schweifen und jedes Auge treffen, strahlte Vertrauen und Zuversicht aus. »Während alle an ihren zugewiesenen Aufgaben arbeiten, werde ich beginnen, unser nächstes Pamphlet zu schreiben, um den König zu diskreditieren.«

Als Menschen sich zum Ausgang zu bewegen begannen, wollte Vallen folgen, wurde aber kurz angehalten, als Nyssa sich nicht bewegte. Sie war zu einer Statue an Vallens Seite geworden, und ihr normalerweise lebhaftes Gesicht trug einen fernen Blick.

»Nyssa«, flüsterte Vallen und wollte sie nicht erschrecken. Er rückte näher zu ihr, seine schwieligen Finger berührten leicht ihre Schulter. »Geht es dir gut?«

Nyssas Trance brach wie das Schnappen einer Bogensehne, sie blickte auf und begegnete seinem besorgten Blick. Der ferne Blick löste sich auf, ersetzt durch ein aufregendes Grinsen.

»Ich habe eine Idee, was Egmond in sein Pamphlet setzen könnte.«

KAPITEL 8

Nyssa richtete sich auf und verschob den Stapel Holz in ihren Armen. Sie hievte das Bündel höher, bettete es in ihre Armbeuge, dann wischte sie ihre feuchte Stirn an ihrer Schulter ab, um den Schweiß aus ihren Augen zu wischen. Ihre Muskeln schmerzten unter der Anstrengung. Als sie sich zurück zum Lager wandte, drang das ferne Geräusch von Tahj und Fenols Gelächter durch die Luft und punktierte ihre Arbeit, während sie Unterholz vom ausgewählten Lagerplatz räumten.

Das Lager war noch sehr einfach gehalten, aber in ihrem geistigen Auge bildeten ihre Unterkünfte einen schützenden Kreis um einen sorgfältig arrangierten Ring aus Steinen, der bald ein knisterndes Feuer beherbergen würde. Jede Nacht würden die Flammen Wärme spenden und die Schatten der Sterbenden Wildnis fernhalten. Das tröstliche Aroma eines köchelnden Eintopfs erfüllte ihre Vorstellung, begleitet vom sanften Murmeln der Unterhaltung. Obwohl es jetzt nur eine Lichtung war, sah Nyssa ihr Potenzial, sich in einen gemütlichen Zufluchtsort zu verwandeln, ein Heiligtum inmitten des dunklen Waldes.

Nyssa, Vallen und die Tribute waren tief ins Herz der Sterbenden Wildnis vorgedrungen. Sie durchkämmten das raue Gelände und kämpften sich vorwärts, während sie nach einem geeigneten Platz für ihr neues Lager suchten. Jeder potenzielle Standort musste sorgfältig überprüft werden – er musste eine Quelle von Quellmagie haben und nah genug am Fluss sein, um Zugang zu Wasser und der Nahrung zu bieten, die er bot. Er durfte nicht zu nah an den Mauern von Erishum sein, sonst könnten ihre Lagerfeuer und die Dämpfe ihrer geplanten Schmiede ihren Standort verraten.

Ihre Suche war oft ermüdend und still gewesen, nur von den Schreien der Hyva unterbrochen, die ihnen zu folgen schienen, wohin sie auch gingen. Die Schwere ihrer Mission nagte täglich an ihrem Gemüt.

Es hatte viele Tage der Suche gedauert, aber ihre Beharrlichkeit zahlte sich schließlich aus. Sie hatten ein Tal entdeckt, ideal gelegen, weit genug vom Königreich entfernt, um der Entdeckung zu entgehen, etwas über eine Stunde Fußmarsch von Erishums Mauern.

Bei der Erkundung des Tals entdeckte Tahj eine natürliche Vertiefung in der Landschaft. »Das könnte perfekt für die Schmiede sein«, überlegte er und deutete auf die Senke im Boden. »Die umliegenden Hügel und Bäume würden helfen, den Rauch zu zerstreuen und es weniger wahrscheinlich machen, dass er von Erishum aus gesehen wird.«

Das Tal barg einen anderen versteckten Schatz: einen schmalen Spalt in einer Felswand, der zu einer abgeschiedenen Grotte führte, deren Wände mit dem ätherischen Schimmer der Quellmagie glitzerten.

Die Höhle war ein Wunder – eine kleine Kaverne aus glattem, wassergespültem Stein. Ein Becken aus flüssigem Licht sammelte sich in ihrem Inneren, seine Oberfläche kräuselte sich mit einem Regenbogen von Farben. Wenn Sonnenlicht die Oberfläche der Quelle traf, warf es ein Spektrum aus farbigen Lichtstrahlen, die über die Wände der Höhle tanzten und das Gesicht der Schlucht hinaufspillten. Es schimmerte bezaubernd unter dem Sonnen-licht, das es wagte, durch die dunklen Äste des Waldes zu spähen.

Das rhythmische Scharren von Bakus Hufen auf dem Wald-boden riss Nyssa aus ihrer Träumerei. Die Anstrengungen der Eselin, unzählige gefallene Bäume wegzuziehen, verschmolzen mit dem scharfen Knacken trockener Äste unter den Füßen und Vallens Grunzen, als er störrische Wurzeln aus der Erde rang. Nyssa blickte auf ihre Hände hinab, jetzt schwielig und zerkratzt vom Helfen im Lager.

Vallen und Tarric schritten den Umkreis ihres »Übungsplat-zes« ab und debattierten, ob er groß genug war, während Timi ihnen auf Schritt und Tritt folgte wie ein treuer Begleiter.

Als sie sich auf den Standort ihres Außenpostens erst einmal festgelegt hatten, hatten Tarric und Vallen eine heimliche Reise zurück nach Erishum unternommen, um Egmond zu informie-ren. Als sie zum Lager zurückkehrten, hatte Timi, jung und toll-kühn, versucht, ihnen zurück in die Sterbende Wildnis zu folgen. Glücklicherweise war seine Tarnung aufgeflogen, kurz bevor seine Dummheit ihn in die schnappenden Kiefer einer lauernden Hyva geliefert hätte.

Der knappe Anruf tat wenig, um Timis Enthusiasmus zu dämpfen. Trotz ihrer besten Bemühungen, ihn innerhalb Eris-hums schützender Mauern zu halten, erwies er sich als störri-scher als selbst Baku. Egmond hatte Timi kurzerhand in sein Haus umziehen lassen. Dennoch, wenn die Dämmerung jeden Morgen über dem Horizont anbrach, tauchte Timi im Lager auf und kehrte erst zurück zu Egmonds Haus, wenn die Dunkelheit sich wieder über Erishum gelegt hatte. Seit jener Nacht hatten sie Timi mit einer eigenen Feldflasche voller Quellwasser ausgestat-tet, da sie ihn nicht davon überzeugen konnten, fernzubleiben. Obwohl Tarric murrte und sagte, Timi ärgere ihn, wusste Nyssa auch, dass er froh war, seinen Bruder in der Nähe zu haben.

Ein scharfes, rhythmisches Klopfen lenkte Nyssas Aufmerk-samkeit auf die andere Seite des Tals. Gegen die Sonne blinzelnd, entdeckte sie Wargton, dessen verwitterter Körperbau über einer Schaufel gebeugt war, als er ihre Latrine grub. Der alte Mann war erst gestern in ihrem Lager erschienen, als er bei Morgendämmerung mit Timi angekommen war. Nyssa erinnerte sich an die gedämpfte Erklärung des Jungen: Wargton war ein Flüchtling, von den Neuntötern wegen des scheinbar geringfügigen Vergehens gesucht, einige Kräuter aus den königlichen Gärten des Königs gestohlen zu haben. Als sie ihn unermüdlich arbeiten sah, fragte sich Nyssa unwillkürlich, welche verzweifelten Umstände diesen Mann dazu getrieben hatten, alles für bloße Kräuter zu riskieren.

Nicht weit vom Stapel Abfallholz entfernt entdeckte Nyssa Rhio und Krümelchen, die zusammenarbeiteten. Sie verwendeten lange, biegsame Quenti-Ranken, um das Dach einer kleinen Hütte zu flechten. Die Ranken, jung und biegsam, waren perfekt für die Arbeit, und zum Glück hatten sie viele in der Nähe des Flussufers wachsend gefunden. Rhio sprach leise zu Krümelchen, die nickte und bei seinen Worten lächelte.

Krümelchen war die größte Überraschung für Nyssa gewesen. Die stille Frau, wie sich herausstellte, war eine Taschendiebin und Einbrecherin von einigem Ruf in Erishum. Rhio hatte oft als ihr Komplize gearbeitet, bot Ablenkung für ihre Ziele und Schutz vor den gefährlichen Straßen des Untergrunds des Königreichs. Ihre Rekrutierung in Egmonds Widerstandsgruppe war auf unerwartete Weise zustande gekommen: Krümelchen hatte erfolgreich Egmonds Brieftasche gestohlen, nur um dabei von Garron gesehen zu werden. Aber anstatt sie den Neuntötern zu übergeben, hatte Egmond eine Gelegenheit gesehen. Immer der Taktiker, hatte er sie stattdessen rekrutiert und ihre einzigartigen Fähigkeiten dem Arsenal der Vorhut hinzugefügt.

Unter Egmonds Führung hatten Krümelchens Talente einen edleren Zweck gefunden. Sie wurde seine stille Agentin, stahl nicht für Profit, sondern für das größere Wohl. Die Bibliothek der Priester gab Karten preis, die die Geheimnisse des Schlosses enthüllten. Gestohlene Befehle offenbarten die Bewegungen der Neuntöter wie Figuren auf einem Schachbrett. Steuerregister, befreit von ahnungslosen Schreibern, legten die korrupten Geschäfte von Erishums Elite bloß.

Monatelang lief ihr Unterfangen fehlerfrei. Krümelchen tanzte durch Schatten, während Rhio auf sie aufpasste, und Egmond wob ihre gestohlenen Informationen in seine großen Entwürfe. Es war die perfekte Operation, bis ein anderer Taschendieb sie verriet und sie sich in Ketten wiederfand zusammen mit Rhio, der an ihrer Seite erwischt worden war.

Ihre Gefangennahme durch die Neuntöter war so schnell und gnadenlos wie ein eisiger Wintersturm gewesen, die Anklage des Diebstahls hing über ihnen wie die Axt eines Henkers. In Erishum trug ein solches Verbrechen nur zwei Strafen: den Strick oder die Einberufung als Tribut. Nyssas Geist schreckte vor dem Gedanken an die sanfte Krümelchen oder den stand-haften Rhio zurück, verwandelt in geistlose, gefräßige Hyva. Eine Welle der Erleichterung überkam sie bei dem Gedanken, dass sie und Vallen es geschafft hatten, sie vor einem so grotesken Schicksal zu bewahren.

Sie beobachtete, wie Rhio einen Holzbalken stützte, seine Muskeln vor Anstrengung gespannt, während Krümelchens geschickte Finger Ranken darum wanden und ihre Unterkunft Stück für Stück sicherten. Es gab eine mühelose Synchronie in ihren Bewegungen, ein wortloses Verständnis, das von einer tiefen Bindung sprach. Doch die genaue Art ihrer Beziehung blieb Nyssa ein Rätsel. Sie hatte bewusst entschieden, nicht nach-zuforschen. Was auch immer zwischen ihnen lag – Freundschaft, Liebe oder etwas Undefinierbares – gehörte ihnen allein.

Nyssa ging zum Kochfeuer hinüber, um den Eintopf zu über-prüfen, den sie zuvor angesetzt hatte. Sie entfernte vorsichtig den Deckel des großen Topfes und war erfreut zu sehen, dass das Feuer nicht zu heiß geworden war und den Inhalt des Topfes verbrannt hatte. Nyssa ging zu dem großen flachen Felsen

hinüber, den sie zur Nahrungszubereitung benutzte, und überprüfte, um sicherzustellen, dass die Tasche mit ihrem Tagesbrot
noch fest gegen die Elemente versiegelt war. An den meisten
Morgen brachte Timi, wenn er im Lager ankam, Backwaren mit,
die Frau Kayseri gebacken hatte.

Für Nyssa war dies oft die einzige Verbindung zur Normalität. Sie beugte sich hinunter, um den Geruch von Brot einzuat-
men, nur um sich zu beruhigen.

Als die Dämmerung hereinbrach, stellten sie die letzten ihrer
einfachen, aber stabilen Unterkünfte fertig. Als sich die Gruppe
um das Lagerfeuer versammelte, zeichneten sich ihre Silhouetten
vor der hereinbrechenden Dunkelheit ab. Wie all die anderen
Nächte, seit sie diesen Ort gewählt hatten, drängten sich die
Gruppe um das Lagerfeuer, um eine Mahlzeit zu teilen, ihre
Hoffnungen loderten so inbrünstig wie die Flammen, auch wenn
die Erschöpfung tief in ihren Knochen saß.

Gewöhnlich war das Abendessen am Lagerfeuer eine Zeit der
Kameradschaft und zufriedenen Geplauders, eine kurze Atem-
pause von der mühsamen Arbeit des Tages. Jedes Mitglied ihrer
Gruppe würde seinen gewählten Felsensitz beanspruchen,
mühsam um die Flammen herum arrangiert, und glücklich
getrocknetes Fleisch kauen oder was auch immer für einen
Eintopf Nyssa aus ihren mageren Vorräten zusammengebraut
hatte. Sie würden die Errungenschaften des Tages teilen,
Geschichten aus ihrer Vergangenheit austauschen oder Pläne für
die Zukunft weben.

Heute Nacht war jedoch anders. Eine bedrückende Stille hing
über der Gruppe, die übliche Wärme ihrer Zusammenkunft
wurde von einer spürbaren Anspannung überlagert. Nyssas
Nerven spiegelten die Unruhe ihrer Gefährten wider, ihre
Gedanken hafteten an der gefährlichen Aufgabe, die vor ihnen
lauerte. Heute Nacht würden sie sich zurück nach Erishum
wagen, um Herrn Kassites inzwischen geschlossenen Laden zu
durchsuchen – ein gefährliches Unterfangen, das über Erfolg

oder Misserfolg ihrer jungen Rebellion entscheiden könnte. Sie brauchten Kassites Werkzeuge und Vorräte, um ihre Schmiede zu schaffen.

Mit einem erschöpften, aber erleichterten Lächeln ließ Tahj seinen Blick über die Versammlung schweifen, als sie sich dicht um das Lagerfeuer drängten. »Ich muss sagen«, begann er, seine Augen funkelten, »es ist so gut zu denken, dass heute Nacht keiner von uns mehr unter freiem Himmel schlafen muss. Wir haben endlich Dächer über unseren Köpfen.«

Zustimmendes Nicken und Jubelrufe gingen durch die kleine Gruppe. Als der Lärm nachließ, stellte Vallen, hoch und stolz an Nyssas Seite sitzend, seine jetzt leere Schüssel hin und blickte auf die Gruppe.

»Ich kann euch allen nicht genug danken«, sagte er, seine Stimme hallte mit Aufrichtigkeit und herzlicher Dankbarkeit. Seine Augen wanderten langsam über die Gesichter aller, hart arbeitend und widerstandsfähig. »Eure harte Arbeit, eure unerschütterlichen Geister, die Kameradschaft, die ihr alle in diesen schwierigen Zeiten gezeigt habt – es ist mehr, als ich je hätte bitten können. Niemand könnte stolzer sein als ich heute. Euch alle an meiner Seite arbeiten zu haben... mir fehlen die Worte, um meine tiefe Dankbarkeit angemessen auszudrücken.« Seine Stimme verklang, aber das Gefühl grub sich in Nyssas Herz ein. »Und wir freuen uns auch sehr darauf, heute Nacht endlich drinnen zu schlafen.«

Vallen legte seinen Arm um Nyssas Schulter und grinste sie glücklich an. Ihr Herz schmolz, sein Lächeln zu sehen – es fühlte sich wie eine Ewigkeit an, seit sie ihn so unbeschwert gesehen hatte. Er hob ihr Kinn mit einem Finger an und drückte einen sanften Kuss auf ihre Lippen.

Tarric, der das Lager ruhig beobachtet hatte, ergriff plötzlich das Wort. »Nyssa, Vallen«, sagte er, seine Augen weiteten sich vor Erkenntnis, »seit wann seid ihr zwei zusammen? Ich dachte, ihr wärt nur Kindheitsfreunde.«

Alle Augen wandten sich Nyssa zu, die ein Erröten ihre Wangen hinaufkriechen fühlte. Bevor sie antworten konnte, räusperte sich Vallen und sprach für sie.

»Nyssa und ich haben in Puzur geheiratet«, sagte er, seine Stimme stetig, aber mit einem Hauch von Stolz.

Ein überraschtes Aufatmen ging um das Lagerfeuer, gefolgt von einem Chor der Glückwünsche und überraschten Ausrufen. Tarrices Gesicht brach in ein breites Grinsen aus, während Krümelchen vor Freude in die Hände klatschte.

»Geheiratet?«, rief Tahj aus. »Wann wolltet ihr es uns sagen?«

Vallen zuckte mit den Schultern, ein kleines Lächeln spielte um seine Lippen. »Es schien nie der richtige Zeitpunkt zu sein bei allem anderen, was los war.«

Nyssa war in Gedanken versunken, als die anderen sie mit Fragen über ihr Leben in Puzur bombardierten. Was Vallen gesagt hatte, war nicht streng wahr – sie hatten nie eine offizielle Zeremonie gehabt oder Gelübde vor Zeugen ausgetauscht. Aber in ihrem Herzen dachte sie an Vallen als ihren Ehemann und an sich selbst als seine Frau.

Ihre Bindung war während ihrer erschütternden Reise durch die Sterbende Wildnis geschmiedet worden, gestärkt durch gemeinsam durchlebte Härten und Triumphe. Sie hatten dem Tod zusammen ins Gesicht geblickt, sich unzählige Male gerettet und waren auf der anderen Seite mit einer Verbindung hervorgegangen, die tiefer war, als jede bloße Zeremonie hätte schaffen können. Sie mochten keine Ringe oder einen Ehevertrag haben, aber sie waren in allem verbunden, was wirklich zählte.

Sie erinnerte sich an das erste Mal, als sie wirklich erkannt hatte, dass sie Vallen liebte, zusammengekuschelt für Wärme in einer Höhle, während eine Hyva draußen lauerte. Sie dachte an die stillen Momente in Puzur, ein Leben zusammen aufbauend, und wie ihr Herz hochgeflogen war, als sie entschieden, nach Erishum zurückzukehren, um ihrem Volk zu helfen.

Vallens sanfte Berührung an ihrem Arm brachte Nyssa in die

Gegenwart zurück. Sie lehnte sich in ihn, dankbar für seine stetige Stärke, Gegenwart und tröstende Wärme an ihrer Seite.

»So rührend das alles ist«, sagte Tarric, sein Ton neckend, aber seine Augen ernst, »wir haben eine lange Nacht vor uns. Ich übernehme die erste Wache; Vallen hat die zweite. Er wird alle wecken, wenn es Zeit ist, zurück nach Erishum zu gehen. Der Rest von euch sollte versuchen, etwas Schlaf zu bekommen, bevor wir uns auf unsere Mission begeben.«

Die Gruppe wurde schnell ernst, erinnert an die gefährliche Aufgabe, die vor ihnen lag. Einer nach dem anderen begannen sie sich zu ihren Unterkünften zu bewegen, die frühere Ausgelassenheit wich wieder nervöser Erwartung.

Als Nyssa und Vallen sich erhoben, um zu ihrer Unterkunft zu gehen, näherte sich Timi ihnen, sein junges Gesicht voller hoffnungsvoller Aufregung. »Meint ihr...«, begann er, dann stockte er. »Meint ihr, ich könnte heute Nacht mit euch kommen?«

Vallen und Nyssa tauschten einen Blick aus, beide erkannten die Begier in Timis Augen – dieselbe Begier, die ihn dazu geführt hatte, ihnen zuerst in die Sterbende Wildnis zu folgen.

»Timi«, sagte Vallen sanft und legte eine Hand auf die Schulter des Jungen. »Du darfst uns gerne nach Erishum begleiten, aber du kannst nicht mit uns zur Schmiede kommen. Ich habe bereits mit Tarric darüber gesprochen, und er stimmt zu. Es wäre am besten, wenn du bei Egmond bleibst. Ich weiß, du willst dich uns anschließen, aber ich bin sicher, Egmond hat viele spannende Aufgaben, bei denen du helfen könntest.«

Enttäuschung huschte über Timis Gesicht, aber er nickte verständnisvoll. »Ich werde Wache mit Tarric halten«, sagte er und richtete seine Schultern mit Entschlossenheit.

Nyssa fühlte einen Schwall der Zuneigung für den Jungen. »Das ist eine wichtige Aufgabe, Timi«, sagte sie. »Wir zählen auf dich.«

Als sie weggingen und Timi ein wenig größer stehen ließen,

konnte Nyssa nicht anders, als zu staunen, wie sehr sich alles in ihrem Leben verändert hatte. Als sie Vallen zum ersten Mal traf, war sie eine verängstigte, einsame Schlammlerche gewesen, die von einem besseren Leben träumte. Jetzt war sie Teil von etwas Größerem als sich selbst und kämpfte für die Zukunft ihres Königreichs. Sie hielt an der Hoffnung fest: Hoffnung für ihre Mission, Hoffnung für Erishum und Hoffnung für die Zukunft.

In ihrer Unterkunft ließen sich Nyssa und Vallen auf ihr provisorisches Bett nieder, eng umschlungen und die Wärme des anderen genießend. Nyssa fühlte einen tiefen Sinn für Frieden trotz der Nerven, die in ihrem Magen flatterten. Welche Herausforderungen auch kommen mochten, mit Vallen an ihrer Seite würde sie ihnen begegnen können.

»Ruh dich aus, Liebste«, murmelte Vallen und drückte einen Kuss auf ihre Stirn. »Wir haben eine lange Nacht vor uns.«

KAPITEL 9

*K*ühle, beißende Luft biss Nyssa in die Haut, als sie und ihre Gefährten sich von ihrem Lager wegschlichen. Das Frühlingssolstitiumsfest war vor Wochen beendet, seine Festivitäten und das Opfer der Tribute jetzt eine verblassende Erinnerung für die innerhalb der Königreichsmauern. Mit dem zweiten Mond nun abnehmend hing nur ein einziger Mond am Himmel, sein blasses Licht warf lange Schatten und beleuchtete ihren Pfad mit einem silbrigen Schimmer. Als sie sich zurück nach Erishum schlichen, donnerte Nyssas Herz in ihrer Brust, ein Sturm aus Erwartung und Furcht. Mit jedem Schritt schienen sich Schatten von selbst zu bewegen. Nyssa fragte sich, ob sie sich jemals wirklich daran gewöhnen würde, in der Sterbenden Wildnis zu sein.

Vallen führte die Spitze, seine scharfen Augen musterten die Schatten nach irgendeinem Zeichen von Bewegung. Hinter ihm bildeten Nyssa, Tahj, Fenol, Krümelchen und Rhio einen dichten Knoten, ihre Atemzüge flach und gemessen. Tarric und Timi bildeten das Schlusslicht, die beschützende Haltung des älteren Bruders. Die Gruppe bewegte sich mit der misstrauischen Präzision von Beute in der Domäne eines Raubtiers.

Als sie durch das verfallende Unterholz stapften, wanderten Nyssas Gedanken zu der bevorstehenden Aufgabe. Das Stehlen der Schmiedeausrüstung aus Herr Kassites' Laden war ein gewagter Schritt, aber notwendig, wenn sie hofften, ihre wachsende Rebellion zu bewaffnen. Dennoch waren die Risiken immens. Wenn sie erwischt wurden, würden sie dem sicheren Tod gegenüberstehen – oder Schlimmerem.

Ein plötzliches Rascheln im nahen Laubwerk brachte die Gruppe zum Halt. Vallen hob eine Hand und signalisierte Stille. Nyssa hielt den Atem an, ihre Augen strengten sich im schwachen Licht an. Eine massive Gestalt tauchte aus den Schatten auf – eine Hyva, ihre Schuppen glänzten matt im Mondlicht. Eine entsetzliche Narbe zerteilte ihre Züge und verlief von der Krone ihres Kopfes bis zu ihrem Kiefer – eine tiefe Furche aus gepuckertem Fleisch und verstümmelten Schuppen. An der Stelle, wo ein Auge hätte sein sollen, war jetzt eine eingesunkene Grube aus Narbengewebe, die dem Tier ein dauerhaftes Knurren verlieh.

Als die Gruppe wie gelähmt dastand und kaum zu atmen wagte, schwenkte der Kopf der Hyva in ihre Richtung. Ihr gutes Auge verengte sich, und ihre vernarbte Lippe krümmte sich zurück. Massiv und schlangenartig war der lange gewundene Körper der Hyva mit kohleischwarzen Schuppen bedeckt, jede von der Größe eines Unterarmschildes. Ihr Kopf war eine alptraumhafte Mischung aus Viper und Tausendfüßler. Auf ihrem Schädel rahmte eine Krone aus obsidianschwarzen Hörnern ein Gesicht ein, das von einem einzigen, unheimlich glühenden goldenen Auge beherrscht wurde. Reihen dolchartiger Zähne füllten ihren Rachen und versprachen, Knochen so leicht wie Pergament zu durchschneiden. Eine Serie scharfer, knöcherner Stacheln verlief entlang ihres Rückens und kulminierte in einem bösartigen mit Widerhaken versehenen Schwanz, den die Hyva wie eine Peitsche im Kampf schwingen konnte.

Die Nähe der Kreatur attackierte Nyssas Sinne. Ihr giftiger, moschusartiger Geruch trübte die Luft, so dick, dass sie ihn fast schmecken konnte.

Der Kehlsack der Hyva pulsierte, als sie ein tiefes, bedrohliches Klicken von sich gab. Nyssa spürte, wie Krümelchen sich an ihre Seite drückte, die zierliche Frau zitterte vor Furcht. Sogar Tarric, normalerweise so mutig, machte einen unwillkürlichen Schritt rückwärts und zog Timi mit sich.

Aber Vallen hielt stand. In einer fließenden Bewegung entkorkte er seinen Wasserschlauch und schleuderte einen Spritzer Quellmagie in die Richtung der Hyva. Die glitzernde Flüssigkeit bogenförmig durch die Luft, Tröpfchen fingen das Mondlicht wie winzige Sterne. Die Kreatur wich mit einem Schrei zurück, als die Flüssigkeit auf dem Boden zu ihren Füßen landete. Das Tier bäumte sich auf und zurück, seine vielen Beine kratzten gegen den Waldboden, bevor es sich mit einem letzten wütenden Kreischen in die Dunkelheit zurückzog.

Ein kollektiver Seufzer der Erleichterung rieselte durch die Gruppe. Vallen wandte sich ihnen zu, sein Gesicht grimmig, aber entschlossen. »Alle in Ordnung?«, fragte er, seine Augen verweilten bei Nyssa. Sie nickte und zwang sich zu einem kleinen Lächeln, um ihn zu beruhigen.

»Das war zu knapp«, murmelte Tarric und blickte immer noch dorthin, wo die Hyva verschwunden war.

»Aber es beweist noch einmal, dass die Quellmagie funktioniert«, wies Tahj hin, seine Stimme von Erleichterung gefärbt.

Sie drängten weiter, die Begegnung verlieh ihren Schritten eine neue Dringlichkeit. Nach dem, was sich wie Stunden anfühlte, erreichten sie schließlich den versteckten Eingang zum Tunnel, der sie unter Erishums imposante Grenzwälle führen würde.

Der Tunnel war schmal und feucht, die Luft dick vom Duft der Mineralien und feuchter Erde. Sie bewegten sich im Gänsemarsch, Vallen führte den Weg mit einer kleinen, abgeschirmten Laterne. Der weiche Schein beleuchtete kaum den Pfad voraus und überließ viel der Vorstellung. Nyssa konnte nicht anders, als an die Tonnen von Erde und Stein über ihren Köpfen zu denken, das Gewicht der hoch aufragenden Mauern des Königreichs drückte auf sie herab.

Endlich wich die erstickenste Dunkelheit des Tunnels der offenen Weite von Herr Lumians äußerem Feld. Als sie auftauchten, atmete Nyssa tief den Duft gereiften Getreides ein, schwache Andeutungen von Dünger und ferne Herdfeuer. Erishums gezackte Skyline ätzte sich gegen den sternbestreuten Himmel, eine vertraute Silhouette, die einen Wirbelsturm von Emotionen in ihr aufwühlte: Nostalgie für das Leben, das sie einst gekannt hatte, vermischt mit einer nagenden Furcht vor den Gefahren, die jetzt in jedem Schatten lauerten.

Sie bahnten sich vorsichtig ihren Weg durch die schlafende Stadt, hielten sich an die Schatten und vermieden die gelegentliche Patrouille von Neuntötern. Die einst vertrauten Straßen fühlten sich jetzt fremd und feindselig an. Jede Ecke konnte eine Bedrohung verbergen, jedes Fenster ein wachendes Auge. Nyssas Augen sprangen von Gasse zu Dach und suchten nach dem verräterischen Glanz der Neuntöter-Rüstung im Mondlicht. Jeder dunkle Türeingang gähnte wie ein hungriger Mund; jedes verschlossene Fenster schien wachsame Augen zu verbergen.

Endlich erreichten sie Egmonds Haus. Der ältere Mann antwortete sofort auf ihr leises Klopfen und führte sie mit einem Finger an den Lippen hinein. Sobald die Tür sicher hinter ihnen verriegelt war, wandte er sich mit einem triumphierenden Glanz in den Augen an die Gruppe.

»Nyssa, meine Liebe«, sagte er, seine Stimme tief, aber voller Aufregung, »dein Flugblatt wirkt Wunder. Die Menschen stellen die Fragen, die wir hofften, sie würden stellen.« Er hielt inne und genoss den Moment. »Sie verlangen zu wissen, warum der König mit all seiner angeblichen magischen Macht die Felder hat welken lassen und die Menschen verhungern lassen. Jorek spürt die Hitze, genau wie wir vorhergesagt haben. Es setzt den König unter Druck, und er gibt nach, genau wie wir dachten, dass er es würde. Du solltest sehr stolz sein.«

Nyssa fühlte einen Schwall der Freude bei seinen Worten, aber bevor sie antworten konnte, fuhr Egmond fort: »Und es gibt mehr. Der König kündigte eine große Überraschung für das Volk an, die in einer Woche stattfinden wird.«

»Was für eine Überraschung?«, fragte Vallen, seine Stirn runzelte sich vor Misstrauen.

Egmonds Lippen krümmten sich zu einem wissenden Grinsen. »Unser lieber König Jorek plant, ein verseuchtes Feld zu 'heilen' und ein großes Fest zu veranstalten, Nahrung den Armen zu geben. Er fällt direkt in unsere Hände.«

Vallens Augen leuchteten vor Interesse. »Wir sollten dort sein, um es zu bezeugen. Den Betrug des Königs aus erster Hand zu sehen, könnte wertvoll für unsere Sache sein.«

Egmond runzelte die Stirn, Sorge ätzte seine Züge. »Ich bin mir nicht sicher, ob das klug ist. Es besteht das Risiko, dass ihr entdeckt werdet. Wir können es uns nicht leisten, unnötige Chancen zu ergreifen.«

»Wir verstehen das Risiko«, versicherte ihm Vallen, seine Stimme stetig und entschlossen. »Aber wir werden vorsichtig sein. Wir können uns verkleiden und in der Menge untertauchen.«

Egmond dachte einen Moment darüber nach, dann nickte er langsam. »Ausgezeichnet, aber alle, die teilnehmen, müssen äußerste Vorsicht walten lassen. Beim ersten Zeichen von Gefahr zieht ihr euch zurück. Verstanden?«

»Natürlich«, stimmte Vallen zu, mit zustimmenden Nicken der anderen.

»Gut«, sagte Egmond. »Und danach, während der König damit beschäftigt ist, sich in seinem Palast auf die Schulter zu klopfen, werden wir unser nächstes Flugblatt verteilen.«

Er ging zu einem unordentlichen Schreibtisch in der Ecke des

Raumes und holte ein Pergamentblatt. »Hier«, sagte er und reichte es Nyssa. »Sag mir, was du denkst.«

Nyssa nahm das Flugblatt, ihre Augen musterten die sauber geschriebenen Worte. Sie konnte die Botschaft entziffern dank Vallens geduldiger Unterweisung während ihrer Zeit in Puzur.

»Egmond...«, sagte Nyssa und biss sich auf die Lippe. »Wenn der König diese Macht hat, Getreide zu züchten, warum füttert er dann nicht einfach alle? Warum lässt er überhaupt Menschen verhungern?«

Egmonds Gesicht verdunkelte sich, seine Augen wurden kalt. »Weil die Bevölkerung von Erishum, meine Liebe, zu groß geworden ist für die Grenzen unserer Mauern. Der König sieht das Verhungern als einen Weg an... den Überschuss zu keulen.« Er spuckte die letzten Worte aus, Ekel war in seinem Ton offensichtlich. »Jorek kümmert sich nicht um die Armen. Für ihn sind sie nur unbequeme Mäuler zu füttern.«

Vallen und Nyssa tauschten entsetzliche Blicke aus. »Das ist monströs«, flüsterte Nyssa.

Nyssa wandte ihre Aufmerksamkeit zurück zum Flugblatt, ein nagendes Gefühl zerrte an den Rändern ihres Geistes. Etwas daran störte sie, aber sie konnte nicht ganz den Finger darauf legen, was. Sie musterte den Text erneut, ihre Stirn vor Konzentration gerunzelt.

Plötzlich kam ihr ein Gedanke. »Egmond«, sagte sie und blickte auf, »hast du daran gedacht, Zeichnungen zu den Flugblättern hinzuzufügen? Viele in Erishum können nicht lesen. Illustrationen könnten dazu beitragen, die Botschaft wirksamer zu verbreiten.«

Egmonds Augenbrauen schossen hoch, ein Blick angenehmer Überraschung kreuzte sein Gesicht. »Nyssa, das ist brillant. Ich kann nicht glauben, dass ich nicht selbst daran gedacht habe. Wir werden das sofort umsetzen.«

Nyssa nickte, aber eine andere Frage nagte an ihr. »Ich verstehe deine Strategie, aber...« Sie hielt inne und wählte ihre

Worte sorgfältig. »Unterschätzen wir den König nicht vielleicht? Diese Falle, die wir legen – es scheint fast zu einfach. Jorek mag vieles sein, aber er ist kein Narr. Was, wenn er durch unsere Machenschaften hindurchsieht?«

Ein verschlagenes Lächeln breitete sich über Egmonds verwittertes Gesicht aus. »Ah, siehst du, wir haben einen Vorteil. Einer unserer Mitverschwörer sitzt im inneren Kreis des Königs – ein informeller Berater, könnte man sagen. Er hat Jorek ins Ohr geflüstert und ihn ermutigt, den Menschen zu zeigen, wie sehr er sich sorgt, seine Macht zu demonstrieren, indem er das Land heilt.«

»Ein Spion im Schloss?«, Vallens Augenbrauen stiegen vor Überraschung. »Das ist ein gefährliches Spiel, Egmond.«

»Nicht direkt ein Spion«, klärte der alte Mann. »Mehr ein sympathisches Ohr. Jemand, der uns gelegentlich ein bisschen Einsicht leiht. Sie arbeiten nicht aktiv gegen den König, aber sie verstehen unsere Sache und teilen manchmal nützliche Informationen.«

Nyssas Geist wirbelte mit den Implikationen. »Und die Flugblätter? Wie könnt ihr sie so schnell produzieren?«

Ein Schatten glitt über Egmonds Gesicht. »Das, meine Liebe, ist ein Überbleibsel meines früheren Lebens. Siehst du, ich war einst das Oberhaupt der Schreiberzunft in Erishum.«

»Die Schreiberzunft?«, unterbrach Tahj, Neugier war in seiner Stimme offensichtlich.

Egmond nickte, seine Augen nahmen einen fernen Blick an. »Ja. Wir waren Hüter des Wissens – Gelehrte und Lehrer. Aber König Jorek... er sah Bildung als Bedrohung. Er löste die Zunft auf und zwang viele von uns in die Priesterschaft oder andere, weniger intellektuelle Beschäftigungen.«

»Deshalb kennst du Kuratorin Athura«, erkannte Nyssa laut.

»Und Prinz Dastur«, fügte Egmond hinzu, eine Note der Traurigkeit in seiner Stimme. »Wir waren einmal Freunde, bevor Dastur starb und Jorek den Thron übernahm.«

Nyssa fühlte eine neue Wertschätzung für Egmond und die Risiken, die er einging.

»Wir sollten aufbrechen«, sagte Vallen schließlich. »Wir müssen noch die Schmiedeausrüstung holen, bevor die Morgendämmerung. Hast du die Schubkarren bekommen, die wir brauchen?«

Egmond nickte. »Natürlich. Ich habe zwei davon bekommen. Sie sind hinter einem Busch an der Seite des Hauses versteckt. Seid vorsichtig, ihr alle. Und denkt daran – in einer Woche seid bereit, das 'Wunder' des Königs zu bezeugen.«

Tarric wandte sich Timi zu und legte seine Hände auf die Schultern des Jungen. »Timi, du musst bei Herrn Egmond bleiben«, sagte er und zog den jungen Jungen in eine brüderliche Umarmung. Als Timi zu argumentieren begann, kauerte sich Tarric auf Timis Niveau. »Es ist zu gefährlich. Ich kann dich nicht riskieren. Du bist das Wichtigste in meinem Leben.«

Timis Gesicht wurde einen Farbton düsterer, Schatten des Protests flackerten in seinen ernsten Augen. Er schluckte seinen Einwand hinunter und nickte nur.

Mit einem rauen Seufzer der Erleichterung zerzauste Tarric dem Jungen das Haar, bevor er zurücktrat, um sich Nyssa und den anderen anzuschließen. Egmond, eine verwitterte Hand auf Timis schmale Schulter legend, beugte sich hinunter, um seinen Blick zu fangen. »Das kommt mir zugute. Ich brauche deine Hilfe, Timi«, sagte er. Timi, immer noch aufgebracht aussehend, schaffte ein schwaches Lächeln und nickte.

Als sie vorsichtig aus Egmonds Haus traten, griffen Tahj und Rhio die Schubkarren. Darauf achtend, sie nicht auf der Kopfsteinstraße klappern zu lassen, gingen sie zurück in die schattigen Straßen von Erishum.

Die Straßen waren unheimlich still, und die üblichen nächtlichen Geräusche der Stadt waren gedämpft, als würden die Gebäude den Atem anhalten in Erwartung.

Als sie sich der Schmiede näherten, hob Vallen eine Hand und signalisierte ihnen anzuhalten. Er blickte umher, um sicherzustellen, dass sie allein waren, bevor er sich der Fassade des Gebäudes näherte. Er überprüfte die Vordertür, fand sie aber wie erwartet verschlossen.

Krümelchen glitt vor, ein Funke von Schelmerei tanzte in ihren Augen. Sie kniete vor der Tür mit katzenartiger Anmut, ihre geschickten Finger extrahierten ein kompaktes Lederetui aus ihrer Tasche. Sie wählte zwei schlanke, graziös gekrümmte Stäbe aus dem Etui mit geübter Leichtigkeit und begann, das Schloss zu knacken.

Eine Ewigkeit schien zu vergehen, bevor ein weiches, befriedigendes Klicken die Spannung durchbrach. Krümelchens Gesicht blühte in ein triumphierendes Grinsen auf, als sie sich ihren Gefährten zuwandte, ihre Augen glänzten vor Stolz.

Vallen nickte anerkennend und half Krümelchen auf die Füße, nachdem sie ihre Werkzeuge wieder eingepackt hatte. Er öffnete die Tür des Ladens mit peinlicher Sorgfalt und zuckte bei jedem leichten Knarren und Stöhnen der Scharniere zusammen. Einmal drinnen, arbeiteten sie schnell und leise, geleitet von Tahjs Expertenwissen darüber, welche Ausrüstung sie brauchten.

Meißel, Hämmer, Zangen und andere wesentliche Werkzeuge wurden sorgfältig in Stoff gewickelt, um jedes Geräusch zu dämpfen und in die Schubkarren gesetzt. Sie arbeiteten paarweise und verteilten das Gewicht so gleichmäßig wie möglich. Nyssa fand sich mit Fenol gepaart, als sie unter dem Gewicht eines großen Schraubstocks kämpften.

Endlich, müde und schweißbedeckt, hielt Nyssa eine Schubkarre an Ort und Stelle, während Vallen, Tarric und Tahj sich anstrengten, das Herzstück der Schmiede aufzuheben – einen großen, schweren Amboss. Sie hoben mit tiefen Grunzern der Anstrengung, ihre Muskeln spannten sich unter dem Gewicht.

Als sie sich vorbereiteten zu gehen, stolperte Tarric, überlastet mit einem Armvoll Werkzeuge. Für einen herzstillenden Moment schien es, als würde die gesamte Ladung auf den Boden krachen und sicherlich die halbe Stadt wecken. Aber Tahj war sofort da, stabilisierte Tarric und hielt ihn davon ab, die Werkzeuge fallen zu lassen.

Sobald sie alles hatten, was sie brauchten, schlüpften sie aus dem Laden wie Geister. Jeder Schatten schien eine potenzielle Bedrohung zu verbergen, jedes ferne Geräusch ein Vorbote der Entdeckung, aber die Straßen blieben still.

Die Reise zurück durch den Tunnel schien doppelt so lange zu dauern, das Gewicht ihrer gestohlenen Güter machte jeden Schritt zu einer Herausforderung. Als sie auf der anderen Seite auftauchten, hatte sich Erschöpfung eingestellt, etwas, das sie sich im unerbittlichen Gelände der Sterbenden Wildnis nicht leisten konnten. Die Gruppe stolperte in die freie Luft, Lungen brannten, Muskeln schrien im Protest. Das Adrenalin ihres Raubzugs war einer knochenbeißenden Müdigkeit gewichen. Doch unter der Erschöpfung pulsierte ein Gefühl des Triumphs.

Aber sie konnten noch nicht ruhen. Der Himmel begann sich mit den ersten Andeutungen der Morgendämmerung zu erhellen, und sie mussten sicher zurück in ihrem Lager sein, bevor das volle Tageslicht sie möglicherweise irgendwelchen Wachen preisgab, die die Spitze der Grenzwand patrouillierten.

Nyssa fand ihre Gedanken zu Egmonds Sache gewandt. Der ehemalige Schreiber, jetzt Rebellenführer, spielte ein gefährliches Spiel. Aber dann wieder, taten sie nicht alle das?

Die Sonne war über den Horizont gestiegen, als sie schließlich in ihr Lager stolperten. Wargton, der Wache gehalten hatte, eilte, sie zu begrüßen, sein Gesicht eine Mischung aus Erleichterung und Aufregung.

Tahj begann sofort, die Werkzeuge zu sortieren, seine Augen glänzten vor Erwartung. »Mit diesen«, sagte er und fuhr liebevoll mit einer Hand über den Amboss, »können wir anfangen, Waffen zu schmieden. Echte Waffen.«

Als die anderen begannen, sich für eine dringend benötigte Ruhe niederzulassen, stand Nyssa am Rand ihres Lagers. Vallen kam, um neben ihr zu stehen, seine Gegenwart ein Trost im sich erhellenden Licht.

»Woran denkst du?«, fragte er leise und nahm ihre Hand.

Nyssa war einen Moment still und sammelte ihre Gedanken. »Ich denke daran, wie sehr sich alles verändert hat«, sagte sie. »Vor einem Jahr war ich nur eine Schlammlerche und träumte von einem besseren Leben. Und jetzt...«

»Und jetzt hilfst du dabei, eine Rebellion anzuführen«, beendete Vallen für sie, eine Note des Stolzes in seiner Stimme.

Sie zuckte zusammen – sie fühlte sich nicht wie eine Führerin. Die meisten Tage fühlte sie sich wie ein Blatt, das in einem Sturm gefangen war, drehte und taumelte ohne Richtung. Sie dankte Enum dafür, Vallen an ihrer Seite zu haben. Sie hätte nie etwas davon ohne ihn schaffen können. »Es passiert alles so schnell. Manchmal frage ich mich, ob wir das Richtige tun oder ob wir wirklich einen Unterschied machen können.«

Vallen legte einen Arm um ihre Schultern und zog sie näher. »Das tun wir«, sagte er fest. »Schau, was wir bereits erreicht haben. Wir haben das Leben der Tribute gerettet, Nyssa. Wir haben einen Platz in der Sterbenden Wildnis geschaffen, wo sie sicher sind. Und wir fangen gerade erst an.«

Als sie zurückging, Hand in Hand mit Vallen, konnte Nyssa nicht anders, als einen Schimmer der Hoffnung zu fühlen.

KAPITEL 10

Nyssa entdeckte Fenol, wie er sich das Flussufer hinaufkämpfte, seine Arme spannten sich unter dem Gewicht eines großen Weidenkorbs. Selbst aus der Entfernung konnte sie den silbernen Glanz von Fischschuppen und das Winden von Aalen in seinem Fang sehen. Als ehemaliger Fischer verbrachte er die meiste Zeit am Fluss und nutzte die Fähigkeiten, die er in Erishum verfeinert hatte, um das Lager mit Nahrung zu versorgen.

»Brauchst du Hilfe dabei?«, rief Nyssa und joggierte bereits zu ihm hinüber.

Fenols Erleichterung war greifbar, als er nickte, sein lockiges Haar klebte schweißnass an seiner Stirn. »Würde nicht ablehnen«, keuchte er. »In den Fallen war mehr als erwartet.«

Zusammen hoben sie den Korb zwischen sich, sein Inhalt wand und schwappte immer noch. Als sie sich zum zentralen Lagerfeuer vorarbeiteten, wurde das rhythmische Klirren von Metall auf Metall lauter. Sie gingen an Tahjs behelfsmäßiger Schmiede vorbei, wo der Schmied bereits hart am Arbeiten war, sein muskulöser Arm brachte seinen Hammer mit geübter Präzision auf ein Stück glühendes Metall herab.

»Guten Morgen, Tahj!«, rief Nyssa über den Lärm. »Sieht aus, als würden wir heute gut essen!«

Tahj hielt seine Arbeit an und wischte sich die Stirn mit einem rußbefleckten Unterarm ab. Seine Augen weiteten sich beim Anblick ihrer Beute. »Bei Enums Gnade, ist das alles von heute Morgen? Du hast dich selbst übertroffen, Fenol!«

Fenol grinste, Stolz war in seiner Stimme offensichtlich. »Der Fluss hat es gut mit uns gemeint.«

Als sie den Korb beim Lagerfeuer absetzten, richtete sich Fenol auf, sein Blick schweifte über das geschäftige Lager. »Es ist schwer zu glauben«, sinnierte er und schüttelte verwundert den Kopf. »Es scheint, als wäre es erst vor Tagen gewesen, dass das hier nichts als ein karges Tal war. Seht uns jetzt an – wir sind praktisch ein Dorf.«

Nyssas Augen folgten Fenols und nahmen die Verwandlung um sie herum wahr. Wo hastig errichtete Unterkünfte sich einst gegen die harte Landschaft der Sterbenden Wildnis gedrängt hatten, standen jetzt stabilere Strukturen stolz. Die Luft vibrierte mit dem Rhythmus der Industrie – dem Raspen von Sägen, dem Pochen von Hämmern und dem tiefen Summen zielgerichteter Unterhaltung. Im Kielwasser ihres gewagten Überfalls auf Herrn Kassites Laden pulsierte das Lager – jetzt Kasswacht genannt, zu Ehren von Herrn Kassite und der Vorhut – mit neuer Energie.

Im Herzen dieser Verwandlung war Tahj, der sich mit ungezügeltem Enthusiasmus daran gemacht hatte, die Schmiede aufzubauen. Jedoch war seine Arbeit oft durch die Notwendigkeit der Geheimhaltung eingeschränkt. Tahj konnte die Schmiede nur betreiben, wenn die Wetterbedingungen günstig waren – an bewölkten oder windigen Tagen, die helfen würden, den Rauch zu zerstreuen und zu verbergen. Diese Einschränkung bedeutete, dass er normalerweise im schwachen Licht des frühen Morgens oder späten Abends arbeitete und sich schnappte, welche Stunden er konnte, um seinem Handwerk nachzugehen.

Trotz dieser Herausforderungen beobachtete Nyssa voller

Ehrfurcht, wie Tahjs geschickte Hände begannen, Schrottmetall in die Anfänge von Waffen zu formen – zuerst grob, aber mit jedem Versuch verfeinert. Seine Hingabe war offensichtlich in den dunklen Ringen unter seinen Augen und der Anspannung seines Kiefers, als er während seiner begrenzten Schmiedezeit unermüdlich arbeitete.

Nyssa näherte sich der Schmiede mit einer Tasse kühlem Wasser in der Hand. Die Hitze, die vom behelfsmäßigen Ofen ausstrahlte, war intensiv, und sie staunte über Tahjs Fähigkeit, unter solchen Bedingungen zu arbeiten.

»Tahj«, rief sie und erhob ihre Stimme, um über das rhythmische Klirren gehört zu werden. »Mach eine Pause. Du bist seit der Morgendämmerung dabei.«

Der große Mann drehte sich um, sein Gesicht war mit Ruß und Schweiß gestreift. Er lächelte dankbar, als er das Wasser annahm und es in einem langen Zug hinunterstürzte.

»Danke, Nyssa«, sagte er und wischte sich den Mund mit dem Handrücken ab. »Ich hatte nicht bemerkt, wie durstig ich war.«

Nyssas Augen wurden zu der Waffe gezogen, an der Tahj arbeitete.

»Es ist noch nicht viel«, sagte Tahj, als er den grob geschmiedeten Dolch hochhielt. »Aber gib mir Zeit, und ich werde uns ordentlich bewaffnet haben.«

Nyssa nickte und staunte über die Entschlossenheit in seinen Augen. »Ich habe keinen Zweifel«, antwortete sie und bot ein ermutigendes Lächeln.

Das Wachstum des Lagers wurde nicht nur durch ihre eigenen Bemühungen angetrieben, sondern durch den stetigen Strom von Vorräten, die von ihren Verbündeten hereingebracht wurden. Timi kam fast jeden Morgen mit einer neuen Belohnung an. Manchmal war es Nahrung – Brot, das noch warm aus Frau Kayseris Öfen war, oder Gemüse, das aus Herrn Lumians Vorräten angeboten wurde. Aber öfter war es Schrottmetall, das vom Netzwerk der Schlammlerchen gesammelt wurde, die sich der Sache verschrieben hatten.

Gerade als Nyssa sich abwenden und zurück zum Lagerfeuer gehen wollte, um mit dem Essen des Tages zu beginnen, kam Timi an der Schmiede an und taumelte fast unter einem Armvoll Schrottmetall.

»Wo hast du das alles her?«, fragte Nyssa und musterte den beeindruckenden Metallhaufen.

Die Augen des Jungen funkelten vor Schelmerei. »Besser nicht fragen, Nyssa. Einiges wurde gefunden, einiges wurde... geliehen. Aber es wird alles zu gutem Gebrauch gehen, oder?«

Nyssa konnte nicht anders, als zu lachen und zerzauste liebevoll Timis Haar. »Ganz recht, Timi.«

»Oh, Nyssa. Ignac kam heute Morgen mit mir. Als ich Herrn Lumian erzählte, dass du versucht hast, einen Gemüsegarten anzulegen, schickte er seinen Sohn, um dir zu helfen.«

Timi zeigte zum Eingang der Kasswacht. Nyssa folgte seinem Finger und entdeckte den Mann, nur wenige Jahre jünger als sie selbst, der unbeholfen am Rand des Lagers stand, einen schweren Sack über die Schulter geschlungen. Nyssa erinnerte sich an ihn vom ersten Treffen der Vorhut.

Ignac trat vor und bot ein schüchternes Lächeln. »Mein Vater sendet seine Grüße«, sagte er und hievte den Sack von seiner Schulter. »Er dachte, du könntest diese gebrauchen.«

Als er den Sack öffnete, den er trug, weiteten sich Nyssas Augen. Er war voller Gartenwerkzeuge, Samenpackungen und sogar ein paar junge Setzlinge. »Für deinen Garten«, erklärte Ignac. »Vater sagt, wenn ihr hier draußen überleben sollt, braucht ihr mehr als Fisch, gesammelte Pflanzen und was auch immer Frau Kayseri von der Bäckerei erübrigen kann.«

Nyssa spürte einen Kloß in ihrer Kehle bei der unerwarteten Großzügigkeit. »Danke«, schaffte sie, ihre Stimme dick vor Emotion. »Das... das wird einen Unterschied wie Tag und Nacht machen.«

Nyssa zeigte Ignac die kleine Gartenparzelle, an der sie am Rand des Lagers gearbeitet hatte. Ignac untersuchte ihre Arbeit und gab ihr ein helles Lächeln. »Es ist ein guter Anfang, aber wir können es noch besser machen.«

»Ich hatte Probleme, etwas ordentlich wachsen zu lassen. Ich weiß nicht viel über Gärtnern«, gestand Nyssa.

Ignac kniete neben ihr nieder und untersuchte die welken Überreste einer Karotte. Seine Stirn runzelte sich vor Nachdenken. Er stellte mehrere Fragen darüber, wie oft Nyssa die Pflanzen goss und was sie benutzte, um den Boden zu düngen. Ignac schürzte die Lippen und warf ihrer Umgebung einen nachdenklichen Blick zu. »Nichts wächst ordentlich in der Sterbenden Wildnis. Alles verfällt.«

Ignac war einen Moment still, seine Augen musterten den gescheiterten Garten. Plötzlich richtete er sich auf, eine Idee erhellte sein Gesicht. »Was, wenn«, sagte er langsam, »wir das Quellwasser direkt auf die Pflanzen verwenden?«

Nyssa blinzelte überrascht und fühlte sich töricht, weil sie nicht vorher daran gedacht hatte.

Zusammen holten sie einen Behälter mit Quellwasser aus der Grotte. Vorsichtig gossen sie die verbleibenden Pflanzen mit dem Quellwasser. Während sie arbeiteten, konnte Nyssa nicht anders, als den Atem anzuhalten und nach sofortigen Zeichen der Veränderung zu suchen.

Zuerst schien nichts zu passieren. Aber als sie die letzte Reihe fertig gegossen hatten, keuchte Nyssa. Die Blätter einer nahen Spinatpflanze, die gehangen und blass gewesen waren, richteten sich plötzlich auf. Vor ihren Augen verblasste die kränkliche gelbe Farbe, ersetzt durch ein lebendiges Grün.

»Ignac, schau!«, rief sie aus und zeigte auf die Pflanze.

Er grinste, seine Augen weit vor Aufregung. »Es funktioniert! Mit dem, was mein Vater geschickt hat, können wir den Garten erweitern – vielleicht verdoppeln oder sogar verdreifachen.«

Nyssa gab ihm ein enthusiastisches Nicken und hob eine Schaufel auf.

Das Entfernen der abgestorbenen Pflanzen und die Vorbereitung des Bodens war harte Arbeit, aber Nyssa fühlte ein Gefühl der Hoffnung in sich wachsen, während sie arbeiteten. Es ging nicht nur ums bloße Überleben – es ging darum, tatsächlich Wurzeln zu schlagen, sowohl im Boden als auch für ihre Gemeinschaft, etwas Bleibendes zu schaffen.

Jetzt, da Tahj ein paar Schwerter an seiner Schmiede vollendet hatte, hatte Vallen, seinem Wort treu, Trainingsstunden mit jedem begonnen, der bereit war zu lernen. Nachdem sie fertig mit der Arbeit im Garten mit Ignac war, wanderte Nyssa hinüber, um zuzusehen, wie er eine kleine Gruppe durch grundlegende Schwerttechniken führte, wobei er Holzstöcke statt echter Klingen benutzte. Sie staunte über Vallens Geduld und Geschick als Lehrer.

Frustration und Sehnsucht wirbelten in Nyssa, als sie Vallen beobachtete. Sie verstand sein Zögern, sie ein Schwert führen zu sehen, erkannte, dass es aus einem Schutzinstinkt stammte – einem Wunsch, sie vor den harten Realitäten des Kampfes zu schützen. Doch mit jedem vergehenden Moment stärkte sich ihre Entschlossenheit. Vallens Absichten waren edel, aber fehlgeleitet. Es war Zeit, ihm den Fehler seiner Wege zu zeigen. Mit Entschlossenheit, die in jeden Schritt geätzt war, schritt Nyssa zu ihm.

Als er sie sich nähern sah, zierte ein erfreutes Lächeln sein Gesicht.

»Vallen«, sagte sie, ihre Stimme fest, als sie seine Seite erreichte. »Ich will beim Training mitmachen.«

Vallen senkte sein Übungsschwert. »Nyssa, wir haben darüber gesprochen. Es ist zu gefährlich.«

Nyssas Wangen erröteten vor einer Mischung aus Verlegenheit und Verärgerung. »Zu gefährlich? Ich bin Hyva begegnet, habe aus der Weihestätte gestohlen und die Sterbende Wildnis überlebt. Wie ist das Lernen, mich zu verteidigen, gefährlicher als irgend etwas davon?« Ihre Stimme stieg, während sie sprach, und zog neugierige Blicke der anderen Auszubildenden auf sich.

Vallen seufzte und fuhr sich mit einer Hand durch das Haar. »Das ist anders. Das ist... Ich kann den Gedanken nicht ertragen, dass du verletzt wirst.«

Nyssas Augen blitzten. »Und ich kann den Gedanken nicht ertragen, hilflos zu sein, wenn wir angegriffen werden. Ich muss lernen, Vallen. Ich muss in der Lage sein, Seite an Seite mit allen anderen zu kämpfen.«

Sie starrten sich für einen langen Moment an, keiner bereit nachzugeben. Schließlich sanken Vallens Schultern in Resignation.

»Du hast recht. Du solltest lernen.«

Ein triumphierendes Lächeln breitete sich über Nyssas Gesicht aus, als Vallen ihr ein Holzschwert gab. Sie nahm ihren Platz unter den anderen Auszubildenden ein, ihr Herz pochte vor Aufregung und Entschlossenheit.

KAPITEL 11

Als Nyssa aus der Unterkunft herauskam, die sie mit Vallen teilte, fand sie das Lager bereits voller Aktivität. Bis zum Einbruch der Nacht waren sie dazu bestimmt, nach Erishum zu gehen, um das »Wunder« zu bezeugen, das König Jorek seinen Bürgern versprochen hatte.

Tahj stellte gerade einen Satz Dolche an seiner Schmiede fertig, während Fenol ein Frühstück aus geräuchertem Fisch zubereitete. Es war inmitten dieses vertrauten morgendlichen Chaos, dass Nyssa ein neues Gesicht entdeckte – oder vielmehr ein vertrautes, das sie nicht erwartet hatte zu sehen. Bran stand am Rand des Lagers, seine Haltung angespannt und trotzig. Timi schwebte in der Nähe und sah sowohl aufgeregt als auch nervös aus.

»Bran?«, rief Nyssa und näherte sich vorsichtig. »Was machst du hier?«

Die Augen des jungen Mannes blitzten mit einer Mischung aus Zorn und Entschlossenheit. »Ich bin hier, um zu kämpfen«, erklärte er, seine Stimme rau. »Ich will lernen und dabei helfen, Jorek zu stürzen.«

Nyssa bemerkte, dass Bran seinen linken Arm zu schonen

schien und ihn auf unnatürliche Weise nah am Körper hielt. »Bist du verletzt?«, fragte sie, ihre Stirn runzelte sich vor Sorge.

Brans harte Fassade hielt einen Moment, aber dann riss sie, und Nyssa sah ein Aufflackern von Schmerz in seinen Augen. Wortlos streckte er seinen Arm aus, zog seinen Ärmel hoch und enthüllte eine Masse dunkler Blutergüsse und Schwellungen um sein Handgelenk.

»Bei Enum«, atmete Nyssa und nahm sanft Brans Arm, um ihn genauer zu untersuchen. »Was ist passiert?«

Nyssa führte Bran zum Lagerfeuer und griff unterwegs nach einem Korb ihrer spärlichen medizinischen Vorräte. »Setz dich«, befahl sie und kniete neben ihm nieder, als Timi eilte, um Tarric und Vallen zu holen. Mit sanften Händen begann sie, Brans verletztes Handgelenk zu verbinden. Während sie arbeitete, sprudelte seine Geschichte heraus, unterbrochen von Grimassen des Schmerzes.

»Die Neuntöter—« Bran zuckte zusammen, als Nyssas Pflege seine Verletzung störte »—haben mich beim Schlammlärchen erwischt. Der König hat es jetzt illegal gemacht. Behauptet, es sei zum 'Schutz des Königreichs vor Korruption jenseits der Grenz-wälle' oder so einen Unsinn.« Er schnaubte und schüttelte den Kopf. »Doch das Wasser, das wir trinken, der Fisch, den wir essen – sie kommen alle von jenseits derselben Wälle. Anscheinend sind sie nicht 'korrupt'. Es ist alles so ein Unsinn.«

Nyssas Herz sank bei der Nachricht. Sie kannte nur zu gut die Verzweiflung, die Kinder dazu trieb, Schlammlerche zu werden, ihr Leben damit zu verbringen, die schlammigen Ufer des Flusses Assur nach allem Wertvollen abzusuchen. Es zu kriminalisieren bedeutete, viele zum Verhungern zu verurteilen.

»Es tut mir leid, Bran«, sagte sie leise und befestigte den Verband. »Das muss schrecklich gewesen sein.«

Bran schnaubte, etwas von seiner üblichen Schroffheit kehrte zurück. »Hab schon Schlimmeres durchgemacht«, murmelte er, aber Nyssa verpasste nicht, wie seine Hände zitterten.

Vallen und Tarric näherten sich, beide mit Ausdrücken von Sorge und Misstrauen. »Du willst dich uns also anschließen?«, fragte Vallen Bran direkt.

Bran richtete sich auf und begegnete Vallens Blick unerschrocken. »Ja. Ich will lernen zu kämpfen. Mehr tun, als nur im Schlamm zu wühlen.«

Vallen studierte den jungen Mann, seine Augen flackerten vom frisch verbandenen Handgelenk zu Tarric. Als Tarric zustimmend nickte, nickte auch Vallen. »In Ordnung«, sagte er. »Wenn du bereit bist, hart zu arbeiten, werde ich dich lehren. Aber ich warne dich, es wird nicht einfach sein.«

Ein Hauch eines Lächelns huschte über Brans Gesicht. »Nichts, was sich lohnt, ist jemals leicht«, antwortete er.

Als Vallen Bran wegführte, um sich der morgendlichen Trainingsstunde anzuschließen, fand sich Nyssa in Gedanken verloren. Das letzte Mal, als sie Bran gesehen hatte, hatte er sie in den schlammigen Fluss gestoßen und ihr gesagt, dass ihre Zukunft als Prostituierte im Schattenviertel liege. Sie wusste nur zu gut, wie das Leben in Erishum eine Person verhärten und selbst die sanfteste Seele in etwas Scharfes und Defensives verwandeln konnte. Aber sie kannte auch die Stärke, die in dieser Härte gefunden werden konnte, die Entschlossenheit, die eine Revolution antreiben konnte. Nur die Zeit würde zeigen, ob Bran ein Segen oder eine Belastung werden würde.

KAPITEL 12

$\mathcal{D}$er geheime Tunnel nach Erishum erstreckte sich wie ein endloser, gewundener Bau vor Vallen. Als sie durch die Dunkelheit schlichen, umspielte ein ironisches Grinsen Vallens Mundwinkel. Erinnerungen an seine Zeit als Neuntöter kamen in ihm hoch – unzählige Patrouillen entlang der Grenzwälle, die unsichtbar über ihren Köpfen ragten. Wie oft war er jene Wälle entlangmarschiert, ohne Ahnung von den versteckten Gängen unter seinen Füßen? Jetzt war er die Bedrohung geworden, gegen die er einst wachsam gekämpft hatte. Vallen fühlte sich den Insekten verwandt, die er früher dabei beobachtet hatte, wie sie an der Basis der Wälle entlanghuschten – heimlich und entschlossen, ins Königreich unter dem Schutz der Dunkelheit schlüpfend.

Vallens Grinsen wurde breiter, als er aus dem schmalen Tunnel auftauchte, dessen Öffnung noch größtenteils von einem großen Felsbrocken verdeckt war. Er trat beiseite und ließ seine Gefährten in die schattige Weite von Herr Lumians Feld hinausklettern. Sofort umgaben sie hoch aufragende Pflanzen, die himmelwärts streckten und fast den Himmel über ihnen verdeckten.

Die Pflanzenstängel standen in Reih und Glied wie uralte Wächter, ihre scharfkantigen Blätter flüsterten gegen Haut und Kleidung, als die Gruppe vorsichtig durch das dichte Laub navigierte. Jedes Rascheln schien unheimliche Geheimnisse zu flüstern und schuf eine Symphonie des Kratzens und Zischens, die in der herannahenden Düsternis hallte.

Sie wanden sich schnell durch das Feld zu einem Tor, das im Zaun versteckt war. Dort warteten Herr Lumian und sein Sohn Ignac auf sie. Ein gedämpfter Gruß wurde ausgetauscht, bevor die Gruppe auf die Straße schlüpfte. Als sie in den Schatten von Erishums Außenbezirken verschmolzen, konnte Vallen nicht anders, als darüber zu staunen, wie schnell sie von Bürgern zu Eindringlingen geworden waren.

Die Gruppe näherte sich dem geheimen Eingang zu den Quartieren der Kuratorin. Beim Betreten des Nebengebäudes begegneten sie einem aufgewühlten Herr Egmond. Bei ihrer Ankunft schnappte sein Kopf hoch, und sein Gesicht erhellte sich vor Erleichterung.

»Ihr habt es geschafft«, flüsterte Herr Egmond und führte sie hinein. »Die anderen werden bald hier sein.«

Das weiche Knarren der versteckten Tür kündigte die Ankunft weiterer Vorhutmitglieder an. Bald war der Raum mit gedämpften Stimmen gefüllt, als alle die jüngsten Ereignisse nachholten.

Frau Kayseri näherte sich Nyssa und Vallen, ihr rundes Gesicht vor Sorge gefurcht. »Könntet ihr beide vor eurer Rückkehr zur Kasswacht bei der Bäckerei vorbeikommen?«, fragte sie. »Ich möchte mich vergewissern, dass ihr genug Vorräte habt, und... nun, ich muss mit eigenen Augen sehen, dass ihr da draußen in diesem schrecklichen Wald durchhaltet. Es hält mich nachts wach, an euch alle da draußen zu denken.«

Nyssa nickte, ihre Neugier war geweckt. »Natürlich, Frau Kayseri. Wir werden da sein.«

»Ich denke, ihr könnt das 'Frau' weglassen und mich einfach

Kayseri nennen. Förmlichkeiten sind zwischen uns nicht mehr nötig.« Vallen kannte die Bäckersfrau nicht gut, aber er wusste, dass Nyssa sich sehr um sie sorgte. Er fühlte eine überraschende Wärme bei Kayseris Worten, sein Herz schwoll an, als er den Schimmer in Nyssas Augen sah. Der Duft frisch gebackenen Brotes wehte um Nyssa und Vallen, als Kayseri sie in eine schnelle, feste Umarmung riss. Ihre Sorge war in der Stärke ihrer Umarmung greifbar, und sie verweilte selbst nachdem sie sie losgelassen hatte und wegeilt war, um Herr Egmond und Garron in ein Gespräch zu verwickeln.

Als sich die Vorhut in der versteckten Kammer des Museums versammelte, rief Herr Egmond nach Updates von den verschiedenen Zünften. Als Vertreter der Bauern sprach Herr Lumian zuerst. »Die Dürre, gefolgt von einer Seuche, hat uns hart getroffen«, berichtete er, sein verwittertes Gesicht grimmig. »Aber wir haben heimlich Samen gelagert und einen kleinen Teil unserer Ernte zurückgehalten. Wir verteilen das an die Ärmsten im Schattenviertel, die am härtesten von der Nahrungsknappheit getroffen wurden. Es ist nicht viel, aber es hält einige Familien vom Verhungern ab.«

Als nächstes kam Frau Sarna von der Gewandzunft. »Wir haben so viele Uniformen und so viel Stoff wie möglich gehortet. Es war schwierig, aber ich bin mit unseren Bemühungen zufrieden«, flüsterte sie, ein Glitzern von Schelmerei in ihren Augen. »Und wir arbeiten an den Verkleidungen, die du angefordert hast, Herr Egmond.«

Die Vertreterin der Heiler, eine sanftsprechende Frau namens Eshana, trat vor. »Wir haben Kräuter und Medizin gesammelt und das Wort von der Vernachlässigung des Königs unter unseren Patienten verbreitet.«

Schließlich sprach Timi für die Schlammlerchen, sein junges Gesicht ernst über seine Jahre hinaus. »Wir haben jeden Metallschrott gesammelt, den wir finden konnten«, erklärte er stolz. »Aus dem, was wir gesammelt haben, hat Tahj bereits ein

Dutzend Waffen geschmiedet.« Seine Augen glänzten vor Aufregung, als er fortfuhr: »Und das ist noch nicht alles. Die Schlammlerchen sind bereit. Wir werden Herrn Egmonds Pamphlets über das Königreich verbreiten. Keine Ecke wird von unserer Botschaft unberührt bleiben.«

Herr Egmond winkte Timi zu sich. »Denk daran, Timi«, begann Herr Egmond, seine Augen streng, »du musst deine Crew daran erinnern: Vorsicht über alles. Jetzt ist nicht die Zeit, den Helden zu spielen. Wenn irgendwelche Mitglieder der Vorhut gesehen oder erwischt werden, dann wird alles, wofür wir gearbeitet haben, untergehen.«

Timi nickte feierlich, etwas von seinem Getue verminderte sich angesichts der Ermahnung von Herr Egmond.

Herr Egmond trat vor, seine Augen glänzten vor Erwartung. Er zog einen Stapel Pamphlets aus einer versteckten Tasche in seinem Umhang, ihre Ränder scharf und die Tinte dunkel und frisch. »Meine Freunde«, sagte er, »die Zeit ist gekommen, einen weiteren Schlag gegen Joreks Lügen zu führen.« Er begann, die Pamphlets zu verteilen, eines an jedes Mitglied der Vorhut. »Sobald der König seine große 'Wohltätigkeitsshow' am Morgen beendet hat, werden wir den Menschen die Wahrheit geben. Bis morgen Nacht werden sich diese Worte durch Erishum wie ein Lauffeuer verbreiten.«

Vallen nahm sein Exemplar an und fühlte das Gewicht ihrer Sache in dem einfachen Pergamentblatt. Er wandte sich Nyssa zu, die bereits ihr Pamphlet untersuchte. Zusammen drängten sie sich eng zusammen, ihre Köpfe über die sorgfältig geschriebenen Worte gebeugt. Das Pamphlet war ein Meisterwerk der Subversion. Es lobte die 'wundersame' Heilung des Feldes durch den König in blumiger, übertriebener Sprache, webte aber geschickt spitze Fragen ein. Warum hatte der König so lange gewartet, seine Macht zu nutzen? Wie viele waren verhungert, während fruchtbare Felder brachlagen? Wenn er ein Feld heilen konnte, warum nicht alle? Der Text war von einfachen, aber effektiven

Illustrationen begleitet, genau wie Nyssa vorgeschlagen hatte. Vallen mochte besonders die Zeichnung, die den König auf einem Berg von Nahrung stehend zeigte, während skelettartige Gestalten von unten flehend hinaufreichten.

Die Botschaft war klar und verdammend – wären die Menschen stumm geblieben, hätte ihr Herrscher fröhlich zugesehen, wie sie welkten und verhungerten, gleichgültig gegenüber ihrer Not.

Als der Letzte zu Ende gelesen hatte, räusperte sich Herr Egmond leise. »Nun, meine Freunde, müssen wir vorsichtig sein. Wir können nicht riskieren, dass diese vor ihrer Zeit in die falschen Hände fallen. Wir müssen sicherstellen, dass Jorek zuerst in unsere Falle tappt.« Er bewegte sich durch die Gruppe, sammelte jedes Pamphlet und steckte sie sicher zurück in seinen Umhang. »Denkt daran, wir dürfen keine Aufmerksamkeit auf uns ziehen. Geht in kleinen Gruppen, nicht mehr als zwei oder drei auf einmal. Und nehmt verschiedene Routen.« Seine Augen schweiften über die Gesichter vor ihm, Entschlossenheit und Sorge in seinem Blick. »Außerdem, alle, die planen, das angebliche 'Wunder' des Königs zu bezeugen, wir werden uns bei Tagesanbruch vor seinem gewählten Feld versammeln. Denkt daran«, sagte er, seine Stimme tief, aber intensiv, »wir sind nur dort, um zu beobachten. Egal was passiert, wir können keine Aufmerksamkeit auf uns ziehen. Der König darf unsere Anwesenheit nicht vermuten.«

* * *

ZU DEN LETZTEN, die gingen, gehörten Nyssa und Vallen, und folgten Kayseri durch die stillen Straßen zu ihrer Bäckerei. Kayseri führte sie durch eine stille, dunkle Hintertür. Die Bäckerei, typischerweise ein Bienenstock der Aktivität, lag nun schlafend, eingehüllt in eine fast übernatürliche Stille, die ihre Schritte zu dämpfen schien.

»Wir haben etwa eine Stunde, bevor meine Arbeiter sich regen«, flüsterte Kayseri, ihre Stimme störte kaum die Stille.

Der Geist der gestrigen Arbeit verweilte in der Luft – ein reicher Teppich von Aromen, dominiert von frisch gebackenem Brot. Vallen beobachtete Nyssa, wie sie die Augen schloss und tief einatmete, ihr Gesicht weichte sich vor Nostalgie und Sehnsucht auf.

Kayseri führte sie in ihr kleines Büro und schloss die Tür hinter ihnen.

Als sie in einem abgenutzten, aber gemütlich wirkenden Stuhl saß, winkte Kayseri Nyssa und Vallen zu einem kleinen Sofa hinüber. Sie gab ihnen beiden einen langen Blick, als suchte sie nach Zeichen ihrer wahren Härten, ihre Gesichter mit einem Blick musternd, der in ihre Seelen zu blicken schien. »Nyssa, Vallen«, murmelte sie, ihre Stimme spiegelte ihre Sorge wider. »Wie haltet ihr beide da draußen in der Sterbenden Wildnis durch?« Ihre großen, kräftigen Hände, stark nach einem Leben des Teigknetens, nestelten ruhelos mit der einfachen gelben Schürze, die sie über ihrem Kleid trug.

Immer der Pragmatiker, hielt sich Vallen etwas zurück, seine Augen weichten sich auf, als er Nyssa sich vorlehnen sah. In Herzensangelegenheiten übernahm sie oft die Führung.

Nyssa streckte die Hand aus und umfasste Kayseris Hand in ihrer eigenen.

»Bitte sorge dich nicht um uns, Kayseri«, begann Nyssa, dann fing sie sich, als die ältere Frau sich räusperte und eine Augenbraue hochzog. »Ich meine, Kayseri. Bitte, gräme dich nicht über uns. Wir kommen besser zurecht, als du vielleicht denkst in der Sterbenden Wildnis.«

»Und braucht ihr etwas? Vorräte, Mehl, Werkzeuge, irgendetwas?«, Kayseri lehnte sich näher und musterte sie beide.

»Nein«, versicherte ihr Nyssa, ihre hellen Augen glänzten mit einer Widerstandsfähigkeit, die Vallen vor Stolz anschwellen ließ. »Wir haben, was wir brauchen. Wahrhaftig, die Backwaren, die du mit Timi geschickt hast, sind eine Quelle immensen Trostes für alle gewesen – ein Geschmack von Heimat, der unsere Stimmung hochhält.«

Kayseris besorgtes Stirnrunzeln weichte sich auf, und sie blickte Nyssa an und sah immens stolz aus. »Ich bin erleichtert, das zu hören. Ihr beide seid ziemlich zu Symbolen unserer Sache geworden. Aber für mich werdet ihr immer die Kinder sein, die früher altes Brot an meiner Hintertür kauften«, gab sie zu, ihre Stimme trug einen Hauch mütterlicher Zuneigung, auch wenn Respekt und Bewunderung in ihren Augen schienen.

Ein Erröten zierte Nyssas Gesicht bei diesen Worten, aber sie winkte schnell die Worte weg. »Wir geben nur unser Bestes. Wie ist alles in der Bäckerei gewesen, seit ich gegangen bin?«, fragte Nyssa sanft und wechselte das Thema.

Kayseri seufzte, ihre Schultern sackten leicht. »Es war... herausfordernd«, gab sie zu. »Die erhöhten Zehnten haben es schwierig gemacht, genug Geld zu verdienen, um Mehl und Zucker zu kaufen, geschweige denn meine Angestellten zu bezahlen, und ich musste einige der neueren Lehrlinge entlassen. Zum Glück sind Khinnis, Pollux, Cael und Solon noch bei uns. Sie reden manchmal noch über dich. Ich wünschte, ich könnte ihnen sagen, dass es dir gut geht, aber... ich kann nicht riskieren, sie in die Rebellion von Herr Egmond hineinzuziehen. Je weniger sie wissen, desto sicherer sind sie.« Ein wehmütiges Lächeln kreuzte ihr Gesicht. »Sie vermissen dich alle, Nyssa. Die Bäckerei war nicht mehr dieselbe ohne dich, obwohl du nicht lange bei uns warst.«

Ein Stich von Nostalgie und Schuld kreuzte Nyssas Gesicht bei diesen Worten, aber Vallen beobachtete, wie sie es beiseite-schob. »Es tut mir so leid, dass die Dinge schwer waren, Kayseri. Gibt es etwas, was wir tun können?«

Kayseri schüttelte den Kopf. »Macht einfach weiter, was ihr tut. Etwas muss sich ändern, und bald.« Sie hielt inne, dann fügte sie hinzu: »Ihr beide seht erschöpft aus. Warum ruht ihr nicht in einem der leeren Zimmer oben? Es werden noch ein paar Stunden sein bis zur Demonstration des Königs.«

Nyssa und Vallen nahmen es gerne an. Das kleine Zimmer war spärlich, aber sauber, und das schmale Bett war ein Luxus verglichen mit ihrer Pritsche in der Sterbenden Wildnis. Sie fielen in einen leichten, unruhigen Schlaf, zu aufgewühlt für ordentliche Ruhe.

* * *

DER MORGEN KAM ZU FRÜH. Als sie sich zum Gehen vorbereiteten, präsentierte ihnen Kayseri neue Umhänge mit Kapuzen, die tiefer waren als ihre jetzigen. »Um euch beim Untertauchen zu helfen«, erklärte sie und half Nyssa, ihren anzupassen. Kayseri führte sie schnell durch eine Seitentür in ihren Quartieren hinaus, um sie davor zu bewahren, von den Bäckern gesehen zu werden.

»Ich sehe euch bald. Sobald ich die Bäcker sortiert und für den Tag vorbereitet habe, gehe ich raus«, flüsterte Kayseri, bevor sie ihre Tür schloss und verriegelte.

Die Straßen summten vor Aufregung, als sie sich zu dem bezeichneten Feld begaben. Es schien, als wäre die ganze Stadt für das Ereignis herausgekommen. Nyssa und Vallen wanden sich vorsichtig durch die Menge und entdeckten andere Vorhutmitglieder strategisch um das Gebiet positioniert.

Eine hastig errichtete Bühne stand am Rand des Feldes. Das einst fruchtbare Land war jetzt eine trostlose Weite rissiger, trockener Erde, bedeckt mit den skelettartigen Überresten spröder, lebloser Gewächse.

Eine Stille fiel über die Menge, als König Jorek erschien, flankiert von Königin Sasana und ihren zwei Kindern. Großer Enumerox Berossus folgte dicht dahinter, sein geweißtes Gesicht eine Maske frommer Feierlichkeit. Vallens Augen wurden zu Prinz Javan gezogen und bemerkten das Unbehagen, das in der

Haltung des jungen Mannes offensichtlich war. Neben ihm war Königin Sasanas Gesicht in einem kaum verhüllten Stirnrunzeln gesetzt.

König Jorek trat vor und hob seine Hände für Stille. Seine magisch verstärkte Stimme hallte über die Versammlung. »Mein geliebtes Volk von Erishum«, begann er, sein Ton triefte vor falschem Wohlwollen, »es ist mir zu Ohren gekommen, dass einige unserer Felder befallen geworden sind. Enum hat mich gerufen, euch, meinen treuen Untertanen, in dieser Zeit der Not zu helfen.«

Vallen spürte, wie sich Nyssa neben ihm anspannte. Seine Hand suchte ihre und drückte fest. Er verstand ihre Aufregung; sie beide wussten, dass der König das Leiden seines Volkes monatelang willentlich ignoriert hatte.

König Jorek hob seine Arme mit der geübten Anmut eines erfahrenen Darstellers und befahl die Aufmerksamkeit der Menge. Er hob seine rechte Hand, Finger gespreizt, und schwenkte sie in einem theatralischen Schwung nach außen. Die Geste lenkte die Aufmerksamkeit auf das weite, leere Feld vor ihnen. Als sein Arm ausgestreckt blieb, schien es, als versuche er, die gesamte trostlose Weite in seinen Griff zu bekommen. Seine andere Hand umklammerte das rosafarbene Amulett, das um seinen Hals hing – ein Amulett, von dem sie wussten, dass es mit Quellmagie gefüllt war.

Für einen Herzschlag passierte nichts. Dann, als erwache es aus einem langen Schlummer, regte sich die Erde. Winzige, zerbrechliche und zarte grüne Triebe durchbrachen den rissigen Boden. Die Menge keuchte in kollektiver Ehrfurcht, als das tote Feld vor ihren Augen zum Leben erwachte. Zarte Blätter entfalteten sich und streckten sich zum Himmel. In Minuten war die einst trostlose Parzelle ein lebendiges grünes Meer, das sanft in der Brise schwankte.

Ein kollektives Keuchen rieselte durch die versammelten Bürger und schwoll schnell zu einem Gebrüll des Erstaunens und der Freude an. Menschen weinten offen, überwältigt von dem, was ein göttliches Wunder zu sein schien, das sich vor ihren Augen entfaltete. Fremde umarmten sich, gefangen in der geteilten Euphorie, das Unmögliche real werden zu sehen. Über allem stand König Jorek auf seiner hastig errichteten Bühne und badete in der Anbetung seiner Untertanen. Sein mühsam perfektionierter Ausdruck des Wohlwollens wankte nie. Für die uninformierten Massen unten verkörperte er das Wesen eines barmherzigen, allmächtigen Herrschers.

»Enum hat uns heute gesegnet«, verkündete er, seine Stimme trug über den Lärm. »Und um dieses Wunder zu feiern, wird jede Familie hier Brot und Gemüse erhalten, um mit nach Hause zu nehmen. Lasst niemanden sagen, dass euer König nicht für sein Volk sorgt!«

Als Körbe mit Nahrung begannen, durch die Menge zu zirkulieren, spürte Vallen ein sanftes Ziehen an seinem Arm. Nyssa bedeutete ihnen, sich wegzuschleichen. Sie zogen sich langsam zurück und hüteten sich davor, Aufmerksamkeit auf sich zu ziehen. Sobald sie von der Hauptmenge frei waren, führte Nyssa den Weg durch die gewundenen Straßen, ihre Schritte schnell und zielstrebig. Vallen passte sich ihrem Tempo an, seine Augen musterten ihre Umgebung nach Zeichen von Ärger. Der Lärm der Versammlung verblasste hinter ihnen, als sie die vertraute Route zurück zum Museum navigierten. Die Straßen waren unheimlich still, die meisten Bewohner der Stadt noch bei der improvisierten Feier.

Als sie ankamen, summte das Museum vor Aktivität. Herr Egmond war im Zentrum von allem und kritzelte wütend Notizen, während andere ihre Beobachtungen berichteten.

»Ah, Nyssa, Vallen«, rief er aus, als er sie entdeckte. »Was haltet ihr von der Darbietung unseres Königs?«

»Es war genau das, was ich erwartet hatte. Ich fand es interessant, wie Prinz Javan sehr unsicher und unbehagich wirkte«, sagte Vallen.

Nyssa nickte. »Und die Königin...« sie hielt inne und suchte nach den richtigen Worten. »Sie wirkte fast... verärgert. Als wäre die ganze Demonstration unter ihrer Würde und eine Unannehmlichkeit.«

Herr Egmonds amüsiertes Schnauben bestätigte ihre Einschätzung von Königin Sasana.

»Das Amulett des Königs«, sinnierte Vallen, seine Stimme tief und nachdenklich. »Es heute wieder zu sehen, ich konnte nicht anders, als daran zu denken, wie es sich mit der Zeit erschöpfen muss, genau wie unsere.«

Nyssa nickte. »Ja, ich bin mir sicher, dass es genauso funktioniert wie unseres. Also verschwindet die Flüssigkeit, wenn sie benutzt wird, was bedeutet, er muss einen Weg haben, sie aufzufüllen – Zugang zu einer Quelle von Quellmagie.«

»Die Tür, die wir unter der Weihestätte gefunden haben«, schlug Vallen vor.

»Genau«, stimmte Nyssa zu. »Erinnerst du dich, als wir hineingeschlichen sind und uns hinter diesem Wandteppich versteckt haben? Der, der diese verschlossene Tür mit seltsamen Licht verbarg, das um ihre Ränder sickerte? Das muss die Quelle verbergen.«

Vallen nickte grimmig. »Und wie er sein Amulett auffüllt.«

Vallens Geist wirbelte mit Möglichkeiten, als er sich an die Tür unter der Weihestätte erinnerte. Die Machtdemonstration des Königs blieb in seinen Gedanken haften, ein Spektakel sowohl ehrfurchtgebietend als auch erschreckend. Doch bei aller Pracht vertiefte es nur das Geheimnis um Joreks Fähigkeiten. Wie funktionierte diese Magie wirklich? Was waren ihre Grenzen? Wie mächtig war König Jorek?

Die Magie des Quellwassers blieb eine Quelle sowohl des Staunens als auch der Frustration für das Lager. Während ihre Macht, das Land zu heilen und Hyvas abzuwehren, unbestritten war, hatten ihre Versuche, ihr volles Potenzial zu nutzen, eine Wand getroffen. Sosehr sie auch versuchten, niemand war in der

GWEN DEMARCO

Lage gewesen, König Joreks Meisterschaft über die mystische Substanz zu replizieren. Illusionen zu schaffen oder die Magie nach ihrem Willen zu formen schien unmöglich außer Reichweite. Trotz ihrer besten Bemühungen blieb die Magie störrisch träge in ihren Händen.

Wenn nur die königlichen Blutes die Magie nach ihrem Willen beugen konnten, bedeutete das, dass ihre Rebellion einem noch steileren bergauf Kampf gegenüberstand, als sie sich vorgestellt hatten. Wie gewinnt man einen Kampf gegen jemanden, der Magie wirken kann?

»Ich habe auch versucht, etwas von dem Quellwasser zu untersuchen, das du mir gegeben hast, um zu sehen, ob ich Pflanzen wachsen lassen könnte, aber konnte nichts bewirken. Ich kann nicht bestimmen, wie es funktioniert oder seine magischen Eigenschaften«, sagte Herr Egmond und zog Vallen aus seinen spiralenden Gedanken. »Wenn nur die königliche Familie die Magie nutzen kann, könnte das ein Problem sein. Im Moment brauchen wir sie nur, um die Sterbende Wildnis zu heilen. Jedoch könnte das Wissen um ihren Standort auch eine Gelegenheit sein.«

Vallen biss sich auf die Lippe, ein grimmiger Gedanke fasste in seinem Geist Fuß. »Ich frage mich...«, zögerte er. »Wenn wir annehmen, dass nur die königliche Familie die Magie nutzen kann. Sie sind die einzigen Bürger in Erishum mit grünen Augen. Denkst du, es könnte etwas damit zu tun haben?«

Herr Egmond nickte langsam, als ihm die Erkenntnis kam.

»Das könnte einiges erklären. Sehr wenige Menschen wissen das, aber es wird vermutet, dass Jorek systematisch jeden mit grünen Augen eliminiert hat, der nicht sein direkter Nachkomme ist, seit er den Thron übernahm. Keiner, der mit grünen Augen geboren wurde, hat es über die Kindheit hinaus geschafft, ohne eine plötzliche tödliche Krankheit oder einen Unfall«, erklärte Herr Egmond. »Vielleicht fürchtet er, sie könnten in der Lage sein, die Magie zu nutzen, um seine Macht herauszufordern.«

Die Implikationen dieser Offenbarung hingen schwer in der Luft. Nach einem Moment betäubter Stille fuhr Herr Egmond fort, seine Stimme nahm eine Note der Entschlossenheit an.

»Wir müssen einen Weg in die Weihestätte finden«, erklärte er. »Wir müssen genau sehen, was hinter dieser glühenden Tür ist, die ihr entdeckt habt. Ich habe einen alten Lehrling aus meinen Tagen in der Schreiberzunft, der als Enumerii-Priester rekrutiert wurde. Er könnte unser Weg hinein sein.«

Vallen lehnte sich vor, Interesse geweckt. »Wie sicher bist du dir seiner Loyalität?«

Herr Egmonds Lippen verengten sich zu einer dünnen Linie. »So sicher, wie ich in diesen gefährlichen Zeiten sein kann. Aber wir müssen das Risiko eingehen. Die Antworten, die wir brauchen, sind in der Weihestätte; dessen bin ich mir sicher.«

Als die Diskussion fortfuhr, wurden Pläne geschmiedet und Strategien debattiert, fand Vallen seine Gedanken wandernd. Er dachte an die Ehrfurcht in den Gesichtern der Menschen, als sie zusahen, wie ihr König das Land 'heilte'. Er dachte an die verzweifelte Dankbarkeit, als sie die angebotene Nahrung annahmen. Und er dachte an die wahren Kosten dieser scheinbaren Großzügigkeit – das Leiden, das ihr vorausgegangen war, und die Lügen, die sie aufrechterhielten.

Herr Egmond musste anfangen, die Pamphlets an sein Netzwerk von Schlammlerchen und Straßenkindern zu verteilen, damit sie das gesamte Königreich mit dem neuesten Pamphlet bestreuen konnten, also beeilte er sich, das Treffen zu beenden und alle auf den Weg zu schicken. Herr Egmond hielt die Mitglieder der Vorhut bewusst von allen Schlammlerchen außer Timi getrennt, um sicherzustellen, dass, falls jemand erwischt würde, die Hauptmitglieder der Vorhut nicht von den Gefangenen belastet werden konnten.

Als das Treffen zu Ende ging und die Menschen begannen sich zu zerstreuen, bemerkte Vallen eine Gestalt, die am Rand der Gruppe schwebte. Es war Frau Thana, Fenols Mutter, ihre

Augen sprangen nervös zwischen ihrem Sohn und den anderen Rebellen hin und her.

Fenol, der das Zögern seiner Mutter bemerkte, näherte sich ihr. »Mama? Was ist los?«

Frau Thana holte tief Luft und richtete ihre Schultern. »Ich... ich will mit euch kommen«, sagte sie, ihre Stimme zitterte leicht, war aber voller Entschlossenheit. »In euer Lager in der Sterbenden Wildnis.«

Eine Stille fiel über die verbliebenen Mitglieder der Vorhut. Fenols Augen weiteten sich vor Überraschung. »Aber, Mama, es ist gefährlich da draußen. Und was ist mit deiner Arbeit im Gewandbezirk?«

Frau Thana schüttelte den Kopf und griff nach der Hand ihres Sohnes. »Ich halte es nicht mehr aus, von dir getrennt zu sein, Fenol. Jeden Tag sorge ich mich, dass ich dich nie wieder sehen werde. Und ich glaube, ich kann helfen.« Sie wandte sich direkt an Vallen und Nyssa. »Ich bin eine geschickte Weberin und Schneiderin. Ich kann Kleidung, Decken, alles machen, was ihr brauchen könntet. Bitte, lasst mich mit euch kommen.«

Vallen und Nyssa tauschten Blicke aus, zwischen ihnen fand ein stilles Gespräch statt. Nyssa trat vor, ein warmes Lächeln auf ihrem Gesicht. »Natürlich bist du willkommen, Frau Thana«, sagte sie sanft. »Wir könnten sicherlich deine Fähigkeiten gebrauchen, und ich weiß, wie viel es Fenol bedeuten würde, dich dort zu haben.«

Vallen nickte zustimmend. »Jedes Paar Hände hilft, und jede wieder vereinte Familie stärkt unsere Sache.«

Fenols Gesicht brach in ein breites Grinsen aus, und er umarmte seine Mutter fest. »Danke«, flüsterte er, seine Stimme dick vor Emotion.

Frau Thana wischte eine Träne aus ihrem Auge und blickte dankbar auf die Gruppe. »Wann gehen wir?«, fragte sie mit Entschlossenheit, die in ihren Augen brannte.

»Sobald es dunkel wird«, antwortete Vallen, seine Stimme tief und dringlich. »Während das Königreich noch von dem 'Wunder' des Königs abgelenkt ist. Kannst du schnell bereit sein?«

Frau Thana nickte und drückte Fenols Hand. »Ich brauche nicht viel. Gebt mir nur ein paar Minuten, um einige Notwendigkeiten zu sammeln.«

Als Frau Thana mit Fenol davoneilte, um ihre Sachen zu holen, wandte sich Nyssa Vallen zu, ein sanftes Lächeln auf ihrem Gesicht. »Es ist gut, nicht wahr? Familien zusammenzubringen, anstatt sie auseinanderzureißen.«

Vallen nickte und legte einen Arm um Nyssas Taille. »Das ist es. Und es erinnert uns daran, wofür wir kämpfen.«

Als Frau Thana zurückkehrte, ein kleines Bündel Besitztümer in ihren Armen, wandte sich Vallen an die Gruppe. »In Ordnung, alle. Lasst uns hier für den Tag ruhen, bis es Zeit ist, zurück ins Lager zu gehen.«

Sobald die Sonne unterging, schlüpften sie aus dem Museum und in die noch summenden Straßen von Erishum, jetzt mit einem neuen Mitglied in ihren Reihen.

Die Aufregung über das Wunder des Königs hing in der Luft, aber Vallen konnte eine Unterströmung der Verzweiflung darunter spüren. Menschen klammerten sich an ihre geschenkte Nahrung, als hätten sie Angst, sie könnte verschwinden.

Vallens Entschlossenheit stärkte sich, als sie sich auf den Weg zum geheimen Tunnel machten, der sie zurück in die Sterbende Wildnis bringen würde. Sie würden die Wahrheit aufdecken, egal was es kostete. Die Menschen von Erishum verdienten nichts weniger.

Die Reise zurück zu ihrem Lager war still, jeder verloren in seinen Gedanken. Aber als der vertraute Anblick ihres behelfsmäßigen Heims in Sicht kam, fühlte Vallen Hoffnung. Sie hatten heute die Macht des Königs bezeugt, ja. Aber er war auch direkt in ihre Hände gespielt.

KAPITEL 13

Mehr als zwei Wochen waren seit der erstaunlichen Darbietung des Königs vergangen, und das Leben in der Kasswacht hatte sich in einen neuen Rhythmus eingependelt. Aber als die ersten Strahlen der Morgendämmerung den Himmel bemalten, zerriss Timis aufgeregter Ruf die morgendliche Stille. »Nyssa! Vallen! Kommt schnell!«

Nyssa tauschte einen verwirrten Blick mit Vallen aus, bevor sie sich aus dem Bett zogen und zum Eingang des Lagers eilten. Bei ihrer Ankunft erlebten sie mit, wie Timi eine kleine Gruppe führte. An seiner Seite war eine Frau mit einem Kleinkind in ihren dünnen Armen, ihr Körperbau so zart und gebrechlich wie Spinnenseide. An die Röcke der Frau geklammert, spähte ein Mädchen von vielleicht zehn Jahren mit neugierigen Augen hervor. Ihre Kleider waren zerfetzt und schmutzig, ihr Haar ein verworrenes Durcheinander. Die Frau, vermutlich ihre Mutter, sah noch schlechter aus, ihr Gesicht von Erschöpfung und Sorge gezeichnet.

»Mitanni?«, keuchte Nyssa und erkannte das Mädchen aus ihren Tagen als Schlammlerche an den Ufern des Flusses Assur. »Bist du das?«

Die Augen des Mädchens weiteten sich vor Erkennung. »Nyssa!«, rief sie, ein Lächeln ersetzte ihren misstrauischen Ausdruck. »Du bist wirklich hier!«

Ohne zu zögern fiel Nyssa auf die Knie, Arme ausgestreckt. Mitanni flog in ihre Umarmung und kollidierte mit solcher Kraft, dass Nyssa fast das Gleichgewicht verlor. Die dünnen Arme des Mädchens wanden sich fest um Nyssas Hals und klammerten sich fest, als hätte sie Angst, sie könnte verschwinden. Sie vergrub ihr Gesicht in Mitannis verworrenen Haaren und umarmte sie fest. »Ich kann nicht glauben, dass du hier bist«, murmelte Nyssa und streichelte das verwirrte Haar des Mädchens. Sich leicht zurückziehend, fasste Nyssa Mitannis Gesicht in ihre Hände und suchte die vertrauten Augen ab. »Wie hast du uns gefunden?«

Mitanni zog sich zurück, ihre Augen blitzten vor Empörung. »Der Vermieter hat uns aus unserem Haus geworfen. Timi sagte, dass er einen Ort kenne, wo wir sicher und willkommen sein würden.«

Nyssa blickte zu Mitannis Mutter auf, die leicht auf den Füßen schwankte. Vallen war bereits hinübergegangen, um sie zu stützen, Sorge in sein Gesicht geätzt.

»Lasst uns euch beiden etwas zu essen holen«, sagte er sanft. »Ihr seht aus, als hättet ihr eine lange Reise hinter euch.«

Als sie die Neuankömmlinge zum Essbereich führten, bemerkte Nyssa, wie Mitannis Augen bei allem verweilten – den Trainingsplätzen, den Quellwasserbehältern, den geschäftigen Menschen. Es war klar, dass das Mädchen noch nie etwas wie die Kasswacht gesehen hatte.

Über einer Mahlzeit aus Brot und Eintopf begann Mitannis Mutter ihre Situation zu erklären.

»Die Dinge in Erishum sind schlimmer geworden«, sagte sie, ihre Stimme kaum über einem Flüstern. »Nachdem die Pamphlets, die seine Fürsorge für das Volk in Frage stellten, zu zirkulieren begannen, wurde Jorek wahnsinnig vor Wut.

Nahrung ist knapp, und die Neuntöter sind überall.« Sie schluckte schwer, bevor sie fortfuhr. »Unser Vermieter... er wurde wegen 'Aufwiegelung' verhaftet – sie fanden eines dieser Pamphlets in seinem Haus. Die Krone beschlagnahmte all seine Besitztümer, einschließlich unseres Hauses.« Tränen stiegen in ihre Augen. »Der neue Besitzer – irgendein Adliger, verwandt mit Jorek – verdoppelte die Miete über Nacht. Als wir nicht zahlen konnten, wurden wir mit nichts als den Kleidern am Leib hinausgeworfen. Als Timi uns von dem Rebellenlager erzählte, wusste ich, dass wir es versuchen mussten. Es war unsere einzige Hoffnung.«

Vallen nickte grimmig. »Ihr habt das Richtige getan, hierher zu kommen. Ihr seid jetzt sicher.«

Mitanni, die während der Erklärung ihrer Mutter still gewesen war, sprach plötzlich auf. »Kann ich helfen? Mit der Rebellion, meine ich. Ich bin gut im Schleichen und Lauschen. Ich kann hilfreich sein! Ich habe Timi geholfen.«

Nyssa konnte nicht anders, als über die Begeisterung des Mädchens zu lächeln. »Ich bin sicher, wir können einen Weg für dich finden zu helfen, Mitanni. Aber für jetzt braucht ihr beide Ruhe.«

Als Vallen sie zu einer der leeren Unterkünfte führte, kniete Nyssa neben Mitanni. »Ich bin stolz auf dich«, sagte sie sanft. »Es hat viel Mut gebraucht, diese Reise zu unternehmen.«

Mitanni strahlte vor Lob. »Ich erinnerte mich daran, was du mir über Mut und anderen zu helfen beigebracht hast. Ich möchte so sein wie du, Nyssa.«

Nyssa spürte einen Kloß in ihrer Kehle. Sie zog Mitanni in eine weitere Umarmung und staunte darüber, wie dieses junge Mädchen es geschafft hatte, Hoffnung angesichts solcher Widrigkeiten festzuhalten.

Später an diesem Abend, als Nyssa und Vallen die Ereignisse des Tages besprachen, sinnierte Vallen: »Mitanni und ihre

Mutter werden nicht die letzten sein. Während sich das Wort verbreitet, werden mehr kommen und Zuflucht suchen.«

Nyssa nickte, ihr Geist raste bereits mit Plänen. »Wir müssen das Lager erweitern und ein System einrichten, um Neuankömmlinge zu integrieren und ihre Fähigkeiten zu bewerten...« Sie hielt inne, ein Schatten kreuzte ihr Gesicht. »Und Sicherheit. Wir müssen wachsamer denn je sein. Ein Informant könnte alles zum Einsturz bringen.«

»Einverstanden«, sagte Vallen. »Aber ihre Ankunft ist ein gutes Zeichen. Es stärkt unsere Zahlen. Die Menschen beginnen zu glauben, dass Veränderung möglich ist.«

NYSSA BEOBACHTETE vom Rand des Trainingsplatzes aus, wie Vallen einer Gruppe von Neuankömmlingen eine grundlegende Schwerthaltung demonstrierte. Seine Geduld schien endlos, korrigierte Haltungen und Griffe mit sanften, aber festen Händen. Sie konnte nicht anders, als einen Schwall des Stolzes zu fühlen darüber, wie weit sie seit ihrer eigenen erschütternden Flucht aus Erishum gekommen waren.

Die Wochen, die Mitannis Ankunft folgten, waren ein Wirbelsturm der Aktivität in der Kasswacht. Viele Morgen brachten neue Gesichter, Flüchtlinge aus dem Königreich, die Hoffnung und eine Chance suchten, zurückzuschlagen. Vallen musste ständig sein Trainingsprogramm anpassen, um den Zustrom eifriger, wenn auch ungeschickter Rekruten zu bewältigen.

Als die Trainingsstunde endete, näherte sich Nyssa Vallen und reichte ihm eine Feldflasche. »Du warst heute Morgen nicht beim Training«, bemerkte Vallen.

»Fenol brauchte Hilfe am Fluss, also habe ich geschwänzt. Ich werde sicherstellen, zur Nachmittagsstunde zu kommen. Wie machen sie sich?«, fragte sie und nickte zur sich zerstreuenden Gruppe.

Vallen trank lange, bevor er antwortete. »Sie sind eifrig, das muss ich ihnen lassen. Aber es wird Zeit brauchen, sie zu Kämpfern zu machen.« Er wischte sich die Stirn ab, seine Augen musterten das wachsende Lager.

Die Morgenluft war frisch und erfrischend, als Nyssa sich näher drängte und einen Arm um Vallens Taille legte.

Als sie über das Lager blickten, war Nyssa überrascht, ein vertrautes Gesicht unter den neuen Ankömmlingen zu sehen – Egmond, begleitet vom jungen Timi. Die Augen des älteren Mannes waren weit, als er den Umfang der Kasswacht erfasste, eine Mischung aus Bewunderung und Sorge in sein verwittertes Gesicht geätzt.

Nyssa begrüßte Egmond herzlich. »Was führt dich in die Sterbende Wildnis?«

»Ich musste das mit eigenen Augen sehen«, sagte er und deutete auf das Lager. »Und unsere nächsten Schritte gegen Jorek besprechen.«

Einmal um das zentrale Lagerfeuer gesetzt, bot Nyssa Egmond eine Tasse Tee an, die er mit einer Handbewegung ablehnte. Er lehnte sich vor, seine Stimme tief. »Die Pamphlets funktionieren, aber wir müssen mehr Druck ausüben. Ich habe eine Idee, aber ich brauche zuerst einige Informationen.« Er wandte sich Vallen zu. »Du warst ein Neuntöter. Weißt du, wo der König seinen geheimen Vorrat an gehorteter Nahrung aufbewahrt? Ich habe widersprüchliche Berichte bekommen, also will ich keinen Schritt machen, bis ich sicher bin.«

Vallens Stirn runzelte sich. Er neigte den Kopf himmelwärts, als könnte die Antwort auf den Wolken geschrieben stehen. »Als ich dort war, wurde das Getreide im Nordflügel des Geländes aufbewahrt, nahe den Kasernen der Neuntöter«, sagte er langsam. »Es ist ein schwer bewachtes Gebiet.«

Egmond nickte, seine Augen glitzerten vor Interesse. »Erzähl mir mehr. Wie wird es gelagert? Was für Sicherheit hat es?«

Für die nächste Stunde detaillierte Vallen alles, woran er sich über das Lagergebiet erinnern konnte – die Anordnung, die Anzahl der Wachen und ihre Patrouillenpläne.

»Hast du die neuesten Nachrichten über Joreks Reaktion auf das Pamphlet gehört?«, sagte Egmond mit dem Grinsen eines Narren.

Nyssa nickte grimmig. »Alle reden darüber, wie die Pamphlets ziemlich Aufruhr verursacht haben. Die Menschen verlangen Antworten vom König über die Anklagen, die wir gegen ihn erhoben haben.«

»Es ist gut«, sagte Vallen mit einem Hauch von Zufriedenheit in seiner Stimme. »Es ist an der Zeit, dass die Menschen anfangen, Fragen zu stellen.«

»Es gibt mehr«, fügte Egmond hinzu, seine Stimme sank. »Der König hat ein Dekret gegen den Besitz nicht genehmigter Dokumente erlassen. Jeder, der mit einem unserer Pamphlets gefunden wird, wird wegen Aufwiegelung verhaftet.«

Vallens Kiefer spannte sich. »Er gerät in Verzweiflung. Das ist ein gutes Zeichen, aber es bedeutet auch, dass wir noch vorsichtiger sein müssen.«

»Wir müssen einen Weg in den Nordflügel finden. Frag im Lager herum und sieh, wer bereit sein könnte zu versuchen, in das Schlossgelände einzubrechen«, wies er an. »Lass mich in den nächsten Tagen wissen, wer interessiert ist. Könntest du einen Plan ersinnen, hineinzuschleichen, ohne entdeckt zu werden?«

Nyssa dachte sofort an Krümelchen und biss sich auf die Lippe, eine Mischung aus Aufregung und Befürchtung wirbelte in ihrem Magen.

»Ich werde sehen, was ich mir einfallen lassen kann. Ich werde Nachrichten mit Timi senden, sobald ich einen Plan habe.«

»Gut genug für mich«, antwortete Egmond jovial und klopfte

Vallen auf den Arm. »Nun, ich sollte besser gehen, bevor jemand meine Abwesenheit bemerkt.«

Nyssa und Vallen begleiteten Egmond und Timi zum Rand des Lagers und sahen zu, wie sie zurück in die verdrehte Landschaft der Sterbenden Wildnis verschwanden.

Als sie Hand in Hand zurück zur Mitte des Lagers gingen, konnte Nyssa nicht anders, als darüber zu staunen, wie sehr die Kasswacht gewachsen war. Was als Ansammlung grober Unterkünfte begann, war zu einer geschäftigen Gemeinschaft aufgeblüht. Das einst karge Tal wimmelte jetzt vor Leben; Zelte und behelfsmäßige Hütten sprossen wie Pilze nach Regen. Dank der großen Menge an Segeltuch, die Frau Sarna großzügig zur Verfügung gestellt hatte, waren sie in der Lage gewesen, die Unterkünfte schneller zu errichten und ersparten sich, so viel Holz aus der Sterbenden Wildnis sammeln zu müssen. Rauch stieg von mehreren Kochfeuern auf. Der Klang von Tahjs Schmiede hallte heraus.

Nyssa hatte die Verantwortung für die Nahrung und Vorräte des Lagers übernommen, eine Aufgabe, die mit jeder neuen Ankunft herausfordernder wurde. Sie verbrachte die meisten Morgen damit, Inventar zu machen, Nahrung zu rationieren, mit Ignac im Garten zu arbeiten und mit Fenol zu koordinieren, um eine stetige Versorgung mit Fisch aus dem nahen Fluss sicherzustellen.

Als sie ihren Rundgang machte und die verschiedenen Lagerbereiche überprüfte, die sie eingerichtet hatten, hörte Nyssa Gesprächsfetzen der Neuankömmlinge. Viele sprachen in gedämpften, besorgten Tönen über die Bedingungen, die sie in Erishum zurückgelassen hatten. Andere drückten Hoffnung und Entschlossenheit aus, einen Unterschied zu machen. Ihre Erwartungen lasteten schwer auf Nyssas Schultern, und sie wusste, dass sie noch schwerer auf Vallens lasteten.

Nach dem Mittagessen entschied Nyssa, eine Pause vom Training zu machen und schloss sich stattdessen einer kleinen

Gruppe an, die hinausging, um mehr von den umliegenden Sterbenden Wildnis zu kartieren. Sie hatten das Gebiet methodisch erkundet, nach zusätzlichen Quellen von Quellmagie gesucht und die sichersten Routen durch die tückische Landschaft kartiert.

»Schaut da drüver«, rief eine der Späher, eine Frau namens Eldra, aus und deutete auf eine Ansammlung seltsam geformter Pilze an der Basis eines toten Baumes. »Das ist Pflanzenleben. Es ist ein gutes Zeichen, oder? Dort könnte eine Quellquelle unter dem Baum sein.«

Eldra und Rael entschieden, dass es sich lohnte, weiter zu untersuchen. Mit Äxten und Schaufeln bewaffnet, machten sie sich an die Arbeit, ihre Ausdrücke konzentriert und entschlossen. Holzspäne flogen, als sie in die Rinde hackten und in die Basis des Baumes gruben. Zuversichtlich, dass sie die Aufgabe unter Kontrolle hatten, entfaltete Nyssa ihre abgenutzte Karte und überblickte das umliegende Gebiet.

Nyssa markierte sorgfältig den Standort auf ihrer Karte und fügte ihn dem wachsenden Netzwerk magischer Brennpunkte hinzu, die sie entdeckt hatten. Jeder brachte sie einen Schritt näher daran, das komplexe Netz magischer Energie zu verstehen, das unter dem korrupten Land floss.

Als der Tag voranschritt, fand Nyssa einen Beerenstrauch. Sie arbeitete daran, ihren Beutel zu füllen, wissend, dass die herben Früchte eine willkommene Ergänzung zu ihren mageren Nahrungsvorräten wären. Ihr Geist wanderte und dachte daran, wie sie ihre Vorräte länger dauern lassen könnte. So tief in Gedanken versunken, verpasste sie die subtile Verschiebung im Boden unter ihren Füßen.

Plötzlich gab die Erde nach und riss einen erschrockenen Schrei von ihren Lippen. Ihr Bein stürzte in eine versteckte Spalte, und sie fiel zu Boden. Schmerz schoss durch ihren Knöchel, als er sich unbeholfen verdrehte, gefangen zwischen gezackten Felsen und lockerem Boden. Der Sturz ließ sie atemlos und desorientiert zurück, keuchend um Luft, als sie versuchte, ihre Sinne zu sammeln.

Für einen Moment lag Nyssa still, ihr Herz pochte in ihrer Brust, als sie zu verstehen suchte, was passiert war. Ihr Bein war tief im Boden eingekeilt, bis zur Mitte des Oberschenkels begraben. Als der Schock zu verblassen begann, versuchte sie sich zu befreien, aber ein scharfer Schmerz schoss ihr Bein hinauf und ließ sie vor Qual aufschreien.

Sie blickte umher. Das Loch erweiterte sich zu einer weiten unterirdischen Schlucht und enthüllte eine tiefe, schmale Kammer, die gerade in die Erde hinabstürzte. Ihre Wände waren unnatürlich glatt, als wären sie von Jahrhunderten fließenden Wassers geformt worden. Schwaches Licht von oben kämpfte darum, in die Tiefen zu dringen und ließ den Boden in undurchdringliche Dunkelheit gehüllt.

»Komm schon«, murmelte Nyssa durch zusammengebissene Zähne und drückte ihre Hände gegen den Boden, um zu versuchen, sich zu befreien. Trotz ihrer Bemühungen blieb sie fest stecken, die Spalte griff ihr Bein wie ein Schraubstock. Panik stieg in ihrer Brust auf, Nyssa erhob ihre Stimme und rief: »Eldra! Rael! Könnt ihr mich hören? Ich brauche Hilfe!« Ihre Rufe hallten über das Tal, trugen über das felsige Gelände, bevor sie in der Ferne ohne Antwort verblassten.

Die Weite der Landschaft verschluckte ihre Stimme, und Nyssa erkannte mit sinkendem Herzen, dass Eldra und Rael zu weit weg sein mussten, um ihre Hilferufe zu hören. Die ausgedehnte Wildnis fühlte sich plötzlich überwältigend an, und sie war sich schmerzlich bewusst, wie allein sie in diesem Moment war. Dennoch wusste sie, dass sie weiter versuchen musste. »Hilfe!«, rief sie erneut, ihre Stimme angespannt. »Ist da jemand?«

Terror begann einzuschleichen, als die Schwere ihrer Situation klar wurde. Sie war gefangen und allein, mit dem instabilen Boden unter ihr, der drohte, jeden Moment nachzugeben. Plötzlich hallte ein tiefes, vertrautes Klickgeräusch in der Nähe, und

Nyssa zuckte vor Furcht zusammen, ihre Atemzüge kamen in schnellen, panischen Zügen, als sie verzweifelt ihre Umgebung absuchte.

Ihr Herz blieb fast stehen, als sie eine große Hyva in der Nähe schlängeln sah, ihre Schuppen glänzten matt im gefilterten Licht. Das vernarbte Gesicht der Kreatur war unverkennbar – dieselbe Hyva, die sie schon mehrmals gesehen hatten, immer am Rand ihres Lagers schleichend. Ihr ein gutes Auge fixierte sie, unblinkend und räuberisch. Mit einem panischen Keuchen legte sie ihre Hand auf den Wasserschlauch, der an ihrer Taille gebunden war, und überprüfte, dass die Quellmagie nicht herausgelaufen war.

Mit zitternden Händen nestelte Nyssa am Stopfen des Wasserschlauchs. Als sie ihn öffnete, bereit, etwas von dem kostbaren Quellwasser auf das herannahende Monster zu schleudern, wich die Hyva zurück. Sie zischte wie Dampf, der aus einem Kessel entweicht, und schlich zurück ins Unterholz und ließ Nyssa vor Erleichterung und Restangst zittern.

»Hilfe!«, rief sie erneut, ihre Stimme heiser, aber entschlossen. »Bitte, jemand helfe mir!«

Mit erneuerter Verzweiflung kratzte sie am Boden um das Loch und versuchte, es weit genug zu erweitern, um ihr Bein zu befreien. Aber je mehr sie kämpfte, desto mehr bröckelte der lockere Boden und drohte, sie tiefer hineinzuziehen.

Schweiß perlte auf ihrer Stirn, als sie zwischen dem Zerren an ihrem gefangenen Glied und dem Versuch, sich herauszugraben, wechselte. Jede Bewegung sandte Schmerzstöße durch ihren Knöchel und ihre Wade. Nyssa biss sich auf die Lippe, um nicht aufzuschreien, der Geschmack der Furcht dick auf ihrer Zunge.

Nach dem, was sich wie eine Ewigkeit fruchtlosen Kampfes anfühlte, sank Nyssa zurück, erschöpft und voller Schmerzen. Sie atmete tief ein und sammelte ihre Kraft für einen weiteren Versuch. »Ist da jemand?«, rief sie, ihre Stimme brach vor Anstrengung und Furcht. »Ich bin gefangen! Ich brauche Hilfe!«

Für einen herzstillenden Moment gab es keine Antwort.

Dann, zu ihrer immensen Erleichterung, hörte sie Fenols Stimme zurückrufen. »Nyssa? Nyssa! Wo bist du?«

»Hier drüben!«, rief sie und winkte mit den Armen. »Ich bin in irgendein Loch gefallen!«

Fenol erschien Momente später, sein Gesicht vor Sorge geätzt. »Bei Enum«, atmete er und erfasste die Situation. »Halt still, ich hole dich raus.«

»Sei vorsichtig! Der Boden bröckelt.«

Fenols starke Hände griffen Nyssas Arme, als er begann, sie zu befreien. Scharfer Schmerz durchbohrte ihr Bein, zerrissen von den gezackten Rändern der Spalte. Nyssa biss einen Schrei zurück und spürte, wie ihre Haut gegen Felsen und Wurzeln geschunden wurde, als sie an ihrem Fleisch entlangschabten. Mit einem letzten Hieb zog Fenol sie heraus, und Nyssa brach gegen ihn zusammen, keuchend vor Schmerz und Erschöpfung.

Als Fenol ihr half, sich aufzusetzen, blickten sie beide in die Spalte hinab, die sie fast verschlungen hätte. Was sie sahen, ließ sie beide atemlos vor Erstaunen.

»Es ist riesig«, murmelte Nyssa, ihre Augen weiteten sich, als sie den Umfang der unterirdischen Kaverne erfasste. »Schau, wie tief es geht.«

Mit langsamen, vorsichtigen Bewegungen trat Fenol zurück und zog Nyssa mit sich, seine Stirn gerunzelt. »Es muss ein alter Grundwasserleiter sein von damals, als die Quellmagie frei durch diese Länder floss. Der Boden darüber beginnt zu verfallen und einzustürzen.«

Nyssa schauderte und stellte sich vor, was hätte passieren können, wenn sie hineingefallen wäre. »Wir müssen sicherstellen, dass niemand anderes hineinstolpert«, sagte sie und zuckte zusammen, als sie versuchte, Gewicht auf ihren verletzten Knöchel zu legen.

Die Sonne stand tief am Horizont, als sie ins Lager zurückkehrten, Nyssa humpelte leicht mit Fenol, der sie mit seiner Schulter unter ihrer Achsel stützte. Vallen eilte, sie zu treffen, alarmiert, als er Nyssas Zustand sah. Er hob sie in seine Arme und drückte sie an seine Brust.

»Was ist passiert?«, verlangte er und setzte Nyssa sanft auf einen Stumpf neben das zentrale Feuer.

Als Nyssa ihre Entdeckung erklärte, versammelte sich eine kleine Menge zum Zuhören.

»Fenol, kannst du Tarric mit dir zurück nehmen, wo Nyssa gefallen ist, und das Gebiet absperren, damit sich niemand anderes verletzt?«

Fenol senkte das Kinn und griff nach einer Spule hellen Bandes aus dem Versorgungszelt des Lagers. Er und Tarric schritten schnell davon.

An diesem Abend, als Nyssa mit ihrem eingewickelten und ruhenden Knöchel saß, kam Vallen herüber und reichte ihr eine Schüssel Eintopf. »Wie fühlst du dich?«, fragte er sanft, seine Stimme voller Sorge.

Nyssa schaffte ein kleines Lächeln. »Mir wird es gut gehen. Es ist nur eine Verstauchung und ein paar Kratzer.« Sie nahm einen Bissen des Eintopfs, dankbar für seine Wärme. »Vallen, fragst du dich jemals, ob wir das Richtige tun? All diese Menschen hierher in Gefahr zu bringen?«

Vallen war einen Moment still, sein Blick schweifte über das Lager. »Tue ich«, gab er schließlich zu. »Aber dann denke ich daran, was in Erishum passiert, an die Lügen und das Leiden. Diese Menschen haben sich entschieden, hierher zu kommen, um für etwas Besseres zu kämpfen. Wir schulden es ihnen, das durchzuziehen.«

Nyssa nickte und lehnte sich gegen ihn. »Du hast recht. Es ist nur... manchmal fühlt sich alles so überwältigend an.«

»Ich weiß«, sagte Vallen und legte einen Arm um sie. »Aber wir sind nicht allein in diesem. Schau umher, Nyssa. Wir haben hier etwas aufgebaut. Etwas, wofür es sich zu kämpfen lohnt.«

Als würden seine Worte unterstreichen, brach in der Nähe ein Ausbruch von Gelächter aus. Eine Gruppe Jugendlicher, ihre

Gesichter strahlten vor Freude trotz der harten Umgebung, spielten ein Spiel mit Steinen und Stöcken.

Nyssa fühlte eine Wärme sich in ihrer Brust ausbreiten bei dem Anblick. Ihr Blick wanderte dann zu einer kleinen Gruppe von Kindern, die sich um Baku versammelt hatten und ihr Leckereien fütterten. Die Eselin war zu einem unerwarteten Maskottchen für ihre Rebellion geworden.

»Schau dir das an«, sagte Nyssa sanft und stieß Vallen an. »Ich hätte nie gedacht, dass ich den Tag erleben würde, an dem Baku von Bewunderern umgeben sein würde.«

Vallen kicherte und folgte ihrem Blick. »Sie ist sicherlich weit gekommen davon, der Schrecken der Kasswacht zu sein.«

Es war wahr. Als die Flüchtlinge zuerst in der Kasswacht anzukommen begannen, waren die meisten Kinder – und ziemlich viele Erwachsene – misstrauisch gegenüber der seltsamen, langohrigen Kreatur gewesen, die im Lager lebte. Niemand in Erishum hatte je eine Eselin gesehen oder auch nur von einer gehört, und Bakus lautes Schreien und störrische Persönlichkeit hatten anfangs wenig getan, um sie den Bewohnern des Lagers zu empfehlen. Jetzt jedoch stand Baku geduldig da, während winzige Hände ihr Stücke von Karotten und Äpfeln anboten. Ihre langen Ohren zuckten zufrieden, als sie die Leckereien annahm, sehr zur Freude der kichernden Kinder.

Vallen lachte. »Für so eine störrische, dickköpfige Kreatur ist sie erstaunlich sanftmütig mit den Kleinen, nicht wahr?«

Als sie zusahen, näherte sich ein kleiner Junge, nicht mehr als fünf oder sechs Jahre alt, Baku vorsichtig. Die Eselin senkte ihren Kopf und erlaubte dem Kind, ihre Nase sanft zu streicheln. Die Augen des Jungen leuchteten vor Staunen, und er drehte sich zu seinen Freunden und rief aufgeregt darüber, wie weich Bakus Schnauze war.

»Es ist gut für sie«, sagte Nyssa sanft. »In all dieser Dunkelheit und Ungewissheit gibt Baku ihnen etwas zum Lächeln. Etwas... Normales.«

Vallen nickte und kicherte leise. »Es sind nicht nur die Kinder. Ich habe einige Erwachsene gesehen, die Baku heimlich Leckerbissen zustecken, wenn sie denken, dass niemand hinschaut.«

Nyssa lehnte sich gegen Vallen und fühlte einen Moment des Friedens über sich kommen, als sie die Szene beobachtete. Inmitten ihrer Kämpfe und Gefahren erinnerte diese einfache Freude – Kinder, die lachten, ein zufriedenes Tier, das Teilen von Güte – sie daran, wofür sie kämpften.

»Vielleicht«, sagte sie, »wenn das alles vorbei ist, sollten wir sicherstellen, dass jedes Kind in Erishum die Chance bekommt, eine Eselin zu treffen. Es scheint Wunder für die Moral zu wirken.«

Vallen kicherte und drückte einen Kuss auf ihren Scheitel. »Ich werde es zu unserer Liste der Nach-der-Revolution-Pläne hinzufügen. Gleich nach 'den König stürzen' und 'die Quelle wiederherstellen'.«

$\mathscr{E}$ine dicke Wolkendecke verbarg sogar das schwächste Sternenlicht und bot einen gewissen Schutz für ihre heimliche Mission. Vallen, Nyssa, Rhio und Krümelchen kauerten in den Schatten nahe den Palastmauern, ihre Bewegungen vorsichtig und bewusst. Trotz der Dunkelheit war die Stadt alles andere als still. Flackernde Fackellichter punktierten die Straßen und warfen lange, tanzende Schatten, die die Gruppe vorsichtig navigieren musste. Die gelegentliche Patrouille von Wachen, ihre Rüstung klirrt leise beim Gehen, zwang die Rebellen, in Nischen zu ducken oder sich gegen Wände zu drücken, um Entdeckung zu vermeiden. Nyssas Herz raste vor Aufregung – und Furcht. Sie war leicht neidisch, dass der Rest der Gruppe völlig ruhig und gefasst schien, selbst als sie von Schatten zu Schatten huschten, immer wachsam für die nächste potenzielle Bedrohung.

»Denkt an den Plan«, flüsterte Vallen, seine Augen musterten den Umkreis. »Wir gehen durch das Dienertor hinein, bahnen uns den Weg zur Nordecke des Palastgeländes und lokalisieren die Kornlager. Schnell und leise. Wir werden nur die Existenz des Horts bestätigen, nichts mehr.«

Krümelchen nickte, ihr kleiner Körperbau vibrierte praktisch vor nervöser Energie. »Ich kann das Schloss am Dienertor knacken«, murmelte sie. »Gebt mir nur eine Minute, sobald wir dort sind.«

Rhio legte eine beruhigende Hand auf ihre Schulter. »Du schaffst das, Krümelchen. Wir vertrauen dir.«

Nyssa holte tief Luft, um ihre Nerven zu beruhigen. Das war es. Mehr als eine Woche der Planung hatte zu diesem Moment geführt, eine Zeit, die es ihrem Knöchel erlaubt hatte zu heilen, obwohl er leicht empfindlich blieb. Sie bewegte ihn vorsichtig, dankbar für die Erholungszeit, aber bewusst seiner anhaltenden Schwäche. Das Warten war nicht nur für ihre Heilung notwendig gewesen, sondern für das Sammeln von Informationen und das Perfektionieren ihres Plans. Sie mussten Beweise für das Horten des Königs aufdecken, und dann würde Egmond einen Weg finden, die Nachricht an die Menschen von Erishum zu verbreiten.

Auf Vallens Signal setzten sie sich in Bewegung. Niedrig bleibend und die tiefsten Schatten umarmend, schlichen sie entlang der äußeren Mauer des Palastgeländes. Vallens Wissen über die Wachrotationen erwies sich als unschätzbar, als sie Patrouillen auswichen.

Als sie den Dienereingang erreichten, machte sich Krümelchen sofort an die Arbeit. Ihre geschickten Finger arbeiteten schnell am Schloss, und innerhalb von Momenten verkündete ein befriedigendes Klicken ihren Weg hinein.

Einmal drinnen, begann die wahre Herausforderung. Das Palastgelände war ein Labyrinth aus Gärten, Marmorstatuen und Teichen, mit jedem Schatten, der die Möglichkeit einer Wache oder wandelnden Dieners verbarg. Vallen führte den Weg, und seine Erfahrung als Neuntöter gab ihm eine intime Kenntnis der Anordnung.

Schritte hallten von um eine Ecke und ließen sie erstarren. Vallen führte die Gruppe schnell hinter eine Statue von Enum, die in einer nahen Nische eingebettet war. Die tiefen, belaubten Schatten der Alkoven und der große quadratische Sockel der Statue boten ausreichend Schutz für alle vier. Nyssa hielt den Atem an, als ein paar Diener vorbeigingen, ihr gedämpftes Gespräch über die Mahlzeitvorbereitungen des nächsten Tages verblasste, als sie den Pfad hinuntergingen.

»Das war knapp«, murmelte Rhio, sobald die Luft rein war.

Sie drängten weiter zum Nordflügel, Heimat der Neuntöter-Kasernen. Spannung verdickte die Luft, als sie sich dem Bereich näherten, wo die Kasernen an den Palast angrenzten. Das war der riskanteste Teil ihrer Reise – wenn sie hier erwischt wurden, gäbe es keine plausible Erklärung für ihre Anwesenheit. Außerdem würden die Neuntöter zweifellos den Gosse-Neuntöter erkennen.

Vallen zeigte auf ein Gebäude neben den Kasernen. »Das ist die Nahrungslagerung«, flüsterte er, »aber die Wachpräsenz ist zu stark.«

Tatsächlich patrouillierten mehrere Neuntöter das Gebiet. Vallen wandte sich Rhio zu. »Wir brauchen eine Ablenkung. Kannst du sie weglocken?«

Rhio nickte, sein Gesicht vor Entschlossenheit gesetzt. »Wo soll ich euch danach treffen?«

»Bei Egmond's Haus«, antwortete Vallen. »Sei vorsichtig.«

Als Rhio sich wegschlich, beobachteten die anderen mit angehaltenem Atem. Momente später hörten sie einen Tumult von der anderen Seite der Kasernen. Die patrouillierenden Neuntöter eilten zum Geräusch und ließen den Pfad zum Lagergebäude frei.

»Jetzt,« zischte Vallen, und sie sprangen zur Tür.

Krümelchen machte sich am Schloss zu schaffen. Innerhalb von Sekunden hörten sie ein leises Klicken. »Wir sind drin«, flüsterte sie.

Nyssa schlüpfte ins Gebäude auf Krümelchens Fersen, ihr Herz pochte. Vallen folgte dicht dahinter und zog vorsichtig eine kleine, bedeckte Fackel heraus. Mit einer schnellen Bewegung entblößte und entzündete er sie und warf flackerndes, schwaches Licht über den Raum. Aber anstatt der Berge von Getreide und Nahrung, die sie erwartet hatten, enthüllte das schwankende Licht nur einen leeren Raum. Vallens Fackel beleuchtete nichts als nackte Böden und leere Regale.

»Es ist weg«, atmete Nyssa, ihre Stimme zitterte vor Unglauben und Frustration. »Sie haben alles weggebracht.«

Vallens Kiefer spannte sich. »Wir müssen hier raus. Jetzt.«

Sie schlüpften still aus dem Gebäude und kauerten dicht beieinander, als Krümelchen die Tür wieder verschloss. Aber als sie sich zum Gehen wandten, hörten sie einen Ruf. »Eindringlinge! Halt!«

»Trennt euch,« befahl er und versuchte zu verhindern, dass alle in Panik gerieten. »Trefft euch am Sammelpunkt. Ich werde sie hinter mir herlocken. Geht!«

Nyssas Herz pochte in ihren Ohren, als sie und Krümelchen durch das Schlossgelände rannten und einen Weg hinaus zu finden suchten. Die einst schönen Gärten wurden in einen tückischen Hindernisparcours verwandelt.

Sie wanden sich zwischen Hecken, duckten sich niedrig, um nicht gesehen zu werden. Nyssas Beine brannten vor Anstrengung, ihr Atem kam in kurzen, kontrollierten Zügen. Krümelchen bewegte sich mit überraschender Beweglichkeit, ihr kleiner Körperbau erlaubte ihr, durch schmale Lücken zu schlüpfen, die Nyssa umgehen musste.

Nyssas Fuß verfing sich an einer freiliegenden Wurzel, als sie um eine Ecke gingen. Sie stürzte vorwärts, Arme rudernd, und schlug hart auf dem Boden auf. Der Aufprall trieb die Luft aus ihren Lungen, und sie biss einen Schmerzensschrei zurück, als ihr Knie gegen den rauen Steinweg schabte.

»Nyssa!«, zischte Krümelchen, kam rutschend zum Halt und drehte um.

Nyssa drückte sich hoch und zuckte zusammen, als sie Gewicht auf ihr verletztes Knie legte. Blut tröpfelte an ihrem

Bein hinab, aber es war keine Zeit, die Wunde zu untersuchen. »Mir geht es gut«, flüsterte sie, obwohl ihre Stimme angespannt war. »Wir müssen weiter.«

Nyssa biss ein Stöhnen über den Schmerz in ihrem Knie zurück, als sie begann, Krümelchen wieder zu folgen. Jedoch kostete sie ihre kurze Pause. Das verräterische Klirren von Neuntöter-Rüstung hallte in der Nähe, viel zu nah für Behaglichkeit. Krümelchen zerrte Nyssa hinter einen großen Busch und drückte sie beide gegen den kalten Stein der Schlossmauer. Nyssas Herz hämmerte in ihrer Brust, als eine Patrouille von Neuntötern vorbeirauschte, ihre Stiefel stampften den Boden nur Fuß von ihrem Versteck entfernt.

Gerade als Nyssa dachte, sie wären sicher, hielt einer der Neuntöter an. »Warte«, sagte er, seine Stimme gedämpft durch seinen Helm. »Ich dachte, ich hätte etwas gehört.«

Nyssa spürte, wie Krümelchen neben ihr anspannte. Sie beiden hielten den Atem an, als der Neuntöter begann, das Gebiet zu überprüfen und bewegte sich methodisch von Busch zu Busch.

»Kommt heraus, wenn ihr da seid«, rief der Neuntöter, seine Stimme eine Mischung aus Misstrauen und Ungewissheit. »Zeigt euch!«

Nyssa konnte die Schritte des Neuntöters näher kommen hören, das Rascheln durchsuchter Büsche wurde ausgeprägter. Sie tauschte einen panischen Blick mit Krümelchen aus, wissend, dass sie Momente von der Entdeckung entfernt waren.

Gerade als die gepanzerte Gestalt den Strauch neben dem erreichte, der Nyssa und Krümelchen verbarg, brach in der Ferne ein Tumult aus. Rufe und der Donner rennender Füße hallten über das Gelände.

»Was ist das?« sagte der zweite Neuntöter, sein Kopf schnappte zum Lärm.

Der erste Neuntöter zögerte, seine Hand schwebte Zentimeter von Nyssa und Krümelchens Busch. »Wahrscheinlich einen der Eindringlinge erwischt«, murmelte er.

»Komm schon«, drängte der zweite Neuntöter, »sie könnten Hilfe brauchen. Du wirst hier nichts finden.«

Für einen Moment dachte Nyssa, der erste Neuntöter würde seinen Begleiter ignorieren und seine Suche fortsetzen. Aber dann richtete er sich auf, seine Hand fiel an seine Seite. »Du hast recht«, sagte er und wandte sich von ihrem Versteck ab. »Lass uns gehen.«

Nyssa und Krümelchen blieben erstarrt, wagten kaum zu atmen, als die beiden Neuntöter davoneilten. Erst als das Klirren ihrer Rüstung in der Ferne verblasst war, ließ Nyssa einen zittrigen Atemzug frei.

»Los! Jetzt!«, zischte Krümelchen, griff Nyssas Hand und zog sie in einen Sprint.

Sie rasten über das Gelände, duckten sich hinter Statuen und tauchten in Schatten, wann immer sie etwas hörten. Das Chaos der Neuntöter schien aus jeder Richtung zu kommen und sie einzukreisen.

Endlich erreichten sie die äußere Mauer. Sie ragte über ihnen auf, unmöglich hoch.

»Ich gebe dir Starthilfe«, sagte Nyssa, ihre Stimme atemlos.

Krümelchen stellte ihren Fuß in Nyssas verschränkte Finger. Mit einem Anstrengungsgrunzen stieß Nyssa nach oben und schleuderte die kleinere Frau zum Gipfel der Mauer. Krümelchens Finger krallten sich an den rauen Stein und suchten verzweifelt Halt. Gerade als sie einen Griff fand, hallte ein Ruf hinter ihnen und spornte sie mit erneuerter Dringlichkeit an.

Krümelchen taumelte, prekär auf der Mauer balancierend, für einen herzstillenden Moment. Einen beruhigenden Atemzug nehmend, manövrierte Krümelchen vorsichtig ihren Körper und drehte sich, bis sie kopfüber über die Innenseite der Mauer hing, Nyssa zugewandt.

»Greife meine Hand!«, rief Krümelchen, ihre Stimme vor

Anstrengung angespannt. Schweiß perlte auf ihrer gefurchten Stirn, als sie ihren Arm zu Nyssa streckte, Finger weit gespreizt. Die Entfernung zwischen ihnen schien wie eine Schlucht zu gähnen, aber Entschlossenheit glitzerte in Krümelchens Augen. »Komm schon, Nyssa. Greife meine Hand!«

»Da sind sie!«, brüllte eine Stimme hinter Nyssa.

»Beeil dich!«, rief Krümelchen und streckte sich weiter zu Nyssa.

Nyssa sprang, ihre Finger berührten gerade Krümelchens ausgestreckte Hand. Sie sprang wieder, diesmal schaffte sie es, Krümelchens Handgelenk zu greifen. Die Frau spannte sich an, ihr Gesicht vor Anstrengung verzerrt, als sie versuchte, Nyssa hochzuziehen.

Für einen erschreckenden Moment dachte Nyssa, sie würden es nicht schaffen. Ihre Füße kratzten gegen die Steinmauer und fanden keinen Halt, als die Geräusche herannahender Neuntöter lauter wurden. Dann, mit einem letzten Kraftstoß, schaffte es Krümelchen, sie hochzuziehen.

Sie balancierten prekär auf der Mauer und keuchten um Atem. Unten konnten sie die Neuntöter auf sie zurasen sehen.

»Wir müssen springen«, keuchte Nyssa und musterte die schattige Straße auf der anderen Seite.

Krümelchen nickte, ihr Gesicht blass, aber entschlossen. Zusammen sprangen sie von der Mauer, schlugen hart auf dem Boden auf und rollten, um den Aufprall zu absorbieren. Schmerz schoss durch Nyssas Knie, aber es war keine Zeit, darüber nachzudenken.

Sie rappelten sich auf die Füße und rannten die schmale Straße hinunter, die Rufe der Neuntöter verblassten hinter ihnen. Sie flitzten durch Gassen und Seitenstraßen, nahmen zufällige Wendungen, um mögliche Verfolger abzuschütteln.

Endlich, als Nyssas Lungen brannten und ihre Beine sich wie Blei anfühlten, hielten sie in einem ruhigen, wohlhabenden Viertel im Zentrum der Stadt an. Sie lehnten sich gegen eine

Wand, schluckten Luft und lauschten intensiv auf irgendein Zeichen der Verfolgung.

»Ich denke... ich denke, wir haben sie abgeschüttelt«, keuchte Krümelchen, ein Hauch von Unglaube in ihrer Stimme.

Nyssa nickte nur, außer Stande zu sprechen. Sie hatten es geschafft, aber es war viel zu knapp gewesen. Als das Adrenalin zu verblassen begann, spürte sie den Schmerz in ihrem Knie und die Vielzahl von Kratzern und Prellungen von ihrer verzweifelten Flucht. Sie drehte ihren Knöchel und überprüfte, ob sie ihn nicht verschlimmert hatte. Zu ihrer Erleichterung fühlte er sich gut an, und sie dankte Enum stumm, dass sie vor einer ernsteren Verletzung verschont geblieben war.

»Wir sollten weiter«, sagte Nyssa, sobald sie zu Atem gekommen war. »Wir müssen zu Egmond's Haus; es ist nicht weit von hier.«

Krümelchen nickte, und zusammen machten sie sich durch die schlafende Stadt auf den Weg, hielten sich an die Schatten und sprangen bei jedem Geräusch.

Als sie sich Egmond's Hintertür näherten, raste Nyssas Herz. Es gab kein Zeichen von Vallen oder Rhio. War etwas schief gelaufen? Sie tauschte einen besorgten Blick mit Krümelchen aus, beide zögerten vor der Tür.

Minuten vergingen, jede Sekunde fühlte sich wie eine Ewigkeit an. Nyssas Vorstellung überschlug sich mit Szenarien der Gefangennahme und Entdeckung. Gerade als sie vorschlagen wollte, nach den anderen zu suchen, hörte sie das schwächste Rascheln von Bewegung.

Zu ihrer Erleichterung erschienen Vallen und Rhio aus den Schatten, beide sahen so erschüttert aus, wie Nyssa sich fühlte. Vallen schloss Nyssa fest in seine Arme, während Rhio dasselbe mit Krümelchen tat.

Sie bekamen kaum ein einziges Klopfen an seine Tür, bevor Egmond sie hineinführte, sein Gesicht vor Sorge gezeichnet. »Nun?«, fragte er, sobald sie sicher drinnen waren.

Vallen schüttelte den Kopf. »Die Lager wurden verlegt. Wir wissen nicht, wohin.«

Egmonds Miene verdüsterte sich, aber er fasste sich schnell. »Wir haben damit rechnen müssen«, sagte er. »Wir müssen uns neu gruppieren und einen neuen Plan ersinnen.«

»Das war zu knapp«, murmelte Rhio und fuhr sich mit einer Hand durch die Haare.

Vallen nickte grimmig. »Und für nichts.«

Als das Adrenalin ihrer Flucht nachließ, begann die Realität ihres Scheiterns zu sinken. Sie hatten ihr Leben bei dieser Mission riskiert und kamen mit leeren Händen davon.

»Was machen wir jetzt?«, fragte Krümelchen, ihre Stimme klein und unsicher.

Vallen seufzte, seine Schultern sackten. »Wir brauchen jemanden von innen. Jemanden, der weiß, wohin sie die Lager verlegt haben.«

»Aber wen?«, fragte Nyssa.

Vallens Stirn runzelte sich vor Nachdenken. »Die Neuntöter würden es wissen. Sie sind verantwortlich für das Bewachen der wertvollsten Güter des Königs. Aber...« er brach ab, sein Ausdruck beunruhigt.

»Aber was?«, drängte Egmond.

»Der einzige Neuntöter, dem ich vertraue, ist Adamir«, gab Vallen zu. »Und er nimmt seine Gelübde ernst. Ich glaube nicht, dass er sich gegen den König wenden würde.«

Eine schwere Stille fiel über die Gruppe, als sie ihre begrenzten Optionen erwogen. Sie waren so nah gekommen, nur um vereitelt zu werden. Nyssa konnte das Gefühl nicht abschütteln, dass sie etwas Entscheidendes verpassten. Es musste einen Weg geben, die Informationen zu bekommen, die sie brauchten.

»Jorek könnte seinen Hort überall hinbewegt haben. Er könnte überall in Erishum sein«, beklagte sich Rhio.

Egmond schüttelte den Kopf, während ein Schimmer der Gewissheit in seinen Augen lag. »Die Paranoia des Königs arbeitet zu unseren Gunsten. Er würde seinen kostbaren Hort nah zur Hand behalten wollen. Diese Lager sind noch auf dem Palastgelände, merkt euch meine Worte.« Er lehnte sich vor und senkte verschwörerisch seine Stimme. »Ich habe Verbündete unter dem Personal kultiviert. Ein Flüstern hier, eine Frage dort... Selbst die bestgehüteten Geheimnisse finden ihren Weg ans Licht. Wir werden eine lose Zunge finden und mit ihr den Standort von Joreks unrechtmäßig erworbenem Schatz.«

»Was ist mit eurem Kontakt im inneren Kreis des Königs? Würden sie wissen, wo Jorek seine Nahrung versteckt?«, fragte Vallen Egmond.

Egmond schüttelte den Kopf. »Ich habe meinen Kontakt bereits gefragt, und er wusste es nicht.«

Als die anderen näher zusammenrückten, ihre Stimmen ein tiefes Murmeln, während sie ihre nächsten Schritte besprachen, trieb Nyssa zum Fenster. Die Stadt unten erwachte, unwissend von den dramatischen Ereignissen der Nacht. Ihr Geist raste und versuchte einen Plan zu ersinnen, um den Hort des Königs zu lokalisieren. Die Neuntöter würden wachsam sein, und ihr jüngster knapper Anruf sorgte für zusätzliche Patrouillen und schärfere Augen. Sie erkannte, dass Geduld nun ihr größter Verbündeter sein würde. Sie mussten ihre Zeit abwarten, die Wache des Schlosses sich wieder entspannen lassen, bevor sie ein weiteres Eindringen riskieren konnten.

KAPITEL 15

Vallen sah Nyssa auf einem Baumstamm nicht weit vom Lagerfeuer sitzen, ihre Schultern vor Erschöpfung gesunken. Er griff schnell nach zwei Bechern dampfenden Tees vom Gemeinschaftstopf und machte sich auf den Weg zu ihr. Als er sich neben sie auf den verwitterten Stamm setzte, reichte er ihr einen der Becher, den sie dankbar annahm. »Eine weitere Gruppe kam heute Morgen an«, sagte er mit tiefer Stimme, während er beobachtete, wie Nyssa ihre Hände um den dampfenden Becher legte und dessen Wärme genoss. Seinen eigenen Tee ließ er unberührt, zu schwer lastete das Gewicht seiner Neuigkeiten auf ihm. Sich näher lehnend fuhr er fort: »Fünf Familien, einschließlich Kinder.«

Nyssa seufzte leise. »Mehr Kinder? Wird es so schlimm?«

Die Tage hatten sich zu Wochen gedehnt, und die Kasswacht füllte sich zusehends mit Neuankömmlingen. Jede Morgendämmerung brachte frische Gesichter ins Lager, Flüchtlinge, die vor König Joreks zunehmend brutaler Herrschaft flohen. Sie hatten sogar einen begehrten Heiler erworben, was ein ziemlicher Segen für das Lager war.

Vallen nickte grimmig. »Die Pamphlets, die Aufrufe zum

Wandel – sie funktionieren, aber zu einem steilen Preis. Er verhaftet Menschen beim geringsten Verdacht auf Widerstand. Es gab öffentliche Hinrichtungen im königlichen Hof.«

Nyssa schauderte trotz der Wärme des Teebechers. Vallen wusste, wie Nyssa sich um die Freunde sorgte, die sie in Erishum zurückgelassen hatten. Waren sie sicher?

Vallen drückte ihre Hand. »Wir tun das Richtige, Nyssa.«

Sie nickte und zwang sich zu einem Lächeln. Aber als sie über das wachsende Lager blickten, konnte Vallen das Gefühl nicht abschütteln, dass sie auf Messers Schneide wandelten. Ein falscher Schritt und alles, was sie aufgebaut hatten, würde zusammenbrechen.

Eine Gruppe Rekruten ging durch ihre morgendlichen Übungen in der Lichtung, die für die Trainingsplätze bestimmt war. Vallens Augen wurden zu Bran gezogen, seine Bewegungen fließend und präzise, als er mit einem anderen Auszubildenden kämpfte.

Nyssa folgte Vallens Blick. »Er wird gut«, murmelte sie.

Ein Anflug eines Lächelns umspielte Vallens Lippen, als er nickte, seine Augen glänzten mit unverkennbarem Stolz. »Er ist ein Naturtalent. Mit hundert wie ihm hätten wir vielleicht eine Chance.«

Aber sie hatten keine hundert wie Bran. Sie hatten eine zusammengewürfelte Gruppe von Bauern, Arbeitern und Straßenkindern, von denen die meisten nie eine Waffe gehalten hatten, bevor sie zur Kasswacht kamen. Jeden Tag beobachtete Vallen, wie Nyssa sich ins Training warf neben den anderen, jede ihrer Bewegungen zeugte von ihrer Entschlossenheit. Er bewunderte ihre Entschlossenheit, ihren Teil beizutragen, aber er konnte den Tribut sehen, den es von ihr forderte. Der Fortschritt war langsam, und Vallen bemerkte, wie sie bei jeder Bewegung zusammenzuckte, ihr Körper schmerzte offensichtlich vor Anstrengung. Die meisten Nächte, wenn sie neben ihm auf ihrer Pritsche lag, konnte er ihre Erschöpfung spüren.

Vallen erinnerte sich gut an seine ersten Trainingswochen als Neuntöter – wie er jede Nacht ins Bett gefallen war mit Muskeln, die sich schwächer als ein durchweichter Schwamm anfühlten. Er wollte ihr sagen, sie solle es ruhig angehen lassen, aber er kannte sie gut genug, um zu verstehen, dass sie nicht hören würde. Ihre Hingabe inspirierte und beunruhigte ihn gleichermaßen.

Als sie zusahen, entwaffnete Bran seinen Gegner mit einem schnellen Handgelenkschlag. Das Schwert des anderen Auszubildenden klapperte zu Boden, und ein Jubel stieg von den Zuschauern auf.

»Sehr gut, Bran«, rief Vallen aus und schritt zum Trainingsplatz. »Aber denk daran, in einem echten Kampf wird dein Gegner nicht aufhören, nur weil er seine Waffe verloren hat. Du musst auf alles vorbereitet sein.«

Brans Gesicht verdunkelte sich bei der Kritik. »Ich weiß das«, schnappte er. »Vielleicht, wenn du uns kämpfen lassen würdest, anstatt nur immer wieder dieselben Bewegungen zu üben, wären wir bereit für einen 'echten' Kampf.«

Vallen spürte, wie scharfe Worte in seiner Kehle aufstiegen; der Drang, den jungen Mann zurechtzuweisen, war fast überwältigend. Aber er zwang sich, tief zu atmen und erinnerte sich an Brans Jugend und den Druck, unter dem sie alle standen. Er entspannte bewusst sein Gesicht und behielt einen gleichgültigen Ausdruck bei, während er nach Geduld suchte.

Nach einem Moment nickte er und überraschte sich selbst mit der Ruhe in seiner eigenen Stimme, als er antwortete: »Du hast recht. Deshalb werden wir anfangen, realistischere Szenarien in unser Training einzubauen. Paart euch alle. Wir werden das Kämpfen auf engem Raum üben.«

Als die Auszubildenden sich beeilten zu gehorchen, sah Vallen den Aufblitz der Überraschung in Brans Gesicht. Er hoffte, dieser Ansatz würde die Frustration des jungen Mannes in etwas Produktives lenken. Wichtiger noch, er hoffte, es würde helfen, den brüchigen Frieden in ihrem Lager zu bewahren. Das Letzte, was sie brauchte, war Zwietracht in ihren Reihen.

Der Rest des Morgens verging in einem Wirbel der Aktivität. Vallen beobachtete genau, als er Nyssa gegen Krümelchen paarte und bemerkte, wie die zierlichen Reflexe der kleinen Frau sie zu einer herausfordernden Gegnerin für Nyssa machten trotz ihrer geringeren Größe. Er beobachtete Nyssas Entschlossenheit, ihre Bewegungen wurden fließender, als die Sitzung voranschritt. Als er schließlich eine Pause ausrief, sah er Nyssa zu Boden fallen, schweißgebadet, und versuchte zu Atem zu kommen.

»Du verbesserst dich«, hörte er Krümelchen mit einem Grinsen sagen, als sie Nyssa eine Hand hinaufreichte. »Vielleicht triffst du mich bald tatsächlich mal.«

Vallen konnte nicht anders, als zu lächeln, als Nyssa lachte, dankbar, einen Moment der Leichtigkeit inmitten des zermürbenden Trainings zu sehen. Aber als er sie zum gemeinschaftlichen Kochbereich für das Mittagessen gehen sah, verblasste sein Lächeln. Ihm entging nicht die Anspannung, die sich auf vielen Gesichtern zeigte. Das schnelle Wachstum des Lagers forderte seinen Tribut von allen, und Vallen spürte das Gewicht der Verantwortung auf sich lasten. Er wusste, er musste einen Weg finden, die Moral hochzuhalten, während er sie auf die bevorstehenden Herausforderungen vorbereitete.

Nahrung wurde zu einem dringenden Problem. Trotz Fenols Bemühungen beim Fischen und dem Garten, den Nyssa und Ignac begonnen hatten, kämpften sie darum, so viele Münder zu füttern. Die Gemüter waren kurz, und Streitigkeiten brachen über die geringsten Dinge aus.

Als sie sich für ihre Portionen Eintopf und Getreide anstellten, hörte Vallen eine erhitzte Diskussion zwischen zwei neuen Ankömmlingen.

»Ich sage dir, wir sollten da draußen kämpfen, statt uns wie Feiglinge in den Wäldern zu verstecken«, sagte ein Mann, seine Stimme stieg mit jedem Wort.

Sein Begleiter brachte ihn zum Schweigen und warf einen nervösen Blick umher. »Halte deine Stimme gesenkt! Du wirst uns verfluchen und die Männer des Königs auf unsere Köpfe bringen.«

»Sollen sie doch kommen! Lieber sterbe ich im Kampf, als an diesem von Enum verfluchten Ort zu verhungern.«

Vallen tauschte einen besorgten Blick mit Nyssa. Das war nicht das erste Mal, dass sie solche Gefühle gehört hatten, und er befürchtete, es würde nicht das letzte sein.

An diesem Abend fand Nyssa Vallen über eine grobe Karte von Erishum und den umliegenden Sterbenden Wildnis gebeugt, seine Stirn vor Konzentration gerunzelt.

»Wir müssen reden«, sagte sie leise und setzte sich neben ihn.

Vallen blickte zu Nyssa auf und brachte ein müdes Lächeln zustande. Trotz seiner Erschöpfung versuchte er, etwas Humor in seine Stimme zu legen. »Worüber? Die Nahrungsknappheit, der Mangel an ordentlichen Waffen oder die Tatsache, dass die Hälfte unserer Rekruten eher sich selbst erstechen wird als den Feind?«

Er sah Nyssa bei der Resignation in seiner Stimme zusammenzucken und bereute sofort seinen Ton. Sie drängte weiter, ihre Augen suchten sein Gesicht ab. »All das, nehme ich an. Vallen, sei ehrlich mit mir. Haben wir überhaupt eine Chance?«

Vallen wurde still, seine Augen fielen zurück auf die vor ihm ausgebreitete Karte. Die Frage, die er vermieden hatte, selbst in seinen eigenen Gedanken, lag nun unverblümt zwischen ihnen. Er zeichnete die Umrisse von Erishum mit seinem Finger nach und gewann Zeit, während er damit rang, wie er antworten sollte. Als er schließlich sprach, war seine Stimme kaum über einem Flüstern, die Wahrheit, die er zurückgehalten hatte, sprudelte endlich heraus.

»Nein. Nicht wie wir jetzt sind. Wir haben nicht die Zahlen, das Training oder die Ressourcen, um es mit Joreks Streitkräften aufzunehmen. Wenn wir es versuchten, wäre es ein Massaker.«

Das Geständnis hing schwer in der Luft, und Vallen fühlte eine Mischung aus Erleichterung und Furcht, endlich seine tiefsten Ängste ausgesprochen zu haben. Er blickte zurück zu Nyssa und bereitete sich auf ihre Reaktion vor, hoffend, sie würde die unmögliche Situation verstehen, in der sie sich befanden.

»Warum machen wir das dann?«, fragte Nyssa. »Warum machen wir diesen Menschen falsche Hoffnungen?«

Vallen wandte sich Nyssa zu, überwältigt von einer plötzlichen Leidenschaftswelle, die selbst ihn überraschte. Er begegnete ihren Augen und goss all seine Überzeugung in seine Worte. »Weil Hoffnung alles ist, was wir haben, Nyssa. Ohne sie sind wir bereits tot. Und vielleicht, nur vielleicht, wenn wir diese Hoffnung lange genug am Leben halten können, werden wir einen Weg finden, das Blatt zu wenden.«

Während er sprach, sah Vallen die Wirkung seiner Worte in Nyssas Gesicht widergespiegelt. Er konnte ihre Sehnsucht sehen zu glauben, seine Überzeugung zu teilen. Aber er bemerkte auch den Zweifel, der in ihren Ausdruck schlich, als ihr Blick über das schlummernde Lager schweifte. Vallen folgte ihrem Blick und nahm die müden Gesichter und zerrissenen Kleider ihrer Anhänger wahr. Der Anblick drohte seine eigene Entschlossenheit zu erschüttern, aber er schob den Zweifel beiseite. Er musste stark bleiben, nicht nur für Nyssa, sondern für alle, die ihr Vertrauen in ihn gesetzt hatten. Selbst als er seinen entschlossenen Ausdruck beibehielt, spürte Vallen das Gewicht ihrer Verantwortung schärfer denn je.

Der folgende Tag brachte frische Herausforderungen. Ein Streit über die Zuteilung des Wachdienstes drohte gewalttätig zu werden, bis Vallen eingriff, seine ruhige Autorität entschärfte die Situation. Aber es forderte seinen Tribut von ihm.

Als sie ihren täglichen Aufgaben nachgingen – Training, Nahrungssuche, Pflege der Kranken und Verletzten – fand Vallen seinen Geist zur Zukunft wandernd. Was würde aus ihnen allen werden, wenn sie keinen Weg finden konnten, König Jorek zu besiegen? Wie lange konnten sie hier draußen in den Sterbenden Wildnis überleben?

Seine Überlegungen wurden durch einen Tumult am Rand des Lagers unterbrochen. Er eilte hinüber und fand Bran einem der älteren Flüchtlinge gegenüber, ihre Gesichter vor Zorn gerötet.

»Du hast nicht zu bestimmen, wie die Dinge hier laufen«, sagte der ältere Mann und stieß einen Finger gegen Brans Brust. »Nur weil du ein Schwert schwingen kannst, macht dich das nicht zu unserem Anführer.«

Brans Hand ging zum Griff seiner Waffe. »Vielleicht sollte es das. Was hat uns das Folgen von Vallen gebracht? Wir sind Erishum nicht näher zurückzuerobern als beim Start.«

»Genug!« Vallens Stimme schnitt durch die Spannung wie ein Messer. Er schritt zwischen die beiden Männer, sein Gesicht in harten Linien gesetzt. »Wir sind alle auf derselben Seite hier. Oder habt ihr vergessen, warum wir überhaupt kämpfen?«

Für einen Moment dachte Vallen, Bran könnte ihn direkt herausfordern. Aber dann sackten die Schultern des jungen Mannes zusammen, der Kampf verließ ihn. »Nein«, murmelte er. »Ich habe nicht vergessen.«

Vallen nickte und wandte sich an die Menge. »Ich weiß, die Dinge sind hart. Ich weiß, ihr habt alle Angst und seid wütend. Aber sich gegeneinander zu wenden ist genau das, was Jorek will. Wir sind zusammen stärker.«

Als sich die Gruppe zerstreute und unter sich murmelte, fing Vallen Nyssas Blick. Der Blick, den sie teilten, sprach Bände. Sie liefen auf einem Seil, und ein falscher Schritt könnte sie alle in den Abgrund stürzen lassen.

In der stillen Dunkelheit ihrer Unterkunft blieb der Schlaf Vallen fern. Sein Geist wanderte zurück zum Erishum seiner Kindheit, einem Ort, der jetzt so fern und dunstig schien wie ein halb erinnerter Traum. Trotz seiner Fehler war Erishum reich an

Kameradschaft von Freunden gewesen, die seine Familie geworden waren – bis er sich den Neuntötern anschloss und alles zurücklassen musste. Erinnerungen an Nyssas ansteckendes Lachen und Abenteuer, die sie mit seinen Schlammlerchen-Kameraden geteilt hatten, die durch dick und dünn zu ihm gestanden hatten. Es war ein einfaches Leben gewesen, unberührt von Rebellion. Jetzt, auf dem harten Boden des Rebellenlagers liegend, schimmerten diese Erinnerungen wie Fata Morganas, schön aber unerreichbar, dienten nur dazu, die harte Realität seiner Gegenwart zu unterstreichen.

Neben ihm regte sich Nyssa. »Kannst du nicht schlafen?«, murmelte sie mit vor Schläfrigkeit heiserer Stimme.

Er rollte sich um, ihr zugewandt, trank die vertrauten Linien ihres Gesichts im schwachen Licht – die weiche Kurve ihres Kiefers und die sanfte Furche ihrer Stirn. »Denke nur nach«, flüsterte er. »Über Heimat, über all das.«

Sie war lange still, und er fragte sich einen Moment, ob sie wieder eingeschlafen war. Aber dann bewegte sich Nyssa und drückte sich in seine Arme. Die vertraute Wärme ihres Körpers gegen seinen schmolz etwas seiner Sorge weg.

Nyssas Hand hob sich, ihre Berührung federleicht, als sie die Konturen seines Gesichts nachzeichnete. Ihre Finger strichen über seine Brauen, den Nasenrücken und die Kurve seiner Wange, als würde sie jede Linie dem Gedächtnis einprägen. Als sie seine Lippen erreichten, kicherte sie leise bei seinem scharfen Luftholen, dem Beschleunigen seines Atems unter ihrer Handfläche.

»Wir tun das Richtige«, flüsterte sie und verstand irgendwie seine unausgesprochene Sorge.

Vallen hauchte einen Kuss auf ihre Stirn, dann auf ihre Wange, seine Lippen weich und warm auf ihrer Haut. »Ich weiß«, murmelte er, seine Stimme voller Emotion. »Wir werden unseren Weg durch das finden. Zusammen.«

Vallen legte seine Hand an Nyssas Gesicht, sein Daumen

streichelte sanft ihre Wange. Er spürte, wie sie sich in seine Berührung lehnte, und sein Herz schwoll vor Liebe und Dankbarkeit für diese Frau an, die durch alles zu ihm gestanden hatte. Als er in ihre Augen blickte, sah er ein Spiegelbild seiner eigenen Emotionen – die Liebe, die Furcht, die Entschlossenheit. Trotz der sie umgebenden Ungewissheit fühlte sich Vallen geerdet, verankert durch Nyssas unerschütterliche Gegenwart. In diesem Moment schöpfte er Kraft aus ihrer Verbindung und fühlte, dass sie, solange sie einander hatten, allen bevorstehenden Herausforderungen begegnen konnten.

Ihre Lippen trafen sich in einem zärtlichen Kuss, langsam und süß. Es war ein Versprechen, eine Bestätigung ihrer Bindung und gemeinsamen Zwecks. Nyssas Finger verhedderten sich in Vallens Haar und zogen ihn näher, als der Kuss sich vertiefte. Für einige kostbare Momente fiel das Gewicht ihrer Verantwortungen weg und ließ nur sie beide in den Armen des anderen zurück.

Als sie sich schließlich trennten, beide atemlos und gesättigt, ruhte Vallen seine Stirn gegen ihre. »Ich liebe dich, Nyssa«, flüsterte er, seine Stimme dick vor Emotion. »Was auch passiert, was auch immer wir begegnen, das wird sich nie ändern.«

Tränen stachen in Nyssas Augen, aber sie lächelte durch sie hindurch. »Ich liebe dich auch«, antwortete sie, ihre Stimme kaum hörbar. »Immer.«

Als Vallen in den Schlaf driftete, war sein Geist voller Visionen der Zukunft. Nicht die düstere, unterdrückerische Welt, die Jorek entschlossen schien zu schaffen, sondern ein freies Erishum, wo Menschen ohne Furcht leben konnten. Es war ein Traum, für den es sich zu kämpfen lohnte, für den es sich zu sterben lohnte, wenn nötig.

KAPITEL 16

»Die Quellmagie«, sagte Egmond, seine verwitterten Hände zeichneten unsichtbare Muster auf die Karte vor ihnen. »Wir müssen ihre Quelle bestätigen. Wenn sie wirklich in der Weihestätte untergebracht ist...« Er hielt inne, das Gewicht seiner nächsten Worte hing in der Luft. »Wir könnten gerade Joreks Schwäche gefunden haben. Wenn wir die Magie kontrollieren oder zumindest ihn daran hindern können, darauf zuzugreifen, werden wir einen Vorteil über die königliche Familie haben.«

Vallen nickte, sein Gesicht grimmig. »Es ist riskant, aber du hast recht. Aber zuerst müssen wir bestätigen, ob die Quelle unter der Weihestätte ist.«

Die Vorbereitungen dauerten mehrere Tage. Egmonds Netzwerk von Spionen und Sympathisanten innerhalb Erishums erwies sich als unschätzbar. Frau Sarna schuf falsche Neuntöter-Uniformen und Priestergewänder – perfekte Verkleidungen.

Als Nyssa ihre Finger über den schweren Stoff einer Priesterrobe gleiten ließ, konnte sie nicht anders, als einen Schauer der Besorgnis zu fühlen. Zum Glück trug die Robe eine tiefe Kapuze, die ihr Gesicht vor neugierigen Blicken schützen konnte. Die Priester von Erishum waren ein unheimlicher Anblick – ihre Haut unnatürlich gebleicht weiß, Köpfe rasiert und Körper mit einem Labyrinth tiefer roter ritueller Narben geschmückt. Ein Blick auf Nyssas makellose Haut und dickes, rabenschwarzes Haar würde sie leicht als Betrügerin entlarven.

Ihr Team war schlank und zielgerichtet – Vallen, Nyssa, Tarric, Bran, Rhio und Krümelchen, plus Egmonds priesterlicher Kontakt innerhalb der Weihestätte. Jedes Mitglied war für seine einzigartigen Fähigkeiten und unerschütterliche Hingabe an die Sache handverlesen worden. Als sie sich darauf vorbereiteten, die Kasswacht zu verlassen, fing Nyssa die besorgten Blicke derer auf, die zurückblieben, ihre Sorge in gefurchte Stirnen und zusammengepresste Abschiede geätzt.

»Seid vorsichtig«, sagte Tahj, während er Vallens Arm umfasste, seine Stimme gedämpft in der Morgendämmerungsstille. »Alle von euch.«

Die Reise nach Erishum war angespannt, jeder Schritt brachte sie näher zur Gefahr, als der Himmel im Osten unmerklich zu erhellen begann. Sie schlüpften unter dem Schutz der letzten Reste der Nacht in die Stadt.

Die Weihestätte erhob sich vor ihnen, ein imposantes Bauwerk aus grauem Stein, das den Himmel selbst herauszufordern schien, seine Silhouette eine dunkle Masse gegen den allmählich heller werdenden Horizont. Eingebettet zwischen antiken Eichen am fernen Rand des Palastgeländes stand sie abseits vom Gewühl des höfischen Lebens. Die Königsstraße umrandete eine Seite, eine Erinnerung an die Welt jenseits, während sich das ausgedehnte Grün der Palastgärten zu ihren Füßen entfaltete, als wäre es in Unterwerfung.

Ihre Entfernung vom eigentlichen Palast war sowohl Segen als auch Fluch. Die abgelegene Lage der Weihestätte half ihrem kühnen Plan, aber im Freien darauf zuzugehen war riskant. Nyssa fand sich dankbar für diesen geraden Weg. Sie schauderte, die Erinnerungen an ihr kürzliches erschütterndes Mauer-Kletterabenteuer noch frisch in ihrem Geist.

Als sie sich den imposanten Türen der Weihestätte näherten, tauchte ein junger Priester aus den Schatten auf. Seine Haut war von verblüffendem Weiß, sein Kopf frisch rasiert, und komplizierte rote rituelle Narben zeichneten Muster über seine entblößten Unterarme. Trotz seines beunruhigenden Aussehens hielten seine Augen eine Wärme, die Nyssa überraschte.

»Ich bin Kaelar«, sagte er mit leiser Stimme, sein Blick sprang nervös umher. »Egmond schickte Nachricht von eurem Kommen. Schnell jetzt, folgt mir.«

Vallen tauschte einen schnellen Blick mit Nyssa aus, bevor er Kaelar zunickte. Der junge Priester führte sie durch die schweren Türen, seine Vertrautheit mit der Weihestätte offensichtlich.

Mit Kaelar an seiner Seite führte Vallen den Weg, seine Haltung perfekt, als er sie zum Eingang marschierte. Er sah wie der Neuntöter aus, der er einst gewesen war. Er marschierte mit zielstrebigen Schritten zum Tor. Nyssas Herz pochte so laut, dass sie sicher war, die Wachen würden es hören. Als sie sich näherten, duckte Nyssa den Kopf und versteckte sich in der Kapuze ihrer schwarzen Roben. Nyssa hatte ihre gefalteten Hände in den weiten Ärmeln ihrer Robe verborgen, hoffend, dass es ihr Zittern verbergen würde. Sie konzentrierte sich darauf, ihren Atem zu beruhigen, eine Aura der Zugehörigkeit auszustrahlen, auch wenn jeder Instinkt ihr zuschrie zu fliehen.

Sie passierten die äußeren Kammern ohne Zwischenfall; die echten Priester und die wenigen patrouillierenden Neuntöter schenkten ihnen kaum einen Blick.

Erst als sie die innere Kammer erreichten, begannen die Dinge sich zu entschlüsseln.

Ein hochrangiger Priester hielt sie an, seine Augen verengten sich misstrauisch. »Ich erkenne keinen von euch«, sagte er zu Vallen und Bran, sein Blick durchbohrend. Der Mann neigte den

Kopf und versuchte in Nyssas Kapuze zu spähen, aber sie duckte den Kopf weiter. »Was ist euer Geschäft hier?«

Kaelar trat vor, seine Stimme stetig trotz der Spannung. »Sie sind mit mir, Hoher Priester Malorn. Neue Rekruten, hier um die Nachtwache abzulösen.«

Malorns Augen weiteten sich, und Nyssa wusste sofort, dass er ihre List durchschaut hatte. »Wachen!«, rief er, seine Stimme hallte durch die Kammer. »Eindringlinge!«

Chaos brach aus. Nyssas Herz hämmerte in ihrer Brust, als sie die schwerfällige Priesterrobe abwarf und die leichte, flexible Kleidung enthüllte, die sie darunter trug. Sie zog ihr kurzes Schwert aus der Scheide, sein Gewicht vertraut und tröstlich in ihrer Hand.

Der Lärm des Alarms hallte durch die Hallen der Weihestätte, und innerhalb von Momenten begann sich der Raum mit einer bunt zusammengewürfelten Mannschaft halb bekleideter Verteidiger zu füllen. Verschlafen blickende Priester stolperten herein, noch in ihre Nachtkleider gehüllt, ihre übliche Fassung durch Verwirrung und Furcht ersetzt. Neuntöter, einige schnallten noch Rüstungsteile an, drängten an ihnen vorbei, Gesichter vor grimmiger Entschlossenheit trotz ihres zerzausten Aussehens gesetzt. Die Luft füllte sich mit einer Kakophonie von Rufen, dem Klappern gezogener Waffen und Schritten auf Steinböden. Im flackernden Fackellicht bewegte sich ein Gewirr von Körpern mit dringlichem Zweck.

Ein Neuntöter stürzte auf Nyssa zu, sein Schwert bogenförmig zu ihrem Kopf. Sie duckte sich und spürte die Klinge über ihr Haar pfeifen. Sie konterte mit einem schnellen Aufwärtshieb, genau wie Vallen es ihr gelehrt hatte. Der Neuntöter stolperte zurück, überrascht von ihrer Geschicklichkeit.

»Nyssa, hinter dir!«, Krümelchens Stimme schnitt durch den Lärm.

Nyssa wirbelte herum und entging knapp einem Schlag von einem Priester, der einen zeremoniellen Dolch schwang. Seine nackte Brust war ein Labyrinth scharlachroter Linien, die Muster schienen sich im chaotischen Licht der Schlacht zu winden. Sie parierte verzweifelt, ihre Arme zitterten vor Anstrengung. Vallens Trainingsstunden blitzten durch ihren Geist, als sie kämpfte, sich an jede Lektion zu erinnern.

Durch das Handgemenge erhaschte sie Blicke ihrer Gefährten. Vallen war ein Wirbelwind aus Stahl, seine Erfahrung als ehemaliger Neuntöter war in jeder Bewegung offensichtlich. Bran kämpfte mit roher Entschlossenheit, während Krümelchen zwischen Gegnern hin und her sprang, ihre geringe Größe ein Vorteil im Chaos. Rings um sie bewegten sich die weißen Körper der Priester wie geisterhafte Erscheinungen, ihre roten Narben stark gegen ihre blasse Haut.

Zu ihrer Überraschung sah Nyssa Kaelar an ihrer Seite kämpfen, sein zeremonieller Dolch blitzte, als er seine Priesterkollegen abwehrte.

»Wir müssen hier raus!«, Vallens Stimme erhob sich über den Lärm. »Rückzug!«

Nyssa versuchte sich zu ihm zu kämpfen, aber der Druck der Körper war zu dick. Ein Neuntöter packte ihren Arm mit einem eisernen Griff. Sie drehte sich und befreite sich, verlor aber dabei den Halt. Als sie stolperte, sah sie Bran einen Treffer einstecken, schrie vor Schmerz auf, bevor er unter einem Haufen gepanzerter Körper und halbnackter Priester verschwand.

»Bran!«, schrie sie und kämpfte, ihn zu erreichen. Aber die Flut der Schlacht schob sie zurück zum Ausgang.

»Nyssa, geh!«, Vallens Stimme erreichte sie. Ihre Augen trafen sich über den Raum, ein Moment des Verstehens ging zwischen ihnen über.

Mit dem Herzen in der Kehle drehte sich Nyssa um und rannte. Sie platzte aus den Türen der Weihestätte, die kühle Morgenluft ein Schock nach der erhitzten Schlacht. Rufe und Schritte hallten hinter ihr, als sie in die schattigen Straßen von

Erishum sprang; das Bild der vernarbten weißen Körper der Priester war in ihren Geist eingebrannt.

Sie rannte, bis ihre Lungen brannten, nahm zufällige Wendungen, um Verfolgung zu vermeiden. Endlich, als die Alarmgeräusche verblasst waren, verlangsamte sie sich und orientierte sich. Das Museum war nicht weit.

Als sie sich dem Treffpunkt näherte, raste Nyssas Geist. Hatten es die anderen hinausgeschafft? Was war mit Bran passiert? Und wo war Krümelchen?

Sie schlüpfte durch den versteckten Eingang ins Museum. Das Gebäude war dunkel und still, roch nach Staub und altem Pergament.

»Vallen?«, rief sie leise, ihre Stimme hallte in den leeren Hallen.

Es gab einen Moment der Stille, dann ein Gewirr von Bewegung. Plötzlich war sie in einer heftigen Umarmung eingehüllt, Vallens Arme drückten sie an seine Brust.

»Nyssa«, atmete er, seine Stimme dick vor Emotion. »Ich dachte... Tarric dachte, du wärst gefangen genommen worden.«

Sie zog sich leicht zurück und blickte in sein Gesicht. Die Erleichterung in seinen Augen war überwältigend. »Ich bin hier«, versicherte sie ihm. »Ich bin sicher.«

Tarric erschien hinter Vallen, sein Gesicht eine Mischung aus Freude und Verlegenheit. »Es tut mir leid«, sagte er. »In der Verwirrung dachte ich, ich hätte jemanden in Priesterroben weggeschleppt gesehen. Ich dachte...«

Nyssa schüttelte den Kopf und unterbrach ihn. »Es ist in Ordnung. Aber Bran...«

»Wir wissen«, sagte Vallen grimmig. »Er wurde verletzt und verhaftet. Krümelchen und Rhio folgten ihnen. Sie beobachten, um zu sehen, wohin die Neuntöter ihn bringen.«

Eine Bewegung in den Schatten erregte Nyssas Aufmerksamkeit. Kaelar trat vor, seine weiße Haut schien fast im schwachen Licht zu leuchten. »Ich... ich kam mit euch«, sagte er, seine

Stimme zitternd. »Ich konnte nicht in der Weihestätte bleiben, nicht nach... nicht jetzt, wo sie wissen, dass ich den Rebellen geholfen habe.«

Vallens Hand ging zu seinem Schwert, aber Nyssa legte eine beruhigende Hand auf seinen Arm.

Kaelar nickte, seine Augen weit vor Furcht und Entschlossenheit. »Ich will helfen. Ich kann jetzt nicht zurück, und... und ich glaube an das, was ihr tut. Bitte, lasst mich bleiben.«

Vallen studierte den jungen Priester für einen langen Moment, bevor er langsam nickte. »In Ordnung. Solange Egmond für dich bürgt.«

Kaelar nickte eifrig. »Natürlich. Ich werde alles tun, um mich zu beweisen.«

Eine Welle der Verzweiflung überkam Nyssa, und heiße Tränen verschleierten ihre Sicht. Ihre Mission lag in Trümmern; schlimmer noch, sie hatten einen der ihren verloren. Das Bild von Bran, der unter einem Schwarm von Neuntötern verschwand, spielte sich in ihrem Geist in einer unerbittlichen, heimsuchenden Schleife ab. Jede Wiederholung drehte das Messer des Versagens tiefer in ihr Herz.

Aber Trauer und Selbstvorwürfe waren Luxus, den sie sich nicht leisten konnten. Nicht jetzt. Nicht mit Brans Leben, das in der Schwebe hing. Nyssa blinzelte ihre Tränen weg und zwang sich zu konzentrieren. Zeit war ein rücksichtsloser Feind, jeder vergehende Moment könnte Brans Schicksal besiegeln.

Ihre Wiederveinigung wurde durch die Ankunft von Rhio unterbrochen, sein Gesicht grimmig. »Sie haben Bran ins Gefängnis gebracht«, berichtete er. »Krümelchen hält Wache, um sicherzustellen, dass wir wissen, ob sie ihn wieder bewegen. Er scheint vorerst sicher, aber wir müssen schnell handeln, wenn wir ihn herausholen wollen. Wir brauchen einen Plan.«

Tarric sprach plötzlich auf. »Wir brauchen auch mehr Hilfe. Mehr Köpfe, um das zu planen.« Er wandte sich Vallen zu. »Lass mich Egmond holen. Er wird wissen, wie man diese Rettung koordiniert, ohne die ganze Rebellion zu riskieren.«

Vallen zögerte, offensichtlich zerrissen zwischen der Notwendigkeit für mehr Unterstützung und dem Risiko, Brans Rettung zu verzögern. Schließlich nickte er. »In Ordnung, aber sei vorsichtig. Nutze die Hintergassen und halte Ausschau nach Patrouillen. Wir können uns nicht leisten, heute Nacht noch jemanden zu verlieren.«

Tarric nickte grimmig und schlüpfte in den Morgen hinaus, bewegte sich mit der Heimlichkeit von jemandem, der sein Leben damit verbracht hatte, Erishums schattige Straßen zu navigieren.

Sie nutzten diese Pause, um ihre Verletzungen zu versorgen. Rhio zuckte zusammen, als Vallen eine tiefe Schnittwunde an seinem Unterarm säuberte und verband, während Nyssa vorsichtig Kaelars Knöchel wickelte, den er während ihrer hastigen Flucht verstaucht hatte. Der Raum war dick vor Spannung, nur von gelegentlichem Schmerzeszischen oder gemurmelten Anweisungen unterbrochen, als sie sich zusammenflickten, die ganze Zeit ihre Ohren für jedes Zeichen von Tarrics Rückkehr spannend.

Das Warten fühlte sich endlos an. Nyssa ging die Länge des Raumes auf und ab, ihr Geist raste mit möglichen Szenarien, jedes schlimmer als das letzte. Vallen stand über den Karten des Königreichs, die nach dem vorherigen Vorhut-Treffen auf dem Tisch zurückgelassen worden waren, seine Augen musterten die auf die Rolle gezeichneten Straßen.

Endlich, nach dem, was sich wie Stunden anfühlte, hörten sie das leise Kratzen der sich öffnenden versteckten Tür. Tarric trat zuerst ein, dicht gefolgt von Egmond und Timi und, zu aller Überraschung, Garron.

»Ich habe sie unterwegs eingeweiht«, sagte Tarric, leicht außer Atem. »Sie bestanden darauf, sofort zu kommen.«

Die nächsten Stunden waren ein Wirbel hektischer Planung. Egmonds Netzwerk sprang in Aktion, sammelte Informationen und bereitete eine Rettungsoperation vor. Aber die Frage, die allen im Kopf herumging, blieb unausgesprochen: Wie lange konnte Bran unter Verhör durchhalten?

»Wir brauchen eine Ablenkung«, sagte Vallen. »Etwas Großes genug, um die Wachen vom Gefängnis wegzulocken.«

Es war Rhio, der die Lösung fand. »Die alte Schmiede«, sagte er, sein ernstes Gesicht vor Sorge und Furcht erleuchtet. »Herrn Kassites Platz. Wenn wir ihn in Brand setzen, wird es das ganze Viertel ins Chaos stürzen. Die Isolation des Gebäudes arbeitet zu unserem Vorteil – es ist weit genug von benachbarten Strukturen entfernt, dass das Risiko der Feuerausbreitung minimal ist. Verirrte Funken sollten keine Bedrohung für die umliegende Gegend darstellen.«

Vallen nickte, die Lippen nachdenklich verzogen. »Und es ist nah am Fluss Assur, also wird das Löschen des Feuers nicht unmöglich sein. Wir wollen nicht, dass Unschuldige verletzt werden.«

Nyssas Magen drehte sich bei dem Gedanken an Brandstiftung, aber sie wusste, sie hatten keine Wahl.

Egmond hob eine Hand, um die Diskussion zu pausieren. »Ich schlage vor, wir warten bis zum Einbruch der Nacht, um die Rettung zu versuchen. Der Schutz der Dunkelheit wird uns einen erheblichen Vorteil geben.«

»Jeder Moment, den Bran in ihren Klauen verbringt, ist ein Moment zu viel.« Vallen begann zu gehen, jede Wendung betonte seine Worte. »Die Neuntöter, die Priester – sie haben Wege, Menschen zum Reden zu bringen, glaubt mir.« Er hielt inne und fixierte jeden von ihnen mit einem heimgesuchten Blick. »Wenn Bran bricht, wenn er etwas über uns preisgibt, über die Kasswacht...«

»Sie werden ihn nicht leicht brechen«, unterbrach Garron, seine raue Stimme schnitt durch Nyssas aufsteigende Panik. »Bran ist ein zäher Bursche. Er weiß, was auf dem Spiel steht.«

»Aber wie lange?«, konterte Vallen, seine Fäuste ballten sich an seinen Seiten. »Ich weiß genau, was sie ihm antun werden. Wir können nicht mit seinem Leben oder der Sicherheit aller in der Kasswacht spielen.«

Egmond seufzte schwer und sah älter aus, als Nyssa ihn je gesehen hatte. »Ich verstehe deine Sorge, Vallen. Aber jetzt hineinzustürzen wäre ein sicherer Weg ins Verderben. Die Neuntöter schwärmen bereits durch die Stadt, in höchster Alarmbereitschaft nach eurer Flucht aus der Weihestätte. Wir brauchen Zeit, um Vorräte zu sammeln, ordentlich zu planen und unsere Leute vorzubereiten.«

»Egmond hat recht«, fügte Garron hinzu, sein Ton sanfter, aber nicht weniger fest. »Unvorbereitet hineinzustürzen wäre ein sicherer Weg ins Verderben. Wir würden Gefangennahme oder Schlimmeres riskieren, und dann wären wir von keinem Nutzen für Bran oder jemand anderen. Wir müssen das mit klaren Köpfen und einem soliden Plan angehen.«

Nyssa beobachtete den Konflikt, der sich in Vallens Gesicht abspielte. Sie konnte die Verzweiflung in seinen Augen sehen, die Notwendigkeit zu handeln, die mit der Logik von Egmonds und Garrons Argumenten kämpfte. Sie trat näher zu ihm und legte eine sanfte Hand auf seinen Arm.

»Vallen«, sagte sie leise, »ich will Bran genauso dringend befreien wie du. Aber wir müssen klug dabei sein. Ein paar weitere Stunden der Planung könnten den Unterschied zwischen Erfolg und Versagen bedeuten.«

Für einen Moment blieb Vallen unter ihrer Berührung angespannt. Dann, langsam, spürte sie, wie etwas vom Kampf aus ihm wich. Er nickte, obwohl die Anspannung seines Kiefers Nyssa sagte, dass er nicht glücklich darüber war.

»Gut«, sagte er schließlich. »Wir warten bis zum Einbruch der Nacht. Aber wir nutzen jede Sekunde bis dahin zur Vorbereitung. Ich will jedes Detail geplant und jede Eventualität berücksichtigt. Wir lassen Bran keinen Moment länger dort, als nötig.«

Egmond nickte, Erleichterung war in seinen Augen offensichtlich. »Einverstanden. Dann lass uns an die Arbeit gehen. Wir haben viel zu tun und nicht genug Zeit, es zu tun.«

Als sich die Gruppe näher um die Karte drängte und Eingangspunkte und Wachrotationen diskutierte, spürte Nyssa eine Mischung aus Furcht und Entschlossenheit in ihrem Magen niedergehen. Die kommende Nacht würde sie entweder mit Bran wiedervereint sehen oder eine Katastrophe für ihre Rebellion bedeuten. Sie hoffte nur, dass Bran lange genug durchhalten konnte, bis sie ihn erreichten.

KAPITEL 17

On der Karte aufblickend, wandte sich Vallen mit entschlossenem Gesicht an Tarric. »Ich brauche dich, um zurück ins Lager zu gehen. Sammle ein Dutzend unserer besten Kämpfer und bringe sie innerhalb der Königreichsmauern. Frag bei Herrn Lumian nach, ob wir sie bis zum Einbruch der Nacht in seiner Scheune verstecken können.«

Tarric nickte, aber Vallen fasste seinen Arm und fügte hinzu: »Und denk daran, halte die Patrouillen oben auf der Grenzwall im Auge. Wir können nicht riskieren, entdeckt zu werden.«

Tarrics Aufbruch war schnell und leise. Die Spannung zog sich mit jeder vergehenden Stunde fester zusammen, als die Sonne über den Himmel bogenförmig zog. Gerade als die ersten langen Schatten des Abends sich über ihren behelfsmäßigen Kriegsraum streckten, ließ ein Aufruhr am Eingang alle aufmerksam werden. Tarric war zurückgekehrt, aber nicht allein.

Tahj, Fenol, Wargton und Ignac reihten sich hinter ihm ein. Ihre Gesichter waren mit einer Mischung aus Entschlossenheit und Sorge geätzt. Das letzte Mitglied von Tarrics Gefolge gab ihnen Pause – eine mollige, mittelalte Frau, deren gelassenes

Auftreten im Widerspruch zu den grimmigen Gesichtern um sie herum zu stehen schien.

»Das ist Rina, die Heilerin unseres Lagers«, stellte Tarric die Frau Egmond und Garron vor. »Sie bestand darauf zu kommen, falls Bran medizinische Betreuung braucht.«

Rina nickte. »Ich bin auf Geburtshilfe spezialisiert, aber ich weiß auch ein oder zwei Dinge über die Behandlung von Verletzungen.«

Als sie den Plan diskutierten, das Gefängnis anzugreifen und Bran zu befreien, erinnerte sich Nyssa an eine Zeit, die wie ein früheres Leben erschien. Sie erinnerte sich daran, Vallen Essen gebracht zu haben, als er gefangen war, kurz bevor er geopfert werden sollte.

Die Erinnerung entfachte eine Idee. Sie richtete sich auf, ihre Augen erhellten sich vor plötzlicher Inspiration. »Wartet«, unterbrach sie und schnitt durch die laufende Debatte. Alle Augen wandten sich ihr zu, als ein Hauch eines Lächelns um ihre Lippen spielte. »Ich könnte den Wachen Essen als Ablenkung bringen, genau wie ich es mit dir gemacht habe, als du gefangen warst, Vallen. Essen ist immer eine gute Ablenkung.«

Vallens Gesicht verdunkelte sich sofort. »Auf keinen Fall«, sagte er fest. »Das würde dich mitten in den Kampf stellen – allein. Es ist zu gefährlich.«

Bevor Nyssa argumentieren konnte, räusperte sich Rina. »Wenn ich darf«, sagte sie. »Was, wenn Nyssa Gebäck zu den Wachen bringt, aber wir es mit einem Beruhigungsmittel wie Dämmerungswurzel versetzen? Es würde sie aus dem Kampf nehmen, ohne Nyssa in unmittelbare Gefahr zu bringen.«

Eine Stille fiel über die Gruppe, als sie diesen neuen Plan bedachten. Vallens Stirn runzelte sich vor Nachdenken, offensichtlich zerrissen zwischen der Effektivität der Idee und seiner Sorge um Nyssas Sicherheit.

Egmond wandte sich Timi zu, der still zugehört hatte. »Timi, ich habe eine besondere Aufgabe für dich. Ich brauche dich, um heute Nacht die Straßenkinder und Krümelchen zu sammeln. Wenn du ihnen das Signal gibst, sollen sie so viel Chaos wie möglich schaffen. Lenkt ab und belästigt die Neuntöter – führt sie weg vom Gefängnis und Museum. Kannst du das?«

Timis Gesicht leuchtete mit einem schelmischen Grinsen auf. »Oh, das können wir schon. Wir werden Marktstände umwerfen, Glocken läuten, Töpfe und Pfannen schlagen – wir werden mehr Ärger machen, als die Neuntöter bewältigen können. Oh! Ich weiß sogar, wo wir einen Haufen verfaultes Obst bekommen können, um sie zu bewerfen.«

Vallen sah beeindruckt aus. »Das könnte funktionieren. Es würde die Neuntöter damit beschäftigen, Schatten durch die ganze Stadt zu jagen.«

»Und«, fügte Nyssa hinzu, »wenn wir einigen der älteren Kinder Schleudern geben, könnten sie die Neuntöter von Dächern aus bombardieren. Nichts zu Schädigendes, nur genug, um lästig und ablenkend zu sein.«

Garron kicherte. »Das gefällt mir. Vielleicht könntet ihr sogar einige von ihnen Schnüre über Gassen in Knöchelhöhe spannen lassen.«

Egmond nickte anerkennend, aber fügte eine strenge Warnung für Timi hinzu: »Sorge nur dafür, dass niemand erwischt wird und niemand ernsthaft verletzt wird. Keine unnötigen Risiken, verstanden?«

»Verstanden«, antwortete Timi, seine Augen funkelten vor Aufregung, als er davonsprang, um seinen Teil des Plans in Gang zu setzen.

Als die Dämmerung in die Nacht überging, brachten sich alle in Position.

Bemüht, ihre Nervosität nicht zu zeigen, näherte sich Nyssa dem Gefängniseingang, ihr Herz pochte unter der fröhlichen gelben Bäckerschürze, die Frau Kayseri zur Verfügung gestellt hatte. Der Korb mit beruhigungsmittelversetztem Gebäck fühlte sich unmöglich schwer in ihren Armen an.

»Guten Abend, meine Herren«, rief sie und zwang sich zu einem strahlenden Lächeln. »Frau Elowen« – ein falscher Name, den Nyssa aus der Luft gegriffen hatte – »sendet ihre Grüße und einige Leckereien für die Nachtwache.«

Die Wachen tauschten misstrauische Blicke aus, ihre Augen verengten sich vor Argwohn. Doch als das warme, süße Aroma frisch gebackenen Gebäcks aus Nyssas Korb aufstieg, schwächte sich ihre Entschlossenheit sichtlich ab. Das frische Gebäck war zu verlockend, um zu widerstehen.

Als die Wachen jeweils zwei Stücke Gebäck griffen, gab Nyssa ihnen ihr süßestes Lächeln. »Ihr könnt ein paar mehr haben. Vielleicht würden andere Wachen im Gefängnis eine Leckerei genießen? Es ist reichlich da.«

Mit einem breiten Grinsen nahmen die Wachen ein paar mehr Stücke Gebäck. Frau Kayseri und Heilerin Rina hatten den herben Geschmack von Sonnenbeeren und extra Zucker verwendet, um die Säure der Dämmerungswurzel zu maskieren.

Nachdem sie den Wachen gute Nacht gewünscht hatte, schlenderte Nyssa so lässig weg, wie sie es schaffen konnte. Sie blickte über ihre Schulter und beobachtete, wie eine der Wachen das Gefängnis betrat, vermutlich um den Wachen im Gebäude etwas von den vergifteten Backwaren zu geben.

Sobald Nyssa um die Ecke und außer Sicht der Wachen war, sprintete sie zur Metzgerei, wo der Rest des Teams auf sie wartete.

Von ihrem Platz auf dem Dach der Metzgerei, das das Gefängnis überblickte, beobachtete Nyssa, wie die Haltungen der Wachen langsam von starr und wachsam zu zusammengesunken übergingen.

»Wie lange noch, bis sie das Feuer anzünden?«, flüsterte Nyssa in Vallens Ohr.

»Jeden Moment jetzt.«

»Ich hatte gehofft, dass die Wachen schlafen würden, wenn das passiert«, sagte Nyssa mit einem Zusammenzucken.

»Sie sind große Männer. Ich bezweifle, es gab genug Dämmerungswurzel, um sie völlig außer Gefecht zu setzen. Jedoch wird es ihre Gedanken und Reflexe verlangsamen und uns einen Vorteil geben.«

Minuten krochen vorbei, jede Sekunde dehnte sich zu einer Ewigkeit ängstlichen Wartens. Plötzlich fand Vallens Hand Nyssas Schulter, seine Berührung dringlich. Mit einem stillen Nicken deutete er über seine Schulter. Nyssa folgte seinem Blick, und ihr stockte der Atem.

In der Ferne tauchte ein ominöses Glühen den Nachthimmel in ein schwaches, zorniges Orange. Dicke Rauchschwaden stiegen gegen die Dunkelheit und verdeckten Sterne und Mond gleichermaßen. Die Quelle des Brandes war von ihrer Position nicht sichtbar, aber es gab keinen Zweifel – die verlassene Schmiede war in ein Inferno ausgebrochen. Die Geschwindigkeit, mit der der Rauch quoll und sich ausbreitete, deutete auf ein Feuer erschreckender Intensität hin, eines, das sicherlich die alte Struktur verschlang, als wäre sie nichts weiter als Pergament.

Die relative Ruhe der Stadt zerbrach. Ferne Alarmrufe erfüllten die Luft, als Menschen zum Feuer eilten.

Mit einer subtilen Geste zu ihrem kleinen Team begann Vallen sich zu bewegen, Nyssa fiel neben ihm in Schritt. Sie verschmolzen mit den Schatten, ihr Fortschritt maskiert durch den Tumult um das Feuer.

Das Gefängnis ragte vor ihnen auf, dunkel und bedrohlich. Die Wachen am Eingang waren sichtlich von dem mit Dämmerungswurzel versetzten Gebäck betroffen, ihre Bewegungen langsam und unkoordiniert. Einer lehnte schwer gegen die Wand, seine Augen kämpften sich zu konzentrieren. Es schien nicht, dass sie das Feuer bemerkt hatten.

Vallen signalisierte der Gruppe hineinzugehen. Sie schlichen vorwärts, blieben niedrig und nutzten die Schatten als Deckung. Als sie nur wenige Schritte entfernt waren, bemerkte eine der

Wachen sie, sein betäubter Geist verarbeitete langsam die Bedrohung.

»Hey... ihr könnt nicht...«, lallte er und fummelten nach seiner Waffe.

Vallen handelte schnell und überbrückte die Distanz in zwei langen Schritten. Seine Faust traf den Kiefer der Wache und sandte den Mann mit einem gedämpften Aufprall zu Boden. Die andere Wache schaffte es, ihr Schwert zu ziehen, aber ihre Bewegungen waren träge und unpräzise. Rhio wich dem ungeschickten Schwung des Mannes aus und fegte ihm die Beine unter dem Körper weg.

Drinnen trafen sie auf zwei weitere Wachen, offensichtlich vom Beruhigungsmittel betroffen. Eine war in einem Stuhl zusammengesunken, kaum bei Bewusstsein. Die andere leistete kurzen Widerstand, ihr Schwert klapperte wirkungslos gegen den Steinboden, als Tarric sie mit Leichtigkeit entwaffnete.

Sie huschten weiter ins Gefängnis, die Luft wurde mit jedem Schritt kälter und feuchter. Der Gestank von Schimmel und menschlichem Elend attackierte Nyssas Nasenlöcher. Sie überprüften Zellen im schwachen Licht einiger Fackeln und suchten nach Bran.

»Haltet auch Ausschau nach Kuratorin Athura. Wenn sie hier ist, müssen wir sie retten«, rief Nyssa.

Als sie sich durch das Gefängnis bewegten, begannen sie die Gefangenen zu befreien, denen sie begegneten. Nyssas Herz raste, zerrissen zwischen Mitgefühl und Vorsicht. Sie wusste, einige dieser Menschen könnten echte Verbrecher sein, vielleicht sogar gefährliche. Doch als sie ihre abgemagerten Formen und heimgesuchten Augen sah, die Zeichen anhaltenden Leidens und Vernachlässigung, konnte sie sich nicht dazu bringen, sie zurückzulassen. Die Bedingungen waren unmenschlich, unabhängig von ihren angeblichen Verbrechen. Mit jeder Zelle, die sie öffneten, hoffte Nyssa stumm, dass sie keinen schweren Fehler machten. Sie fühlte eine komplexe Mischung von Emotionen: Stolz auf ihre Mission, Empathie für die Notlage der Gefangenen und eine nagende Sorge über die potenziellen Konsequenzen ihrer Handlungen.

»Habt ihr Kuratorin Athura gesehen?«, fragte Nyssa jede Gruppe von Gefangenen, als sie sie befreiten. Aber jedes Mal wurde sie mit schüttelnden Köpfen und verwirrten Blicken konfrontiert.

»Sie ist nicht hier, Nyssa«, sagte Vallen sanft und bemerkte ihre wachsende Frustration. »Die Kuratorin ist Teil der königlichen Familie. Sie wird wahrscheinlich als 'Gast' im Palast gehalten, nicht hier unten bei den gewöhnlichen Gefangenen.«

Die Zelle, in der sie Bran fanden, war am Ende eines langen Korridors, kaum mehr als ein Schrank, feucht und stinkend. Bran war in der Ecke zusammengekauert, sein einst stolzer Körperbau zu einem zitternden, gebeugten Bündel reduziert. Sein Gesicht war ein fleckiges Durcheinander aus Prellungen und Schnitten, mit einem Auge völlig zugeschwollen. Getrocknetes Blut verkrustete seine Lippen und sein Kinn.

Nyssas Augen weiteten sich vor Entsetzen, als sie auf Brans Hand fielen. Wo sein kleiner Finger hätte sein sollen, war nur ein blutiger Stumpf. »Bran«, keuchte sie, ihre Stimme kaum über einem Flüstern. Der Anblick der sickernden Wunde ließ ihren Magen aufwühlen, und sie kämpfte darum, ihre Fassung angesichts der Verletzung ihres Freundes zu bewahren.

Brans Kopf schnappte bei Nyssas Worten nach oben, sein unverletztes Auge weitete sich vor Schock. »Ihr... ihr seid gekommen«, krächzte er, seine Stimme rau und schwach. »Ich habe... ich habe ihnen nichts gesagt. Ich schwöre.«

»Pst, es ist in Ordnung«, beruhigte Nyssa und kämpfte gegen Tränen an, als sie ihm auf die Füße half. Er schwankte gefährlich, kaum in der Lage zu stehen. »Wir holen dich hier raus.«

Als sie Bran zwischen sich stützten, konnte Nyssa die Hitze des Fiebers von seiner Haut ausstrahlen spüren. Sie dankte Enum stumm, dass Rina darauf bestanden hatte mitzukommen.

Vallen, sein Gesicht vor Sorge und Entschlossenheit geätzt, bewertete schnell die Situation. »Wir müssen uns aufteilen«, flüsterte er dringlich. »Wir sind eine zu große Gruppe, um unentdeckt zu bleiben.« Er wandte sich Rhio und einigen anderen zu. »Bringt die Gefangenen zum Museum. Egmond wird sie überprüfen und entscheiden, was als nächstes zu tun ist.«

Rhio nickte und verstand die Schwere der Aufgabe. Als die befreiten Gefangenen still zu ihrem neuen Ziel gelenkt wurden, fuhr Vallen fort: »Der Rest von uns nimmt Bran. Wir gehen zu Herrn Lumians Land wie geplant.«

Die Gefängniskorridore hallten mit den gedämpften Geräuschen ihrer Flucht – keuchende Atemzüge, das Schlurfen müder Füße und das gelegentliche Wimmern des Schmerzes. Ihre Gruppe bewegte sich wie ein verwundetes Tier durch die Schatten, mit Vallen und Nyssa, die sich abwechselten, Bran zu stützen, der in keiner Verfassung war, die Reise zu Fuß zu machen.

Einmal aus dem Gefängnis heraus, trennten sie sich von der anderen Gruppe. Sich von der Richtung des Museums abwendend, führte sie ihr Weg zur Freiheit an der aufragenden Silhouette der Weihestätte vorbei, deren Gegenwart ein letzter Spießrutenlauf war, den es zu durchlaufen galt, bevor sie Zuflucht erreichten. Als sie vorbeihasteten, sich an die Wände drückten und um Unsichtbarkeit beteten, materialisierte sich eine Gestalt aus den Schatten und blockierte ihren Fluchtweg. Nyssas Herz sprang in ihre Kehle, ihre Augen fixiert auf die blutrote Uniform eines Neuntöters.

Adamir stand vor ihnen, sein Schwert gezogen, aber schlaff an seiner Seite gehalten. Sein Blick schweifte über die abgehärmte Gruppe, bevor er sich auf Vallen fixierte, seine Augen weiteten sich vor Schock und Unglaube.

»Das kann nicht sein«, flüsterte er. »Vallen? Wie ist das möglich? Du bist... du bist tot.«

Nyssa beobachtete den Konflikt, der sich über Vallens Züge abspielte. In der Spanne eines Herzschlags kämpften unzählige

Emotionen um die Vorherrschaft: Loyalität zu einem alten Kameraden kämpfte gegen heftigen Schutz für ihre belagerte Gruppe. Jahre gemeinsamer Geschichte mit Adamir standen gegen das Gewicht jüngster Offenbarungen und gewählter Loyalitäten.

Als Vallen schließlich sprach, war seine Stimme tief und kontrolliert und widerlegte den Sturm, den Nyssa in seinen Augen toben sehen konnte. »Adamir, bitte. Lass uns vorbei.«

Adamirs Blick schweifte über ihre zusammengewürfelte Gruppe und verweilte bei Brans verletzter Gestalt. Etwas veränderte sich in seinem Ausdruck. Die Härte in seinen Augen weichte sich auf, ersetzt durch einen Schimmer dessen, was nur als schmerzhaftes Verständnis beschrieben werden konnte. Bedauern ätzte tiefe Linien um seinen Mund und seine Augen für einen flüchtigen Moment, das Gewicht all dessen, was er miterlebt hatte, lastete plötzlich auf ihm. Es war in einem Augenblick verschwunden, aber dieses kurze Aufflackern von Empathie sprach Bände.

»Geht«, äußerte er und trat beiseite. »Schnell, bevor die anderen zurückkehren.«

Sie mussten es sich nicht zweimal sagen lassen. Als sie vorbeihasteten, erhaschte Nyssa einen letzten Blick auf Adamirs Gesicht. Der Schock war noch da, aber jetzt mit etwas anderem vermischt – Resignation und Verzweiflung.

Die Reise zurück zum Museum war angespannt, jedes Geräusch in den Straßen ließ sie aufspringen. Jeder ferne Schritt, jedes Rascheln des Windes ließ Nyssas Herz aufs Neue rasen. Bran blieb während der ganzen Reise unheimlich still. Sein leerer Starr sprach Bände.

Als sie schließlich durch den versteckten Eingang des Museums stolperten, versammelten sich die Menschen, die sie zurückgelassen hatten, um sie – eine Kakophonie besorgter Stimmen und erleichterter Umarmungen – Nyssa spürte, wie das

Adrenalin ihrer Flucht zu ebben begann und eine knochenbei-
ßende Müdigkeit zurückließ.

KAPITEL 18

Eine Woche nach dem kühnen Gefängnisausbruch war die Kasswacht noch immer von nervöser Energie erfüllt. Die geretteten Gefangenen gewannen langsam ihre Kraft zurück, aber das Gewicht ihrer Tortur hatte seine Spuren hinterlassen. Eingefallene Wangen und hervorstehende Knochen sprachen von anhaltendem Hunger, während schlecht verheilte Schnitte und Prellungen ein grimmiges Bild des Missbrauchs zeichneten, den sie erduldet hatten. Viele zuckten bei plötzlichen Bewegungen oder lauten Geräuschen zusammen, während andere mit Anfällen unerklärlicher Tränen oder Wut kämpften. Die Reise zur Genesung würde für viele lang und beschwerlich sein.

Nyssa fand sich dabei, Bran genauer zu beobachten als die anderen. Während seine körperlichen Wunden zu heilen begannen – er war jetzt beweglich, auch wenn er noch seine linke Hand bevorzugte – gab es eine merkliche Veränderung in seinem Verhalten. Der eingebildete, ausgesprochene junge Mann schien verschwunden zu sein, ersetzt durch einen stillen, zurückgezogenen Schatten. Die Transformation war so tiefgreifend, dass Nyssa sich fragte, ob dieser Bran für immer verloren war.

Eines Nachmittags, als die Sonne über ihnen glühte, so hell, dass sie fast die geschwärzten Äste der Sterbenden Wildnis in ihrem gerodeten Lagerplatz auswusch, entdeckte Nyssa Bran bei seinen Runden. Er überprüfte methodisch die Behälter mit Quellwasser, die die Kasswacht umkreisten. Es war eine entscheidende Aufgabe, die das Lager mehrmals täglich rotierte.

»Hast du etwas dagegen, wenn ich mich dir anschließe?«, fragte sie leise.

Bran zuckte leicht zusammen, dann zuckte er mit den Schultern. »Wenn du willst«, murmelte er, seiner Stimme fehlte der übliche Biss.

Nyssa ging an seiner Seite, als er den letzten Behälter füllte, ließ die Stille zwischen ihnen für einen Moment ausdehnen, bevor sie sprach. »Wie geht es dir, Bran? Wirklich?«

Er stieß ein bitteres Lachen aus und schüttelte den Kopf. »Wie es mir geht? Ich lebe, nehme ich an. Das ist etwas.«

»Bran...«

»Ich dachte, ich wäre bereit«, platzte er plötzlich heraus, seine Worte überstürzten sich. »Ich dachte, ich wäre zäh, mutig. Aber da drin...« Er verstummte, seine gute Hand ballte sich zur Faust. »Ich bin nichts von alledem, Nyssa. Ich war schwach und verängstigt. Ein Feigling.«

Nyssas Herz schmerzte bei dem Selbsthass in seiner Stimme. »Das ist nicht wahr, Bran«, sagte sie fest. »Vallen sagt, niemand kann Folter widerstehen. Aber du hast es getan. Du hast ihnen keines unserer Geheimnisse verraten, selbst als sie...« Sie blickte auf seine verbundene Hand, unfähig den Satz zu beenden.

Bran folgte ihrem Blick, ein Schatten seines alten Grinsens huschte über sein Gesicht. »Na ja, wenigstens nicht meine Schwerthand«, scherzte er schwach.

Nyssa legte eine sanfte Hand auf seinen Arm. »Du bist unglaublich mutig, Bran. Was du erduldet hast, was du geschützt hast – ich bin stolz, dich auf unserer Seite zu haben. Dich meinen Freund zu nennen. Wir alle sind es.«

Er antwortete nicht, aber etwas Spannung schien von seinen Schultern zu weichen.

»Ich gehe hinaus, um einige Beeren zu sammeln«, sagte Nyssa nach einem Moment. »Willst du mitkommen? Ein bisschen aus dem Lager herauskommen?«

Bran schüttelte den Kopf. »Heute nicht.«

Nyssa nickte verständnisvoll. »Das Angebot steht, wann immer du bereit bist.«

Als sie sich in die Sterbenden Wildnis begab, Korb in der Hand, war Nyssas Geist noch bei Bran. Sie ging zu ihrem Lieblingsplatz, wo eine nahe Quelle von Quellwasser bedeutete, dass die Vegetation üppig und grün war.

Die Beerensträucher waren reichlich, ihre leuchtend violetten Früchte stachen gegen das grüne Laub hervor, aber Nyssa musste vorsichtig sein – scharfe Dornen ragten aus den Ästen und waren bereit, Kleidung zu verfangen oder ihre Haut zu kratzen. Als sie vorsichtig die Beeren sammelte, summte Nyssa leise, die vertraute Aufgabe brachte ihren beunruhigten Gedanken ein Gefühl der Ruhe.

Als ihr Beutel gefüllt war, richtete sich Nyssa auf und zuckte leicht zusammen, als die schmerzenden Muskeln in ihrem Rücken gegen die Bewegung protestierten. Sie war so in ihre inneren Gedanken versunken, dass sie das ominöse Klickgeräusch nicht registrierte, bis es fast zu spät war. Als das Geräusch endlich in ihren abgelenkten Geist eindrang, wirbelte Nyssa herum, ihr Herz sprang in ihre Kehle. Dort, weniger als ein Dutzend Fuß entfernt, fand sie sich Auge in Auge mit einer Hyva.

Das Geschöpf war massiv, seine vielen Beine huschten über den Boden, als es vorrückte. Sein chitinöser Körper glänzte in der hellen Nachmittagssonne, und seine Reißzähne glitzerten bedrohlich.

Das plötzliche Erscheinen der Hyva ließ Nyssa instinktiv zurückzucken. In ihrer Eile verfing sich ihr Wasserschlauch in den Dornen des Beerenstrauchs. In Panik riss sie ihn frei, aber die heftige Bewegung ließ den Wasserschlauch reißen. Sein Inhalt sprudelte heraus und durchnässte den Strauch und den Boden unter ihren Füßen. Nyssa beobachtete mit Entsetzen, wie ihr kostbarer Vorrat an magischem Quellwasser in der durstigen Erde verschwand. Furcht überkam sie, als ihr klar wurde, dass sie ihre einzige Verteidigung gegen das vorrückende Monster verloren hatte.

Nyssa stolperte rückwärts, ihre Hand tastete nach ihrem Dolch. Mit einem verzweifelten Hieb schlug sie in die Luft und hoffte, die Hyva zu erschrecken. Zu ihrem Erstaunen wich das Geschöpf zurück und zischte giftig. Ihre Augen flitzten zu ihrer Tunika, wo ein feuchter Fleck vom leckenden Wasserschlauch ihre Aufmerksamkeit erregte. Das bisschen an ihrer Kleidung war alles, was die Hyva in Schach hielt, aber für wie lange?

Ohne abzuwarten, es herauszufinden, drehte sich Nyssa um und rannte. Ihre Füße hämmerten gegen den unebenen Boden, ihr Atem kam in zerfetzten Keuchen. Hinter ihr durchbohrten die unmenschlich kreischenden Laute der Hyva die Luft und sandten eisige Ranken der Furcht ihren Rücken hinunter. Das Geräusch ihrer vielen Beine, die gegen die Erde kratzten, wurde mit jedem vergehenden Moment lauter.

Nyssa riss durch das Unterholz, Äste peitschten ihr Gesicht, als sie floh. Trotz des Brennens in ihren Lungen und dem schreienden Protest ihrer Muskeln trieb sie sich härter an. Die Hyva holte sie ein; sie konnte ihre Gegenwart näher lauern spüren, ihren heißen, fauligen Atem fast an ihrem Nacken.

Als sie eine leichte Erhebung erklomm, entdeckte Nyssa einen Farbtupfer – das Band, das sie verwendet hatten, um die gefährliche Spalte zu markieren.

Mit einem Geschwindigkeitsschub, von dem sie nicht wusste, dass sie ihn besaß, sprintete Nyssa zum markierten Bereich. Der Boden unter ihren Füßen fühlte sich zunehmend instabil an, kleine Kiesel und Schmutz gaben bei jedem Schritt nach.

Mit ihrer letzten Unze Kraft schleuderte sich Nyssa vorwärts

und sprang über den bröckelnden Rand. Die Zeit schien stillzu-
stehen, als sie schwebend hing, der Schlund der Schlucht gähnte
hungrig unter ihr. Dann, so plötzlich wie sie pausiert hatte,
schnappte die Zeit zurück in Bewegung. Nyssa krachte auf den
Boden auf der gegenüberliegenden Seite, ihr Körper rollte
instinktiv, um den Aufprall zu verteilen.

Hinter ihr trieb die einsinnige Blutgier der Hyva sie weiter,
achtlos der Gefahr. Ihre vielen Beine hämmerten die schwächer
werdende Erde in einem frenetischen Rhythmus. Als das
Geschöpf den Abgrund erreichte, erzitterte der Boden und gab
mit einem krankmachenden Ruck nach. Für einen Bruchteil
einer Sekunde ersetzte Verwirrung den wilden Glanz in den
Augen des Tieres.

Dann, mit einem Geräusch wie tausend Felsen, die aneinander mahlen, brach der Boden ein. Das Siegesgebrüll der Hyva
verwandelte sich in ein Gebrüll des Terrors, als sich die Erde
unter ihr öffnete. Ihre Klauen kratzten nutzlos gegen
bröckelnden Boden und suchten Halt, wo es keinen gab. Ein
Schrei ursprünglichen Terrors riss sich von der Hyva los, als sie
in die Dunkelheit unter ihr stürzte.

Nyssa lag flach auf ihrem Bauch, ihre Wange gegen den rauen
Boden gedrückt, weniger als einen Fuß vom zerklüfteten Rand
der Schlucht entfernt. Sie beobachtete in betäubtem Unglauben,
wie das Geschöpf in dem Loch verschwand. Das Gebrüll des
Tieres hallte aus der Höhle wider. Lose Felsen und Erdklumpen
regneten weiterhin in die Schlucht, unterbrochen vom Thrashing
und Brüllen des Geschöpfs aus den unsichtbaren Tiefen.

Als sie versuchte sich hochzustemmen, spürte sie, wie die
Erde ominös unter ihr nachgab. Risse breiteten sich von ihren
Fingerspitzen wie ein Spinnennetz aus. Ein tiefes Grummeln
vibrierte durch den Boden und in ihre Knochen und erfüllte sie
mit kalter Furcht. Der Rand der Schlucht brach zusammen, und
sie war dabei hineinzufallen.

Mit einem letzten, verzweifelten Kraftschub zerrte sich Nyssa in Sicherheit. Sie lag auf festem Boden, keuchte nach Atem, ihr Herz pochte wild in ihrer Brust. Stumm dankte sie Enum für ihr Überleben. Nachdem sie zu Atem gekommen war, kroch sie vorsichtig weiter vom tückischen Rand weg, bevor sie es wagte zurückzublicken.

Die Spalte hatte sich erheblich erweitert, ihre zackigen Ränder eine deutliche Erinnerung daran, wie nah sie dem Hineinfallen gekommen war. Am Boden konnte sie die Hyva thrashing sehen, unfähig die glatten, steilen Wände zu erklimmen.

Nyssa taumelte zurück ins Lager, mit Schmutz bedeckt und von Kratzern gezeichnet. »Vallen!«, rief sie, als sie in Hörweite war. »Vallen, komm schnell!«

Ihre Dringlichkeit zog nicht nur Vallen, sondern eine kleine Menge Zuschauer an. So schnell sie konnte, erklärte Nyssa, was passiert war.

»Ich denke, es ist da unten gefangen«, beendete sie, noch immer nach Atem ringend.

»Wir sollten es von seinem Elend erlösen«, rief eine Stimme.

Die Gruppe debattierte, als sie sich zurück zur Spalte begaben. Einige argumentierten dafür, die Hyva zu töten. Andere zögerten und erinnerten sich daran, dass Hyvas einst Menschen waren.

Als sie die Spalte erreichten, war das Geschöpf noch da, seine frenetischen Bewegungen hatten sich verlangsamt. Es ging in dem kleinen Bereich auf und ab und starrte die Menge mit goldenen, bösartigen Augen an.

»Was wäre, wenn... was wäre, wenn wir die Quellmagie an ihr versuchen würden?«, fragte Nyssa die Gruppe.

Eine Stille fiel über die Gruppe. Es war Vallen, der schließlich sprach. »Es ist einen Versuch wert«, sagte er leise. »Wenn da auch nur eine Chance ist...«

Vallen schickte Wargton, um etwas Quellwasser aus der Grotte zu holen. Der Mann kehrte schnell zurück und kämpfte unter dem Gewicht eines überlaufenden Eimers. Das Wasser darin schien mit einer jenseitigen Energie zu pulsieren, seine Oberfläche schimmerte mit einem irrisierenden Glühen.

Mit sicheren Händen kippte Vallen den Eimer über den Rand der Spalte. Als die schimmernde Flüssigkeit herabkaskadierte, schrie die Hyva auf. Das Tier thrashte wild, seine massive Form verzerrte und drehte sich wie eine riesige Schlange, die in einem stürmischen Meer gefangen war. Jeder Spritzer des Quellwassers verursachte neue Krämpfe in dem Körper des Geschöpfs und ließ es sich mit gewaltsamer, unnatürlicher Geschwindigkeit zusammenrollen und entrollen.

Das Rückgrat der Hyva verkürzte sich mit einer Reihe von Knacken wie brechende Zweige, ihre Haltung wurde unverkennbar menschenähnlich. Die schlangenartige Schnauze des Tieres zerknitterte nach innen mit einer Reihe krankmachender Knacken und formte sich zu dem hageren Gesicht eines Mannes um. Schuppen schmolzen weg und hinterließen einen Körper, der mit Prellungen und alten Narben gesprenkelt war. In einer letzten, schaudernden Konvulsion schmolzen die letzten Überreste des Tieres weg. Wo die erschreckende Hyva Momente zuvor gewesen war, lag nun ein Mann, seine Brust hob und senkte sich mit zerfetzten Atemzügen.

Den Mann aus der Spalte zu bergen erwies sich als zermürbende Aufgabe. Seile knarrten und Muskeln spannten sich, als sie ihn vorsichtig in Sicherheit hoben. Als sie ins Lager zurückkehrten, tauchte die Sonne tief am Horizont. Heilerin Rina übernahm sofort die Führung und wickelte den zitternden Mann in warme Decken, bevor sie ihre Untersuchung begann.

Als die Nacht ihren sternenbesetzten Baldachin entfaltete, saß der gerettete Mann – der sich in einem heiseren Flüstern als Vosha vorstellte – gebeugt am knisternden Feuer. Die Flammen warfen ein flackerndes Licht über sein knochiges Gesicht und betonten die Höhlung seiner Wangen und die dunklen Kreise unter seinen Augen. Voshas Blick sprang von Gesicht zu Gesicht, als könnte er die menschlichen Gesichter um ihn herum nicht begreifen.

Heilerin Rina näherte sich Vosha vorsichtig, ihre Bewegungen langsam und bedacht. »Vosha«, sagte sie leise und kniete neben ihm nieder. »Du musst essen, um deine Kraft zurückzugewinnen.« Sie hielt ihm einen Becher Brühe hin. »Versuch nur ein wenig«, lockte sie, ihre Stimme sanft aber fest.

Den Becher nehmend, zitterten seine Hände so stark und ließen die Flüssigkeit gefährlich nahe am Rand schwappen.

Während er aß, drückte Vosha gelegentlich die Augen zusammen, seine Lippen bewegten sich in einem stillen Mantra, nur um sie wieder aufzureißen, sein Ausdruck eine Mischung aus Erleichterung und erneuter Furcht, die Welt unverändert zu finden. Es war klar, dass jeder Moment ein Kampf für Vosha war – ein Kampf zwischen der Realität vor ihm und der tierischen Existenz, die er so lange gekannt hatte.

»Wie lange?«, fragte er, seine Stimme rau vom Nichtgebrauch. »Welches Jahr ist es?«

Nyssa tauschte einen Blick mit Vallen aus, bevor sie sanft antwortete.

Das Gesicht des Mannes zerbrach. »Ein Jahrzehnt«, flüsterte er. »Meine Familie... mein kleines Mädchen...«

»Wir können dich für einen Besuch zurückbringen«, bot Vallen an. »Nach Erishum. Zu deiner Familie. Du musst hier im Lager leben, aber wir können ihnen sagen, dass du lebst.«

Vosha blickte auf, Hoffnung und Furcht kämpften in seinen Augen. »Würden sie mich überhaupt erkennen?«

Heilerin Rina, die in der Nähe zugehört hatte, warf sanft ein: »Vosha braucht Zeit, um seine Kraft zurückzugewinnen, bevor er eine solche Reise unternimmt. Geben wir ihm einen Tag zum Ausruhen und Erholen.«

Die anderen nickten zustimmend. Sie verbrachten den

nächsten Tag damit, sich um Vosha zu kümmern und ihm zu helfen, sich wieder anzupassen und seine Kraft zurückzugewinnen. Als Vosha sich verbesserte, fand sich Nyssa überwältigt von den Implikationen seiner Transformation. Jede Hyva, der sie begegnet waren, jedes monströse Geschöpf, das sie gefürchtet und bekämpft hatten, könnte jemandes verlorener geliebter Mensch sein. Wie viele Familien könnten wiedervereint werden?

Glücklicherweise gewann Vosha schnell seine Kraft zurück, also begannen sie Vorbereitungen für die Reise zurück nach Erishum. Angesichts des kürzlichen Gefängnisausbruchs und der Notwendigkeit der Vorsicht beschlossen sie, eine kleine, gezielte Gruppe für die Reise zu bilden. Vallen, als Anführer, wählte sorgfältig aus, wer gehen würde, berücksichtigte sowohl die Notwendigkeit des Schutzes als auch die Sensibilität der Situation.

Als der Mond in der folgenden Nacht aufging und ein unheimliches Glühen über die Sterbenden Wildnis warf, brach die kleine Gruppe auf. Vosha bewegte sich langsam, noch unsicher auf seinen menschlichen Beinen nach so langer Zeit. Nyssa und Vallen flankierten ihn, bereit Unterstützung zu bieten, wenn nötig.

Als sie sich den Außenbezirken des Schattenviertel näherten, begann Vosha zu zittern. »Was, wenn sie ohne mich weitergelebt haben?«, flüsterte er. »Was, wenn sie mich nicht zurückwollen?«

Nyssa drückte sanft seinen Arm. »Wir werden dem zusammen begegnen, wenn wir müssen«, versicherte sie ihm. »Du bist nicht mehr allein, Vosha.«

Sie bahnten sich ihren Weg durch die stillen Straßen, und Voshas neblige Erinnerungen kehrten langsam zurück, als er Orientierungspunkte erkannte. Schließlich bogen sie um eine Ecke in eine bescheidene Gasse, die von demütigen Behausungen gesäumt war. Vosha erstarrte, sein Atem stockte in seiner Kehle. Vor ihnen stand ein kleines Haus, seine Fassade von der Zeit abgetragen, aber mit offensichtlicher Sorgfalt gepflegt. Verblasste blaue Farbe blätterte an den Rändern ab, und eine blühende Rebe kletterte an einem wackligen Spalier hoch.

»Das ist es«, atmete Vosha, seine Augen füllten sich mit Tränen. »Das ist Zuhause.«

Mit zitternder Hand klopfte er an die Tür. Es gab einen langen Moment der Stille, dann das Geräusch sich nähernder Schritte. Die Tür knarrte auf und enthüllte eine mittelalte Frau mit grauen Strähnen in ihrem dunklen Haar.

»Ja?«, fragte sie und kniff im schwachen Licht die Augen zusammen. »Kann ich euch helfen?«

Vosha trat vor, seine Stimme brach, als er sprach. »Lira? Ich bin es. Ich bin Vosha.«

Die Augen der Frau weiteten sich vor Schock, ihre Hand flog zu ihrem Mund. »Das kann nicht sein«, flüsterte sie.

Bevor Vosha antworten konnte, erschien eine junge Frau hinter Lira. »Mama? Was ist los?«

Voshas Atem stockte in seiner Kehle. »Juni?«, sagte er, seine Stimme voller Wunder.

Erkennung dämmerte im Gesicht der jungen Frau, gefolgt schnell von Tränen. »Papa?«, rief sie und drängte an ihrer Mutter vorbei, um ihre Arme um Vosha zu werfen.

Als die wiedervereinte Familie aneinander klammerte, in gleichem Maße schluchzend und lachend, spürte Nyssa eigene Tränen in ihren Augen stechen. Sie lehnte sich an Vallen und genoss seine solide Wärme.

»Wir haben das bewirkt«, flüsterte sie. »Wir haben ihn nach Hause gebracht.«

Vallen nickte, sein Arm zog sich um sie zusammen. »Und wir werden es wieder tun«, versprach er. »Für so viele, wie wir können.«

Als sie ins Lager zurückkehrten und Vosha und seine überglückliche Familie mit sich brachten, raste Nyssas Geist mit Möglichkeiten.

Als sie die Schwelle zur Kasswacht überschritten, kam eine Gestalt auf sie zugerast. Es war Wargton, seine Augen leuchteten. Er rutschte vor der Gruppe zum Halt, vibrierte praktisch vor kaum unterdrückter Energie. Worte purzelten aus seinen Lippen in einem eifrigen Schwall. »Wir können mehr Hyvas zurückverwandeln! Ich habe es herausgefunden! Dieses Loch – wir könnten es in eine Falle verwandeln, eine Schlinge für mehr Hyvas. Wenn wir sie dorthin locken können, könnten wir sie zurück in ihre menschlichen Formen verwandeln.«

Nyssas Augen weiteten sich bei der Idee. »Das... das wäre erstaunlich. Wir müssten vorsichtig sein, allerdings. Wir können das Lager nicht gefährden.«

Vallen nickte langsam und erwog den Vorschlag. »Wir müssten das Gebiet verstärken und sicherstellen, dass die Hyva nicht entkommen kann, einmal gefangen. Und wir bräuchten viel mehr Quellwasser.«

Als die Gruppe die Logistik debattierte, sprach Tarric, der still zugehört hatte, plötzlich auf. »Weißt du«, sagte er, ein Hauch von Wunder in seiner Stimme, »wenn wir das in größerem Maßstab machen könnten, so viele Hyvas wie möglich zurück in Menschen verwandeln, könnten wir vielleicht doch eine Armee aufbauen.«

Eine Stille fiel über die Gruppe, als sie die Implikationen von Tarrics Worten bedachten.

»Eine Armee«, wiederholte Vallen leise. »Sie wären sicherlich motiviert, Jorek zu stürzen. Sie müssten trainiert werden, aber trotzdem...«

Nyssas Herz raste, als Visionen unzähliger Hyvas, befreit von ihrer Qual und in ihre menschliche Form zurückgekehrt, ihren Geist überfluteten. Sie blinzelte und zwang sich zurück in den gegenwärtigen Moment. Nyssa bemerkte Bran an seinem üblichen Wachposten am Rand des Lagers. Zu ihrer Überraschung war er diesmal nicht allein. Krümelchen saß neben ihm, ihre kleine Hand ruhte tröstend auf seinem Arm, als sie mit leisen Stimmen sprachen.

Nyssa lächelte bei dem Anblick und fühlte eine Wärme in ihrer Brust. Sie hatten einen langen Weg vor sich, aber würden ihm zusammen begegnen – alle von ihnen, alte Freunde und vielleicht neue Verbündete.

KAPITEL 19

m nächsten Morgen schritt Vallen zielstrebig zum Kommandozelt, seine Stiefel wirbelten kleine Staubwolken aus der sonnengebackenen Erde auf. Die Luft war bereits dick vor Sommerhitze und versprach einen weiteren schwülen Tag. Nahe den Trainingsplätzen entdeckte er Rhio, der eine Gruppe Neuankömmlinge drillte, ihre Hemden dunkel vor Schweiß, als sie ihre Übungen durchführten. Wachen sprangen in Achtung, als er vorbeikam, ihre Augen folgten seinem teilnahmslosen Gesicht.

Sich dem Zelt nähernd, fing Vallen das leise Murmeln von Stimmen auf. Egmonds charakteristische tiefe Stimme erhob sich über den Rest, unterbrochen von dem, was wie Tarrics abgehackte Antworten klang.

Die schwere Klappe zur Seite schiebend, trat Vallen in das Kommandozentrum. Tarric war über eine ausgedehnte Karte gebeugt. Vallen erkannte ihn mit einem kurzen Nicken an, sein Geist raste bereits mit den Implikationen dessen, was sie diskutieren würden. Schritte näherten sich von hinten, und Vallen drehte sich um, um Nyssa eintreten zu sehen. Für einen Moment blühte Wärme in seiner Brust beim Anblick von ihr.

»Ich hatte Nachricht erhalten, dass Egmond angekommen war«, Nyssa flüsterte.

Er nickte und erlaubte seinem Ausdruck, sich leicht zu entspannen. »Ja, ich schickte nach ihm. Er wird über unseren Plan für die Hyva wissen wollen.«

Als Vallen das Treffen begann, studierte er das Gesicht des älteren Rebellenführers. Die Ereignisse der vergangenen Wochen hatten ihren Tribut gefordert und neue Sorgenlinien in Egmonds Züge geätzt. Vallen fühlte einen Stich der Schuld; er kannte die Last der Führung nur zu gut.

»Wir haben eine Entdeckung gemacht«, begann Vallen ohne Umschweife, seine Stimme stetig trotz dem, was er offenbaren würde. »Eine, die alles ändern könnte. Nyssa, könntest du bitte Egmond erzählen, was mit der Hyva passiert ist?«

Als Nyssa die Ereignisse mit der gefangenen Hyva nacherzählte, beobachtete Vallen Egmonds Reaktionen genau. Er sah den Wandel von Skepsis zu Staunen und schließlich zu einer vorsichtigen Hoffnung, die seine eigenen Gefühle widerspiegelte. Das Potenzial dessen, was sie entdeckt hatten, war verblüffend, aber Vallen wusste besser, als Optimismus sein Urteil trüben zu lassen.

»Dein Plan, die Hyva zu verwandeln, ist brillant«, stellte Egmond fest, seine Augen hell vor Aufregung. »Es könnte alles ändern, Familien wiedervereinigen, eine echte Kampftruppe schaffen, Joreks Macht untergraben...« Er hielt inne, ein Gedanke kam ihm. »Aber habt ihr Zugang zu genug Quellmagie? Wenn ihr eimerweise für jede Hyva braucht, wird das nicht eure Ressourcen erschöpfen?«

Vallen nickte und erkannte die berechtigte Sorge an. »Wir hatten in dieser Hinsicht Glück. Unser kleiner Teich scheint von einer unterirdischen Quelle aufgefüllt zu werden. Wir haben keine Anzeichen gesehen, dass er austrocknet, selbst bei erhöhtem Gebrauch.«

Egmonds Stirn runzelte sich vor Nachdenken. Dann weiteten

sich seine Augen vor Erkenntnis. »Wenn die Hauptquelle von unter der Weihestätte kommt, wie wir glauben, bedeutet das, dass kleine Kapillaren entkommen und sich unter dem Boden verzweigen müssen. Das könnte erklären, warum sich euer Teich selbst auffüllt.«

Vallen erwog dies. »Wenn das wahr ist, würde das die kleinen Quellen und Teiche von Quellmagie erklären, die wir über die Sterbenden Wildnis verstreut gefunden haben.«

Als sie die Möglichkeiten überlegten, begann Egmonds Ausdruck zu fallen, ein Schatten der Sorge überzog seine Züge.

Vallen, der den plötzlichen Wandel bemerkte, lehnte sich vor. »Was ist los, Egmond?«

Egmonds Schultern sackten zusammen. »Der König«, sagte er, »hat eine königreichweite Suche nach allen Druckpressen angeordnet. Er zielt darauf ab, sie alle zu zerstören. Er will die Pamphlets stoppen.«

Eine angespannte Stille fiel über die Gruppe. Vallen spürte, wie sich sein Kiefer anspannte.

»Ich muss meine Druckpressen aus meinem Haus bewegen«, fuhr Egmond fort. »Es ist nur eine Frage der Zeit, bis meine Residenz durchsucht wird. Sie können nicht entdeckt werden.«

Nyssas Stimme schnitt durch seine Gedanken. »Was, wenn wir mein altes Zuhause als Versteck für eine der Pressen verwenden?«

Vallen blickte sie scharf an, Sorge in sein Gesicht geätzt. »Bist du sicher?«, fragte er, wissend, was dieser Ort für sie bedeutete. Die Pamphlets waren entscheidend für ihre Sache, und das Risiko der Entdeckung wuchs täglich, aber dieses Haus war Nyssas Zufluchtsort.

»Dein Haus?«, fragte Egmond.

»Ja, es war dort, wo wir ursprünglich all Kuratorin Athuras Sachen versteckt haben. Es ist auf derselben Straße wie Herr Kassites alte Schmiede. Erinnerst du dich daran?«, fragte Nyssa.

»Oh ja. Das könnte perfekt sein. Die Druckpressen im Schat-

tenviertel zu halten, wird bedeuten, dass sie weniger wahrscheinlich von den Leuten des Königs entdeckt werden. Aber ich werde
Hilfe beim Bewegen brauchen. Ich kann es nicht allein schaffen«,
bat Egmond.

Vallen nickte grimmig. »Betrachte es als erledigt«, sagte er
und wählte mental bereits das Team aus, dem er eine so heikle
Operation anvertrauen würde.

Dann kam Vallen ein Gedanke. »Sind Athuras Besitztümer
noch in deinem Haus? Denkst du, wir sollten sie bewegen, um sie
vor Entdeckung zu bewahren?«

Egmond schüttelte den Kopf, sein Ausdruck ernst. »Nein,
Frau Sarna stimmte zu, ihre Sachen in einem kleinen Lagerraum
in ihrer Textilfabrik aufzubewahren.«

»Könntest du die Druckpressen dorthin bewegen?«, fragte
Nyssa.

»Nein«, sagte Egmond mit einer Grimasse. »Der Raum ist
bereits bis zum Überlaufen mit Athuras Sachen vollgestopft. Und
selbst wenn es Platz gäbe, kann ich nicht riskieren, sie in ihrem
Laden zu lagern. Mit all ihren Angestellten und Kunden wären
die Chancen, dass ich beim Kommen und Gehen gesehen werde,
zu hoch, und es würde zu viele Fragen aufwerfen.«

Die Erwähnung von Athuras Besitztümern brachte eine
düstere Stimmung in den Raum. Ihre Abwesenheit wurde scharf
gespürt, ihr strategischer Verstand in diesen schwierigen Zeiten
schmerzlich vermisst. »Weißt du, wo sie sie festhalten?«, fragte
Vallen Egmond, ein Teil von ihm kannte bereits die Antwort.

»Wahrscheinlich im Palast, aber ich bin nicht sicher.«

»Der Neuntöter würde es wissen«, sagte Vallen leise, seine
Gedanken blitzten kurz zu Adamir.

Ein plötzliches Gebrüll war in der Ferne zu hören und ein
langsamer Chor von Jubelrufen beendete das Treffen abrupt.
Timi platzte ins Zelt, atemlos und aufgeregt, und verkündete,
dass Wargton seine erste Hyva gefangen hatte. Als sie sich zum
Rand des Lagers begaben, wuchs Vallens Aufregung – Egmond

würde die Transformation einer Hyva zurück in einen Menschen miterleben. Der Anblick des thrashenden Geschöpfs, gefesselt aber noch gefährlich, sandte einen Schauer seinen Rücken hinunter.

»Ausgezeichnete Arbeit. Du hast die Hyva gefangen, ohne sie zu verletzen«, lobte Vallen Wargton, beeindruckt von seiner clevereren Strategie. Wargton hatte die Grube mit einem Netz verborgen, es mit Blättern und Schutt getarnt, dann ein Stück rohes Fleisch darüber baumeln lassen, um das Geschöpf zu locken. Als Vallen die Szene überblickte, bemerkte er Timi, der sich zum Rand der Grube schlich und mit weit aufgerissenen Augen fasziniert auf die gefangene Hyva hinabblickte. »Timi«, sagte Vallen streng und zog den Jungen vom Abgrund zurück, »geh und hol Heilerin Rina.«

Als sie die Hyva mit Quellwasser übergossen, beobachtete Vallen mit Erleichterung und anhaltendem Entsetzen, wie sich das Geschöpf in einen Mann verwandelte. Er konnte bereits sehen, wie Egmond die Sterbenden Wildnis mit einem kalkulierenden Blick beäugte.

Sobald die Transformation abgeschlossen war, näherte sich eine von Wargton geführte Gruppe. Sie bewegten sich schnell und zogen den zitternden Mann aus dem Loch, wo die Hyva einst getobt hatte. Heilerin Rina kam mit Vosha an ihrer Seite an, ihr Ausdruck ruhig aber konzentriert, als sie neben der zitternden Gestalt niederkniete. Rinas Hände bewegten sich mit geübter Sorgfalt, und ihre Berührung war sanft, als sie den Zustand des Mannes bewertete. Vosha saß neben dem Mann und sprach mit ruhiger Stimme zu ihm.

Ohne ein Wort signalisierte Rina mehreren ihrer Helfer, zu helfen, den Mann zu ihrem Zelt zu begleiten.

»Wie viele Hyvas schätzt du, sind in den Sterbenden Wildnis?«, murmelte Egmond.

»Hunderte...«, antwortete Vallen, sein Geist formulierte bereits Pläne. »Tarric, ich will, dass du Wargton mindestens ein

Dutzend Leute zuteilst, um ihm zu helfen. Das muss eine Priorität sein.« Als Tarric wegeilte, um zu befolgen, blieb Vallens Blick auf den verwandelten Mann gerichtet, als Rina und Vosha ihn wegführten.

Die Rebellion hatte eine mächtige neue Waffe gewonnen. Aber als Vallen die Szene sich entfalten sah, spürte er, wie die Krone der Autorität sich tiefer in seine Stirn grub. Sie mussten herausfinden, wie sie diesen neuen Vorteil nutzen konnten, während sie es schafften, alle zu füttern, zu beherbergen und ordentlich zu trainieren. Und irgendwie, inmitten all dessen, musste er einen Weg finden, Athuras Aufenthaltsort aufzudecken.

Während sie ihre Strategie überlegten, erkannte Vallen etwas Wichtiges. Für Egmond könnte Athuras Befreiung als Katalysator für die Rebellion dienen. Die Kuratorin, eine geschätzte Figur in Erishum und ein Mitglied der königlichen Familie, übte beträchtlichen Einfluss auf den Adel aus. Ihre Freiheit könnte Unterstützung für ihre Sache entfachen. Aber für Vallen und Nyssa lief die Motivation tiefer als Strategie. Athura war mehr als ein politischer Aktivposten; sie war eine Freundin. Für Nyssa besonders war Athura eine mütterliche Figur, die eine lange leer gelassene Leere füllte. Vallen, der sich dieser Bindung scharf bewusst war, fühlte einen persönlichen Antrieb, Athura zu retten – nicht um der Rebellion willen, sondern für Nyssa.

Als er die anderen zu ihren Pflichten zurückkehren sah, traf Vallen ein neuer Gedanke. Er suchte die Menge ab, suchte nach zwei vertrauten Gesichtern. »Krümelchen! Rhio!«, rief er und winkte sie heran.

Die beiden jungen Rebellen näherten sich neugierig. Vallen führte sie eine kurze Strecke von der sich zerstreuenden Menge weg und stellte sicher, dass ihr Gespräch nicht belauscht werden würde.

»Ich habe eine Mission für euch beide«, begann Vallen, seine

Stimme tief und ernst. »Erinnert ihr euch an den Neuntöter, der uns gehen ließ, als wir Bran aus dem Gefängnis befreiten?«

Krümelchen und Rhio tauschten einen Blick aus, bevor sie nachdrücklich nickten. »Ja«, antwortete Krümelchen, ihre Stimme kaum über einem Flüstern. »Das ist nichts, was wir wahrscheinlich vergessen werden.«

Vallen nickte, ein grimmiges Lächeln zuckte an den Mundwinkeln. »Ich brauche euch, um diesen Mann auszuspionieren. Sein Name ist Adamir.«

Rhios Augen weiteten sich leicht, aber er blieb still.

»Ich will jeden seiner Schritte wissen«, erklärte Vallen, sein Ton ließ keinen Zweifel über die Wichtigkeit dieser Aufgabe. »Seinen Patrouillenzeitplan, wohin er geht, wenn er nicht im Dienst ist, wer seine Freunde sind, alles. Könnt ihr das tun, ohne gesehen zu werden?«

Krümelchen richtete sich auf, ein entschlossener Glanz in ihrem Auge. »Wir können es schaffen«, sagte sie selbstbewusst.

Rhio nickte zustimmend. »Niemand achtet auf uns«, fügte er hinzu. »Wir werden unsichtbar sein.«

Vallen studierte sie für einen Moment und wog die Risiken ab.

»In Ordnung«, sagte Vallen schließlich. »Aber ihr müsst vorsichtig sein. Ihr zieht euch sofort zurück, wenn auch nur ein Hauch besteht, dass ihr entdeckt wurdet. Verstanden?«

Beide nickten ernst.

»Gut«, sagte Vallen. »Berichtet mir bitte jeden Abend. Das ist streng geheim. Erzählt niemandem sonst von dieser Mission außer Nyssa. Verstanden?«

»Verstanden«, antworteten Krümelchen und Rhio unisono.

Vallen beobachtete, wie sie sich davonschlichen und mühelos in das Gewühl des Lagers einfügten.

KAPITEL 20

*A*m nächsten Morgen schritt Vallen zielstrebig zum Kommandozelt, seine Stiefel wirbelten kleine Staubwolken aus der ausgedörrten Erde auf. Die Luft war bereits dick vor Sommerhitze und versprach einen weiteren schwülen Tag. Nahe den Trainingsplätzen entdeckte er Rhio, der eine Gruppe Neuankömmlinge drillte, ihre Hemden dunkel vor Schweiß, als sie ihre Übungen durchführten. Wachen sprangen in Achtung, als er vorbeikam, ihre Augen folgten seinem teilnahmslosen Gesicht.

Sich dem Zelt nähernd, fing Vallen das leise Murmeln von Stimmen auf. Egmonds charakteristische tiefe Stimme erhob sich über den Rest, unterbrochen von dem, was wie Tarrics abgehackte Antworten klang.

Die schwere Klappe zur Seite schiebend, trat Vallen in das Kommandozentrum. Tarric war über eine ausgedehnte Karte gebeugt. Vallen erkannte ihn mit einem kurzen Nicken an, sein Geist raste bereits mit den Implikationen dessen, was sie diskutieren würden. Schritte näherten sich von hinten, und Vallen drehte sich um. Er sah Nyssa eintreten. Für einen Moment blühte Wärme in seiner Brust beim Anblick von ihr.

»Ich hatte Nachricht erhalten, dass Egmond angekommen war«, flüsterte Nyssa.

Er nickte und entspannte seine Gesichtszüge ein wenig. »Ja, ich habe ihn rufen lassen. Er wird über unseren Plan für die Hyva wissen wollen.«

Als Vallen das Treffen begann, studierte er das Gesicht des älteren Rebellenführers. Die Ereignisse der vergangenen Wochen hatten ihren Tribut gefordert und neue Sorgenlinien in Egmonds Züge geätzt. Vallen fühlte einen Stich der Schuld; er kannte die Last der Führung nur zu gut.

»Wir haben eine Entdeckung gemacht«, begann Vallen ohne Umschweife, seine Stimme stetig trotz dem, was er offenbaren würde. »Eine, die alles ändern könnte. Nyssa, könntest du bitte Egmond erzählen, was mit der Hyva passiert ist?«

Als Nyssa die Ereignisse mit der gefangenen Hyva nacherzählte, beobachtete Vallen Egmonds Reaktionen genau. Er sah den Wandel von Skepsis zu Staunen und schließlich zu einer vorsichtigen Hoffnung, die seine eigenen Gefühle widerspiegelte. Das Potenzial dessen, was sie entdeckt hatten, war verblüffend, aber Vallen wusste besser, als Optimismus sein Urteil trüben zu lassen.

»Dein Plan, die Hyva zu verwandeln, ist brillant«, stellte Egmond fest, seine Augen hell vor Aufregung. »Es könnte alles ändern, Familien wiedervereinigen, eine echte Kampftruppe schaffen, Joreks Macht untergraben...« Er hielt inne, ein Gedanke kam ihm. »Aber habt ihr Zugang zu genug Quellmagie? Wenn ihr eimerweise Quellwasser für jede Hyva braucht, wird das nicht eure Ressourcen erschöpfen?«

Vallen nickte und erkannte die berechtigte Sorge an. »Wir hatten in dieser Hinsicht Glück. Unser kleiner Teich scheint von einer unterirdischen Quelle aufgefüllt zu werden. Wir haben keine Anzeichen gesehen, dass er austrocknet, selbst bei erhöhtem Gebrauch.«

Egmonds Stirn runzelte sich vor Nachdenken. Dann weiteten

sich seine Augen vor Erkenntnis. »Wenn die Hauptquelle von unter der Weihestätte kommt, wie wir glauben, bedeutet das, dass kleine Kapillaren entkommen und sich unter dem Boden verzweigen müssen. Das könnte erklären, warum sich euer Teich selbst auffüllt.«

Vallen erwog dies. »Wenn das wahr ist, würde das die kleinen Quellen und Teiche von Quellmagie erklären, die wir über die Sterbenden Wildnis verstreut gefunden haben.«

Als sie die Möglichkeiten überlegten, begann Egmonds Ausdruck zu fallen, ein Schatten der Sorge überzog seine Züge.

Vallen, der den plötzlichen Wandel bemerkte, lehnte sich vor. »Was ist los, Egmond?«

Egmonds Schultern sackten zusammen. »Der König«, sagte er, »hat eine königreichweite Suche nach allen Druckpressen angeordnet. Er zielt darauf ab, sie alle zu zerstören. Er will die Pamphlets stoppen.«

Eine angespannte Stille fiel über die Gruppe. Vallen spürte, wie sich sein Kiefer anspannte.

»Ich muss meine Druckpressen aus meinem Haus bewegen«, fuhr Egmond fort. »Es ist nur eine Frage der Zeit, bis meine Residenz durchsucht wird. Sie können nicht entdeckt werden.«

Nyssas Stimme schnitt durch seine Gedanken. »Was, wenn wir mein altes Zuhause als Versteck für eine der Pressen verwenden?«

Vallen blickte sie scharf an, Sorge in sein Gesicht geätzt. »Bist du sicher?«, fragte er, wissend, was dieser Ort für sie bedeutete. Die Pamphlets waren entscheidend für ihre Sache, und das Risiko der Entdeckung wuchs täglich, aber dieses Haus war Nyssas Zufluchtsort.

»Dein Haus?«, fragte Egmond.

»Ja, es war dort, wo wir ursprünglich all Kuratorin Athuras Sachen versteckt haben. Es ist auf derselben Straße wie Herr Kassites alte Schmiede. Erinnerst du dich daran?«, fragte Nyssa.

»Oh ja. Das könnte perfekt sein. Die Druckpressen im Schat-

tenviertel zu halten, wird bedeuten, dass sie weniger wahrscheinlich von den Leuten des Königs entdeckt werden. Aber ich werde
Hilfe beim Bewegen brauchen. Ich kann es nicht allein schaffen«,
bat Egmond.

Vallen nickte grimmig. »Betrachte es als erledigt«, sagte er
und wählte mental bereits das Team aus, dem er eine so heikle
Operation anvertrauen würde.

Dann kam Vallen ein Gedanke. »Sind Athuras Besitztümer
noch in deinem Haus? Denkst du, wir sollten sie bewegen, um sie
vor Entdeckung zu bewahren?«

Egmond schüttelte den Kopf, sein Ausdruck ernst. »Nein,
Frau Sarna stimmte zu, ihre Sachen in einem kleinen Lagerraum
in ihrer Textilfabrik aufzubewahren.«

»Könntest du die Druckpressen dorthin bewegen?«, fragte
Nyssa.

»Nein«, sagte Egmond mit einer Grimasse. »Der Raum ist
bereits bis zum Überlaufen mit Athuras Sachen vollgestopft. Und
selbst wenn es Platz gäbe, kann ich nicht riskieren, sie in ihrem
Laden zu lagern. Mit all ihren Angestellten und Kunden wären
die Chancen, dass ich beim Kommen und Gehen gesehen werde,
zu hoch, und es würde zu viele Fragen aufwerfen.«

Die Erwähnung von Athuras Besitztümern brachte eine
düstere Stimmung in den Raum. Ihre Abwesenheit wurde scharf
gespürt, ihr strategischer Verstand in diesen schwierigen Zeiten
schmerzlich vermisst. »Weißt du, wo sie sie festhalten?«, fragte
Vallen Egmond, ein Teil von ihm kannte bereits die Antwort.

»Wahrscheinlich im Palast, aber ich bin nicht sicher.«

»Der Neuntöter würde es wissen«, sagte Vallen leise, seine
Gedanken blitzten kurz zu Adamir.

Ein plötzliches Gebrüll war in der Ferne zu hören und ein
langsamer Chor von Jubelrufen beendete das Treffen abrupt.
Timi platzte ins Zelt, atemlos und aufgeregt, und verkündete,
dass Wargton seine erste Hyva gefangen hatte. Als sie sich zum
Rand des Lagers begaben, wuchs Vallens Aufregung – Egmond

würde die Transformation einer Hyva zurück in einen Menschen miterleben. Der Anblick des sich windenden Geschöpfs, gefesselt aber noch gefährlich, sandte einen Schauer seinen Rücken hinunter.

»Ausgezeichnete Arbeit. Es ist dir gelungen, die Hyva zu fangen, ohne sie zu verletzen«, lobte Vallen Wargton, beeindruckt von seiner cleveren Strategie. Wargton hatte die Grube mit einem Netz verborgen, es mit Blättern und Schutt getarnt, dann ein Stück rohes Fleisch darüber baumeln lassen, um das Geschöpf zu locken. Als Vallen die Szene überblickte, bemerkte er Timi, der sich zum Rand der Grube schlich und mit weit aufgerissenen Augen fasziniert auf die gefangene Hyva hinabblickte. »Timi«, sagte Vallen streng und zog den Jungen von der Grube zurück, »geh und hol Heilerin Rina.«

Als sie die Hyva mit Quellwasser übergossen, beobachtete Vallen mit Erleichterung und anhaltendem Entsetzen, wie sich das Geschöpf in einen Mann verwandelte. Er konnte bereits sehen, wie Egmond die Sterbenden Wildnis mit einem berechnenden Blick musterte.

Sobald die Transformation abgeschlossen war, näherte sich eine von Wargton geführte Gruppe. Sie bewegten sich schnell und zogen den zitternden Mann aus dem Loch, wo die Hyva einst getobt hatte. Heilerin Rina kam mit Vosha an ihrer Seite an, ihr Ausdruck ruhig aber konzentriert, als sie neben der zitternden Gestalt niederkniete. Rinas Hände bewegten sich mit geübter Sorgfalt, und ihre Berührung war sanft, als sie den Zustand des Mannes bewertete. Vosha setzte sich neben den Mann und sprach mit ruhiger Stimme auf ihn ein.

Ohne ein Wort signalisierte Rina mehreren ihrer Helfer, zu helfen, den Mann zu ihrem Zelt zu begleiten.

»Wie viele Hyvas schätzt du, sind in den Sterbenden Wildnis?«, murmelte Egmond.

»Hunderte...«, antwortete Vallen, sein Geist formulierte bereits Pläne. »Tarric, ich will, dass du Wargton mindestens ein

Dutzend Leute zur Verfügung stellst, um ihm zu helfen. Das muss eine Priorität sein.« Als Tarric wegeilte, um zu befolgen, blieb Vallens Blick auf den verwandelten Mann gerichtet, als Rina und Vosha ihn wegführten.

Die Rebellion hatte eine mächtige neue Waffe gewonnen. Aber als Vallen die Szene sich entfalten sah, spürte er, wie die Last der Verantwortung schwerer auf seinen Schultern lastete. Sie mussten herausfinden, wie sie diesen neuen Vorteil nutzen konnten, während sie es schafften, alle zu füttern, zu beherbergen und ordentlich zu trainieren. Und irgendwie, inmitten all dessen, musste er einen Weg finden, Athuras Aufenthaltsort aufzudecken.

Während sie ihre Strategie überlegten, erkannte Vallen etwas Wichtiges. Für Egmond könnte Athuras Befreiung als Katalysator für die Rebellion dienen. Die Kuratorin, eine geschätzte Figur in Erishum und ein Mitglied der königlichen Familie, hatte erheblichen Einfluss auf den Adel. Ihre Freiheit könnte Unterstützung für ihre Sache entfachen. Aber für Vallen und Nyssa lief die Motivation tiefer als Strategie. Athura war mehr als ein politischer Aktivposten; sie war eine Freundin. Für Nyssa besonders war Athura eine mütterliche Figur, die eine lange leer gelassene Leere füllte. Vallen, der sich dieser Bindung scharf bewusst war, fühlte einen persönlichen Antrieb, Athura zu retten – nicht um der Rebellion willen, sondern für Nyssa.

Als er die anderen zu ihren Pflichten zurückkehren sah, traf Vallen ein neuer Gedanke. Er suchte die Menge ab, suchte nach zwei vertrauten Gesichtern. »Krümelchen! Rhio!«, rief er und winkte sie heran.

Die beiden jungen Rebellen näherten sich neugierig. Vallen führte sie eine kurze Strecke von der sich zerstreuenden Menge weg und stellte sicher, dass ihr Gespräch nicht belauscht werden würde.

»Ich habe eine Mission für euch beide«, begann Vallen, seine

Stimme tief und ernst. »Erinnert ihr euch an den Neuntöter, der uns gehen ließ, als wir Bran aus dem Gefängnis befreiten?«

Krümelchen und Rhio tauschten einen Blick aus, bevor sie nachdrücklich nickten. »Ja«, antwortete Krümelchen, ihre Stimme kaum mehr als ein Flüstern. »Das ist nichts, was wir wahrscheinlich vergessen werden.«

Vallen nickte, ein grimmiges Lächeln umspielte seine Mundwinkel. »Ich brauche euch, um diesen Mann auszuspionieren. Sein Name ist Adamir.«

Rhios Augen weiteten sich leicht, aber er blieb still.

»Ich will jeden seiner Schritte wissen«, erklärte Vallen, sein Ton ließ keinen Zweifel an der Wichtigkeit dieser Aufgabe. »Seinen Patrouillenzeitplan, wohin er geht, wenn er nicht im Dienst ist, wer seine Freunde sind, alles. Könnt ihr das unbemerkt erledigen?«

Krümelchen richtete sich auf, ein entschlossener Glanz in ihrem Auge. »Das bekommen wir hin«, sagte sie selbstbewusst.

Rhio nickte zustimmend. »Niemand achtet auf uns«, fügte er hinzu. »Wir werden unsichtbar sein.«

Vallen studierte sie für einen Moment und wog die Risiken ab.

»In Ordnung«, sagte Vallen schließlich. »Aber ihr müsst vorsichtig sein. Ihr zieht euch sofort zurück, wenn auch nur der geringste Verdacht besteht, dass ihr entdeckt wurdet. Verstanden?«

Beide nickten ernst.

»Gut«, sagte Vallen. »Berichtet mir bitte jeden Abend. Das ist streng geheim. Erzählt niemandem sonst von dieser Mission außer Nyssa. Verstanden?«

»Verstanden«, antworteten Krümelchen und Rhio unisono.

Vallen beobachtete, wie sie sich davonschlichen und mühelos in das Gewühl des Lagers einfügten.

KAPITEL 21

»*W*enn jemand den ehemaligen Hyvas helfen kann, sich wieder an das Leben als Menschen zu gewöhnen, bin ich es. Ich weiß, wie es ist,« sagte Vosha, mit einem gequälten, aber entschlossenen Blick. »Ich kann ihnen helfen, sich zu erinnern, wer sie waren. Es ist schwer, aber ich denke, jemanden zu haben, der versteht, was sie durchmachen, wird einen Unterschied machen.«

Vallen nickte, da er die Weisheit dieses Ansatzes erkannte. Wer könnte diese verlorenen Seelen besser zurück zur Menschlichkeit führen als einer, der die Reise selbst gemacht hatte? »Ich denke, das wäre ein ausgezeichneter Plan. Ich schätze es, dass du diese Rolle übernimmst.«

Voshas Lächeln schien ihn zu verwandeln und ließ Jahre der Härte in einem Augenblick verschwinden.

Vallen zögerte, dann sprach er leise. »Vosha, da ist etwas, was mich beschäftigt hat.« Er hielt inne und wählte seine Worte sorgfältig. »Erinnerst du dich an etwas von der Zeit, als du eine Hyva warst? Und hattest du während dieser Zeit irgendwelche Erinnerungen an dein menschliches Leben?«

Vosha wurde still, sein Blick fern, als wäre er in einer fernen Erinnerung verloren.

»Ja, ich erinnere mich daran, eine Hyva gewesen zu sein«, sagte er, seine Stimme tief und schmerzhaft. »Es ist nichts, was ich vergessen kann. Ich war nur ... ein Geschöpf, das Hass und Hunger verzehrten. Es gab keinen Raum für Gedanken, kein Mitgefühl, nichts Menschliches.«

Vosha hielt inne, seine Hände ballten und öffneten sich an seiner Seite. »Ich habe noch immer Alpträume«, gab er zu. »Ich wache schweißgebadet auf und glaube, wieder ein Tier zu sein, gefangen in diesem monströsen Körper.«

Vallen streckte die Hand aus und legte eine tröstende Hand auf Voshas Schulter. »Es tut mir leid«, sagte er leise. »Ich wollte keine schmerzhaften Erinnerungen wecken.«

Vosha schüttelte den Kopf. »Nein, es ist in Ordnung. Es ist wichtig, dass du verstehst.« Er atmete tief durch, bevor er fortfuhr. »Es dauerte mehrere Jahre als Hyva, denke ich, aber ich hatte begonnen zu ahnen, dass ich nicht immer ein Monster gewesen war. Aber die Erinnerungen an mein menschliches Leben waren vage und verschwommen, wie der Versuch, sich an einen Traum beim Erwachen zu erinnern.«

Er gab Vallen einen intensiven, klaren Blick, eine Mischung aus Schmerz und Sehnsucht überzog sein Gesicht. »Das Einzige, woran ich mich wirklich klar erinnerte, waren meine Frau und Tochter. Ihre Gesichter, ihre Stimmen... sie waren wie ein Leuchtfeuer in der Dunkelheit meines Geistes als Hyva. Ich denke... ich denke, das war es, was einen kleinen Teil meiner Menschlichkeit am Leben hielt, selbst in dieser monströsen Form.«

Vallen schwieg, als er Voshas Worte aufnahm. Er spürte ein erneuertes Gefühl des Zwecks über ihn kommen.

»Also gibt es selbst als Hyva noch einen Teil, der menschlich ist? Der sich erinnert?«

Vosha nickte langsam. »Ja, davon bin ich überzeugt. Es liegt tief vergraben, fast unerreichbar, aber es ist da. Deshalb ist diese Arbeit so wichtig.«

»Danke, dass du das geteilt hast, Vosha«, sagte Vallen. »Es kann nicht leicht gewesen sein, aber es hilft mir, mich daran zu erinnern, wofür wir kämpfen.«

Seine Gedanken überschlugen sich, als sich das Gespräch Strategien zuwandte, den neu Verwandelten zu helfen, sich an ihre zurückgekehrte Menschlichkeit zu gewöhnen. Voshas Einsichten fügten ihrer Mission eine neue Dimension hinzu.

Die Spalte, die einst eine Quelle der Gefahr gewesen war, wurde nun zum Mittelpunkt ihrer Operationen. Wargton und sein Team hatten das Gebiet gesichert und eine mit rohem Fleisch geköderte Falle aufgestellt. Vallen staunte über ihre Effizienz; innerhalb von Tagen hatten sie erfolgreich mehrere weitere Hyvas gefangen. Durch seinen Erfolg motiviert, stürzte sich Wargton mit neuer Energie in die Aufgabe. Seine Entschlossenheit, so viele Hyvas wie möglich so schnell wie möglich zu retten, war spürbar. Unermüdlich arbeitete der Mann und verfeinerte ständig seine Methoden und erweiterte ihre Fallenbemühungen. Obwohl Vallen Wargtons Hingabe bewunderte, fragte er sich unwillkürlich, ob das Tempo nachhaltig war oder ob ihre Ressourcen mit dem Zustrom neu verwandelter Menschen Schritt halten konnten.

Im Lager begannen Familienmitglieder der Verwandelten einzutreffen. Vallen beobachtete die tränenreichen Wiedersehen, die sich vor seinen Augen abspielten. Diese Momente der Freude milderten die harte Realität ihrer Situation. Jedoch kämpften viele der Verwandelten mit fragmentierten Erinnerungen, verlorenen Jahren und dem Trauma ihrer Erfahrungen.

Gerade als Vallen das Kommandozelt betreten wollte, hörte er schnelle Schritte sich nähern. Sich umdrehend sah er Timi auf ihn zurennen, sein junges Gesicht von Aufregung und Anstrengung gerötet.

»Vallen! Vosha!«, rief Timi und rutschte vor ihnen zum Halt.

Er beugte sich vor, Hände auf den Knien, und versuchte zu Atem zu kommen.

»Was ist, Timi?«, fragte Vallen, Sorge war in seiner Stimme offensichtlich. »Gibt es Neuigkeiten von der Druckpresse?«

Timi richtete sich auf, mit vor Triumph strahlenden Augen. »Ja! Das Team, das du letzte Nacht geschickt hast, um Egmonds Druckpresse zu Nyssas altem Haus zu bringen – alles lief ohne Probleme! Sie haben sie aufgestellt und alles.«

Vallen spürte eine Welle der Erleichterung über ihn kommen. Das war eine Sorge weniger in seinem Kopf. »Hervorragende Arbeit, Timi. Das ist eine ausgezeichnete Nachricht.«

Aber Timi war noch nicht fertig. Er konnte seine Aufregung kaum zurückhalten, als er fortfuhr: »Und es gibt noch mehr! Sie haben gerade eine weitere Hyva gefangen! Es ist auch eine große Hyva, vielleicht sogar größer als die letzte!«

Vallen und Vosha wechselten einen Blick. Eine weitere Hyva bedeutete eine weitere Chance, ein Leben zu retten, eine Person zu ihrer Menschlichkeit zurückzubringen – aber es bedeutete auch mehr Herausforderungen und mehr benötigte Ressourcen. Sie würden eine weitere Unterkunft vorbereiten und sicherstellen müssen, dass sie genug Vorräte hatten, um sich um eine weitere verwandelte Person zu kümmern.

»Prima, Timi«, sagte Vallen und legte eine Hand auf die Schulter des Jungen. »Führe uns hin.«

Als sie sich der Falle näherten, konnte Vallen das Knurren und Toben der gefangenen Hyva hören. Bei dem Geräusch lief ihm ein Schauer über den Rücken, aber es stärkte auch seine Entschlossenheit.

Als Vallen auf die Menschen blickte, die sich versammelten, um die Transformation zu bezeugen, entdeckte er Rhio in der Menge.

»Rhio!«, rief Vallen und winkte den jungen Mann zu sich. Als Rhio vor Vallen stand, ein erwartungsvoller Ausdruck auf seinem

Gesicht, fragte Vallen: »Ist Kleine noch im Königreich und spioniert Adamir aus?«

»Ja, ich gehe in ein paar Stunden raus, um ihr eine Pause zu geben.«

»Das ist vielleicht nicht mehr nötig. Hat sich Adamirs Dienstplan diese Woche überhaupt geändert?«

Rhio schüttelte den Kopf.

Vallen grinste triumphierend. »Also hat er heute Nacht frei?«

Rhio sprach auf, seine Stimme tief aber eifrig. »Wenn sein Zeitplan wie gewöhnlich bleibt, ja, er hat die Nacht frei. Wir haben beobachtet, dass er an fast allen seinen freien Abenden die Kneipe 'Distel und Dorn' besucht.«

Ein Plan begann sich in Vallens Geist zu formen. Er entdeckte Nyssa auf der anderen Seite des Lagers und winkte sie heran.

»Perfektes Timing«, sagte er, als sie sich näherte. »Wir haben gerade eine weitere Hyva gefangen, und jetzt haben wir die Gelegenheit, auf die wir gewartet haben.«

Nyssas Stirn runzelte sich. »Was meinst du?«

Vallen erklärte schnell über Adamirs freie Nacht und seine Gewohnheit, die Distel und Dorn zu besuchen. »Wir werden uns nach Erishum einschleichen und Adamir hierher bringen«, schloss er. »Ihm zeigen, was passiert, wenn wir Quellmagie bei einer Hyva anwenden.«

Nyssas Augen weiteten sich.

»Ich weiß«, unterbrach er sie sanft, bevor sie protestieren konnte. »Aber das könnte unsere einzige Chance sein, ihn auf unsere Seite zu bringen. Wir brauchen Verbündete innerhalb der Neuntöter. Und Adamir... er ist anders als die anderen. Ich glaube, er wird es verstehen, sobald er die Wahrheit mit eigenen Augen sieht.«

Nach einem Moment angespannter Stille nickte Nyssa. »In Ordnung. Was ist der Plan?«

Vallen drehte sich um und winkte Wargton heran. »Verwandle die gefangene Hyva noch nicht«, wies er an. »Wir brauchen sie, um einen wichtigen Kontakt innerhalb der Neuntöter zu rekrutieren.«

Wargton wirkte bei dem Befehl gequält, nickte aber zur Bestätigung.

Als die Nacht fiel, betraten Vallen, Nyssa, Bran, Tarric und Rhio Erishum.

Die Distel und Dorn war eine schmuddelige Einrichtung am Rand des Schattenviertels. Vallen konnte Adamirs charakteristische Gestalt über die Bar gebeugt durch ein schmutziges Fenster ausmachen. Er wirkte... irgendwie kleiner.

»Denkt daran«, flüsterte Vallen seinem Team zu, »schnell und leise. Wir können es uns nicht leisten, Aufmerksamkeit zu erregen. Warten wir, bis er richtig betrunken ist.«

Sie warteten, bis Adamir aus der Taverne torkelte, offensichtlich berauscht. Als er durch eine verlassene Gasse torkelte, griffen sie zu. Trotz seiner Trunkenheit leistete Adamir heftigen Widerstand, war aber in der Unterzahl und überrascht. Innerhalb von Momenten hatten sie ihn gefesselt und geknebelt, eine Kapuze über seinen Kopf geworfen, um ihn zu desorientieren.

Die Reise zurück durch das Königreich war angespannt, wobei Adamirs gedämpfte Proteste die Gefahr der Entdeckung verstärkten. Sie bahnten sich ihren Weg durch das Schattenviertel, wo verarmte Bewohner wahrscheinlich nicht eingreifen würden. Sobald sie sicher außer Sicht und Hörweite von Erishums Mauern waren, rief Vallen zum Halt.

Er näherte sich Adamir, der still geworden war und wahrscheinlich das Schlimmste erwartete. Sanft entfernte Vallen die Kapuze und den Knebel. Adamirs Augen waren weit vor Furcht und sprangen zwischen Vallen, den anderen und der Sterbenden Wildnis um sie herum hin und her.

»Ich entschuldige mich für die grobe Behandlung«, sagte Vallen leise. »Aber ich brauche dich, um mir zuzuhören, Adamir. Wir werden dir nicht wehtun.«

Adamirs Stimme war heiser, als er sprach. »Du wirst... du wirst mich nicht den Hyvas zum Fraß vorwerfen?«

Vallen schüttelte den Kopf.

»Nun, warum hast du das nicht gleich gesagt? Warum habt ihr mich entführt und hierher geschleppt? Du hättest einfach fragen können, mit mir zu sprechen!«, knurrte Adamir.

Trotz des Gewichts ihrer Umstände spürte Vallen ein kleines Lächeln an seinen Lippen ziehen, als er den Kopf schüttelte. »Entschuldigung, du hast recht. Wir waren nur besorgt, dass du Alarm schlagen könntest. Ich hätte es besser wissen sollen. Ich sehe dich als Freund, Adamir. Ich weiß, du hattest keine Wahl, damals, als ich als Tribut ausgewählt wurde. Und du hast mich vor Mardans Grausamkeiten bewahrt. Ich habe dir viel zu zeigen – Dinge, die alles ändern werden, was du zu wissen glaubst.«

Der Rest der Reise verlief in angespannter Stille. Als sie sich dem Lager näherten, sah Vallen, wie Adamirs Augen sich vor Unglauben weiteten beim Anblick so vieler Menschen, die im Herzen der Sterbenden Wildnis lebten.

»Wie ist das möglich?«, flüsterte Adamir. »Die Hyvas—«

»Alles wird erklärt werden«, versicherte ihm Vallen. »Aber zuerst gibt es etwas, was du sehen musst.«

Vallen führte Adamir zur Spalte. Die gefangene Hyva tobte und knurrte, in ihren goldenen Augen lag sinnlose Wut. Adamir wich instinktiv zurück, aber Vallen legte eine stützende Hand auf seine Schulter.

»Schau einfach zu«, wies Vallen an.

Auf sein Signal näherten sich Wargton und mehrere andere mit Eimern voll Quellwasser. Als sie die Hyva übergossen, wandelte sich Adamirs Ausdruck von Furcht über Schock und Ehrfurcht bis hin zu dämmerndem Entsetzen. Die unmenschlichen Schreie der Hyva wurden zu erschreckend menschlichen Schreien voller Verwirrung und Schmerz. Schuppen lösten sich auf und enthüllten Haut, Klauen bildeten sich zurück zu Fingern, und wo ein Monster gewesen war, lag nun eine mittelalte Frau, zuckend und desorientiert.

Als das Team eilig die Frau aus der Spalte holte, wandte sich Adamir mit bleichem Gesicht Vallen zu. »Wie... wie ist das möglich?«, flüsterte er.

Vallen begegnete seinem Blick stetig. »Die Hyvas waren nie Monster, Adamir. Sie waren Menschen – sind Menschen – die durch dunkle Magie verwandelt wurden. Wir haben einen Weg gefunden, sie zurückzubringen.«

Als sich Entsetzen und Abscheu in Adamirs Augen zeigten, fuhr Vallen fort. »Deshalb kämpfen wir. Nicht nur gegen Joreks Tyrannei, sondern für jeden Menschen, der in diesen monströsen Formen gefangen ist. Für jede Familie, die durch diesen Fluch zerrissen wurde.«

Adamirs Beine gaben nach und er sank auf die Knie, seine Augen auf die Frau gerichtet, die von Vosha und Rina versorgt wurde. »Die ganze Zeit«, murmelte er. »All die Menschen, die wir geopfert haben... das waren also...«

»Du wusstest es nicht«, sagte Vallen sanft, während er sich neben ihm niederkniete. »Keiner von uns wusste es. Aber jetzt, wo wir es wissen, können wir es wiedergutmachen.«

Adamir wandte sich Vallen zu, in seinen Augen glänzten ungeweinte Tränen. »Was kann ich tun?«, fragte er. »Wie kann ich helfen?«

Vallen durchströmte eine Welle der Erleichterung. Er hatte viel auf diese Karte gesetzt, auf seine Überzeugung, dass Adamirs Mitgefühl stärker sein würde als seine Loyalität zu einem korrupten Regime. Und er hatte recht gehabt.

»Wir brauchen jemanden auf der Innenseite, der uns Informationen beschaffen kann«, erklärte Vallen. »Über den Palast, über Joreks Pläne. Und, was am wichtigsten ist, darüber, wo sie Kuratorin Athura gefangen halten.«

Adamir nickte langsam. »Es wird nicht einfach sein«, warnte

er. »Solche Informationen werden streng bewacht. Aber... ich werde tun, was ich kann.«

Im Laufe der Nacht stellte Vallen Adamir den wichtigsten Mitgliedern der Kasswacht vor und erklärte ihre Pläne und die Fortschritte, die sie gemacht hatten. Vallen erzählte ihm alles – über seine und Nyssas Flucht nach Puzur, die Quellmagie und die Rebellion. Der Neuntöter hörte aufmerksam zu, stellte durchdachte Fragen und gewährte Einblicke in die Funktionsweise von Joreks Regime.

Die Morgendämmerung nahte bereits, als Vallen schließlich Adamir zum Rand des Lagers begleitete. »Denk daran«, sagte er, »geh keine unnötigen Risiken ein. Halte dich bedeckt und errege keine Aufmerksamkeit. Timi und Tarric werden dich zurück nach Erishum bringen. Wir werden einen Weg finden, wie du uns sicher Nachrichten zukommen lassen kannst. Und denk daran... habe immer etwas von der Quellmagie bei dir, nur für den Fall.« Vallen reichte Adamir eine kleine Flasche gefüllt mit dem magischen Wasser. »Wenn du herausfindest, wo sie die Kuratorin festhalten, schick Nachricht durch Timi oder Kleine. Sie werden ein Auge auf dich haben.«

Adamir nickte, sein Gesicht zeigte Entschlossenheit. »Ich werde dich nicht im Stich lassen«, versprach er. Als er sich zum Gehen wandte, hielt er inne und blickte zurück zu Vallen. »Danke«, sagte er leise. »Dass du mir die Wahrheit gezeigt hast. Dass du mir eine Chance gegeben hast, das Richtige zu tun.«

KAPITEL 22

Der frühmorgendliche Nebel hing noch am Boden, aber die Rekruten übten bereits seit über einer Stunde unter Vallens wachsamen Augen, als er zwei Gestalten entdeckte, die aus dem Dunkel der Sterbenden Wildnis auftauchten. Seine Hand fuhr instinktiv zum Griff seines Schwertes, bevor er Timis kleine Gestalt und Adamirs charakteristischen Gang erkannte. Vallen spürte, wie sich sein Magen vor Anspannung verkrampfte, als er ihnen eilig entgegenging und die Eile in ihren Schritten bemerkte.

»Adamir«, begrüßte Vallen ihn mit gedämpfter Stimme und umfasste den Arm des Neuntöters. »Du hast Neuigkeiten?«

Adamirs Augen schweiften umher, um sicherzustellen, dass sie nicht belauscht wurden. »Ich habe Kuratorin Athura gefunden«, flüsterte er. »Ich weiß, wo sie sie festhalten.«

Vallens Herz machte einen Sprung. Nach fast einem Monat des Wartens endlich eine Spur. »Und?«, drängte er.

»Es gibt noch mehr«, fuhr Adamir fort, seine Augen glänzten. »Ich habe auch den Standort der königlichen Lebensmittelvorräte entdeckt.«

»Das ist fantastisch. Komm«, sagte er dringlich und führte sie zum Befehlszelt. »Wir müssen das mit den anderen besprechen.«

Als Vallen mit Adamir und Timi das Zelt betrat, fand er Nyssa, Egmond und Tarric um einen Tisch versammelt vor, die Egmonds neuestes Flugblatt durchgingen. Vallen war dankbar, dass Egmond anwesend war; in letzter Zeit verbrachte er immer mehr Zeit im Lager. Die Gruppe blickte auf und nahm die Ankunft der Neuankömmlinge zur Kenntnis.

»Was ist passiert?«, fragte Nyssa, ihre scharfen Augen lasen die Anspannung in Vallens angespannter Körperhaltung.

»Adamir hat Neuigkeiten«, erwiderte er und bedeutete dem Neuntöter zu sprechen.

Während Adamir aufgeregt seine Entdeckungen schilderte, beobachtete Vallen die Reaktionen der anderen. Egmonds buschige Augenbrauen stiegen mit jedem Wort höher, während Tarrics Hände sich an seinen Seiten ballten und wieder entspannten. Nyssas Gesicht blieb ausdruckslos, aber Vallen konnte den Funken der Hoffnung in ihren Augen aufleuchten sehen.

»Zeig uns«, verlangte Egmond und schob die Karte des Palastes zu Adamir hinüber.

Adamir zeigte mit ruhiger Hand auf einen Bereich im Südflügel. »Hier«, sagte er. »Die Kuratorin wird in einem Raum des dritten Stocks festgehalten. Er ist schwer bewacht, aber nicht unmöglich zu erreichen.«

Vallen beugte sich vor, prägte sich jedes Detail ein und entwarf bereits einen Fluchtweg. »Und die Lebensmittelvorräte?«

Adamirs Finger bewegte sich zu einer Stelle gegenüber dem Palast. »In diesem Lagerhaus, direkt gegenüber dem Haupteingang an der Königsstraße. Es ist nicht so stark bewacht, wie man erwarten könnte – Jorek möchte kein Aufsehen erregen.«

Die Gruppe verstummte und nahm die Informationen auf. Nyssa sprach als erste. »Das könnte unsere Chance sein«, sagte sie mit leiser, aber intensiver Stimme. »Wenn wir die Kuratorin befreien und das Essen an die Menschen verteilen könnten—«

»Das wäre ein bedeutender Schlag gegen Joreks Macht«, vollendete Egmond und strich sich nachdenklich über das Kinn. »Aber ich habe eine noch bessere Idee.«

Adamir zappelte unruhig. »Ich muss bald zum Palast zurück«, sagte er. »Wenn meine Abwesenheit bemerkt wird...«

Vallen nickte. »Natürlich. Nyssa und ich werden dich begleiten. Ich möchte mir diese Orte selbst ansehen.«

Als sie sich zum Aufbruch bereit machten, zog Vallen Tarric beiseite. »Sorge dafür, dass alle weiterhin konzentriert beim Training und den Hyva-Verwandlungen bleiben«, wies er ihn an. »Wir können es uns nicht leisten, in diesen Bereichen an Schwung zu verlieren, egal was sonst passiert.«

Tarric nickte grimmig. »Seid vorsichtig«, sagte er. »Ihr beide.«

Egmond trat zu Vallens Überraschung zu ihnen und richtete seinen Umhang. »Ich werde euch begleiten«, sagte er mit entschlossenem Blick. »Wir müssen unsere Bemühungen koordinieren, und ich habe einige Ideen, die ich besprechen möchte.«

Die Reise zurück nach Erishum war angespannt, jeder von ihnen in Gedanken versunken. Als sie aus Herrn Lumians Feld auftauchten, winkte Adamir schnell zum Abschied und eilte davon, ließ Nyssa, Vallen und Egmond zurück.

Er beugte sich dicht heran und sprach mit gedämpfter Stimme. »Nachdem ihr die Orte erkundet habt, kommt zu Nyssas altem Haus – ich möchte an einigen Flugblättern arbeiten, während wir unsere Pläne fertigstellen.« Er verschwand in der Menge und ließ Vallen und Nyssa zurück, um ihre Erkundung zu beginnen.

Vallen wandte sich Nyssa zu und ergriff ihre Hand, verschränkte ihre Finger. »Denk daran, verhalte dich natürlich. Wir sind nur ein Paar auf einem morgendlichen Spaziergang.«

Nyssa nickte und drückte seine Hand. Es fühlte sich vertraut und natürlich an.

Als sie durch die langsam zum Leben erwachenden Straßen Erishums gingen, fielen Vallen die subtilen Veränderungen auf, die sich in das tägliche Leben eingeschlichen hatten. Händler priesen noch immer ihre Waren an, aber ihre Körbe enthielten weniger Güter, und ihre Stimmen trugen einen Hauch von Verzweiflung. Der Duft von frischem Brot zog noch immer aus den Bäckereien, aber die Schlangen davor waren länger, mit müden Gesichtern, die die Belastung der jüngsten Schwierigkeiten zeigten. Kinder erledigten Besorgungen für ihre Eltern, ihre Wangen etwas hohler als zuvor.

Inmitten der morgendlichen Routine bemerkte Vallen die unterschwellige Spannung: hastig verstummende Flüstergespräche, als sie vorbeigingen, sorgenvolle Blicke, die über schwindende Marktstände ausgetauscht wurden, und eine zunehmende Anzahl geschlossener Geschäfte, deren Fenster staubig und deren Innenräume dunkel waren. Es war eine Stadt, die versuchte, den Anschein von Normalität zu wahren, während die Bewohner mit wachsender Ungewissheit rangen.

»Erinnerst du dich«, sagte Nyssa leise und schenkte ihm ein liebevolles, von Nostalgie getöntes Lächeln, »als wir früher so heimlich hinausgeschlichen sind, um den Sonnenaufgang vom Dach des Schusters zu beobachten? Damals schien alles einfacher.«

Vallen lächelte, die Erinnerung bittersüß. »Natürlich erinnere ich mich. Du hast immer darauf bestanden, diese schrecklichen trockenen Kekse mitzubringen. Als hätte man bröckelnde Ziegel gegessen.«

Nyssa lachte, und ihr Lachen zog einige neugierige Blicke auf sich. »So schlimm waren sie nicht!«

Vallen hielt seine Augen wachsam, während sie scherzten, prägte sich jedes Detail ihrer Umgebung ein. Er spürte, wie

Nyssa neben ihm angespannt wurde, als sie um die Ecke auf die Straße bogen, die zum Lagerhaus führte.

»Sieh mal«, murmelte er und nickte subtil zum Gebäude hinüber. »Adamir hatte tatsächlich recht.«

Zwei Wachen standen am Eingang mit lässiger Haltung, aber wachsamen Augen. Für jeden anderen hätten sie wie gewöhnliche Sicherheitskräfte aussehen können, aber Vallen erkannte einen von ihnen aus seiner Zeit als Neuntöter. Als Vallen sie genauer beobachtete, bemerkte er verräterische Zeichen ihrer speziellen Ausbildung: ihre subtile Art der Gewichtsverlagerung, um perfektes Gleichgewicht zu halten, und wie ihre Hände in der Nähe versteckter Waffen ruhten, bereit, im Bruchteil einer Sekunde zu ziehen.

Vallen und Nyssa schlenderten vorbei und taten so, als interessierten sie sich für die Blumen eines nahegelegenen Standes. Vallen kalkulierte bereits in Gedanken, bewertete Schwachstellen und mögliche Eingangswege.

Sie bogen ab und betraten den Palasthof, wo die königlichen Gärten in voller Blüte standen, als wollten sie der Dürre trotzen. Anders als der Rest des Königreichs, wo die gnadenlose Sommerhitze die meiste Vegetation zu Staub versengt hatte, blieben diese sorgfältig gepflegten Beete eine üppige Oase. Der krasse Kontrast des grünen Hofs zur kargen Landschaft jenseits betonte nur die tiefe Kluft zwischen Königshaus und Bürgern. Vallen hielt den Kopf gesenkt, die breite Krempe seines Hutes warf einen Schatten über sein Gesicht. Der Bart, den er in den letzten Wochen wachsen ließ, juckte unaufhörlich, aber er ertrug das Unbehagen, wissend, dass er eine zusätzliche Schicht der Tarnung bot.

Nyssa lehnte sich an ihn und zupfte spielerisch an seinem Bart. »Weißt du,«, sagte sie laut genug, dass jeder in der Nähe es hören konnte, »ich denke, du solltest das sogar behalten, nachdem das Baby kommt. Er lässt dich sehr vornehm aussehen.«

Bei ihren Worten setzte Vallens Herz einen Schlag aus, eine Mischung aus Schock und Hoffnung durchflutete ihn. Für einen Moment fragte er sich, ob sie es ernst meinte, ob sie ihm irgendwie zu sagen versuchte... Aber dann sah er das schelmische Glitzern in ihren Augen und das leichte Zucken ihrer Lippen. Sie neckte ihn, spielte die Rolle seiner Frau in ihrer Tarngeschichte. Er lachte leise, sowohl erleichtert als auch ein wenig enttäuscht, als er mitspielte. »Ach? Ich dachte, du magst den Bart nicht. Du sagtest, er lässt mich alt aussehen.«

»Ich sagte vornehm, nicht alt«, neckte Nyssa, ihre Augen funkelten vor Schalk.

Vallen schüttelte den Kopf, amüsiert von ihrem spielerischen Geplänkel, auch wenn er kurz darüber nachdachte, was in einer anderen, sichereren Welt möglich gewesen wäre. Er konzentrierte sich schnell wieder auf die Gegenwart und erinnerte sich an die Gefahren, die sie umgaben, und die Wichtigkeit, wachsam zu bleiben.

Vallen suchte die Palastfenster ab. Sein Blick verweilte auf einem bestimmten – dunkel, mit schweren, zugezogenen Vorhängen. »Dort«, flüsterte er und drückte Nyssas Hand. »Dritter Stock, viertes Fenster von links gezählt.«

Nyssa bestätigte mit einem kaum merklichen Nicken, ließ ihre Augen über den Palast schweifen, bevor sie sich absichtlich abwandte und sich hinüberbeugte, um an einer Blume zu riechen.

Sie verweilten und prägten sich so viele Details wie möglich ein, ohne Verdacht zu erregen.

Am frühen Nachmittag machten sie sich auf den Weg zu Nyssas altem Haus, wo Egmond auf sie wartete.

Einmal drinnen, verlor Egmond keine Zeit. »Berichtet mir jedes Detail, das ihr gesehen habt«, verlangte er.

Während Vallen und Nyssa ihre Beobachtungen schilderten, wirkte Egmond aufgeregt, seine Augen funkelten. »Das ist perfekt«, sagte er, ein verschmitztes Grinsen erschien auf seinem Gesicht. »Ich habe einen Plan.«

»Wir hören«, sagte Nyssa und beugte sich vor.

Egmonds Stimme sank zu einem verschwörerischen Flüstern. »Wir werden ein Gerücht verbreiten. Wir werden den Standort der königlichen Lebensmittelvorräte den Menschen preisgeben. Da die Stadt kurz vor einer Hungersnot steht, werden die Menschen nicht viel Überzeugung brauchen, um zu handeln.«

Vallens Augen weiteten sich, als er zu verstehen begann. »Ein Aufruhr«, hauchte er.

Egmond nickte. »Genau. Unsere Leute werden die Stimmung anheizen und die Menge zum Lagerhaus führen. Sobald bekannt wird, dass der König Nahrungsvorräte versteckt hält, werden die Massen nur den leisesten Anstoß brauchen, um das Lagerhaus zu stürmen. Das entstehende Chaos wird die perfekte Ablenkung sein.«

»Eine Ablenkung?«, fragte Nyssa, obwohl Vallen vermutete, dass sie die Antwort bereits kannte.

»Um Kuratorin Athura zu befreien«, bestätigte Egmond. »Während die Streitkräfte des Königs damit beschäftigt sind, mit dem Aufruhr fertig zu werden, wird ein kleines Team in den Palast schlüpfen und sie befreien.«

Im Raum herrschte plötzlich Stille, als Vallen und Nyssa die Kühnheit des Plans auf sich wirken ließen. Es war riskant und brachte möglicherweise viele unschuldige Leben in Gefahr. Aber falls es gelänge—

»Es könnte funktionieren«, sagte Vallen langsam. »Aber das Timing müsste perfekt sein. Ich befürchte auch, dass der Aufruhr außer Kontrolle geraten könnte.«

Nyssa nickte. »Wir müssen vorsichtig sein, wie wir die Informationen verbreiten. Und wir brauchen vertrauenswürdige Leute, die sich unter die Menge mischen, um die Dinge zu lenken.«

»Überlasst das ruhig mir«, sagte Egmond und klopfte auf die

Tasche, in der er sein Druckzeug aufbewahrte. »Ich werde eine Botschaft verfassen, die diese Stadt in Aufruhr versetzen wird wie nie zuvor.«

Vallen biss sich auf die Lippe, während er fieberhaft Pläne schmiedete. »Wir brauchen ein eingespieltes Team, das hier im Königreich bereitsteht, bereit zu handeln, sobald der Aufruhr ausbricht. Zeit ist entscheidend – wir müssen sofort ins Lager zurückkehren und mit den Vorbereitungen beginnen.

Und doch steht der schwierigste Teil noch bevor. Sobald wir das durchgeführt haben, wird der König außer sich vor Wut sein. Ich hoffe immer noch, dass jeder Schlag gegen den Ruf seines Regimes ihn dazu bringen könnte, seine Herrschaft zu ändern, aber das ist nur naives, wunschvolles Denken.«

»Ich glaube, bei Jorek ist jede Hoffnung vergebens, aber vielleicht kann es in Prinz Javan einen Funken Mitgefühl wecken«, schlug Nyssa vor.

Sie ließen Egmond in seine Arbeit an der Druckerpresse vertieft zurück und traten aus dem alten Haus hinaus in den abendlichen Verkehr der Stadt. Die Straßen waren nun voller Arbeiter, die nach Hause eilten, und waren erfüllt von Stimmengewirr und geschäftiger Bewegung. Nach ihrem intensiven Tag erschien ihnen das alltägliche Treiben surreal.

Als sie wieder am Palasthof vorbeischlenderten, wurde Vallens Blick zu jenem verdunkelten Fenster gezogen. Kuratorin Athura wurde irgendwo dahinter festgehalten, ohne zu ahnen, dass Hoffnung nahte.

»Wir kommen für dich«, flüsterte Nyssa mit entschlossener, leidenschaftlicher Stimme. »Halt nur noch ein wenig durch, wir sind bald da.«

KAPITEL 23

Nyssa atmete tief ein, der vertraute Duft von frischem Brot vermischte sich mit der spürbaren Spannung in Frau Kayseris Bäckerei. Seit fast einer Woche teilte sie das beengte Schlafsaal über dem Laden mit Vallen, Tarric, Bran, Krümelchen und Rhio. Von den Fenstern des Raumes konnte sie den Palast in der Ferne sehen und gleich dahinter das Lagerhaus, wo Jorek Nahrung hortete, während sein Volk hungerte. Der Anblick ließ ihren Magen vor einer Mischung aus Wut und Entschlossenheit zusammenkrampfen.

Nyssas Wiedervereinigung mit ihren ehemaligen Mitlersen war emotional gewesen. Khinnis, ihre Augen voller Tränen, hatte sie in eine feste Umarmung gezogen, ihre dunklen Locken streiften Nyssas Wange. Die Ofenbrüder – Pollux, Cael und Solon – hatten sie herumgereicht, sie in ihre dicken Arme gehüllt und sie pressten die Luft aus ihren Lungen. Sogar der stoische Hannoc hatte ihr auf den Rücken geklopft, sein normalerweise strenges Gesicht brach in ein breites Grinsen aus. Die ganze Bäckerei hatte sich ihrer Sache angeschlossen und Unterschlupf, Nahrung und ein unschätzbares Informationsnetzwerk bereitgestellt.

»Ich hätte nie gedacht, dass ich so hierher zurückkehren würde«, murmelte Nyssa zu Vallen, als sie am Fenster standen und die Straßen unten beobachteten.

Vallen drückte ihre Hand. »Sie lieben dich, Nyssa. Sie haben nie aufgehört, dich zu vermissen.«

Egmond hatte vorgeschlagen, den Tag der Geburtstagsfeier des Königs abzuwarten. »Die Wachen werden abgelenkt sein, und die Menschen werden bereits vor dem Hof versammelt sein«, hatte er argumentiert. »Es ist die perfekte Tarnung.«

Am Tag der Abrechnung spürte Nyssa sowohl Erwartung als auch Furcht in ihrem Magen. Ihre Verbündeten hatten den Morgen damit verbracht, Flugblätter zu verteilen, den Standort des Nahrungshortes preiszugeben und die Menschen zum Handeln aufzurufen. Alles was blieb, war zu warten und zu beobachten.

Als die Sonne ihren Zenit erreichte, hallten die ersten Erschütterungen der Rebellion durch die Stadt. Die Ehrenparade des Königs bot die perfekte Deckung für Aufruhr. Rebellenagenten teilten Flugblätter aus und lenkten Bürger zum Lagerhaus. Was als geflüsterte Worte und angespannte Austausche in den Straßen begann, eskalierte schnell zu einer Kakophonie der Empörung. Von ihrem Aussichtspunkt beobachtete Vallen die schnelle Verwandlung – ein Meer von Gesichtern, von Hunger und Wut gezeichnet – die sich auf das Lagerhaus zubewegten. Die Menge schwoll an, ihre wütenden Rufe übertönten die Fanfaren der königlichen Prozession.

»Es fängt an«, hauchte Bran, seine Augen weit, als er aus dem Fenster spähte.

Chaos stieg in den Straßen unten auf. Die Neuntöter, momentan betäubt, bildeten hastig eine Verteidigungslinie vor dem Lagerhaus. Trotz ihres schnellen Handelns fanden sich die Elitewachen von der schieren Anzahl verzweifelter Bürger überwältigt, die das Gebiet überfluteten.

Nyssas Atem stockte, als sie den ersten Zusammenstoß

zwischen den Menschen und den Wachen miterlebte. Fäuste flogen, grobe Waffen erschienen, und die Luft füllte sich mit den Geräuschen des Konflikts.

»Schaut!«, rief Krümelchen aus und deutete zu den Kasernen. Eine Flut von Neuntötern strömte aus dem Gebäude, ihre charakteristischen Uniformen glänzten wie verschüttetes Blut im Sonnenlicht, als sie eilten, um sich dem Kampf anzuschließen.

Der Aufruhr breitete sich wie ein Lauffeuer aus und verschlang die Straßen um das Lagerhaus. Kleine Gruppen brachen weg, einige gingen zum Marktplatz, während andere in Seitenstraßen verschwanden, wahrscheinlich um die Nachricht weiter zu verbreiten.

»Es ist Zeit«, sagte Vallen, seine Stimme ruhig trotz des Tumults vor ihrem Fenster. »Lasst uns gehen.«

Sie verließen die Bäckerei durch die Hintertür, eine bunte Truppe, als Mischung aus Neuntötern, Priestern und Dienern verkleidet. Frau Kayseri stand an der Tür, ihre Augen voller Sorge.

»Seid vorsichtig«, sagte sie und ergriff Nyssas, dann Vallens Hände. »Und viel Glück.«

Sie vermieden den Aufruhr, die Geräusche des Konflikts wurden schwächer, als sie sich dem Palast von der gegenüberliegenden Seite näherten. Der Hof war unheimlich leer, die meisten Wachen waren gerufen worden, um entweder die königliche Familie zu schützen oder sich mit den Unruhen zu befassen.

Vallen führte den Weg in den Palast, seine Schritte sicher trotz des Jahres, seit er als Neuntöter durch die Hallen gewandelt war. Die Korridore hallten von ihren Schritten wider, die meisten Diener, an denen sie vorbeikamen, hielten ihre Köpfe gesenkt oder versteckten sich in Nischen.

Als sie sich Kuratorin Athuras Zimmer näherten, hob Vallen eine Hand und signalisierte der Gruppe zu stoppen. Ein einsamer Neuntöter stand Wache vor der Tür. Vallen nickte Bran zu, und zusammen näherten sie sich, ihre geliehenen Uniformen verliehen ihnen eine Aura der Autorität.

Die Wache hatte kaum Zeit, Überraschung zu registrieren, bevor Vallen zuschlug; ein schneller, präziser Schlag, der den Mann bewusstlos machte. Nyssa sah zu, wie Bran ihn auffing, bevor er auf den Boden fallen konnte, und ihn in eine nahegelegene Nische zog.

Krümelchen sprang vor, ihre flinken Finger machten schnell mit dem Schloss. Die Tür knarrte auf und enthüllte einen kleinen, spärlich möblierten Raum. Und da, auf einem schmalen Bett sitzend, war Kuratorin Athura.

Nyssa stieß einen überraschten Laut aus und eilte nach vorn. »Kuratorin!«

Athura blickte auf, ihre Augen weiteten sich vor Ungläubigkeit. Sie war dünner, als Nyssa sie in Erinnerung hatte, ihr Gesicht hager und ihre Kleider hingen locker an ihrem Körper. Aber die scharfe Intelligenz in ihren Augen war unverkennbar.

»Nyssa?«, Athuras Stimme war heiser, als ob vom Nichtgebrauch. »Wie kommst du hierher?«

Tränen strömten über Nyssas Gesicht, als sie ihre Mentorin umarmte. »Wir sind gekommen, um Sie herauszuholen«, sagte sie, ihre Stimme erstickt vor Emotion.

Vallen trat vor, sich der verstreichenden Zeit bewusst. »Kuratorin Athura, ich bin Vallen. Wir müssen uns schnell bewegen. Könnt Ihr gehen?«

Athura nickte und kämpfte sich auf die Füße. Nyssa und Krümelchen bewegten sich, um sie zu stützen, aber bevor sie einen Schritt machen konnten, hallte ein Ruf aus dem Korridor.

»Die Wache«, zischte Tarric. »Jemand hat ihn gefunden.«

Sie konnten sich nicht herauskämpfen, nicht mit Athura in ihrem geschwächten Zustand. Vallen zog Nyssa zum einzigen Fenster im Raum. »Nyssa, die Strickleiter!«

Nyssa nickte und zog eine aufgerollte Strickleiter aus der Tasche hervor, die unter ihrer Verkleidung versteckt war. Sie hatte jeden freien Moment der vergangenen Woche damit verbracht, daran zu arbeiten. Sie hatte etwas gebraucht, um ihre Hände zu beschäftigen, während sie alle in diesem winzigen Schlafraum warteten, niemals glaubend, dass sie es wirklich brauchen würden.

Als die Geräusche sich nähernder Wachen lauter wurden, trat Vallen das Fenster auf und zerschmetterte das Schloss und riss das Glas. Der Fall war schwindelerregend, aber es war ihre einzige Chance. Schnell sicherten sie die Leiter.

Athura zögerte am Fenster, ihre Augen weit vor Angst. »Ich... ich kann nicht«, flüsterte sie.

Nyssa nahm ihre Hand, ihre Stimme sanft aber dringlich. »Sie können das, Kuratorin. Ich gehe vor Ihnen, damit Sie sehen können, dass es sicher ist. Vertrauen Sie mir.«

Bran und Tarric gingen zuerst, um den Bereich unten zu sichern. Nyssa folgte dicht dahinter, blickte nach oben, um den ängstlichen Augen der Kuratorin zu begegnen und bot ein ermutigendes Lächeln.

Sie hielt ihren Fokus zwischen der Leiter und Athura über ihr geteilt. Sobald ihre Füße den Boden erreichten, sah sie zu, wie Athura ihre Beine aus dem Fenster schwang und ihren langsamen, mühsamen Abstieg begann.

Vallen kam zuletzt herunter, folgte Krümelchen und Rhio. Gerade als er seine Beine aus dem Fenster schwang, hörte Nyssa das Krachen der Tür, die über ihnen aufbrach. Krümelchen, Tarric und Rhio zogen ihre Schleudern heraus und zielten auf die Öffnung.

Zwei Wachen streckten ihre Köpfe heraus, Augen wild und suchend. Die Luft pfiff, als drei Geschosse durch sie schnitten und die Verfolger zwangen, mit Flüchen zurück nach innen zu ducken. Nyssas Herz hämmerte in ihrer Brust, als Vallens Hände über die Sprossen flogen. Er war auf halbem Weg unten, als eine Wache wieder erschien und eine Vase hielt, um sie auf Vallens Kopf fallen zu lassen.

»Vallen!«, schrie Nyssa.

Ohne zu zögern rutschte Vallen den Rest der Leiter hinunter und ließ sich die letzten paar Fuß auf den Boden fallen. Er traf den Boden mit einem Grunzen und rollte sich, um den Aufprall abzufangen.

»Lauft!«, rief er und schüttelte seine Hände heftig, als ob er anhaltende Hitze vertreiben wollte. Die Gruppe rannte los, schlängelte sich durch die Palastgärten und hinaus in die Stadtstraßen.

Die Geräusche des Aufruhrs waren jetzt lauter, die Luft dick mit Rauch und den Rufen der wütenden Bevölkerung. Die Gruppe hielt sich an Hintergassen und schattige Wege, Vallen und Tarric führten die Spitze, während Nyssa und Krümelchen die geschwächte Athura stützten. Rhio und Bran deckten ihre Nachhut.

Als sie sich der Bäckerei näherten, zupfte Athura an Nyssas Ärmel. »Mein Museum«, keuchte sie. »Wir müssen zum Museum. Meine Forschung...«

Vallen schüttelte entschieden den Kopf. »Das können wir nicht, Kuratorin. Es ist der erste Ort, wo Jorek nach Ihnen suchen wird. Wir müssen Sie irgendwo in Sicherheit bringen.«

Athuras Gesicht fiel, aber sie nickte. Sie schlüpften in den Hintereingang der Bäckerei.

Frau Kayseri wartete, ihr Gesicht erhellte sich vor Erleichterung, als sie sie sah. »Schnell, nach oben«, sagte sie und drängte sie zum Schlafsaal.

Als sie auf Betten und Stühle sanken, begann das Adrenalin ihrer Flucht zu schwinden. Nyssa blickte auf ihre Freunde – sie waren alle erschöpft und verängstigt, aber auch triumphierend. Es war ihnen gelungen – sie hatten Kuratorin Athura gerettet.

Nyssa setzte sich neben Athura und hielt die Hand der älteren Frau, während Khinnis ihr Wasser und Brot brachte. Die Kuratorin sah ein Jahrzehnt älter aus als beim letzten Mal, als Nyssa sie gesehen hatte.

»Was ist mit Ihnen passiert?«, fragte Nyssa leise.

Athura atmete zittrig. »Jorek glaubte, ich arbeite gegen ihn. Er lag nicht falsch«, sagte sie. »Ich glaube, er beabsichtigte, seine Zeit abzuwarten, bis ich aus dem öffentlichen Gedächtnis verschwand. Dann wäre ich bequem einer mysteriösen Auszehrungskrankheit zum Opfer gefallen.« Ihre Stimme verhärtete sich vor Gewissheit. »Er hat das schon einmal getan. Meine Cousine, vierte in der Thronfolge, erlitt vor ein paar Jahren ein ähnliches Schicksal. Zu gesund, zu jung – bis sie es plötzlich nicht mehr war.« Athuras Finger ballten sich zu Fäusten. »Wenn Jorek mich jetzt wieder gefangen nimmt, bezweifle ich, dass er Zeit für solche Feinheiten verschwenden wird. Königliches Blut oder nicht, er wird nicht zögern, mich hinrichten zu lassen.«

»Wir werden das nicht zulassen«, versprach Vallen.

Als der Tag voranschritt, wurde klar, dass sie die Bäckerei nicht wie geplant verlassen konnten. Die Straßen waren zu chaotisch, als dass sie mit der geschwächten Kuratorin sicher navigieren könnten. Sie drängten sich im Schlafsaal zusammen, beobachteten das Chaos durch die Fenster und hofften auf eine Chance zu entkommen unter dem Schutz der Dunkelheit.

Während dieser angespannten Wartezeit holte Nyssa Kuratorin Athura über alles auf den neuesten Stand, was seit ihrem letzten Gespräch geschehen war. Athura hörte mit gespannter Aufmerksamkeit zu, ihre Augen wurden mit jeder Enthüllung größer.

»Also existieren die Königreiche jenseits der Sterbenden Wildnis wirklich noch«, hauchte Athura, ein Funke der Aufregung durchbrach ihre Erschöpfung. »Ich wusste es! Erzählt mir alles über Puzur.«

Nyssa und Vallen erzählten abwechselnd von den Wundern, die sie gesehen hatten. Sie sprachen von dem weiten Ozean, der sich so weit erstreckte, wie das Auge reichen konnte, voller Tiere jenseits ihrer Vorstellung.

»Es gibt Meereskreaturen mit Körpern wie lebende Gallerte

und stechenden Tentakeln«, sagte Vallen und gestikulierte weit. »Und riesige Fische mit Reihen rasiermesserscharfer Zähne. Sie sagen, diese Bestien können länger als drei Männer sein und einen Tropfen Blut aus Meilen Entfernung riechen.«

Athuras Augen strahlten vor Staunen. »Ich hatte Bücher, die solche Kreaturen darstellten. Ich träumte immer, sie könnten irgendwo noch existieren. Während meiner Verhaftung haben Berossus und Jorek großes Vergnügen daran gefunden, mir mitzuteilen, dass meine Sammlung 'gereinigt' worden war. Ich weiß, es sind nur Dinge, aber mein Herz schmerzt beim Verlust der Information.«

Nyssa griff schnell aus, um sie zu trösten. »Kuratorin, ich habe es geschafft, so viel wie möglich aus Ihrer Sammlung zu retten. Ich habe es Egmond zur Aufbewahrung gegeben. Ich konnte nicht alles retten, aber so viel wie möglich.«

»Ach, Nyssa, ich danke dir von Herzen. Du weißt nicht, wie viel das für mich bedeutet«, sagte Athura mit erstickter Stimme.

Ihr Gespräch wurde durch einen Anstieg des Lärms von draußen unterbrochen. Der Aufruhr war zur Vorderseite der Bäckerei gezogen. Frau Kayseri ging vor dem Fenster auf und ab. »Oh nein! Sie sind in den Kupferkessel eingebrochen.«

Als die Aufständischen die Türen der Kneipe eintraten, dämmerte die Erkenntnis, dass die Bäckerei als nächste dran sein könnte. Die Luft wurde dick vor Spannung, als sie den Geräuschen der Zerstörung lauschten, die immer näher kamen.

Vallen übernahm schnell die Führung und organisierte ihre Gruppe zum Schutz des Gebäudes. Sie ließen Kuratorin Athura oben mit den jüngeren Lehrlingen, während der Rest Positionen unten einnahm.

Nyssas Herz pochte, als sie nahe dem Eingang der Bäckerei stand, ihr Schwert in den Händen. Der Anblick ihrer bewaffneten Gruppe schien die meisten Aufständischen abzuschrecken, aber es gab ein paar angespannte Momente, als es schien, als müssten sie sich verteidigen.

Als sie einige nahegelegene Geschäfte angegriffen sah, fühlte Nyssa einen Stich der Schuld. Diese Zerstörung, dieses Chaos – sie hatten es verursacht. Vallen schien ihre Bedrängnis zu spüren und bewegte sich näher zu ihr.

»Ich weiß, es ist schwer zu sehen«, sagte er leise. »Aber denk daran, Nyssa, das ist Krieg. Manchmal müssen schwierige Entscheidungen für das Gemeinwohl getroffen werden.«

Nyssa nickte, aber das Unbehagen verweilte in ihrem Magen.

Als die Nacht fiel, begann der Aufruhr endlich abzuebben. Erschöpfung und der Schutz der Dunkelheit schienen die Menschen zurück in ihre Häuser zu treiben. Eine unruhige Stille legte sich über das Königreich, nur unterbrochen von den entfernten Geräuschen der Aufräumarbeiten und dem gelegentlichen Ruf.

In dieser Pause kam Egmond zur Bäckerei und schlüpfte durch den Hintereingang. Seine Augen suchten sofort Kuratorin Athura, und sein Gesicht zerfiel vor Emotion, als er sie sah.

»Athura«, hauchte er und eilte, sie zu umarmen. »Gelobt sei Enum, du bist sicher.«

Als er ihre hagere Erscheinung und ihren geschwächten Zustand aufnahm, blitzte Wut in seinen Augen. »Wenn Prinz Dastur noch am Leben wäre, um seine zukünftige Braut so schrecklich von seinem eigenen Bruder behandelt zu sehen...« Egmonds Stimme war dick vor Emotion.

Athura legte eine tröstende Hand auf Egmonds Arm. »Dastur ist fort, mein Freund. Aber sein Geist lebt in denen weiter, die für das Rechte kämpfen.«

Da die Straßen nun ruhig waren, wussten sie, dass es Zeit war zu gehen. Mit geübter Effizienz bildeten sie eine Schutzformation um Kuratorin Athura. Vallen übernahm die Führung, seine scharfen Augen spähten nach Gefahren, während Nyssa und Tarric Athuras Seiten flankierten. Die anderen bildeten einen engen Perimeter, ihre Körper ein lebender Schild. Nach dem Abschied von ihren Freunden trat Nyssa aus der Zuflucht der

Bäckerei. Sie bewegten sich als eins durch Erishums verdunkelte Straßen. Ihr Fortschritt war langsam und bedacht, navigierten den Hindernisparcours verstreuter Trümmer. Jeder Schatten barg potentielle Bedrohungen, und jedes Geräusch ließ sie sich anspannen, aber ihre Reise blieb gnädigerweise ereignislos.

Als sie durch den versteckten Eingang in Herrn Lumians Feld und in die Sterbende Wildnis gingen, fühlte Nyssa ein Gewicht von ihren Schultern schwinden. Sie hatten es geschafft.

Aber als sie auf die erschöpften Gesichter ihrer Gefährten blickte und an das Chaos dachte, das sie zurückgelassen hatten, wusste Nyssa, dass ihr Kampf noch lange nicht vorbei war.

KAPITEL 24

*E*ine frische Morgendämmerung brach über Kassguard herein und malte den Himmel in Rosa- und Goldtönen. Nyssa erwachte aus ihrem unruhigen Schlaf, die Erinnerungen an das Chaos des Vortages noch frisch. Sie blickte zu Vallen hinüber, der bereits wach war, seine Augen auf die Decke ihres Zeltes gerichtet.

»Ich möchte die Kuratorin besuchen. Ich mache mir Sorgen um sie«, murmelte Nyssa, ihre Stimme noch vom Schlaf belegt. »Vielleicht würde ihr eine Führung durch Kassguard gefallen?«

»Glaubst du? Ich dachte, sie braucht vielleicht Ruhe und Erholung«, erwiderte Vallen.

Nyssa schüttelte den Kopf, ein kleines Lächeln spielte auf ihren Lippen. »Die Kuratorin ist nicht jemand, der untätig herumsitzt. Sie könnte wahrscheinlich etwas Gesellschaft gebrauchen und etwas, das ihren Geist beschäftigt, außer Sorgen. Ich kann es kaum erwarten, ihre Reaktion auf all das zu sehen«, sagte sie und deutete vage, um ihr Lager und die umgebenden Sterbenden Wildnis zu umfassen.

Sie zogen sich schnell an und gingen zu dem Zelt, wo Kuratorin Athura die Nacht verbracht hatte. Die ältere Frau war bereits wach und saß am Rand ihrer Pritsche mit einem distanzierten Blick in den Augen.

»Guten Morgen, Kuratorin«, sagte Nyssa leise, um sie nicht zu erschrecken.

Athura blickte auf, ihr Gesicht hellte sich auf, als sie sie sah. »Nyssa, Vallen. Guten Morgen. Ich... ich begann mich zu fragen, ob gestern alles nur ein Traum war.«

»Es war sehr real«, versicherte Vallen ihr und bot eine Hand an, um ihr beim Aufstehen zu helfen. »Und wenn Ihr Euch dazu imstande fühlt, möchten wir Euch herumführen. Aber zuerst sollten wir Euch etwas Frühstück besorgen.«

Sie gingen zur Mitte des Lagers, wo grob behauene Baumstämme und behelfsmäßige Bänke eine große Feuerstelle umgaben. Die Luft war erfüllt vom tröstlichen Aroma kochender Nahrung und dem leisen Geplapper von Menschen, die ihren Tag begannen.

Vallen half Athura, sich auf einem der Baumstämme niederzulassen, während Nyssa Schüsseln dampfenden Brei und Tassen Tee holte. Als sie zurückkehrte, konnte sie nicht umhin zu lächeln über den Ausdruck des Staunens auf Athuras Gesicht, als sie die Szene um sich aufnahm.

»Hier«, sagte Nyssa und reichte Athura eine Schüssel und einen Löffel. »Es ist nichts Besonderes, aber es macht satt.«

Athura nahm das Essen dankbar an, ihre Hände umschlossen die warme Schüssel. Sie nahm einen kleinen Bissen, dann noch einen, ihre Augen schweiften kontinuierlich über den erwachenden Lagerplatz.

»Das ist... erstaunlich«, sagte Athura zwischen den Bissen. »Ich kann nicht glauben, dass ihr es geschafft habt, all das zu erschaffen, einen Weg zu finden, in so einer rauen Umgebung zu überleben.«

»Es war nicht einfach«, gab Vallen zu, sein Ausdruck eine Mischung aus Stolz und Entschlossenheit. »Aber wir haben gelernt, uns anzupassen und die Ressourcen zu nutzen, die wir haben. Allerdings wäre nichts davon möglich gewesen, wenn Ihr nicht geholfen hättet, mein Leben zu retten.«

Athura errötete, als ihr Blick über die ordentlichen Zeltreihen, die Trainingsplätze in der Ferne und die Menschen schweifte, die sich zielstrebig ihren morgendlichen Routinen widmeten. »Es ist mehr als nur Überleben«, sinnierte sie. »Ihr habt hier eine Gemeinschaft aufgebaut.«

Nyssa fühlte eine Wärme in ihrer Brust bei Athuras Worten. »Das haben wir«, stimmte sie zu. »Jeder hier hat eine Rolle zu spielen, eine Art beizutragen. So haben wir es geschafft zu überleben und uns auf das vorzubereiten, was kommt.«

Während sie aßen, zeigte Nyssa Athura verschiedene Aspekte des Lagerlebens. Sie zeigte ihr die Gemeinschaftsküche, wo ihre Mahlzeiten zubereitet wurden, wo sie Wäsche mit Wasser aus dem Fluss Assur wuschen, und ihre behelfsmäßige Krankenstation.

Athura hörte aufmerksam zu, ihre Augen strahlten vor Erstaunen und wissenschaftlichem Interesse. »Der Erfindungsreichtum hier ist verblüffend«, sagte sie. »Zu denken, dass all das direkt unter Joreks Nase geschehen ist, an einem Ort, den er für unbewohnbar hält.«

Vallens Ausdruck wurde ernst. »Das war unser größter Vorteil«, sagte er. »Joreks Arroganz, dass niemand die wahre Natur der Sterbenden Wildnis und der Hyva kennt, hat uns sicher gehalten. Aber es ist auch der Grund, warum wir bald handeln müssen. Je länger wir warten, desto größer die Chance der Entdeckung.«

Als sie ihr Frühstück beendeten, stand Nyssa auf und bot Athura ihre Hand an. »Kommt, wir geben Euch jetzt eine richtige Führung. Es gibt so viel mehr zu sehen.«

Sie begannen damit, durch das Wohngebiet zu gehen, wobei Nyssa ihr die ordentlichen Zeltreihen zeigte, jedes ein Zeichen ihrer wachsenden Rebellion. Als sie am behelfsmäßigen Stall vorbeikamen, stockten Athuras Füße, ihre Augen weit vor

Schock und Ehrfurcht. Nyssa folgte ihrem Blick und sah Baku die Eselin, die zufrieden ihr Frühstück kaute.

»Ist... ist das ein Pferd?«, flüsterte Athura, ihre Stimme bebte vor Aufregung und Ungläubigkeit.

Nyssa konnte nicht umhin, über die Reaktion der Kuratorin zu lächeln. »Nicht ganz«, erklärte sie sanft. »Das ist Baku. Sie ist eine Eselin – ähnlich einem Pferd, aber kleiner.«

Vallen kicherte leise. »Pferde sind sogar größer als Baku, wenn Ihr das glauben könnt«, fügte er hinzu.

Athuras Kiefer klappte noch weiter herunter, ihre Augen sprangen zwischen Nyssa, Vallen und Baku hin und her, als ob sie zu bestimmen versuchte, ob sie ihr einen Streich spielten.

Nyssa kicherte über den verdutzten Ausdruck auf Athuras Gesicht. Es war eine deutliche Erinnerung an Erishums Isolation und wie viel Wissen verloren gegangen oder zu Mythen verdreht worden war. »Oh, Kuratorin«, sagte sie, ihre Stimme warm vor Zuneigung. »Eines Tages werden wir Euch nach Puzur bringen. Wenn Ihr denkt, Baku ist beeindruckend, wartet, bis Ihr einen Wal seht!«

»Einen... einen Wal?«, wiederholte Athura und sah sowohl aufgeregt als auch überwältigt aus.

»Stellt Euch einen Fisch vor, größer als dieser ganze Stall«, sagte Vallen und grinste über Athuras weitäugigen Ausdruck. »Einige waren so groß, dass sie ein ganzes Schiff verschlucken konnten.«

Athura schüttelte staunend den Kopf. »Mein ganzes Leben lang habe ich über diese Kreaturen in alten Texten gelesen. Zu denken, dass sie real sind, dass sie noch existieren... es ist unglaublich.«

»Wenn wir erfolgreich sind, werdet Ihr sie vielleicht selbst sehen.« Nyssa nahm sanft Athuras Arm und führte sie näher zur Eselin. »Möchtet Ihr Baku streicheln? Sie ist sehr sanft.«

Mit zitternden Händen streckte Athura die Hand aus, um Bakus Nase zu streicheln. Die Eselin schnüffelte neugierig an ihrer Handfläche und brachte sie zum entzückten Lachen. »Sie ist so weich«, staunte sie. »Und warm!«

Als sie weggingen, sah Nyssa, wie Athura mehrmals zu Baku zurückblickte, ein Ausdruck kindlichen Staunens noch immer auf ihrem Gesicht.

Sie führten sie zum Rand des Lagers, wo die abgetretenen Pfade von Kassguard der kargen Landschaft der Sterbenden Wildnis wichen. Athura stockte der Atem, als sie den krassen Kontrast aufnahm. Vallen hob einen der Behälter mit Quellwasser auf, das den Schutzring um Kassguard vor der Fäulnis der Sterbenden Wildnis bildete. Er hob das Gefäß, zog den Deckel ab und neigte es, damit Athura die schillernde Flüssigkeit sehen konnte, die darin wirbelte.

»Quellmagie«, flüsterte sie, ihre Stimme voller Ehrfurcht. »Ich wusste, dass Jorek eine Art geweihtes Wasser zur Hilfe benutzte. Bevor Dastur starb, erzählte er mir ein wenig darüber. Sein Vater, König Yarrid, bildete ihn aus, um König zu werden. Aber das muss das Wasser gewesen sein, von dem er mir erzählt hatte. Zu denken, dass es aus einer natürlichen Quelle unter der Erde kommt. Wenn das Quellwasser früher unter all dem Land um uns herum floss, frage ich mich, wie es vom Rest des Landes abgeschnitten wurde.«

»Unsere Theorie ist, dass der alte König Jerwan Magie einsetzte, um das Land außerhalb der Grenzwälle von der Quelle abzuschneiden. Daraufhin korrumpierte seine Magie die Sterbenden Wildnis und erschuf die ersten Hyva aus Menschenopfern. Ob absichtlich oder zufällig, wissen wir nicht«, erzählte Nyssa ihr. »Wir hoffen jedoch, dass wir, wenn wir Jorek vom Thron stürzen können, einen Weg finden, die Quelle wieder in die Sterbenden Wildnis freizusetzen und das Land zu heilen.«

Eine Bewegung fing Nyssas Blick. Sie drehte sich um und sah einen Hyva durch das Unterholz gleiten. Dieser bestimmte Hyva, erkennbar an der massiven Narbe, die durch sein Auge lief, war zu einer vertrauten, wenn auch beunruhigenden Präsenz an den

Außenbezirken von Kassguard geworden. Seine häufigen Auftritte hatten viele im Lager dazu gebracht, ihn »Schleicher« zu nennen.

»Seid nicht beunruhigt«, sagte Nyssa schnell und bemerkte Athuras erschrockenen Ausdruck. »Ihr habt Euren Wasserschlauch, also wird er nicht näher kommen. Aber Ihr müsst immer einen Vorrat Quellwasser bei Euch haben. Es ist das Einzige, was Euch vor Verwandlung oder Angriff schützt, wenn Ihr außerhalb der Grenzen von Kassguard seid.«

Der Hyva blieb in kurzer Entfernung stehen, sein gutes Auge mit beunruhigender Intensität auf sie gerichtet. Athura starrte zurück, ihre Angst wich der Faszination.

»Außergewöhnlich«, murmelte sie. »Ich habe schon Hyva gesehen, natürlich, aber einen so nah zu sehen... Er ist irgendwie furchteinflößender, als ich mir vorgestellt hatte. Und doch... zu wissen, dass ein Mensch in dieser Bestie steckt – es bricht mir das Herz.«

Sie standen einen langen Moment schweigend da, Menschen und Hyva betrachteten einander – die Menschen mit Neugier und der Hyva mit hungrigem Hass. Dann, so plötzlich wie er erschienen war, gab der Hyva ein kehliges Klicken von sich, das in einen zitternden Schrei überging, bevor er sich umdrehte und in die karge Landschaft davonlief.

»Kommt«, sagte Vallen und stellte den Behälter zurück an seinen Platz. »Es gibt mehr zu sehen.«

Als sie zum Lager zurückkehrten, näherte sich ihnen eine vertraute Gestalt.

Egmond kam zielstrebig auf sie zu, sein Gesicht strahlte vor fast jungenhafter Aufregung. In seiner Hand hielt er ein fest gerolltes Pergament. Die Federung in seinem Schritt und die eifrige Haltung seiner Schultern ließen Nyssa sich fragen, welches neue Schema oder welche Enthüllung der ältere Mann nun für sie hatte.

»Ah, gut, ihr seid alle zusammen«, sagte er, als er sie erreichte. »Es gibt etwas, das wir besprechen müssen.«

Egmond führte sie zum Kommandozelt und stellte sicher, dass sie nicht belauscht werden konnten. Dann, mit einer schwungvollen Geste, rollte er das Pergament aus, das er getragen hatte.

Nyssa beugte sich vor, um zu schauen, ihre Augen weiteten sich, als sie den Inhalt aufnahm. Es war ein Flugblatt, fachmännisch gezeichnet und geschrieben. In seinem Zentrum war ein Abbild von Kuratorin Athura, ihr Gesicht gütig und weise.

»Was ist das?«, fragte Athura, ihre Stimme scharf vor Überraschung.

»Das, meine liebe Athura, ist unser Schlachtruf. Eure Flucht aus Joreks Klauen wird der Funke sein, der die Revolution entzündet.«

Er begann aus dem Flugblatt zu lesen, seine Stimme nahm den Rhythmus eines geübten Redners an. »Bürger von Erishum, seid Zeugen der Grausamkeit unseres sogenannten Königs! Kuratorin Athura, geliebte Gelehrte und einst verlobt mit unserem verstorbenen Prinzen Dastur, ist aus den Klauen von König Joreks Tyrannei entkommen. Wo Jorek nur Leid bringt, verkörpert Ihr Weisheit, Mitgefühl und Hoffnung. Erinnert Euch, sie sollte unsere Königin sein – eine Königin, die sich wirklich um Erishum und sein Volk kümmert!«

Als Egmonds Worte verklangen, fiel eine schwere Stille über die Gruppe. Athuras Gesicht war bleich geworden, ihre Hände zu Fäusten an ihren Seiten geballt.

»Wie könnt Ihr nur«, sagte sie, ihre Stimme leise und bebend vor Wut. »Wie könnt Ihr es wagen, diese Entscheidung zu treffen, ohne mich zu konsultieren? Ich bin kein Symbol, das in Eurer Propaganda benutzt werden soll, Egmond. Ich werde nicht das Gesicht Eurer Revolution sein! Menschen werden sterben, und ich möchte nicht, dass mein Bildnis das Banner ist, unter dem sie in den Tod marschieren.«

Egmonds Ausdruck wurde weicher, ein Hauch von Schuld schlich sich in seine Augen. »Athura, bitte, Ihr müsst verstehen. Die Situation in Erishum ist verzweifelt. Joreks Paranoia und Wut werden täglich schlimmer. Die Menschen brauchen Hoffnung, eine Führungsgestalt, hinter der sie sich versammeln können.«

»Und Ihr dachtet, ich würde einfach dem zustimmen?«, schoss Athura zurück. »Dass ich glücklich wäre, ins Rampenlicht gedrängt zu werden, das Gewicht einer Revolution auf meinen Schultern zu tragen?«

Vallen trat vor, sein Gesicht von Sorge gezeichnet. »Egmond, ich verstehe Eure Absichten, aber Kuratorin Athura hat recht. Das ist keine Entscheidung, die leichtfertig oder ohne Eure Zustimmung getroffen werden sollte.«

Egmond fuhr sich mit der Hand durch die Haare, Frustration offensichtlich. »Ihr versteht nicht. Die Menschen in Erishum beginnen über all die vermissten Personen zu sprechen – die, die sich uns hier in Kassguard angeschlossen haben. Wir brauchten eine Ablenkung, etwas, um ihre Aufmerksamkeit umzulenken.«

Er zog ein anderes Flugblatt heraus, dieses grober und hastig gemacht. »Ich habe begonnen, Gerüchte zu verbreiten, dass Jorek Menschen von den Straßen entführt und sie in seine Kerker wirft. Es ist nicht ideal, aber es ist besser, als dass sie die Wahrheit über Kassguard entdecken.«

Nyssa fühlte einen Schauer ihren Rücken hinunterlaufen. Das Netz aus Lügen und Halbwahrheiten wurde täglich komplexer. Wie lange konnten sie das aufrechterhalten, bevor alles um sie herum zusammenbrach?

»Egmond«, sagte Vallen, seine Stimme ruhig und autoritär, »ich glaube, wir sind so gut vorbereitet, wie wir nur sein können. Unsere Zahlen mögen klein sein, aber jede Person ist gut ausgebildet und der Sache verpflichtet. Wir haben gesammelt, welche Waffen wir konnten. Wenn eine Konfrontation unvermeidlich ist, sollten wir diejenigen sein, die wählen, wann und wo sie stattfindet. Was uns an Zahlen fehlt, machen wir durch Entschlossenheit und das Element der Überraschung wett.«

Egmonds Augen weiteten sich leicht darüber. »Ihr könntet recht haben«, sagte er langsam. »Aber ich hoffe noch immer... ich glaube noch immer, dass wir Prinz Javan überzeugen können, den Thron friedlich von seinem Vater zu übernehmen. Ein gewaltsamer Putsch sollte unser letzter Ausweg sein. Gebt mir noch etwas Zeit. In der Zwischenzeit möchte ich jedoch, dass ihr an einem Angriffsplan arbeitet, falls das Schlimmste eintritt.«

Athura, die während dieses Austauschs schweigend gewesen war, sprach plötzlich auf. »Und was ist mit den Menschen, die in all dem dazwischen gefangen sind? Den unschuldigen Bürgern von Erishum, die leiden werden, egal in welche Richtung dieser Konflikt geht?«

Ihre Worte hingen schwer in der Luft. Nyssa fühlte das Gewicht davon auf ihre Schultern sinken, die Verantwortung ihrer Entscheidungen drückte auf sie herab.

»Wir versuchen, zivile Verluste zu minimieren«, sagte Vallen leise. »Deshalb waren wir so vorsichtig und haben so lange gebraucht, um uns vorzubereiten.«

Athura schüttelte den Kopf, ihre Augen voller Trauer und Entschlossenheit. »Wenn Ihr darauf besteht, mit dieser Revolution voranzugehen, werde ich helfen. Nicht als Führungsgestalt oder Symbol, sondern als ich selbst. Ich werde meine Kontakte und Verbindungen nutzen, um zu versuchen, diesen Übergang so reibungslos wie möglich zu gestalten.«

Egmonds Gesicht hellte sich auf, aber Athura hob eine Hand, um seine enthusiastische Antwort zu stoppen. »Aber versteht das – ich tue das für die Menschen von Erishum, nicht für Eure Revolution. Und ich werde nicht als Marionette oder Propagandawerkzeug benutzt werden. Ist das klar?«

Egmond nickte feierlich. »Kristallklar, meine liebe Athura. Und... ich entschuldige mich dafür, Euch nicht zuerst konsultiert zu haben. Es war falsch von mir. Ich ließ meinen Enthusiasmus meinem gesunden Menschenverstand vorausgehen.«

Als die Spannung langsam nachließ, rasten Nyssas Gedanken. Sie standen am Abgrund monumentaler Veränderung, und jede Entscheidung, die sie von diesem Punkt an trafen, würde weitreichende Konsequenzen haben.

»Was ist unser nächster Schritt?«, fragte Nyssa und blickte von Vallen zu Egmond zu Athura.

Vallen richtete sich auf. »Wir setzen das Training fort, sammeln Vorräte. Aber jetzt beginnen wir auch, unsere Rückkehr nach Erishum in Stärke zu planen. Wir müssen bereit sein, den Kampf zu Jorek zu bringen, nur für den Fall, dass ein friedlicher Übergang nicht funktioniert.«

Egmond nickte zustimmend. »Ich werde meine Arbeit in der Stadt fortsetzen, unsere Botschaft verbreiten, Unterstützung sammeln. Und –« er blickte zu Athura »– mit Eurer Erlaubnis werde ich die Menschen über Eure Befreiung informieren lassen. Nicht als revolutionäre Gestalt, sondern als die respektierte Kuratorin und Gelehrte, die Ihr seid.«

Athura überlegte das einen Moment, bevor sie ein knappes Nicken gab. »Akzeptabel. Aber ich möchte alle Nachrichten genehmigen, bevor sie verteilt werden.«

Als sie weiterhin Strategie und Pläne diskutierten, schnitt plötzlich ein durchdringender Schrei durch die morgendliche Stille. Der Klang war überirdisch, eine Mischung aus Schmerz und Wut, die Schauer über Nyssas Rücken sandte, obwohl es fast zu einem täglichen Ereignis in Kassguard geworden war.

Kuratorin Athura sprang auf, ihr Gesicht wurde bleich, als sie sich instinktiv näher zu Nyssa und Vallen bewegte. »Was war das?«, flüsterte sie, ihre Stimme bebend.

Vallen legte eine beruhigende Hand auf Athuras Schulter. »Es ist in Ordnung«, sagte er ruhig. »Das ist das Geräusch eines weiteren Hyva, der in einer unserer Fallen gefangen wird, um sie zurückzuverwandeln.«

Sie eilten zur Quelle des Lärms. Sie kamen am Rand einer kleinen Lichtung an und fanden eine Szene kontrollierten Chaos' – das Knurren der Kreatur vermischte sich mit den Rufen des Teams, das die Gefangennahme handhabe. Ein großer Hyva, seine schwarze gepanzerte Haut glänzte im Morgenlicht, zappelte wild in einem Netz aus robustem Seil. Um ihn herum stand ein Team von Rebellen unter Voshas Führung, jeder hielt einen Behälter mit Quellwasser.

»Bleibt zurück«, warnte Vallen und hielt einen Arm aus, um Athura in sicherer Entfernung zu halten.

Sie sahen zu, wie Vosha ein Signal gab und in perfekter Koordination das Team den gefangenen Hyva begoss.

Athuras Hand flog zu ihrem Mund, ihre Augen weit vor Staunen und Schock, als sie auf den keuchenden und desorientierten Mann mittleren Alters starrte, der dort lag, wo der Hyva Momente zuvor gewesen war.

Sie sahen zu, wie Vosha und sein Team sich vorsichtig dem Mann näherten, ihn in eine Decke hüllten und beruhigend zu ihm sprachen. Die Augen des Mannes sprangen wild umher, Verwirrung und Angst waren deutlich auf seinem Gesicht zu sehen.

»Was wird jetzt mit ihm geschehen?«, fragte Athura.

»Er wird zu unseren Heilern gebracht«, erklärte Vallen. »Die Verwandlung ist traumatisch, sowohl körperlich als auch geistig. Es wird Zeit brauchen, bis er sich erholt, sich erinnert, wer er vor der Verwandlung war, und sich damit abfindet, was mit ihm geschehen ist. Aber wir werden ihm bei jedem Schritt helfen.«

Athura nickte, ihr Gesicht eine Mischung aus Emotionen – Ehrfurcht, Trauer, Entschlossenheit. »Ich möchte mehr helfen«, sagte sie plötzlich. »Mein Wissen über Erishums Geschichte – über die alten Texte, vielleicht könnte etwas in einem meiner Bücher nützlich sein, um die Hyva-Verwandlung besser zu verstehen und was die Quellmagie wirklich ist. Und... ich kann Briefe an meine Kontakte schreiben und um ihre Hilfe bitten.«

Nyssa lächelte warmherzig ihre Mentorin an. »Wir wären dankbar für jede Hilfe, Kuratorin. Euer Fachwissen könnte von unschätzbarem Wert sein.«

Als sie sich umdrehten, um zum Hauptlager zurückzugehen, schienen Athuras Schritte leichter, ihre Haltung entschlossener. Nyssa konnte fast sehen, wie der Geist der Kuratorin arbeitete, wahrscheinlich bereits Theorien und Forschungspläne formulierte.

Plötzlich blieb Athura stehen, eine neue Frage formte sich auf ihren Lippen. »Wie viele?«, fragte sie und blickte zwischen Nyssa und Vallen hin und her. »Wie viele Hyva habt ihr geschafft, zurück in Menschen zu verwandeln?«

Vallens Ausdruck war stolz, als er antwortete: »Knapp unter hundert bisher. Es war genug, um unsere Kampfkraft erheblich zu stärken.«

Athuras Augen weiteten sich bei der Zahl. »So viele? Ich hatte keine Ahnung, dass es so viele Hyva in den Sterbenden Wildnis gab. Ich nehme an, das macht Sinn, wenn der König mindestens zehn Menschen pro Jahr geopfert hat.«

Nyssa nickte und fügte hinzu: »Und es sind nicht nur die verwandelten Hyva selbst. Viele von ihnen haben ihre Familien ins Lager gebracht, nachdem sie ihre Erinnerungen wiedererlangt und von unserer Sache erfahren hatten. Das hat zu einem erheblichen Anstieg unserer Zahlen geführt.«

»Die neu Verwandelten sind einige unserer motiviertesten Kämpfer«, erklärte Vallen. »Sie haben Joreks Grausamkeit aus erster Hand erfahren und sind begierig darauf, andere davor zu bewahren, das gleiche Schicksal zu erleiden.«

Ihr Gespräch wurde durch das Geräusch rennender Füße unterbrochen. Nyssa drehte sich um und sah Timi und Tarric auf sie zusprinten.

»Was ist passiert?«, fragte Vallen, sofort alarmiert.

Atemlos vom Laufen brauchte Timi einen Moment, um zu Atem zu kommen, bevor er sprach. »Der König... er hat eine öffentliche Hinrichtung angekündigt«, schaffte er zwischen Keuchen zu sagen.

»Wen?«, fragte Nyssa und fürchtete die Antwort.

Tarric, seine Stimme düster, antwortete: »Zwei Menschen – den Vorsitzenden der Bauernzunft und den Verwalter des königlichen Haushalts. König Jorek erklärte, dass es diese beiden waren, die das im Lagerhaus gefundene Essen versteckt hatten. Sie wurden bereits verhaftet.«

Athuras Gesicht verzerrte sich vor Abscheu. »Das ist unmöglich! Ich kenne den Vorsitzenden der Bauernzunft persönlich. Er steht fest in der Tasche des Königs. Das ist Wahnsinn!«

»König Jorek erschafft Sündenböcke«, sagte Vallen, seine Stimme leise und wütend. »Er versucht, Schuld abzulenken und die Kontrolle durch Angst aufrechtzuerhalten.«

Athura schüttelte den Kopf, ihre Augen voller Trauer. »Diese armen Männer.«

»Wann soll die Hinrichtung stattfinden?«, fragte Vallen, sein Geist raste bereits mit möglichen Plänen.

Timis Antwort sandte einen Stoß der Dringlichkeit durch die Gruppe: »Morgen früh.«

KAPITEL 25

ie Galgenplattform erhob sich vor Nyssa.

Sie stand an Vallens Seite, ihr Gesicht unter einem schweren Umhang verborgen. Schweißperlen glänzten bereits auf ihrer Stirn, ein Zeugnis der drückenden Hitze und ihrer steigenden Angst. Selbst in den frühen Morgenstunden von Erishums Sommer hing die Luft schwer und still und versprach einen weiteren schwülen Tag.

Es war eine hektische Nacht der Vorbereitung gewesen. In dem Moment, als Timi und Tarric die Nachricht von der bevorstehenden Hinrichtung überbracht hatten, war ihr Lager in Aktion ausgebrochen. Egmond war zurück ins Königreich geeilt, entschlossen, ein neues Flugblatt zu erstellen, um die Wahrheit über Joreks Täuschung zu verbreiten. Vallen hatte ihre besten Kämpfer versammelt und einen gewagten Plan umrissen, um die Hinrichtung zu stören und hoffentlich unschuldige Leben zu retten.

Nyssa zappelte, der Stoff ihrer Verkleidung klebte an ihrer schweißnassen Haut wie eine zweite, unwillkommene Schicht. Die Hitze schien jede Empfindung zu verstärken – das Pochen ihres Herzens, die Spannung in der Luft, das Gewicht dessen, was sie zu tun im Begriff waren. Sie zog einen langsamen, bewussten Atemzug und zwang ihren Geist, sich scharf auf die gefährliche Aufgabe vor ihr zu konzentrieren.

Nyssas Augen schweiften über den Platz und nahmen die unruhige Menge auf, die sich in der Morgenhitze versammelte. Die Luft flimmerte über den Kopfsteinen und machte die ganze Szene surreal.

Als die Sonne am Himmel kletterte, suchte Vallens Hand die ihre. Sie stahl sich einen Blick auf ihn und nahm die gespannte Linie seines Kiefers, die wilde Entschlossenheit in seinen Augen und den Schweißfilm auf seiner Stirn wahr. Ihre Gefährten, strategisch über die unruhige Menge verteilt, standen bereit wie gespannte Federn.

Das Murmeln der versammelten Menge verstummte plötzlich, als eine Gestalt auf der Plattform erschien. Großer Enumerox Berossus, seine bleiche weiße Haut von wütend roten religiösen Narben durchzogen, schritt zur Mitte der Bühne. Nyssa fühlte einen Schauer ihren Rücken hinunterlaufen, als die kalten Augen des Priesters über die versammelten Massen schweiften.

»Brüder und Schwestern«, begann der Große Enumerox, seine Stimme trug leicht über die nun schweigende Menge, »wir versammeln uns heute hier, um Zeuge der Gerechtigkeit zu werden. Gerechtigkeit für die, die den Lehren unseres großen Gottes Enum den Rücken gekehrt haben. Gerechtigkeit für die, die ihre Mitmenschen in diesen Zeiten der Not verraten haben.«

Während Berossus seine Predigt fortsetzte, zog Vallen sanft an Nyssas Hand. Sie begannen sich zu bewegen, langsam und vorsichtig durch die Menge. Über das Meer der Zuschauer hinweg spiegelten Tarric und Bran ihre Aktionen und bewegten sich allmählich auf ihre Position zu. Nyssas freie Hand umklammerte den Behälter mit der Ätzlösung, die Heilerin Rina ihnen gegeben hatte.

»Die Angeklagten stehen vor euch«, intonierte Berossus und

deutete auf zwei Gestalten, die auf die Plattform geführt wurden. »Diese Männer haben Nahrung vor ihren hungernden Brüdern und Schwestern versteckt und sie für sich gehortet, während andere litten. König Jorek war schockiert und entsetzt, dass diese Männer solche Verbrechen begehen würden, nachdem er ihnen vertraut hatte in ihren Rollen als Mitglieder seines Rates.«

Nyssas Magen krampfte sich bei den Lügen zusammen. Die Ungerechtigkeit von allem ließ ihren Griff um den Behälter mit der Ätzlösung fester werden.

Als sie ihr Ziel erreichten, lächelte ihnen das Glück. Berossus, noch immer in sein Predigen vertieft, schritt über die Plattform zur fernen Ecke von ihrer Position weg. Nyssa blickte zu Vallen, der ein kaum wahrnehmbares Nicken gab. Es war Zeit.

Tarric und Bran positionierten sich neu und nutzten ihre Körper, um Nyssa vor Blicken zu schützen. Ihre Hände zitterten leicht, als sie die Flasche entkorkte, dann einen Lappen aus ihrer Tasche zog und ihn in die enge Öffnung des Behälters stopfte. Der stechende Geruch ließ ihre Augen tränen, aber sie zwang sich zu konzentrieren.

Plötzlich brach ein Tumult auf der anderen Seite des Platzes aus. Tahj und Rhio hatten ihre Ablenkung begonnen, ihre Stimmen erhoben sich in wütenden Rufen in einem Streit, der sich in eine Schlägerei verwandelte. Ihr gespielter Streit eskalierte schnell zu einer überzeugenden Prügelei, das Spektakel zog die Aufmerksamkeit der Menge wie Motten zum Licht. Ihr Konflikt breitete sich durch die Menge aus und verwandelte die einst geordnete Versammlung in eine brodelnde Masse chaotischer Energie.

Die karmesinroten Uniformen der Neuntöter stachen gegen die Menge hervor wie Tropfen frischen Blutes auf sonnengebackener Erde, lebendige Farbkleckse gegen das triste Meer der Bauernkleidung. Sie begannen auf die Störung zuzukonvergieren, vom Konflikt angezogen wie Raubtiere zu verwundeter Beute. Vallens Hand drückte fester auf Nyssas Schulter, sein Griff so angespannt wie eine gespannte Bogensehne. »Jetzt«, flüsterte er, seine Stimme kaum hörbar über dem wachsenden Tumult.

Mit einem tiefen Atemzug schlug Nyssa ihren Feuerstein. Der Lappen fing sofort Feuer, die Flammen leckten hungrig an dem mit Ätzlösung getränkten Stoff. Ohne zu zögern schleuderte sie den Behälter zur Basis der Holzplattform. Der Behälter traf sein Ziel mit einem widerhallenden Krachen und zerschellte beim Aufprall. In einem Bruchteil einer Sekunde entzündete sich die Mischung und brach in eine mächtige Flamme aus.

Das Holz der Plattform fing sofort Feuer, Flammen rasten mit erschreckender Geschwindigkeit ihre Stützen hinauf.

Chaos brach aus. Schreie erfüllten die Luft, als Menschen begannen zu schieben und zu stoßen, verzweifelt dem sich schnell ausbreitenden Feuer zu entkommen. Nyssa spürte, wie Vallens Hand sich um ihr Handgelenk schloss und sie in Sicherheit zog.

»Lauft!«, rief er, seine Stimme kaum hörbar über das Pandämonium.

Als sie durch die panische Menge flohen, riskierte Nyssa einen Blick zurück zur Plattform. Genau wie sie geplant hatten, drängten Tarric, Bran und ihre anderen Kämpfer zu den Wachen vor, die die Gefangenen hielten, ihre Waffen gezogen. Die Wachen, gefangen zwischen den sich ausbreitenden Flammen und diesem unerwarteten Angriff, zögerten lange genug, dass Nyssas Kameraden die Lücke schließen konnten.

Nyssa sah zu, ihr Atem stockte in ihrer Kehle, als Tarric einen der Wachen in einen wilden Schwertkampf verwickelte. Bran und die anderen überwältigten die verbleibenden Wachen und schufen einen Weg zu den Gefangenen. Durch das Chaos und den Rauch sah sie, wie sie die Fesseln der angeklagten Männer durchschnitten und sie schnell von der brennenden Plattform wegführten.

»Sie haben sie!«, rief Nyssa zu Vallen, Erleichterung durchströmte sie.

Vallen nickte grimm und suchte die Menge nach Anzeichen einer Verfolgung ab. »Gut. Jetzt müssen wir sicherstellen, dass sie sie hier herausbringen können.«

Vallen steuerte sie ins dichteste Kampfgetümmel, anstatt direkt zum Museum zu gehen. »Wir müssen so viel Chaos wie möglich verursachen«, rief er über den Lärm.

Nyssas Herz pochte in ihren Ohren, als sie in das chaotische Getümmel stürzten. Das Klirren von Stahl und Kampfrufe erfüllten die Luft. Plötzlich materialisierte sich ein Neuntöter vor ihnen, sein Schwert pfiff bereits durch die Luft in einem tödlichen Bogen.

Ohne einen Schritt zu verlangsamen, begegnete Vallen dem Ansturm der Wache. Seine Klinge blitzte im Morgenlicht und fing den Angriff des Neuntöters mit einem widerhallenden Klang ab. Der Neuntöter, offensichtlich überrascht von Vallens Geschick, taumelte einen Schritt zurück.

Den Vorteil ergreifend, drängte Vallen vor. Seine Klinge wurde zu einem Bewegungsschleier und zwang den Neuntöter zur verzweifelten Verteidigung. Mit jedem Austausch trieb Vallen die Wache zurück, seine überlegene Technik offensichtlich. In einer blitzschnellen Bewegung täuschte Vallen links an, dann wirbelte er nach rechts. Sein Schwert fand eine Lücke in der Verteidigung des Neuntöters und glitt an der Klinge der Wache vorbei, um tief in seine Brust zu beißen. Der Neuntöter schrie auf, seine Waffe klirrte zu Boden, als er fiel.

Als Vallen sich von seinem gefallenen Gegner abwandte, fing Nyssa aus dem Augenwinkel eine Bewegung auf. Eine andere Wache stürmte auf Vallen zu, das Schwert hoch erhoben für einen tödlichen Schlag. Die Zeit schien sich zu verlangsamen, als Nyssas Instinkte übernahmen.

Ohne zu zögern zog sie ihre eigene Waffe und sprang vor. Ihre Klinge traf das herabsausende Schwert des Neuntöters mit einem widerhallenden Zusammenprall, nur Zentimeter von Vallens Kopf entfernt. Der Aufprall sandte einen Schock durch ihren ganzen Körper und betäubte fast ihren Arm, aber sie biss die Zähne zusammen und hielt stand.

Der Neuntöter, von ihrer Intervention überrascht, versuchte sich zu lösen und seine Haltung zurückzusetzen. Nyssa gab ihm nicht die Chance. Sie drängte vor, angetrieben von Verzweiflung und Entschlossenheit. Die Wache wich zurück, seine Augen weit vor Überraschung über ihre Wildheit.

Aber die Ausbildung des Neuntöters setzte sich schnell durch. In einer fließenden Bewegung gewann er sein Gleichgewicht zurück und startete einen Gegenangriff. Sein Schwert wurde zu einem Schleier tödlicher Präzision und zwang Nyssa in die Defensive. Sie parierte verzweifelt, ihre Klinge traf seine in einer Reihe schneller, klingender Zusammenstöße. Die Augen des Neuntöters verengten sich, alle Spuren von Überraschung ersetzt durch kalten Fokus. Er rückte unerbittlich vor, jeder Schlag berechnet, um jede Schwäche in ihrer Deckung auszunutzen.

Die überlegene Stärke und das Geschick des Neuntöters wurden mit jedem verstreichenden Moment offensichtlicher. Als sie kaum einen Stoß abwehrte, der auf ihre Körpermitte zielte, erkannte sie, dass sie in über dem Kopf war.

»Vallen!«, rief sie und fühlte sich von der überlegenen Stärke und dem Geschick des Neuntöters überwältigt.

In einem Augenblick war Vallen an ihrer Seite, sein Schwert blitzte, als er einen für Nyssa bestimmten Schlag parierte. »Ich bin da«, sagte er, seine Stimme ruhig trotz des Chaos um sie herum. Zusammen stellten sie sich dem Neuntöter, ihre Bewegungen synchronisiert durch unzählige Stunden des Trainings.

Vallens Anwesenheit gab Nyssa neues Vertrauen. Sie umkreisten die Wache, wechselten Angriffe ab und hielten ihn aus dem Gleichgewicht. Als der Neuntöter auf Vallen zustürzte, sah Nyssa eine Öffnung und nutzte sie, ihre Klinge fand einen schwachen Punkt in der Rüstung der Wache.

Als der Neuntöter zurücktaumelte, bewegten sich Vallen und

Nyssa instinktiv, um Rücken an Rücken stehend zu stehen, bereit, der nächsten Bedrohung gemeinsam zu begegnen.

Die Welt verengte sich zu einem Schleier aus Bewegung und Klang. Nyssa parierte und schlug, ihr Training mit Vallen zahlte sich aus, als sie gegen die ausgebildeten Wachen bestehen konnte. Schweiß stach in ihre Augen und ihre Muskeln schmerzten, aber sie wankte nicht.

Ein besonders aggressiver Neuntöter drängte vor und zwang Nyssa, Boden zu geben. Ihr Fuß rutschte auf den Kopfsteinen, und für einen herzstillenden Moment dachte sie, sie würde fallen. Aber Vallen war da, sein Arm stützte sie, während er gleichzeitig den Angreifer abwehrte.

»Danke«, keuchte sie, gewann ihr Gleichgewicht zurück und konterte sofort mit einem schnellen Schlag, der ihren Gegner zurücktaumeln ließ.

Sie kämpften sich durch den Platz. Nyssa konnte hören, wie sich die Reaktion der Menge änderte – Schock wich Jubel, als sie miterlebten, wie die Elitewachen des Königs besiegt wurden.

Als sie sich dem Rand des Platzes näherten, sah Nyssa eine Gruppe Zivilisten, die von Neuntötern in die Enge getrieben wurden. Sie und Vallen änderten wortlos den Kurs. Ihr plötzliches Erscheinen überraschte die Soldaten und gab den Zivilisten eine Chance zu entkommen.

»Lauft!«, rief Nyssa ihnen zu, als sie einen für einen jungen Straßengassendieb bestimmten Schlag blockierte, der in ihrer Eile zu fliehen gestolpert war.

Der Kampf schien ewig zu dauern, aber allmählich lichtete sich die Anzahl der Neuntöter. Ob besiegt oder sich zum Neuformieren zurückziehend, die Streitkräfte des Königs kontrollierten die Situation nicht länger.

»Ich denke, es ist Zeit, dass wir unseren Abgang machen«, sagte Vallen, seine Stimme heiser vor Anstrengung.

Nyssa nickte, ihr ganzer Körper schmerzte, aber erfüllt von wilder Befriedigung.

Sie machten sich auf den Weg zum Museum, ständig wachsam für jede Verfolgung. Als sie endlich durch den geheimen Eingang krochen, war Nyssa erleichtert, ihre Gefährten bereits drinnen versammelt zu sehen.

»Sind alle da?«, fragte Vallen, seine Augen suchten schnell die Gruppe ab.

Tarric, Bran, Tahj, Rhio... Alle hatten es sicher zum Treffpunkt geschafft. Und da, in einer Ecke zusammengekauert, waren die zwei Männer, die sie vor der Hinrichtung gerettet hatten.

Kuratorin Athura – die bereits im Museum versteckt worden war, während sie den Gefängnisausbruch versuchten – sprach mit ihnen in leisen, dringlichen Tönen und versuchte, Informationen zu sammeln.

Nyssa fand eine ruhige Ecke und sank zu Boden, ihren Rücken gegen eine leere Vitrine gelehnt.

Vallen gesellte sich zu ihr, seine Anwesenheit eine tröstliche Wärme an ihrer Seite. »Geht es dir gut?«, fragte er leise.

Nyssa nickte, obwohl ihre Hände vor den Nachwirkungen der Schlacht zitterten.

Als sie dort saßen, umgeben von den staubigen Überresten von Erishums Geschichte, spürte Nyssa eine wilde Entschlossenheit in sich aufsteigen. Ihr Blick wanderte zu der Stelle, wo Athura mit den geretteten Gefangenen sprach. Sie konnte nicht hören, was gesagt wurde, aber konnte den Schock, die Angst und die Wut auf den Gesichtern der Männer sehen, als sie sprachen.

»Glaubst du, sie wissen etwas Nützliches?«, fragte sie Vallen mit leiser Stimme.

Er zuckte leicht mit den Schultern. »Schwer zu sagen. Aber sie standen Jorek nahe.«

Nyssa nickte, Hoffnung keimte in ihrer Brust auf. Egmond und Vallen hatten zuvor vereinbart, dass den Männern keine Informationen über Kassguard oder die Rebellion gegeben werden würden, bis sie bewiesen hatten, dass sie keine verbleibende Loyalität zu Jorek hatten. Die Idee, dass sie auch nur ein Körnchen Treue zum König haben könnten, schien Nyssa absurd, aber seltsamere Dinge waren schon passiert.

Das Geräusch sich nähernder Schritte ließ sie alle anspannen, Hände bewegten sich zu Waffen. Aber es war Egmond, der erschien, sein Gesicht rot vor Aufregung.

»Es hat funktioniert«, sagte er, seine Stimme leise aber triumphierend. »Die Menschen sind in Aufruhr. Jeder hat erfahren, dass der König bereit war, unschuldige Männer hinzurichten, um seine eigene Gier zu verbergen. Die Enthüllung hat weit verbreitete Unruhen entzündet. Bürger stoßen überall im Königreich mit Neuntötern zusammen.«

Tarric trat vor, seine Stirn vor Sorge gerunzelt. »Wir haben viel riskiert, um zwei unserer Feinde zu retten. War es wirklich wert, unsere Hälse für sie zu riskieren?«

Nyssa blickte zu den Männern mit gesenkten Köpfen in der fernen Ecke des Museums, die noch mit Athura sprachen und Tarrics Worte nicht gehört hatten.

Egmond nickte, seine Augen glänzten vor strategischer Einsicht. »Das wahre Ziel war nicht nur, diese Männer zu retten, Tarric. Es geht um den Schaden, den das Joreks Glaubwürdigkeit zufügen wird. Wir säen Samen der Unzufriedenheit und des Misstrauens. Hoffentlich bringt das Erishums Bürger näher zum Wendepunkt. Wir fügen Gewicht zu den Waagschalen hinzu, und bald werden sie sich unwiderruflich gegen Joreks Herrschaft neigen. Die Opposition wird zu groß werden, um ignoriert zu werden.«

Vallen fügte hinzu: »Außerdem wissen diese zwei Männer, die wir gerettet haben, viel über den königlichen Haushalt. Sie haben vielleicht Geheimnisse, die es wert sind, enthüllt zu werden.«

»Genau«, stimmte Egmond zu. »Jede Information, jeder Riss in Joreks Fassade bringt uns unserem Ziel näher. Die Menschen sind wütend und verwirrt; sie suchen nach Antworten.«

Vallen stand auf und half Nyssa auf die Füße. »Was ist unser nächster Schritt?«, fragte er.

Egmonds Augen glänzten vor einer Mischung aus Hoffnung und Entschlossenheit. »Wir schlagen zu, solange das Eisen heiß ist. Die Menschen sind wütend und verwirrt; sie suchen nach Antworten. Wir nähren diese Flammen. Ich glaube, es wird nur einen kleinen Anstoß brauchen, damit Prinz Javan bereit ist, Jorek abzusetzen.«

Nyssa fühlte einen Schauer der Aufregung und Angst durch sich laufen. »Glaubst du, Prinz Javan wird ein guter König sein?«, fragte sie.

»Ich habe ein Treffen arrangiert«, antwortete Egmond. »Ich möchte ihn einschätzen. Wenn wir ihn überzeugen können, mit uns zu stehen, den Thron friedlich von seinem Vater zu übernehmen, könnten wir weiteres Blutvergießen vermeiden.«

* * *

VALLEN STAND Wache am Fenster des Museums und blickte auf die Straßen hinunter. Das Königreich knisterte noch immer vor spürbarer Spannung, noch erschüttert von den tumultartigen Ereignissen des Vortages. Sie hatten beschlossen, in der Nacht zuvor nicht nach Kassguard zurückzukehren. Stattdessen machten sie Pritschen und Betten im Museum, so gut sie konnten. Vallen rollte seine Schultern und neigte den Kopf, um den Knick in seinem Nacken vom Schlafen auf dem Boden zu lindern.

Egmond war im Morgengrauen zu seinem Treffen aufgebrochen, aber Vallen hatte Zweifel an der Durchführbarkeit der Mission.

Seine Vermutungen wurden bestätigt, als Egmond zurückkehrte, Frustration in sein Gesicht geätzt. »Der Palast ist dicht abgeriegelt«, berichtete Egmond. »Wir werden Prinz Javan so bald nicht nahekommen.«

Vallens Kiefer spannte sich an. Er hatte es erwartet, aber die Bestätigung stach dennoch. »Dann arbeiten wir mit dem, was wir haben.« Seine Aufmerksamkeit auf die geretteten Gefangenen wendend, fragte er: »Was haben uns unsere 'Gäste' erzählt?«

Der Vorsitzende der Bauernzunft, Marun Galen, sprach zuerst. »Ich habe euch die Namen von Zunftleitern und Bauern gegeben, von denen ich glaube, dass sie mit Joreks Herrschaft unzufrieden sind. Es ist nicht viel, aber es ist ein Anfang.«

»Und die Abgaben?«, drängte Vallen, sein Geist formulierte bereits einen Plan.

Als Galen den Steuereinzugsprozess erklärte, fing Vallen Nyssas Blick. Er sah die gleiche Idee dort widergespiegelt und gab ihr ein leichtes Nicken. Es war Zeit, Jorek dort zu treffen, wo es weh tat – seine Kassen.

»Rhio, Krümelchen«, rief Vallen. »Ich habe einen Auftrag für euch. Ich möchte, dass ihr zwei anfangt, die Abgaben von Joreks Zunftmeistern zu befreien. Wenn Marun Galen euch den Einzugsplan gibt, glaubt ihr, dass ihr das schaffen könnt?«

Rhio blähte seine Brust auf und legte einen Arm um Krümelchens Schultern. »Wir haben die geschickteste Taschendiebin in ganz Erishum mit uns. Die werden gar nicht merken, was passiert.«

Er sah zu, wie die zwei jungen Rebellen grinsten.

Als der königliche Verwalter, Einar, begann, Namen und Loyalitäten innerhalb des Schlosses aufzulisten, hörte Vallen aufmerksam zu, während Athura schnell auf ein Stück Pergament kritzelte. Es war nicht viel, aber jede Information konnte wertvoll sein. Er grübelte darüber nach, wie er diese Informationen nutzen könnte, als Nyssas Stimme durch seine Gedanken schnitt.

»Ein friedlicher Protest«, erklärte Nyssa. »Wir organisieren eine gewaltfreie Demonstration, um Jorek zu zeigen, dass seine Tyrannei nicht länger toleriert wird. Die Aufstände haben alle schwer getroffen. Indem wir zu einer friedlichen Lösung aufrufen, positionieren wir uns als die Stimme der Vernunft. Es wird die Vorhut als besonnene Alternative zu Joreks voreiligen Überreaktionen darstellen.«

»Es ist ein zweischneidiges Schwert«, sinnierte Vallen, seine Stirn runzelnd. »Aber wenn Jorek mit Gewalt antwortet – und das wird er wahrscheinlich – wird es sein Image als Tyrann verstärken.« Er hielt inne, seine Augen trafen Nyssas. »Und unsere Leute könnten die Hauptlast seines Zorns tragen. Wir müssten vorsichtig vorgehen. Die Demonstranten müssen sich beim ersten Anzeichen von Aggression der königlichen Streitkräfte sofort zerstreuen. Wir können es uns nicht leisten, Verhaftungen zu riskieren; jedes Mitglied der Vorhut ist zu wertvoll, um es zu verlieren.«

KAPITEL 26

Die nächsten Tage vergingen in einem Strudel von Aktivitäten. Vallen koordinierte mit Rhio und Krümelchen und stellte sicher, dass ihre Taschendiebereien zielgerichtet und effizient waren. Er arbeitete mit Egmond an der Botschaft für den Protest und betonte bei jeder Gelegenheit die Notwendigkeit des Friedens. Und durch all das behielt er Nyssa im Auge, bewunderte ihre Leidenschaft und Entschlossenheit, auch wenn er sich um ihre Sicherheit sorgte.

In der Nacht vor dem Protest fand Vallen Nyssa auf dem Dach des Museums, den sternenübersäten Himmel über ihr betrachtend. Er gesellte sich zu ihr, die verwitterten Ziegel noch warm unter seinen Füßen von der Sonne des Tages. Eine sanfte Brise streichelte seine Haut und bot süße Erleichterung von der anhaltenden Hitze des Tages. Seite an Seite saßen sie in kameradschaftlicher Stille und tranken den Anblick des Nachthimmels in sich auf.

»Bist du bereit für morgen?«, fragte er leise und studierte ihr Profil im Mondlicht.

»So bereit, wie ich je sein werde«, antwortete sie. »Glaubst du, es wird funktionieren?«

Vallen schwieg einen Moment und wog seine Worte sorgfältig ab. »Ich bin mir nicht sicher, aber ich hoffe es.«

* * *

ALS DIE MORGENDÄMMERUNG am Tag des Protests anbrach, positionierte sich Vallen am Rand der Menge, als die Menschen begannen, sich auf der Königsstraße vor dem Palast zu versammeln. Die Luft war erfüllt von Erwartung, eine spürbare Energie durchlief die sich sammelnden Massen. Vallen beobachtete, wie Menschen aus allen Gesellschaftsschichten sich der Menge anschlossen: Händler in ihrer verblassten Pracht, Arbeiter mit schwieligen Händen, Eltern, die ihre Kinder eng an sich drückten, und so viele mehr.

Vallens Augen suchten ständig die Menge ab und spähten nach Anzeichen von Ärger. Die Gesichter um ihn herum waren eine Mischung aus Hoffnung und Angst, Entschlossenheit und Ungewissheit. Die Menge wurde lauter, als mehr Menschen ankamen, ihre Stimmen verschmolzen zu einem leisen, beharrlichen Summen der Unzufriedenheit.

Er erblickte Nyssa auf der anderen Seite des Platzes, ihr Gesicht von wilder Entschlossenheit geprägt. Sie bewegte sich durch die Menge, ermutigte und erinnerte die Menschen daran, friedlich zu bleiben. Ihre Anwesenheit schien die um sie herum zu beruhigen, und Vallen fühlte einen Stolzschub über ihre natürliche Führungsqualität.

Als die Sonne höher am Himmel kletterte und lange Schatten über die Kopfsteine warf, sah Vallen Egmond aus der Menge auftauchen. In der Nacht zuvor hatte Egmond eine bedeutsame Entscheidung getroffen. »Es ist Zeit«, hatte er Vallen und Nyssa gesagt. »Die Rebellion braucht ein Gesicht, einen Anführer, hinter dem sich die Menschen versammeln können. Ich werde mich als Anführer der Vorhut zu erkennen geben.«

Nun, als Egmond vortrat, um die Menge anzusprechen, hielt

Vallen den Atem an. Eine Stille fiel über die versammelten Massen, alle Augen wandten sich dem Mann zu, der es wagte, gegen den König zu sprechen.

Egmonds Stimme ertönte klar und stark, getragen von der stillen Morgenluft. »Menschen von Erishum! Wir versammeln uns heute hier, nicht in Gewalt, sondern in Einheit. Wir stehen gegen die Ungerechtigkeiten, die unser Königreich geplagt haben, gegen den Hunger und die Angst, die unsere täglichen Begleiter geworden sind.«

Ein Murmeln der Zustimmung wellte durch die Menge. Vallen sah Köpfe nicken und den Funken der Hoffnung in den Augen der Menschen aufleuchten.

»Viel zu lange«, fuhr Egmond fort, seine Stimme wurde leidenschaftlicher, »haben wir unter der Herrschaft eines Königs gelitten, der seine Pflicht gegenüber seinem Volk vergessen hat. König Jorek sitzt in seinem Palast und hortet Nahrung, während auf den Straßen Kinder verhungern. Er schickt seine Neuntöter, um uns zu terrorisieren, während er sich an unserem Elend labt!«

Die Reaktion der Menge war unmittelbar und leidenschaftlich. »Schande!« und »Gerechtigkeit jetzt!« erschallte es von allen Seiten. Vallen spannte sich an und beobachtete die Neuntöter am Rand der Versammlung, aber bisher machten sie keine Anstalten einzugreifen.

Egmond hob seine Hände und rief zur Ruhe auf. »Wir kommen heute nicht hierher, um zu stürzen oder zur Gewalt anzustacheln. Wir kommen, um unseren König an seine heilige Pflicht zu erinnern. König Jorek, wenn Ihr uns hören könnt, flehen wir Euch an – sorgt für Euer Volk! Öffnet die Getreidespeicher und senkt die Abgaben und Steuern. Nutzt Eure Magie, um unser Land zu heilen. Lasst Erishum wieder erblühen!«

Die Menge nahm den Ruf auf, ihre Stimmen vereinten sich in einem donnernden Gesang. »Sorgt für Euer Volk! Sorgt für Euer Volk!«

Vallen spürte, wie sich die Haare in seinem Nacken aufstellten. Die Energie der Menge war elektrisierend, aufgeladen mit einer Hoffnung, die er seit Jahren nicht in Erishum gesehen hatte.

Egmonds Stimme schnitt durch die Gesänge, sein Ton nun düster. »Aber wenn König Jorek die Rufe seines Volkes nicht hören kann oder will, dann ist es vielleicht Zeit für neue Führung. Prinz Javan, wir appellieren an Euch! Tretet vor und seid der Anführer, den Erishum in diesen dunklen Zeiten braucht!«

Ein neuer Gesang begann, anfangs leise, aber schnell an Stärke gewinnend. »Prinz Javan! Prinz Javan!«

Vallens Augen huschten zum Palast, halb erwartend eine Reaktion zu sehen. Aber die Steinmauern blieben ausdruckslos und gaben kein Zeichen, dass die Königlichen drinnen die Rufe des Volkes gehört hatten.

Während Egmond weitersprach und die Menge mit seinen Worten anfeuerte, staunte Vallen über die Verwandlung um ihn herum. Menschen, die niedergeschlagen und besiegt angekommen waren, standen nun aufrecht, ihre Gesichter erleuchtet von Bestimmung. Fremde hakten sich unter, vereint in ihrer Sache. Die Luft summte vor einem Gefühl der Möglichkeit, des Wandels am Horizont.

Doch selbst als Hoffnung in seiner Brust anschwoll, blieb Vallen wachsam. Er bemerkte mehr Neuntöter, die ankamen, ihre roten Uniformen stachen stark gegen das Meer gewöhnlicher Bürger ab. Er fing Nyssas Blick über die Menge hinweg und sah die Spannung in ihrer Haltung. Sie beide wussten, wie schnell das hässlich werden konnte.

»Denkt daran«, rief Nyssa, ihre Stimme trug über die Menge, »wir sind friedlich hier! Wir werden ihnen keinen Vorwand geben, Gewalt gegen uns anzuwenden!«

Die Demonstranten nahmen den Ruf auf und verwandelten

ihn in einen rhythmischen Gesang. »Frieden und Gerechtigkeit! Frieden und Gerechtigkeit!«

Stundenlang dauerte der Protest an. Die Sonne kletterte hoch an den Himmel und brannte auf die versammelte Menge herab. Vallen bewegte sich unter ihnen, bot Wasser und ermutigende Worte an und spähte nach jedem Anzeichen von Ärger. Er sah Nyssa dasselbe tun; ihr Gesicht war rot vor Hitze, aber ihre Augen waren hell und entschlossen.

Als der Nachmittag voranschritt, fiel plötzlich eine Stille über die Menge. Vallen blickte auf und sah eine Gestalt auf einem Balkon erscheinen, der den Platz überblickte. Ihm stockte der Atem. Es war tatsächlich Prinz Javan.

Der Prinz blickte über das Meer der Gesichter, sein Ausdruck unlesbar. Einen langen Moment tat er nichts. Dann, langsam, hob er seine Hand in dem, was ein Winken... oder ein Gruß hätte sein können.

Ein Aufbrüllen erhob sich aus der Menge. Ob es Unterstützung für den Prinzen war oder einfach Aufregung über sein Erscheinen, konnte Vallen nicht sagen.

Bevor jemand reagieren konnte, war Prinz Javan verschwunden, von seinen Wachen zurück ins Innere geführt. Aber die Wirkung seines kurzen Auftritts verweilte und elektrisierte die Menge erneut.

Die untergehende Sonne tauchte das Königreich in warmes, goldenes Licht, als der Protest zu Ende ging. Demonstranten, ihre Stimmen rau vom stundenlangen leidenschaftlichen Gesang, begannen vom Platz wegzudriften. Trotz ihrer körperlichen Erschöpfung herrschte noch immer eine Siegesstimmung. Vallen blickte über die sich zerstreuende Menge, eine mächtige Mischung aus Müdigkeit und Hochgefühl durchströmte ihn. Sie hatten das scheinbar Unmögliche erreicht: eine mächtige Demonstration der Einheit und Entschlossenheit, ihre Botschaft laut und klar ausgestrahlt, alles ohne einen einzigen Gewaltakt. Als die letzten Sonnenstrahlen den Himmel malten, erlaubte

Vallen sich einen Moment stillen Stolzes auf das, was sie erreicht hatten.

Er fand Nyssa, als die Menge sich lichtete. Ihr Gesicht war von Schweiß und Staub gestreift, aber ihre Augen strahlten. »Wir haben es geschafft«, sagte sie leise, ihre Stimme voller Verwunderung.

Vallen nickte und erlaubte sich ein kleines Lächeln. »Ja, das haben wir tatsächlich.«

Zurück im Museum, als sie die Ereignisse des Tages besprachen, fand sich Vallen wieder in der Rolle des vorsichtigen Anführers. »Es ist ein guter Anfang«, sagte er als Antwort auf Egmonds Enthusiasmus, »aber wir dürfen nicht nachlässig werden. Jorek wird das nicht auf sich sitzen lassen. Ich denke nicht, dass Ihr nach Hause zurückkehren solltet. Entweder bleibt hier im Museum oder kommt mit uns zurück nach Kassguard. Der König ist sich nun Eurer Verbindungen zur Vorhut bewusst. Ich wette, dass bis zum Morgengrauen ein Dekret für Eure Verhaftung erlassen wird.«

Egmond zuckte mit den Schultern. »Es war nur eine Frage der Zeit. Ich bin nur froh, dass ich wählen konnte, wann ich mich als Rebell zu erkennen gab. Das lässt uns die Erzählung kontrollieren. Jorek kann mich nicht einfach sang- und klanglos verschwinden lassen.«

Als Nyssa Prinz Javans Erscheinen zur Sprache brachte, überlegte Vallen sorgfältig, bevor er sprach. »Wir sollten da nicht zu viel hineinlesen«, sagte er. »Aber es ist etwas, was wir uns merken sollten, während wir unsere nächsten Schritte planen.«

Während die anderen weiterhin Strategie diskutierten, fand sich Vallens Blick zu Nyssa gezogen. Sein Herz schwoll vor Liebe und Sorge an. Nyssa war stark, aber die Gefahren vor ihnen machten ihm Angst. Er wusste, sie würde immer an seiner Seite sein, und dieser Gedanke tröstete und erschreckte ihn zugleich.

KAPITEL 27

*D*as Klirren von Stahl gegen Stahl ertönte über den Trainingsplatz. Nyssa wehrte Brans Angriff ab, ihre Muskeln spannten sich vor Anstrengung. Schweiß rann ihren Rücken hinunter, ihr Atem kam in kurzen Stößen, als sie mit einem schnellen eigenen Schlag konterte.

Bran lenkte ihren Hieb mit Leichtigkeit ab, ein widerwilliges Lächeln zupfte an seinen Mundwinkeln. »Besser,« grunzte er. »Aber du telegrafierst noch immer deine Bewegungen.«

Nyssa nickte und passte ihre Haltung an. Diese unwahrscheinliche Freundschaft, die sich zwischen ihnen gebildet hatte, überraschte sie manchmal noch. Bran war so schroff wie immer, aber seine Augen zeigten neuen Respekt, wenn er sie jetzt ansah.

Als sie einander umkreisten und nach Öffnungen suchten, schweiften Nyssas Gedanken ab. Sie operierten nicht länger im Schatten. Die Frage war nun, wie Jorek reagieren würde.

Bran nutzte ihre momentane Unaufmerksamkeit aus und stürzte mit einem kraftvollen Stoß vor. Nyssa wich gerade noch aus, wobei die Spitze seiner Klinge ihren Ärmel erwischte. Bran schnalzte tadelnden mit der Zunge. »Pass auf. Ein echter Feind hätte dich gerade ausgeweidet.«

Nyssa zischte über den Schaden an ihrer Tunika, tat aber wie befohlen und konzentrierte sich wieder, konterte mit einer Reihe schneller Stöße, die Bran einen Schritt zurückzwangen.

»Gut,« sagte er und nickte anerkennend. »Nutze deine Geschwindigkeit. Du kannst es mit mir nicht an Stärke aufnehmen, aber du kannst schneller sein.«

Ein Tumult am Rand des Lagers erregte ihre Aufmerksamkeit. Nyssa senkte ihr Schwert und kniff gegen die Nachmittagssonne die Augen zusammen. Eine Gruppe Menschen, angeführt von einer vertrauten Gestalt, näherte sich.

»Timi?«, murmelte sie. Er erschien normalerweise nur in den frühen Morgenstunden, aber die Sonne stand hoch am Himmel.

Als die Gruppe näher kam, weiteten sich Nyssas Augen vor Erkennung. Hinter Timi war Frau Kayseri. Und mit ihr... Nyssas Herz sank, als sie die Gesichter der Bäcker und Lehrlinge erkannte, mit denen sie noch nicht so lange her zusammengearbeitet hatte.

Nyssa steckete ihr Schwert weg und eilte zu den Neuankömmlingen. Sie brach in einen Lauf aus und verkürzte die Distanz zur sich nähernden Gruppe. Gerade als sie sie erreichte, taumelte Frau Kayseri, ihre Erschöpfung offensichtlich. Nyssas Hand schoss hervor, ergriff den Arm der älteren Frau und bot die nötige Stütze, um sie aufrecht zu halten.

»Frau Kayseri?«, sagte Nyssa, ihre Stimme voller Sorge. »Was ist passiert? Warum seid ihr alle hier?«

Kayseris Gesicht war eingefallen und abgehärmt, Erschöpfung grub tiefe Furchen in ihre Haut. Ihre gesenkten Schultern und niedergeschlagenen Augen sprachen von mehr als nur körperlicher Müdigkeit.

Nyssas Blick wanderte zur Gruppe hinter Kayseri, und ihr Herz sank weiter. Sie trugen fast nichts bei sich – nur ein paar kleine Bündel und die Kleider auf ihrem Leib. Die Lehrlinge, normalerweise so lebhaft und voller Energie, sahen schockiert und verängstigt aus. Sie waren offensichtlich in Eile aufge-brochen.

»Oh, Nyssa,« sagte Kayseri, ihre Stimme brach. »Es ist schrecklich. Der König... er rekrutiert Menschen zwangsweise. Junge Männer, hauptsächlich. Für seine Armee und die Neuntöter.«

Ein Schauer lief Nyssa den Rücken hinunter. Sie blickte auf die Gruppe hinter Kayseri und wurde sich plötzlich bewusst, wer fehlte.

Kayseris Augen füllten sich mit Tränen. »Pollux, Cael, Solon... und auch Hannoc. Die Neuntöter kamen gestern. Sie haben sie einfach... mitgenommen. Keine Warnung, keine Wahl.«

Nyssa hatte das Gefühl, als würde ihr der Boden unter den Füßen weggezogen. Diese Männer... sie waren Bäcker, keine Soldaten. Der Gedanke, dass sie zu Joreks Dienst gezwungen wurden, machte sie übelkeitskrank.

»Ich weigere mich, zu riskieren, dass sie noch mehr meiner Leute mitnehmen,« fuhr Kayseri fort, ihre Stimme gewann an Stärke. »Also sammelte ich alle, die ich konnte, und wir fanden Timi, damit er uns hierher bringen konnte. Wir hatten nicht einmal Zeit, richtig zu packen – wir schnappten nur, was wir tragen konnten und rannten.«

Nyssa nickte und drückte Kayseris Arm sanft. »Sie haben das Richtige getan. Sie sind hier sicher.« Sie blickte wieder über die Gruppe und bemerkte die Erschöpfung, die in jedem Gesicht sichtbar war. »Wir werden euch alle unterbringen. Es gibt Essen, Wasser und einen Platz zum Ausruhen.«

Nyssa warf einen Blick zu Timi hinüber. »Ich brauche dich, um eine Nachricht an Adamir zu überbringen. Wenn du eine Gelegenheit findest, mit ihm zu sprechen, sag ihm, er soll Pollux, Cael, Solon und Hannoc unter den Rekruten finden und sicher-stellen, dass für sie gesorgt wird. Kannst du das? Stelle auch sicher, dass du Egmond Bescheid gibst, bevor du gehst.«

Timi nickte und rannte zum Kommandozelt.

Nyssa warf dem Jungen einen liebevollen Blick zu, bevor sie sich wieder Kayseri zuwandte. »Ich bin so froh, dass Sie hier sind. Und ehrlich gesagt könnte ich Ihre Hilfe gebrauchen, sobald Sie sich eingelebt haben. Die Nahrungsvorräte zu verfolgen und sicherzustellen, dass wir genug Essen für alle haben, ist mehr geworden, als ich bewältigen kann. Ich wäre für immer dankbar, wenn Sie mir Ihre Expertise leihen könnten.«

Der Ausdruck erneuerter Entschlossenheit auf Frau Kayseris Gesicht sagte Nyssa, dass die Frau um Hilfe zu bitten der richtige Schritt war.

Inzwischen hatten andere die Neuankömmlinge bemerkt. Vallen und Tarric erschienen an Nyssas Seite. Vallens Gesicht war düster, als er die Szene aufnahm. »Bringen wir alle unter,« sagte er.

Während Vallen und einige andere die Bäcker zum Wohnbereich führten, blieb Nyssa mit Frau Kayseri zurück. »Gibt es etwas anderes?«, fragte sie leise. »Etwas, das Sie gehört oder gesehen haben, das wichtig sein könnte?«

Kayseri schwieg einen Moment, ihre Augen distanziert. »Das Königreich... es verändert sich, Nyssa. Die Menschen haben Angst. Aber sie sind auch wütend. Euer Protest... er hat ein Feuer entzündet. Der König kann es nicht länger ignorieren. Ich befürchte, dass es ihn nur zorniger machen wird, aber so oder so beginnen die Menschen zu begreifen, dass Joreks Weg nicht nachhaltig ist. Die Zeiten ändern sich.«

Als sie zur Mitte des Lagers gingen, rasten Nyssas Gedanken. Die Zwangsrekrutierungen, die wachsenden Unruhen in der Stadt... Jorek eskalierte die Situation. Die Vorhut musste bereit sein für was auch immer als nächstes kam.

Sie fanden Egmond, Athura und die anderen um die zentrale Feuerstelle versammelt. Die Atmosphäre war angespannt, Gesichter von Sorge und Entschlossenheit gezeichnet.

»Das ändert die Dinge,« sagte Vallen, nachdem Frau Kayseri ihre Anwesenheit erklärt hatte. »Jorek baut seine Streitkräfte auf.

Wir müssen vorbereitet sein. Wir müssen vielleicht in Betracht ziehen, gegen Jorek zu schlagen, bevor seine neuen Rekruten richtig ausgebildet und indoktriniert sind.«

Tarric nickte, sein normalerweise joviales Verhalten ersetzt durch grimmige Entschlossenheit. »Wir haben einen Nerv getroffen. Die Menschen beginnen Jorek für das zu sehen, was er wirklich ist. Aber wir müssen realistisch über unsere Chancen sein.«

Er hielt inne, seine Stirn runzelte sich, als er ihre Situation bedachte. »Die Neuntöter sind uns derzeit fast drei zu eins überlegen.«

Vallens Kiefer spannte sich bei dieser Information an. »Wenn Jorek anfängt, genug Kämpfer zwangsweise zu rekrutieren...«

Tarrics Ausdruck wurde noch düsterer. »Das ist die wahre Sorge. Wenn er das schafft, würden wir unmöglichen Chancen gegenüberstehen – selbst wenn wir motivierter sind.«

»Es könnte unmöglich für uns machen, in einer direkten Konfrontation zu gewinnen,« warf Nyssa ein, ihre Stimme voller Sorge.

»Genau,« stimmte Tarric zu. »Wir müssen bald handeln, oder Jorek wird diese Rebellion zermalmen, bevor wir zuschlagen können. Unsere Chance schwindet schnell.«

Als die Diskussion bis spät in die Nacht anhielt, fand sich Nyssas Blick kontinuierlich zu den Neuankömmlingen gezogen. Die Bäcker und Lehrlinge drängten sich zusammen, ihre Ausdrücke eine Mischung aus Erschöpfung und Hoffnung. Sie waren Zivilisten, in das Herz einer Rebellion hineingestoßen, um die sie nicht gebeten hatten.

Plötzlich durchschnitt ein markerschütternder Schrei die nächtliche Luft, gefolgt von den Geräuschen eines Kampfes. Die Bäcker zuckten zusammen und drängten sich enger zusammen, ihre Augen weit vor Angst. Einige der jüngeren Lehrlinge hielten sich die Ohren zu und blickten wild umher nach der Quelle des erschreckenden Lärms.

Nyssa jedoch reagierte kaum. Sie war so gewöhnt an das Geräusch gefangener Hyva geworden, dass es kaum noch registrierte. Es war nur ein weiterer Teil des Lebens in Kassguard, genauso wie das Klirren der Übungsschwerter, das Hämmern von Tahjs Hammer gegen erhitztes Metall oder das Blubbern der Kochtöpfe.

Als sie die Panik in den Gesichtern der Neuankömmlinge erkannte, bewegte sich Nyssa, um sie zu beruhigen. »Es ist in Ordnung,« sagte sie, ihre Stimme ruhig und stetig. »Das ist nur das Geräusch eines weiteren Hyva, der gefangen wird. Wir versuchen, so viele wie möglich zu retten.«

Bei ihren verwirrten Ausdrücken erklärte Nyssa die Wahrheit über die Hyva.

Die Bäcker sahen sie ungläubig an, offensichtlich schockiert über ihre Gelassenheit angesichts einer so erschreckenden Situation. Nyssa erkannte dann, wie sehr sie sich verändert hatte, wie sehr sie sich an dieses neue Leben angepasst hatte.

Frau Kayseri, obwohl noch blass, nickte verstehend. »Warum habt ihr nicht allen in Erishum die Wahrheit über die Hyva erzählt?«

Nyssa starrte sie nachdenklich an und begegnete den Augen jedes Bäckers. »Zum einen bezweifle ich, dass die meisten Menschen uns ohne Beweis glauben würden. Und zweitens wollen wir nicht riskieren, dass irgendjemand im Königreich es noch weiß.«

Es gab einen Funken in den Augen ihrer Zuhörer, eine wachsende Erkenntnis, dass sie Teil von etwas Größerem als sie selbst sein könnten. Vosha näherte sich bald mit einer zerzausten Frau, die in eine dicke Decke gehüllt war und überwältigt und unter Schock zu stehen schien. Er stellte die Frau der Versammlung vor. Der Anblick der Frau ließ die Rückgrate der Bäcker sich geradebiegen und ihre Augen mit neuer Entschlossenheit brennen.

KAPITEL 28

*A*ls die Tage vergingen, drangen weiterhin Nachrichten aus Erishum zu ihnen. Die Stadt war ein Pulverfass, die Spannung baute sich mit jedem verstreichenden Tag auf. Jorek hatte die Präsenz der Neuntöter auf den Straßen erhöht, und Gerüchte über weitere Zwangsrekrutierungen verbreiteten sich wie ein Flächenbrand.

Aber es gab auch andere Nachrichten – Geflüster von wachsender Unterstützung für die Rebellion, von Menschen, die dem König in kleinen Dingen heimlich trotzten. Die Samen, die sie während des Protests säten, begannen aufzugehen.

Nyssa war beschäftigter denn je, teilte ihre Zeit zwischen dem Training mit Bran, dem Helfen der Neuankömmlinge bei der Anpassung an das Rebellenlager, der Verwaltung ihrer Ressourcen zum Trainieren und Schützen von mehr Menschen und dem Strategisieren mit Vallen und den anderen auf.

Eines Nachmittags, als sie einer Gruppe von Bäckerlehrlingen grundlegende Schwerttechniken demonstrierte, erblickte sie Frau Kayseri, die von der Seitenlinie zusah. Das Gesicht der älteren Frau war eine Mischung aus Stolz und Trauer.

»Hätte nie gedacht, dass ich den Tag erleben würde,« sagte

Kayseri leise, als Nyssa sich näherte. »Meine Lehrlinge lernen zu kämpfen statt zu backen.«

Nyssa legte eine tröstende Hand auf Kayseris Schulter. »Sie lernen, sich zu schützen, für das Richtige zu kämpfen. Aber sie werden immer Bäcker im Herzen bleiben. Das ist etwas, was Jorek ihnen niemals nehmen kann.«

Kayseri nickte, ein kleines Lächeln durchbrach ihre Melancholie. »Du hast natürlich recht. Und wer weiß? Vielleicht finden einige von ihnen heraus, dass sie lieber Soldaten als Bäcker sind.«

Nyssa rümpfte die Nase. »Das bezweifle ich stark.«

Ein jubelnder Jubelruf erhob sich vom Trainingsplatz. Eine Menge hatte sich um Khinnis gebildet, ihr Gesicht strahlte vor Stolz, als sie ein hölzernes Übungsschwert in einer Siegesgeste hochhielt. An der Spitze der Versammlung stand Tarric, seine Begeisterung spürbar. Er führte den Chor der Jubelrufe an, seine Stimme erhob sich über die anderen, bevor er Khinnis in eine Umarmung schwang. Seine offensichtliche Freude über ihren Erfolg verriet sein besonderes Interesse an der Lehrlingin.

Frau Kayseri grinste über die Darbietung. »Sieht aus, als hätte Khinnis gerade ihren Sparringkampf gewonnen. Sie war schon immer eine schnelle Lernerin.«

Nyssa nickte und sah zu, wie Khinnis' Bäckerkollegen ihr gratulierten, ihre Gesichter strahlten vor Aufregung und Kameradschaft. »Sie passen sich an, finden ihren Platz hier. Es ist mehr, als ich gehofft haben könnte.«

Frau Kayseri kicherte. »Bäcker sind zäher als du denkst. Wir sind gewöhnt an frühe Morgenstunden, harte Arbeit, das Befolgen präziser Anweisungen und schnelles Denken. Diese Fähigkeiten übertragen sich gut auf dieses neue Leben.«

Als die Aufregung über Khinnis' Sieg nachzulassen begann, wandte sich Frau Kayseri mit einem nachdenklichen Ausdruck an Nyssa. »Nyssa, könntest du mir helfen, die Nahrungsvorräte für Kassguard zu inventarisieren? Ich könnte etwas Unterstützung gebrauchen. Ich möchte sehen, wie wir das, was wir gelagert haben, noch weiter strecken können.«

Nyssa nickte, froh über die Gelegenheit. »Natürlich, ich helfe gerne.«

Sie erreichten das Vorratszeit, eine große Struktur, die die kostbaren Nahrungsvorräte des Lagers beherbergte. Das Zelt war stickig, mit drückender und schwüler Luft.

Trotz der unbequemen Bedingungen fand sich Nyssa dabei, die Arbeit zu genießen. Während sie Säcke mit Getreide und Gläser mit konserviertem Gemüse zählten, diskutierten sie und Kayseri Wege, ihre Vorräte länger haltbar zu machen.

»Wir müssen nachhaltigere Nahrungsquellen finden,« sinnierte Kayseri und wischte sich Schweiß von der Stirn. »Was wir haben, wird nicht ewig halten, besonders mit unseren wachsenden Zahlen. Ich kenne jemanden, der vielleicht bereit wäre, Eier zu unseren Vorräten beizutragen. Ich werde sehen, ob ich Athura dazu bringen kann, mir zu helfen, einen Brief an ihn zu verfassen. Dann könnte Timi ihn überbringen.«

Nyssa nickte, ihre Augen hellten sich auf. »Ausgezeichnete Idee. Was, wenn wir unsere Fischereiunternehmungen ausweiten? Wir haben ein kleines Team, das täglich Fallen überprüft, aber wir könnten mehr Hände rekrutieren, um zusätzliche zu bauen. Mit einer größeren Arbeiterschaft könnten wir unseren täglichen Fang erheblich steigern.«

»Brillant,« stimmte Kayseri ein, ihr Ausdruck lebhaft. »Mehr Fisch bedeutet, wir könnten den Überschuss räuchern oder trocknen und so eine länger haltbare Nahrungsversorgung sicherstellen.«

Die Erwähnung des Fischens sandte einen Stich durch Nyssas Herz und weckte Erinnerungen an Fenol.

Sie einigten sich darauf, mit dem Fischerteam über die Steigerung ihres Fangs zu beraten. Als sie das Zelt verließen, schlug Nyssa eine Abkürzung an der Schlucht vorbei vor, wo sie einst einem Hyva entkommen war.

»Wir nutzen sie jetzt, um die Kreaturen zu fangen,« erklärte Nyssa, als sie sich näherten und vorsichtig Abstand hielten. »Es war ziemlich effektiv.«

Plötzlich erregte ein Bewegungsschleier ihre Aufmerksamkeit. Aus dem Gebüsch auf der anderen Seite der Schlucht sprang ein Hyva hervor, seine mehreren kraftvollen Beine trieben ihn zu einem Stück rohen Fleisches, das über der Kluft hing.

Nyssas Atem stockte, als sie die Kreatur erkannte. Es war Schleicher – der Hyva mit der massiven Narbe durch sein Auge.

Der Hyva landete auf dem, was fester Boden zu sein schien, aber die sorgfältig getarnte Abdeckung aus Gebüsch und dünnen Stöcken gab unter seinem Gewicht nach. Die Kreatur stürzte mit einem ohrenbetäubenden Kreischen in die Schlucht.

Als Nyssa und Kayseri sich vorsichtig näherten, um in die Schlucht hinunterzuspähen auf den gefangenen Hyva, tauchten Vosha und Wargton aus ihren Verstecken in der Nähe auf. Sie sahen in angespannter Stille zu, wie der schwarzschuppige Hyva gegen die glatten Wände der Höhle kletterte, sein einziges gutes Auge brannte vor goldenem, bösartigem Hass.

Vosha und Wargton verloren keine Zeit. Sie zogen ihre Eimer mit Quellwasser heraus und gossen es in die Schlucht hinunter. Es spritzte gegen den Hyva, während er sprang und an den Höhlenwänden kratzte und erfolglos versuchte, Halt auf der glatten Steinoberfläche zu finden. Kayseri keuchte und presste ihre Hände zusammen, als die Wirkung der Magie sofort einsetzte. Die Form des Hyva wellte und verschob sich, seine monströsen Züge schmolzen weg und enthüllten einen Mann mit ergrauendem Haar.

»Hier, lassen Sie uns Euch da herausholen, Eure Hoheit,« sagte Vosha und ließ ein geschlungenes Seil in die Schlucht hinab. Nyssa trat vor, um Vosha und Wargton zu helfen, den Mann vorsichtig aus dem Loch zu ziehen. Sein Körper war abgemagert und seine Glieder zitterten vor Nachwirkungen der

GWEN DEMARCO

Verwandlung. Sie hüllten ihn schnell in eine Decke, die Vosha aus seinem Rucksack hervorzog.

Was als nächstes geschah, schockierte Nyssa bis ins Mark. Vosha, normalerweise so gefasst, warf einen Blick auf das Gesicht des Mannes und brach auf die Knie, kniete vor dem verwandelten Mann nieder. »Eure Hoheit. Bei Enums Namen, wie ist das möglich?«, keuchte er, seine Stimme voller Ehrfurcht und Ungläubigkeit.

»Prinz Dastur – Ihr lebt!«, rief Wargton aus.

Nyssa fühlte sich, als wäre der Boden unter ihren Füßen weggebrochen. Prinz Dastur? Aber er war vor Jahrzehnten gestorben, lange bevor sie überhaupt geboren worden war. Ihr Atem stockte, als sie den Mann genauer betrachtete. Seine Ähnlichkeit mit König Jorek war unverkennbar – dieselbe Gesichtsstruktur, obwohl älter und abgenutzter. Und sein einziges gutes Auge... es hatte dasselbe königliche Grün wie das des Königs.

Die Implikationen trafen Nyssa wie ein physischer Schlag: Jorek hatte nicht nur den Thron gestohlen – er hatte sein eigenes Fleisch und Blut einem Schicksal schlimmer als dem Tod überlassen.

Als sie begannen, dem wackeligen Prinzen zum Hauptlager zu helfen, sah Vosha Tarric sich nähern, angezogen vom Tumult. »Tarric!«, rief Vosha. »Es ist Prinz Dastur! Hol etwas Essen und Wasser! Schnell!«

Tarrics Augen weiteten sich vor Schock, aber er nickte und sprintete zum Vorratszelt.

Flankiert von Nyssa und Kayseri schleppte sich Prinz Dastur mühsam zum Hauptlagerfeuer. Die Nachricht von Dasturs Rückkehr verbreitete sich durch das Lager wie ein Flächenbrand. Menschen tauchten aus Zelten und Trainingsbereichen auf, ihre Gesichter voller Ungläubigkeit und Hoffnung, als sie Blicke auf den längst verlorenen Königlichen erhaschten.

Als die Gruppe Dastur am Feuer niederließ, versammelte sich

eine Menge. Nyssa konnte das Geflüster, die wachsende Aufregung hören.

»Prinz Dastur,« sagte Vosha sanft, »könnt Ihr uns erzählen, was passiert ist? Wie hat Jorek—«

Der Prinz, der desorientiert und verwirrt aussah, sprach mit heiserer Stimme. »Mein Bruder... Jorek... er hat mich vergiftet. Drogen im Tee.« Er schüttelte den Kopf, als ob er Spinnweben wegräumen wollte. »Ich wachte auf der Opferstätte auf. Ich rannte... versuchte die Quelle zu erreichen... aber ich konnte nicht...«

Bevor er seine Erklärung beenden konnte, ertönte ein Schrei über das Lager. »Dastur!«

Nyssa drehte sich um und sah Kuratorin Athura auf sie zurennen, Tränen strömten über ihr Gesicht. Die Frau warf sich in Prinz Dasturs Arme und schluchzte vor Freude und Ungläubigkeit.

»Athura? Was? Ich verstehe nicht ...«, stotterte Dastur, seine Arme schlossen sich instinktiv um sie.

Als das lange getrennte Paar sich umarmte und sich unter Tränen küsste, fand sich Nyssa dabei, von der Menge zurückzutreten, ihr Geist taumelte. Das Gewicht dessen, was geschehen war – was Dastur angetan worden war – traf sie mit voller Wucht und ließ ihre Knie schwach werden. Nyssa starrte auf den Prinzen und nahm sein graues Haar, die Linien auf seinem Gesicht, seine Narbe und das fehlende Auge, die Art, wie seine Hände leicht zitterten, als er Athura hielt, wahr. Das war ein Mann, der Jahrzehnte seines Lebens im Handumdrehen verloren hatte. In einem Moment war er ein junger Prinz gewesen, bereit, den Thron zu übernehmen und die Frau zu heiraten, die er liebte. Im nächsten erwachte er als alter Mann in einer Welt, die ohne ihn weitergezogen war.

Das Grauen davon ließ Nyssas Magen sich zusammenziehen. Sie dachte an all die Erfahrungen, die Dastur verpasst hatte – die Freuden, die Sorgen, die einfachen alltäglichen Momente, die ein Leben ausmachen. Alles gestohlen, nicht nur durch Joreks Verrat, sondern durch die grausame Magie der Sterbenden Wildnis, die ihn so lange in der Form eines Hyva gefangen gehalten hatte.

Und nun aufzuwachen und sich alt zu finden, seinen Bruder als Tyrannenkönig, sein Königreich in Aufruhr... Nyssa konnte sich die Desorientierung und Trauer nicht vorstellen, die diese Nachricht ihm bereiten würde. Sie würden ihn langsam an alles heranführen müssen.

Sie fing Vallens Blick über die Menge hinweg und sah ihre eigenen Emotionen in seinem Gesicht widergespiegelt. Als sie Dastur und Athura beobachtete, die sich aneinander klammerten, ihre Wiedervereinigung bittersüß mit dem Gewicht verlorener Jahre, fühlte Nyssa Wut in sich brennen.

KAPITEL 29

Nyssa fand sich am Rand der wachsenden Menschenmenge wieder, ihre Augen auf die Gestalt von Prinz Dastur gerichtet. In Schichten von Decken gehüllt, wirkte er sowohl zerbrechlich als auch königlich. Er saß nahe am Feuer mit Athura an seiner Seite. Die Kuratorin hatte seine Seite seit ihrer Wiedervereinigung nicht verlassen, ihre Hand fest in seiner verschlungen, als hätte sie Angst, er könnte wieder verschwinden.

Eine Stille legte sich über das Lager, als sich die letzten Nachzügler der Menge anschlossen. Athuras beruhigender Händedruck schien Prinz Dastur zu stärken, als er tief Luft holte, um zu der Menge zu sprechen.

»Mein Volk, meine Freunde,« sagte er, seine Stimme heiser, aber mit jedem Wort an Kraft gewinnend, »ihr verdient die Wahrheit – darüber, was mir widerfuhr, und wie unser Königreich der Dunkelheit anheimfiel.

»Von klein auf bildete mein Vater, König Yarrid, mich in der Quellmagie aus. Es war ein streng gehütetes Geheimnis, das seit Generationen in unserer Familie weitergegeben wurde. Jorek und ich wurden zur Verschwiegenheit verpflichtet, man sagte uns, dass das Wissen um diese Macht nur Chaos und Verderben bringen würde, wenn es in die falschen Hände fiele. Die Geschichte, die man uns erzählte, die verwendet wurde, um die Lügen gegenüber der Öffentlichkeit zu rechtfertigen, war komplex und tief verwurzelt.

»Laut meinem Vater stand unser Königreich vor Jahrhunderten einer katastrophalen Bedrohung von jenseits unserer Grenzen gegenüber – andere Königreiche wollten uns die Quelle stehlen. König Jerwan nutzte seine Magie, um die Sterbende Wildnis als Schutzbarriere zu erschaffen und opferte einen Teil unseres Landes, um den Rest zu retten. Was die Hyva angeht, so behauptete die Geschichte, dass sie einst freiwillige Wächter waren, die in furchteinflößende Bestien verwandelt wurden, um die Sterbende Wildnis zu bewachen. Obwohl ich zugeben muss, dass ich an diesem besonderen Detail immer gezweifelt habe.

»Man brachte uns bei, dass die Öffentlichkeit niemals die Wahrheit erfahren durfte. Sie würden die Notwendigkeit nicht verstehen, die Sterbende Wildnis aufrechtzuerhalten oder die andauernden Opfer, die erforderlich waren, um das Königreich sicher zu halten. Man sagte uns, wenn die Menschen von der Quellmagie wüssten, würden sie versuchen, sie selbst zu nutzen oder sie sogar aus Furcht zu zerstören.

»Die geschlossenen Grenzen wurden als Schutz sowohl vor den Hyva als auch vor den angeblichen äußeren Bedrohungen gerechtfertigt. Man lehrte mich, dass jeder, der nicht zur königlichen Familie gehörte, nicht den Verstand besaß, um die Notwendigkeit dieser Opfer zu begreifen oder die Disziplin, um die Quellmagie verantwortungsvoll zu handhaben. Man sagte uns, es sei unsere Last, unsere Pflicht, dieses Geheimnis zu tragen und diese schweren Entscheidungen zum Wohl aller zu treffen. Aber ich wusste, dass dies Lügen waren, die sich meine Familie erzählte, um ihren Verrat und ihre Gier zu rechtfertigen.«

Ein Murmeln ging durch die Menge. Nyssa erblickte Frau Kayseri, ihre Augen weit vor Ungläubigkeit. Bevor sie der Rebellion beitraten, hatte niemand von ihnen jemals von Quellmagie gehört. Die Bestätigung, dass jeder König in Erishums Geschichte die wahre Natur der Sterbenden Wildnis und der Bestien kannte, die durch die Verwüstung wandelten, war ein Schlag in die Magengrube für Nyssa. Sie war aufgewachsen in dem Glauben, dass die königliche Familie sich um ihr Volk sorgte.

Dastur fuhr fort, seine Augen fern. »Man sagte mir, ich dürfe mit niemandem darüber sprechen, nicht einmal mit Athura, bis wir verheiratet waren. Aber als ich mehr Zeit mit ihr verbrachte und über die Geschichte unseres Königreichs las, begann ich alles zu hinterfragen, was man mir beigebracht hatte.«

Er hielt inne, sein Blick über die versammelten Rebellen schweifend. »Ich sah das Leiden unseres Volkes und das Potenzial der Magie, ihnen zu helfen. Aber mein Vater bestand darauf, dass die offene Nutzung der Magie die Menschen nur gierig und habgierig machen würde. Er sprach von Zeiten, in denen das Wissen zu Konflikten und Chaos geführt hatte.«

Nyssa spürte einen Schauer über ihren Rücken laufen. Sie dachte an den aktuellen Zustand Erishums, an die Menschen, die hungerten, während Jorek Nahrung und Macht hortete.

»Ich begann neue Pläne zu schmieden,« sagte Dastur, seine Stimme wurde stärker. »Ich wollte die Magie zum Wohl aller nutzen, nicht nur um eine Lüge aufrechtzuerhalten, die seit Generationen aufrechterhalten worden war.«

Er hielt inne, seine Augen glänzten mit erneuerter Entschlossenheit. »Meine erste Priorität war es, die Tribute zu beenden. Keine unschuldigen Leben sollten mehr unter dem Vorwand der Notwendigkeit geopfert werden. Aber das war nur der Anfang. Ich setzte mir ein noch größeres Ziel: die Auflösung der Sterbenden Wildnis. Ich glaubte, dass ich die Barriere rückgängig machen könnte, die die Quellmagie im Königreich gefangen hält, und dann könnte ich beginnen, das Land zu heilen, zurückzugewinnen, was uns vor Jahrhunderten verloren ging.«

»Und dann...« Dasturs Stimme versagte für einen Moment, bevor er sich fasste. »Dann kam der Tag, der alles veränderte.«

Das Gesicht des Prinzen verdunkelte sich, sein Griff um Athuras Hand verstärkte sich. »Mein jüngerer Bruder, Jorek, der ebenfalls begonnen hatte, die Magie zu erlernen, lud mich zum Tee ein. Er sagte, er wolle meine Ideen besprechen. Ich... ich dachte, er würde mir seine Unterstützung leihen.«

Dasturs Stimme versagte, und Athura lehnte sich näher. Nach einem Moment fuhr er fort, seine Stimme rau und aufgewühlt.

»Während wir sprachen, begann ich mich seltsam und schwindelig zu fühlen. Als ich Jorek befragte, sein Gesicht... ich werde den Blick in seinen Augen nie vergessen, als er zischte, dass meine 'lächerlichen Ideale' an diesem Tag enden würden. Ich verlor das Bewusstsein, und als ich erwachte, fand ich mich auf dem Opferhügel wieder, die Sonne ging unter. Stunden waren vergangen.«

Ein Keuchen ging durch die Menge. Nyssa spürte ihr Herz rasen, die Puzzleteile fielen endlich an ihren Platz.

»Ich versuchte, mich mit der Quellmagie zu verbinden, um mich zu retten, aber keine war in der Nähe. Meine letzte klare Erinnerung ist, dass ich zu den Grenzmauern sprintete, verzweifelt das Königreich zu erreichen. Und dann... dann gab es nur noch Wut und Hunger und Schmerz.«

Prinz Dasturs Worte hingen in der Luft und hinterließen eine spürbare Stille. Das Knistern des Lagerfeuers schien unnatürlich laut in der Stille. Gesichter um den Kreis spiegelten Schock, Entsetzen und tiefes Mitgefühl wider. Einige der älteren Mitglieder der Gruppe tauschten dunkle Blicke aus, zweifellos erinnernd an die Tage von Dasturs angeblichem »Tod« und Joreks anschließendem Aufstieg auf den Thron.

»Jorek muss Hilfe gehabt haben. Allein hätte er dich nicht zum Opferhügel bringen können,« sagte Athura und durchbrach die schwere Stille.

»Oh ja. Da war an jenem Tag noch jemand anderes mit Jorek.

Berossus – diese Ratte – war anwesend, als mein Bruder mich betäubte. Ich erinnere mich, sein Gesicht gesehen zu haben, teilnahmslos, als ich das Bewusstsein verlor.«

»Der Große Enumerox?« keuchte eine schockierte Stimme aus der Menge.

»Berossus ist jetzt der Große Enumerox?« sagte Dastur mit einem Hohnlächeln. »Nun, das macht Sinn, nehme ich an. Ich stelle mir vor, dass Jorek ihn reich für seine Hilfe belohnte.«

Flüstern ging durch die versammelten Rebellen, ein Raunen des Unglaubens und der Wut.

Dasturs Augen weiteten sich plötzlich, als würde er sich an etwas Wichtiges erinnern. »Mein Vater... was wurde aus ihm? Schöpfte er keinen Verdacht auf ein Verbrechen?«

Athuras Gesicht fiel, ihr Griff um Dasturs Hand verstärkte sich. »Es tut mir so leid, Dast. Dein Vater... König Yarrid starb nur zwei Jahre nach deinem angeblichen Tod. Allen wurde gesagt, es sei aus Kummer über den Verlust von dir gewesen.«

Das Gesicht des Prinzen verzog sich, ein weiterer Verlust zu der Last der Trauer, die er bereits trug. Das Feuerlicht tanzte über seine Züge und hob die Linien des Kummers hervor, die dort eingraviert waren.

Plötzlich krümmte sich Dastur zusammen, die Arme fest um seine Körpermitte geschlungen. Ein schmerzvoller Schrei entfuhr ihm, als er zusammenbrach, seine Gestalt vom Kummer geschüttelt. »Mein Vater... tot,« würgte er hervor. »Und Jorek... mein eigener Bruder... machte mich zu einer Bestie.« Seine Worte lösten sich in stille, gebrochene Schluchzer auf.

Mehrere lange Minuten blieb im Lager alles still, nur Dasturs gedämpftes Weinen und das Flüstern der Menschen waren zu hören. Langsam, allmählich, begannen sich seine zitternden Atemzüge zu beruhigen. Athura kniete neben ihm, ihre Hand eine stetige Präsenz auf seinem Rücken.

Vallen trat vor, seine Stimme sanft aber fest. »Eure Hoheit, vielleicht sollten wir dieses Gespräch an einem privateren Ort fortsetzen. Das Kommandozelt würde mehr Komfort und Diskretion bieten.«

Dastur blickte auf, schien sich zu erinnern, wo er war. Er nickte schwach und ließ zu, dass Athura ihm beim Aufstehen half.

»Natürlich,« sagte er, seine Stimme heiser. »Führt den Weg.«

Als sie sich zum Kommandozelt bewegten, fing Vallen Nyssas Blick auf und nickte leicht. Sie verstand und fiel hinter ihnen in Schritt. Egmond folgte natürlich ebenfalls.

Einmal im Zelt angekommen, sank Dastur in einen Stuhl, sichtlich erschöpft. Athura blieb nahe, ihre Anwesenheit ein stiller Trost. Vallen, Nyssa und Egmond arrangierten sich um den zentralen Tisch, ihre Gesichter von Sorge und Neugier geprägt.

Als Dastur wieder sprach, kamen seine Worte schneller, getönt von einer Mischung aus schwelender Wut und bitterer Resignation. Die rohe Trauer war zurückgewichen, ersetzt durch einen Prinzen, der sich stählte, um der harten Realität seiner Situation ins Gesicht zu sehen.

»Unser Vater hat uns stets gegeneinander ausgespielt. Es war seine Art, uns auf die Herausforderungen der Herrschaft 'vorzubereiten'. Aber so etwas?« Dastur schüttelte den Kopf, seine Hände ballten sich zu Fäusten. »Ich hätte nie gedacht, dass Jorek so tief sinken würde. Brudermord zu versuchen... nicht nur mich zu verraten, sondern das ganze Königreich?«

Athura legte eine tröstende Hand auf Dasturs Schulter, aber er schien in seinen Erinnerungen verloren, seine Augen fern. Tränen liefen über die Wangen der Kuratorin, und sie blinzelte schnell.

»Wir hatten unsere Rivalitäten, unsere Meinungsverschiedenheiten, aber ich dachte immer... ich glaubte immer, dass wir im Grunde immer noch Brüder waren. Dass wir, wenn es wirklich darauf ankam, zusammenstehen würden.« Seine Stimme versagte, und er starrte Athura an, die Augen glänzend von ungeweinten Tränen. »Wie konnte ich nur so blind sein?«

Nyssa spürte einen Stich in ihrer Brust bei dem rohen Schmerz in der Stimme des Prinzen. Sie hatte die Grausamkeit von Joreks Herrschaft aus erster Hand gesehen, aber Dastur über ihre gemeinsame Vergangenheit sprechen zu hören, brachte die persönliche Natur dieses Verrats nach Hause.

Vallen trat vor, seine Stimme sanft aber fest. »Eure Hoheit, Ihr konntet es nicht wissen. Joreks Handlungen sprechen für seine eigenen Fehler, nicht für Eure.«

Dastur nickte langsam und holte tief Luft, um sich zu fassen. »Ihr habt recht, natürlich. Und doch... ich kann nicht anders, als mich zu fragen, ob ich das irgendwie hätte verhindern können. Wenn ich die Zeichen gesehen hätte...«

»Die Vergangenheit kann nicht geändert werden,« warf Egmond ein. »Aber die Zukunft... die gehört noch uns zu formen. Eure Rückkehr gibt uns eine Chance, die Ungerechtigkeiten der vergangenen Jahrzehnte zu korrigieren.«

Der Prinz wandte sich wieder Athura zu, seine Augen voller Verwirrung und Furcht. »Jahrzehnte? Wie lange war ich ein...?«

Dastur ließ seinen Blick über Athuras Gesicht schweifen, während sie zögerte. Er griff nach oben und fuhr durch einige Strähnen ihres grau durchzogenen Haares. Athura holte tief Luft und ergriff Dasturs Hände in ihren. »Es sind vierunddreißig Jahre vergangen, Dast. Es tut mir unendlich leid.«

Dasturs Schultern sanken, und ein Schauder durchlief seinen Körper. Entsetzen packte Nyssa an der Kehle, als sie sich vorstellte, wie es sich anfühlen würde zu erkennen, dass man Jahrzehnte seines Lebens als rasendes, geistloses Monster verloren hatte.

Athuras Augen füllten sich mit Tränen, ein leises Schluchzen entfuhr ihren Lippen. Dastur zog sie nahe, seinen Schmerz momentan vergessend. »Nicht weinen,« flüsterte er und umfasste sanft ihr Gesicht. Mit zärtlicher Fürsorge wischte er die Tränen von ihren Wangen, seine Berührung so ehrfürchtig, als würde er das kostbarste Artefakt in ihrem Museum handhaben.

»Nicht weinen,« murmelte er, seine Stimme sanft. »Wir haben so viel Zeit verloren, das ist wahr. Aber gerade jetzt bin ich einfach froh, dich wieder in meinen Armen zu haben.«

Nach einem langen Moment trennten sich Dastur und Athura leicht, ihre Hände immer noch verschlungen. Der Blick des Prinzen blieb auf die Kuratorin gerichtet, trank den Anblick ihres Gesichts – nun mit den Linien der Jahre gezeichnet, die er verpasst hatte.

Er sagte leise: »Was ist in meiner Abwesenheit geschehen? Bitte, erzählt mir alles.«

Athuras Augen schimmerten. Sie holte zittrig Luft und stählte sich.

»Es begann mit der Nachricht von Eurer 'plötzlichen Krankheit',« begann Athura, ihre Stimme durchdrungen von altem Schmerz. »Man sagte uns, sie sei hochansteckend. Niemand durfte Euch sehen, nicht einmal ich. Als die Nachricht von Eurem Ableben kam, war es uns nicht einmal erlaubt, Euren Körper zu sehen. Man sagte mir, es sei zu gefährlich.« Sie hielt inne und schluckte schwer. »König Yarrid war am Boden zerstört. Er ernannte Jorek zu seinem Erben. Dann, einige Jahre später, folgte Euer Vater Euch ins Grab.« Athuras Augen schimmerten von ungeweinten Tränen. »Danach sahen wir hilflos zu, wie Joreks Griff um Erishum immer fester wurde.«

Während Athura sprach, beobachtete Nyssa Dasturs Gesicht. Sie sah den Schock, die Trauer, die Wut über seine Züge spielen. Als Athura fertig war, saß der Prinz für einen langen Moment in betäubter Stille.

Egmond war der erste, der die Stille brach. »Eure Hoheit, mein Freund,« sagte er, seine Stimme stetig und respektvoll, »Eure Rückkehr ändert alles. Mit Euch hier haben wir einen legitimen Anspruch, Joreks Herrschaft herauszufordern.«

Dastur blickte auf, seine Augen auf Vallen fokussiert. »Herausfordern? Ihr meint... ihr beabsichtigt zu kämpfen?«

Vallen trat vor, sein Gesicht eine Maske grimmiger Entschlossenheit. »Wir haben gekämpft, Eure Hoheit. Wir haben monatelang trainiert. Das Volk von Erishum hat zu lange unter Joreks Tyrannei gelitten.«

»Ihr alle habt so viel riskiert,« sagte er leise. »Und ich... ich war gefangen, nutzlos, die ganze Zeit.«

»Nicht nutzlos,« hörte sich Nyssa sagen. Alle Augen wandten sich ihr zu, und sie spürte eine Röte ihre Wangen hinaufkriechen, aber sie machte weiter. »Eure Hoheit, Euer Überleben und die Rückkehr zu Eurem menschlichen Körper beweist, dass Joreks Macht nicht absolut ist. Und Euer Wissen über die Quellmagie könnte der Schlüssel sein, um das Gleichgewicht in unserem Land wiederherzustellen.«

Dastur blickte Nyssa an, ein Funke der alten königlichen Autorität flackerte in seinem auffallenden grünen Auge. »Ihr habt recht, natürlich. Ich kann die Vergangenheit nicht rückgängig machen, aber vielleicht... vielleicht kann ich helfen, eine bessere Zukunft zu formen. Wir alle können das.«

Plötzlich richtete sich Dastur auf, ein Ausdruck der Entschlossenheit huschte über sein Gesicht. »Die Quellmagie,« sagte er, seine Stimme wurde stärker. »Ich frage mich... nach all dieser Zeit... ich muss dafür draußen sein. Kann mir jemand etwas Quellenwasser holen?«

Die anderen nickten und folgten Dastur, als er sich erhob und zum Zelteingang schritt, immer noch langsam gehend. Als sie herauskamen, richtete sich die Aufmerksamkeit des Lagers sofort auf sie.

»Vosha,« rief Vallen, seine Stimme über die gedämpfte Menge tragend. »Könntest du dem Prinzen einen Wasserschlauch mit Quellenwasser bringen?«

Vosha, der in der Nähe gewartet hatte, sprang ohne zu zögern in Aktion. Er holte schnell einen mit Quellenwasser gefüllten Wasserschlauch und bot ihn dem Prinzen mit respektvollem Nicken an.

Dastur nahm den Schlauch mit zitternden Händen. Alle

Augen waren auf den Prinzen gerichtet, als er den Behälter entkorkte. Für einen Moment geschah nichts. Dann begann langsam ein Wasserstrahl aus der Öffnung zu steigen.

Erstaunte Ausrufe gingen durch das Lager, als Dastur das magische Wasser befehligte. Ein gewundenes, glitzerndes Seil stieg aus der Mündung des Wasserschlauchs, wand und schlängelte sich über ihren Köpfen. Die flüssige Schlange tanzte und ringelte sich, schimmernd im Feuerlicht. Dasturs Gesicht war von Konzentration geprägt, Schweißperlen bildeten sich auf seiner Stirn, als er seine Fähigkeiten ausübte.

Mit einer Handbewegung lenkte Dastur das Wasser zum Lagerfeuer. Als die beiden Elemente sich trafen, blühte das Feuer auf und stieg, wuchs zu unmöglichen Höhen, bevor es in eine Dusche funkelnden Nebels explodierte, der über die gesamte Menge regnete.

Nyssa sah ehrfürchtig zu, wie die glitzernden Funken durch die Luft schwebten und einen magischen Schein über die versammelten Rebellen warfen. Ohne nachzudenken streckte sie die Hand aus und formte ihre Hände zu einer Schale, um einen der schwebenden Funken zu fangen.

Der Funke ließ sich sanft in ihrer Handfläche nieder, warm und lebendig gegen ihre Haut. Nyssa bestaunte die Sensation – es kribbelte angenehm, ähnlich dem sanften Summen einer Biene, aber brannte nicht. Sie hielt für einen Moment ein Stück pure Magie in ihrer Hand.

Als eine leichte Brise durch das Lager flüsterte, zischte der Funke leise und verschwand, hinterließ nur ein schwaches Kribbeln auf Nyssas Handfläche. Sie starrte auf ihre Hand und konnte kaum glauben, was sie gerade erlebt hatte.

Egmond trat vor, als die Aufregung zu vergehen begann, seine Augen strahlten mit neuem Licht. »Eure Hoheit,« sagte er, seine Stimme voller kaum verhaltener Aufregung, »ich denke, es ist Zeit für Euch, Euren Thron zurückzufordern.«

Dasturs Ausdruck wurde ernst. Er blickte um sich auf die von den sterbenden Gluten beleuchteten Gesichter, sein Blick verweilte auf jedem von ihnen der Reihe nach. »Es wird nicht einfach werden,« sagte er, seine Stimme mit dem Gewicht der Gewissheit beladen. »Ich kenne meinen Bruder. Jorek wird seinen Thron nicht ohne Kampf aufgeben. Er wird jede Ressource nutzen, die ihm zur Verfügung steht, jeden schmutzigen Trick, den er kennt, um seine Macht zu behalten.«

Eine Stille legte sich über das Lager, als die Realität dessen, was vor ihnen lag, sank. Dann trat Vallen vor, seine Haltung entschlossen. »Eure Hoheit,« sagte er, seine Stimme klingend vor Entschlossenheit, »wir sind bereit, für Euch zu kämpfen. Jede Person hier hat Opfer gebracht, hat unter Joreks Herrschaft gelitten. Wir kennen die Kosten dieser Schlacht, und wir sind bereit, sie zu zahlen.«

Murmeln der Zustimmung gingen durch die Menge, wuchsen zu einer Welle von Stimmen, die ihre Unterstützung zusagten. Nyssa spürte eine Welle von Stolz und Entschlossenheit, als sie um sich blickte auf ihre Mitrebellen, vereint in ihrer Sache.

Dastur nickte, sein Ausdruck eine Mischung aus Dankbarkeit und Entschlossenheit. »Dann lasst uns uns vorbereiten,« sagte er, seine Stimme stetig und klar. »Wir haben einen Thron zurückzufordern und ein Königreich zu heilen.«

KAPITEL 30

Geisterhafte Nebelschwaden krochen von der Erde empor und streckten sich dem heller werdenden Himmel entgegen. Drei Tage lang hatten sie sich vorbereitet, und nun, als das erste Licht der Morgendämmerung über den Horizont strömte, standen die Rebellen von Kassguard bereit in den Schatten der Sterbenden Wildnis. Verborgen zwischen geschwärztem Unterholz, gerade außer Sichtweite der Grenzmauern, warteten sie.

Vallen legte seine Hände auf Nyssas Schultern und überprüfte ein letztes Mal die Riemen ihres Brustpanzers. Seine Berührung war sanft aber fest. Als er sich zurückzog, drehte sich Nyssa um und beobachtete, wie er seine eigene Rüstung mit geübter Leichtigkeit anpasste.

»Denk daran,« sagte Vallen, seine Stimme leise und intensiv, »bleib nah bei mir. Egal was passiert.«

Nyssa nickte und griff nach seiner Hand. »Ich liebe dich,« flüsterte sie, die Worte schwer von tausend unausgesprochenen Ängsten und Hoffnungen.

»Und ich liebe dich,« antwortete Vallen, seine Augen

strahlten mit wilder Entschlossenheit. »Wir werden das durchstehen. Zusammen.«

Ein Flackern von zwei Fackeln oben auf der Grenzmauer erregte Vallens Aufmerksamkeit. Er kniff die Augen zusammen, dann nickte Nyssa zu. »Adamirs und Pollux' Signal. Die Mauer ist frei von Wachen.«

Vallen und Nyssa standen Seite an Seite, Muskeln angespannt, bereit in Aktion zu springen. Um sie herum regten sich die Rebellen, ein Meer entschlossener Gesichter und notdürftiger Rüstung.

An der Spitze der Menge stand Prinz Dastur, strahlend in königlichem grünen Prunk, hastig von Frau Sarna erschaffen. Polierter Stahl überlagerte sein fürstliches Gewand; er war sowohl eine königliche Symbolfigur als auch ein kampfbereiter Anführer. Sein vernarbtes Gesicht und das eine Auge verliehen ihm ein wildes, fast mythisches Aussehen. Egmond hatte auf dem Prunk bestanden und argumentiert, dass Dastur wie der rechtmäßige König aussehen müsse. Als Vallen ihn jetzt betrachtete, dachte er, er sehe wie etwas mehr aus – eine Legende, die zum Leben erwacht war.

Ein langer, durchdringender Ton durchschnitt die Luft und hallte aus ihren Reihen wider. Der Ruf des Horns hallte über die karge Landschaft, sein Nachhall ein Sammelruf und eine dreiste Herausforderung an die Grundfesten Erishums selbst.

Wie auf Kommando begannen die Rebellen zu marschieren. Langsam zuerst, dann an Geschwindigkeit zunehmend, als sie aus der Deckung der Sterbenden Wildnis auftauchten. Ihr Schlachtruf erhob sich in die Morgenluft, eine Kakophonie aus Wut und Hoffnung und Trotz.

Als sie sich der imposanten Grenzmauer näherten, hob Dastur seine Hände. Vallen spürte sofort eine Veränderung in der Atmosphäre. Eine spürbare Ladung pulsierte durch die Luft und ließ die Haare an seinen Armen zu Berge stehen.

Auf Dasturs Befehl explodierten die Wasserschläuche voller

Quellmagie, die sie in der Nacht zuvor mühsam an der Basis der Mauer versteckt hatten, im Gleichklang. Ein Abschnitt der Mauer – jene undurchdringliche Barriere, die seit Generationen gestanden hatte – zerfiel wie Sand vor einer Flutwelle.

Ein klaffendes Loch blieb in der Mauer zurück und öffnete das Königreich für ihren Ansturm. Als sich der Staub legte und die Trümmer aufhörten herabzuregnen, wanderte Vallens Blick über die Trümmer hinaus. Er erhaschte Blicke auf verängstigte Gesichter, die aus Fenstern und Türöffnungen spähten, die Ausdrücke der Bürger eine Mischung aus Schock, Ehrfurcht und Besorgnis.

In der betäubten Stille, die folgte, hallte Dasturs Stimme heraus, magisch verstärkt, um über die Stadt dahinter zu hallen.

»Volk von Erishum! Ich bin Dastur, euer wahrer König, von den Toten zurückgekehrt, um meinen rechtmäßigen Thron zurückzufordern! Jorek, mein Bruder, ist ein Mörder und ein Betrüger. Er vergiftete mich und ließ mich zum Sterben zurück, riss die Macht an sich, während unser Königreich in Trümmer fiel.«

Vallen konnte sehen, wie mehr Gesichter in Fenstern erschienen und Menschen aus ihren Häusern traten, um schockiert auf die durchbrochene Mauer und die Armee dahinter zu starren.

»Jorek!« brüllte Dastur, seine Stimme hallte bis in jeden Winkel Erishums. »Stell dich mir, wenn du dich traust! Lass uns das beenden, Bruder gegen Bruder, um das Schicksal unseres Volkes!«

Eine Stille legte sich über die Menge, die Stille so tiefgreifend, dass sie gegen ihre Ohren zu drücken schien. Jeder Blick richtete sich auf die ferne Skyline, wo der Palast stand, verdeckt von der weitläufigen Architektur des Königreichs. Die Luft wurde dick vor Erwartung, als sie warteten und kollektiv den Atem anhielten für jedes Zeichen einer Antwort. Aber als Momente sich zu Minuten dehnten ohne Antwort, begann Spannung zu steigen.

Schließlich hallte Dasturs Stimme heraus, klar und befehlend: »Zum Palast! Es ist Zeit, dass wir Jorek von Angesicht zu Angesicht gegenübertreten.«

Mit einem kollektiven Brüllen der Entschlossenheit begann sich die Menge zu bewegen. Sie marschierten die Königsstraße hinunter, ihre Schritte donnerten gegen das Kopfsteinpflaster. Während sie vorankamen, erschienen schockierte Gesichter in Türöffnungen und Fenstern, Bürger starrten auf den Anblick des längst verlorenen Prinzen, der ein Meer entschlossener Rebellen anführte.

Die Nachricht verbreitete sich wie ein Lauffeuer. Mit jedem Block, den sie passierten, schlossen sich mehr Menschen ihren Reihen an. Ladenbesitzer verließen ihre Stände, Arbeiter ließen ihre Werkzeuge fallen, und Bürger traten aus ihren Häusern. Einige reihten sich sofort ein, während andere in Entfernung folgten, Neugier und Hoffnung kämpften mit Vorsicht.

Als sie sich dem Palast näherten, kam seine imposante Silhouette endlich in Sicht. Dastur hob seine Hand, und der Marsch kam zum Stillstand. Die Menge, nun zu einem Meer von Menschen angeschwollen, das sich so weit erstreckte, wie das Auge reichen konnte, wartete mit angehaltenem Atem. Was als Bande von Rebellen begonnen hatte, war zu einer Flut von Bürgern gewachsen, ihre Zahlen vervielfachten sich mit jeder Straße, die sie passierten.

Alle Augen wandten sich dem Palast zu und warteten darauf, dass Jorek auftauchte. Aber die verzierten Türen blieben fest verschlossen.

Dasturs Gesicht verdunkelte sich vor Wut. »JOREK!« brüllte er wieder, die Quellmagie verstärkte seine Stimme zu donnernden Pegeln. »Bist du so ein Feigling, dass du dich hinter deinen Mauern verstecken würdest, während ich mein Königreich aus deinen diebischen Fingern zurückfordere?«

Als das Murmeln der Menge lauter wurde, hob Dastur seine

Hände und rief zur Stille auf. Als er sprach, trug seine Stimme über den Platz, fest aber beherrscht.

»Volk von Erishum,« begann er, »ich stehe vor euch nicht als Eroberer, sondern als Sohn dieses Königreichs, der es zu heilen sucht. Mein Bruder, König Jorek, hat uns einen Pfad der Furcht und Unterdrückung geführt. Aber heute haben wir eine Chance, den Kurs zu ändern.«

Er hielt inne, sein Blick über die versammelte Menge schweifend. »Ich flehe Jorek und seine Neuntöter an, ihre Waffen niederzulegen. Lasst uns das friedlich lösen, zum Wohl ganz Erishums. Wir suchen nicht Rache, sondern Gerechtigkeit und eine Rückkehr zu den Prinzipien, die einst unser Königreich groß machten.«

Egmond trat vor und fügte seine Stimme zu Dasturs hinzu. »Wir haben das Leiden unseres Volkes gesehen. Den Hunger, die Furcht, die Ungerechtigkeit. Es ist Zeit für Veränderung, aber Veränderung muss nicht durch Blutvergießen kommen, wenn wir es vermeiden können.«

Dastur nickte und fuhr fort: »Zu denen, die Jorek loyal sind, sage ich dies: bedenkt sorgfältig, wo eure wahre Loyalität liegt. Gilt sie einem Mann oder dem Königreich und den Menschen, die ihr zu beschützen geschworen habt?«

Immer noch gab es keine Antwort vom Palast. Stattdessen erfüllte das Klappern gepanzerter Schritte die Luft. Neuntöter strömten aus den Kasernen hervor, ihre roten Uniformen ein Meer aus Blut gegen den blassgrauen Stein Erishums. Viele legten hastig noch ihre Waffen und Rüstung an, während sie um den Palast schwärmten.

Dasturs Ausdruck verhärtete sich, aber er blieb gefasst. »Es scheint, Jorek wählt die Konfrontation. Aber denkt daran, wir kämpfen nur, weil wir müssen. Unser Ziel ist es, Jorek zu erreichen und ihn vor Gericht zu bringen, nicht denen zu schaden, die vielleicht einfach fehlgeleiteten Befehlen folgen. Aber stellt euer Leben zuerst, immer.«

Zu Vallens Überraschung stockten mehrere vorrückende Neuntöter in ihrem Ansturm beim Anblick des Prinzen. Unter den älteren Soldaten ging eine Welle der Erkennung durch ihre Gesichter, gefolgt von Verwirrung und in einigen Fällen Hoffnung. Mehrere von ihnen senkten ihre Waffen und traten von der Kampflinie zurück.

»Es ist wahr,« hörte Vallen einen von ihnen rufen. »Prinz Dastur lebt.«

Aber die Mehrheit drängte vorwärts, vielleicht immer noch Jorek loyal oder vielleicht zu verängstigt, um anders zu handeln.

»Jorek schickt seine Neuntöter, um für ihn zu kämpfen,« spuckte Dastur, sein einziges Auge loderte vor Wut.

Die Spannung in der Luft zerriss, als eine befehlende Stimme von den Palasttoren herausklang. »Neuntöter! Verteidigt euren König! Greift diese Verräter an!« Es war die Stimme von König Jorek, die aus der Sicherheit seines Palastes herausklang.

Auf seinen Befehl stürmten die Neuntöter vorwärts, ihre Waffen bereit. Die Menge hinter den Rebellen schwankte, einige zogen sich aus Furcht zurück, während andere standhielten, unsicher, wie sie reagieren sollten.

Dasturs einziges Auge loderte mit einer Mischung aus Entschlossenheit und Trauer, als er den Vormarsch der Neuntöter beobachtete. »Es muss nicht so sein,« rief er, seine Stimme trug über den Platz. »Wir suchen nicht zu zerstören, sondern zu erneuern. Unser Königreich zu heilen!«

Aber als die Neuntöter ihren Ansturm fortsetzten, verhärtete sich Dasturs Ausdruck. »So sei es,« sagte er, seine Stimme leise aber entschlossen. »Wenn sie einen Kampf wollen, werden sie einen Kampf bekommen.«

Sein Schwert erhebend, trat Dastur vor, um der herannahenden Streitmacht zu begegnen, seine Augen loderten vor Entschlossenheit. Die Rebellen sammelten sich hinter ihm, ihre Stimmen erhoben sich in trotzigem Gebrüll, als sie vorwärtsstürmten. Die beiden gegnerischen Streitkräfte krachten wie eine

Sturmwelle gegen Puzurs Küsten zusammen, das Klirren von Stahl und die Schreie des Kampfes erfüllten die Luft.

Vallen fand sich mitten im Kampf wieder, Nyssa an seiner Seite, als sie sich ihren Weg durch die Straßen Erishums kämpften.

Der anfängliche Ansturm der Rebellen gegen die Verteidigungslinie der Neuntöter wich bald einem zermürbenden, Straße-um-Straße-Kampf. Vallen führte eine Gruppe eine schmale Gasse gerade abseits der Königsstraße hinunter, die Geräusche des Kampfes hallten von den eng stehenden Gebäuden wider.

»Wir müssen das Waffenlager der Neuntöter sichern!« schrie Vallen über den Lärm. »Dann können wir mehr Waffen für unsere Kämpfer bereitstellen und sie aus den Händen der Neuntöter halten.«

Nyssa nickte, ihr Schwert blitzte, als sie einem Angriff eines Neuntöters auswich.

Als sie um eine Ecke bogen, begegneten sie einer Gruppe von Zivilisten, die die Straße mit umgestürzten Karren und Kisten verbarrikadierten. Für einen angespannten Moment fürchtete Vallen, sie könnten angreifen, aber dann trat eine alte Frau vor.

»Kämpft ihr wirklich für Prinz Dastur?« fragte sie, ihre Stimme zitternd.

»Das tun wir,« antwortete Nyssa und senkte ihre Waffe. »Wir sind hier, um Erishum von Joreks Tyrannei zu befreien.«

Das Gesicht der Frau verhärtete sich vor Entschlossenheit. »Dann werden wir euch helfen. Ein Kontingent von Neuntötern kam hier durch, auf dem Weg zum zentralen Waffenlager. Sie versuchen es zu befestigen.«

Vallens Geist raste. Er blickte um seine Kampftruppe und entdeckte Adamir.

»Adamir! Wenn du vorgeben würdest, dich den anderen Neuntötern beim Schutz des Waffenlagers anzuschließen, könnten wir dich als Überraschungsangriff nutzen. Denkst du, du könntest das?«

Adamir nickte.

Als sie zum Waffenlager rannten, sah Vallen das wahre Gesicht von Erishums Leiden. Hagere Gesichter spähten aus Fenstern, eine Mischung aus Furcht und Hoffnung in ihren Augen. Auf einem Platz begegneten sie einer Gruppe von Zivilisten, die eine Bande von Neuntötern mit improvisierten Waffen abwehrten.

»Wir müssen ihnen helfen!« rief Nyssa und stürmte bereits ins Getümmel.

Der Zusammenstoß war schnell und intensiv. Vallen fand sich Seite an Seite mit einer Bäckerin kämpfend, die ihr Nudelholz mit überraschender Geschicklichkeit schwang, während Nyssa ihre Wendigkeit nutzte, um die Neuntöter zu übermanövrieren. Ihre Ankunft wendete das Blatt, und langsam begannen sie, die Neuntöter zurückzudrängen.

Überwältigt von dem koordinierten Angriff und der schieren Anzahl entschlossener Bürger begannen die Neuntöter zu wanken. Vallen bemerkte, wie ihre Formation zerbrach, Unsicherheit ersetzte die frühere Entschlossenheit in ihren Augen.

»Rückzug!« Der Befehl kam vom Anführer der Neuntöter, seine Stimme getönt von Frustration und einem Hauch von Furcht.

Als sich die Neuntöter zurückzogen, erhob sich ein Jubel von den Zivilisten. Die Straße, Momente zuvor ein Schlachtfeld, summte nun vor Aufregung und vorsichtiger Hoffnung.

»Verbreitet die Nachricht,« sagte Vallen zu ihnen. »Prinz Dastur ist zurückgekehrt. Die Zeit, unser Königreich zurückzufordern, ist jetzt!«

Sie drängten weiter, ihre Zahlen schwollen an, als mehr Zivilisten sich ihren Reihen anschlossen. Als sie sich dem Waffenlager näherten, entdeckte Vallen eine Gruppe von Neuntötern, die den Eingang blockierten. Er wandte sich an Adamir und einen anderen Rebellen, der eine Neuntöter-Uniform angezogen hatte.

»Jetzt ist eure Chance,« flüsterte Vallen. »Mischt euch unter sie und wartet auf unser Signal.«

Adamir nickte, sein Gesicht vor Entschlossenheit erstarrt. Er und sein Begleiter schlüpften von Vallens Gruppe weg und verschwanden in einer schmalen Gasse. Sie warteten einige Minuten, versteckt um eine Ecke, bis Vallen sah, wie Adamir sich in die Reihen schlängelte, die die Vordertür bewachten.

»Bereit?« fragte Nyssa und umfasste ihre Waffe fest.

Vallen nickte. »Los geht's.«

Mit einem Kriegsschrei führte Vallen den Ansturm zum Waffenlager. Die Neuntöter bildeten eine Verteidigungslinie, Waffen erhoben. Aber Chaos brach aus ihren Reihen hervor, gerade als die beiden Streitkräfte zusammenstoßen sollten.

Adamir sprang in Aktion und überraschte die Neuntöter. Schwerter blitzten, als sie ihre ahnungslosen Kameraden niederschlugen und Verwirrung und Panik säten.

In dem daraus resultierenden Chaos krachte Vallens Gruppe in die desorientierten Neuntöter. Zwischen Adamirs Überraschungsangriff und Vallens frontalem Ansturm gefangen, brach die Verteidigung der Neuntöter schnell zusammen.

Die Rebellen stürmten durch den Eingang, nur um von einer weiteren kleinen aber entschlossenen Gruppe von Neuntötern im Inneren empfangen zu werden. Das Klirren von Stahl erfüllte die Luft, als die beiden Streitkräfte in Nahkampf verwickelt wurden.

Ein scharfer Schmerzensschrei riss Vallens Fokus. Er wirbelte herum und sah Nyssa stolpern, die Klinge eines Neuntöters war durch eine Lücke in ihrer Rüstung gerutscht. Blut blühte an ihrer Seite und färbte ihre Tunika tiefrot. Ohne zu zögern sprang Vallen zwischen sie und den Angreifer, sein Schwert schnitt durch die Luft in einem Verschwimmen und schlug den Neuntöter nieder, bevor er wieder angreifen konnte.

»Nyssa!« rief Vallen und stützte sie, als sie wieder auf die Beine kam.

»Mir geht's gut,« grunzte sie und drückte ihre Hand gegen die Wunde, wo Rot begonnen hatte, ihre Seite zu durchnässen. Ihr Gesicht war blass vor Schmerz, aber Entschlossenheit loderte in ihren Augen. Sie schüttelte den Kopf und biss die Zähne zusammen. »Es ist nicht so schlimm, wie es aussieht. Ich kann noch kämpfen.«

Vallen zögerte, aber Nyssas entschlossener Ausdruck duldete keinen Widerspruch. Sie richtete sich auf, zuckte leicht zusammen, aber ihr Griff um ihre Waffe blieb fest. Mit einem Nicken des Verständnisses zwischen ihnen wandten sie sich wieder dem Getümmel zu, Vallen behielt Nyssa im Auge, während sie weiter tiefer ins Waffenlager kämpften.

Als er um eine Ecke bog, kam er einer vertrauten Gestalt gegenüber. Sein Blut gefror, als die Erkennung dämmerte.

»Mardan!« fauchte Vallen. All die Jahre des Spotts und der Quälerei von diesem Mann wuschen Vallens wachsende Erschöpfung weg und ersetzten sie mit Wut und Bitterkeit.

»V-Vallen?! Wie?«

»Ich bin nicht so leicht zu töten.«

Der Schock wusch von Mardans Gesicht, und das Gesicht des erfahrenen Neuntöters verzog sich zu einem Hohnlächeln, seine Augen glitzerten vor Bosheit. »Diesmal werde ich gründliche Arbeit leisten.«

Nyssa spannte sich neben ihm an und spürte die Geschichte zwischen den beiden Männern. »Vallen—«

»Geh,« sagte Vallen, ohne seine Augen von Mardan zu nehmen. »Sorge dafür, dass die anderen bewaffnet sind. Ich kümmere mich darum.«

Mardan lachte, ein hartes, kratzendes Geräusch. »Dich damit abfinden? Du konntest nicht einmal die Grundausbildung schaffen, ohne wie ein Kind zu weinen.« Er zog sein Schwert, die Klinge glänzte im schwachen Licht des Waffenlagers. »Mal sehen, ob du etwas gelernt hast, seit wir uns das letzte Mal begegnet sind. Oder wirst du weglaufen, Gosse-Neuntöter?«

Vallen hob seine Waffe und wurde sich plötzlich Mardans Trick bewusst. Die Beleidigungen, der höhnische Ton – alles berechnet, um seine Wut zu entfachen, ihn rücksichtslos zu machen. Er holte tief Luft und drängte die alten Gefühle der Unzulänglichkeit zurück, die zu entstehen drohten. Mit neugefundener Ruhe begegnete er Mardans Blick. »Ich bin nicht mehr dieser verängstigte Rekrut, Mardan. Und ich laufe vor nichts davon.«

Mit einem Gebrüll stürmte Mardan vor. Ihre Klingen trafen sich und der Stahl sprühte Funken, der Zusammenstoß hallte durch das Waffenlager. Vallen parierte die erste Salve von Schlägen und erkannte das Standard-Angriffsmuster der Neuntöter. Aber Mardan war schon immer gerissener gewesen als die meisten. Seine Klinge blitzte in einem Bogen, täuschte links vor, bevor sie plötzlich tief fiel. Der Stahl pfiff durch die Luft und schnitt auf Vallens Beine zu.

Vallens Instinkte griffen ein und trieben ihn rückwärts, gerade als die Kante der Klinge an seinen Schienbeinen vorbeiflüsterte. Er ergriff die momentane Öffnung ohne einen Schlag zu verpassen und stürzte mit einem kraftvollen Stoß vor. Mardan, von dem schnellen Gegenangriff überrascht, stolperte zurück, sein Hohnlächeln schwankte, als er gezwungen war, Boden zu weichen.

Sie umkreisten einander und tauschten Schläge aus, während ihre Klingen in einem tödlichen Tanz aufeinanderprallten. Mit jedem Austausch spürte Vallen Wut in ihm entfachen. Erinnerungen an Mardans Spott und ungerechte Bestrafungen überfluteten seinen Geist und schürten die Flammen seiner Wut. Aber anstatt ihn zu überwältigen, kristallisierte sich diese Wut zu kaltem, hartem Fokus. Vallens Schläge wurden wilder, seine Bewegungen präziser.

»Du bist immer noch schwach,« spuckte Mardan und

verstärkte seinen Angriff. »Immer noch der Neuntöter-Uniform unwürdig.«

Vallen grunzte, als er einen besonders bösartigen Schlag blockierte. »Die Neuntöter verloren ihren Wert, als sie sich entschieden, einem Tyrannen zu dienen,« schoss er zurück.

Ihr Duell tobte durch das Waffenlager, stieß Waffengestelle um und ließ Schilde zu Boden klappern. Vallen fand sich gegen eine Wand gedrängt, Mardans Klinge Zentimeter von seiner Kehle entfernt.

»Das werde ich genießen,« höhnte Mardan und nutzte seinen Vorteil.

Aber in seiner Arroganz hatte Mardan einen Fehler gemacht. Vallen sah die Öffnung und ergriff sie. Er duckte sich unter Mardans Deckung und rammte seine Schulter in die Brust seines Gegners. Mardan stolperte zurück und rang nach Luft.

Bevor er sich erholen konnte, rückte Vallen vor. Seine Klinge bewegte sich in einer Salve von Schlägen und drängte Mardan zurück. All das Training, all die Härten und Kämpfe seit dem Verlassen Erishums hatten Vallen zu einem Kämpfer geschmiedet, dem Mardan nicht gewachsen war.

Mit einem finalen, entscheidenden Schlag schlug Vallen Mardans Schwert aus seiner Hand. Der Neuntöter fiel auf die Knie und blickte zu Vallen mit Hass und Furcht auf.

»Mach schon,« keuchte Mardan. »Bring es zu Ende.«

Vallen stand über ihm, Klinge erhoben. Für einen Moment war er versucht. Aber dann holte er tief Luft und senkte sein Schwert.

»Nein,« sagte er, seine Stimme fest. »Ich bin nicht wie du, Mardan. Ich bin nicht wie Jorek. Das endet jetzt, aber nicht mit deinem Tod.« Er wandte sich an die Rebellen, die in der Nähe zusahen. »Fesselt ihn. Er wird für seine Verbrechen vor Gericht stehen, wenn das hier vorbei ist.«

Aber als Vallen sich abzuwenden begann, schoss Mardans

Hand zu seinem Stiefel. Blitzschnell zog er einen versteckten Dolch hervor und stürzte mit einem Wutschrei auf Vallen.

Vallens Instinkte übernahmen. Er drehte sich scharf, sein Schwert erhob sich in einem Verteidigungsbogen. Mardans Schwung trug ihn vorwärts, direkt auf Vallens Klinge. Es gab ein widerliches Geräusch, als Stahl Fleisch durchbohrte, gefolgt von betäubter Stille.

Mardans Augen weiteten sich vor Schock, sein Blick fiel darauf, wo Vallens Schwert die Basis seiner Kehle durchbohrt hatte, gerade über seiner Rüstung. Für einen Herzschlag stand Mardan ungläubig erstarrt, Blut quoll aus der Wunde. Dann, als wären seine Fäden durchgeschnitten worden, brach er zusammen und glitt von Vallens Klinge. Der Dolch glitt aus Mardans leblosen Fingern und klapperte auf den Steinboden.

Erstarrt an Ort und Stelle zitterte Vallens ausgestreckter Arm leicht, Mardans Blut tropfte von seiner Klinge. Er starrte auf den gefallenen Körper seines ehemaligen Peinigers, sein Geist kämpfte darum zu verarbeiten, was gerade geschehen war.

»Vallen,« kam Nyssas Stimme sanft von hinter ihm. »Geht es dir gut?«

Er drehte sich zu ihr um, seine Augen heimgesucht. »Ich … ich wollte das nicht,« sagte er, seine Stimme kaum über einem Flüstern. »Ich versuchte Gnade zu zeigen, aber er—«

Nyssa trat näher und legte eine sanfte Hand auf seinen Arm. »Ich hab's gesehen. Du hast ihm eine Chance gegeben, Vallen. Er traf seine Wahl. Du tatest, was du tun musstest, um zu überleben.«

Vallen nickte langsam und holte tief Luft. Er blickte ein letztes Mal auf Mardans Körper hinab, dann zurück zu Nyssa und den wartenden Rebellen.

»Du hast recht,« sagte er, seine Stimme wurde stärker. »Ich kann jetzt nicht daran festhalten. Wir haben eine Schlacht zu gewinnen, ein Königreich zu retten.« Er wischte seine Klinge sauber und steckte sie in die Scheide. »Gehen wir. Erishum wartet auf uns.«

Mit einem letzten Blick auf den Mann, der ihn einst gequält hatte und nun still auf dem Boden des Waffenlagers lag, drehte sich Vallen um und schritt zum Ausgang.

»Adamir, behalte eine Gruppe hier und sichere dieses Gebäude,« sagte Vallen schwer atmend. »Bewaffne jeden, der bereit ist zu kämpfen.«

Adamir nickte. »Ich kümmere mich darum,« sagte er und wandte sich an die Gruppe von Rebellen hinter ihm. Als seine Befehle erschallten, sprangen die Rebellen in Aktion und verwandelten das Waffenlager in eine Verteidigungsstellung.

»Komm,« sagte Vallen zu Nyssa und hob einen neu erworbenen Schild. »Wir müssen zurück zu Dastur.«

Vallen und Nyssa führten die verbleibenden Gruppenmitglieder zurück in die chaoserfüllten Straßen, wo die Kakophonie der Schlacht ihre Sinne angriff. Die Luft hallte vom Klirren von Stahl, Holz und allem anderen, was Menschen in die Hände bekommen konnten, unterbrochen von Schreien der Qual und des Trotzes. Sie drängten vorwärts, jeder Schritt ein Kampf gegen das wachsende Gewicht der Erschöpfung. Vallens Schwert, einst eine Verlängerung seines Arms, begann sich wie ein Bleigewicht anzufühlen, doch er zwang sich weiterzukämpfen. Seine Klinge traf den Hals eines Neuntöters und schickte eine Fontäne warmen Blutes über sein Gesicht. Der metallische Gestank erfüllte seine Nasenlöcher und mischte sich mit dem beißenden Geruch von Schweiß und Furcht, der die Luft durchdrang.

Neben ihm kämpfte Nyssa mit ruckartigen Bewegungen, Erschöpfung war in jedem mühsamen Stoß und jeder Parade offensichtlich. Sie stolperte und vermied knapp ein Schwert in den Bauch. Vallens Herz sprang ihm in die Kehle, als er sich ruckartig bewegte, um sie zu decken, sein Schild fing den Schlag ab. Der Aufprall sandte Schockwellen des Schmerzes durch seinen bereits schmerzenden Arm.

Durch das Gemetzel drängten sie sich, jeder Schritt ein Kampf auf blutglitschigem Boden. Körper – einige still, andere sich in Qual windend – säumten ihren Weg und zwangen sie, einen unruhigen Kurs zu weben. Mit jedem schwankenden Schritt wurde der Gestank des Todes potenter, sein erstickender Dunst drohte ihre Sinne zu überwältigen.

Als sie um eine Ecke bogen, erblickten sie Dastur und sein Kontingent. Der Prinz war von den Palasttoren durch einen wilden Gegenangriff der Neuntöter zurückgedrängt worden. Sein Gesicht war mit Schmutz und Schweiß gestreift, sein einziges Auge brannte vor Entschlossenheit trotz des Rückschlags. Vallen und Nyssa bahnten sich schnell den Weg zu seiner Seite.

»Wir müssen zum Palast!« schrie Vallen über den Tumult, als sie Dasturs Seite erreichten. »Solange Jorek drinnen bleibt, kontrolliert er die Hauptquelle der Quelle!«

Dastur nickte grimmig. »Ich kann sie spüren,« sagte er, seine Stimme angespannt vor Anstrengung. »Die Magie ... sie ist überall unter uns. Ich muss nur Zugang zu ihr bekommen.«

Dasturs Gesicht verzerrte sich vor intensiver Konzentration, seine Augen geschlossen und der Kopf zurückgeneigt, als würde er einem unhörbaren Flüstern lauschen. Für einen Moment war alles still.

Dann, als würde sie einem unausgesprochenen Ruf antworten, begannen die Kopfsteine zu zittern. Plötzlich brachen schimmernde Wasserströme aus dem Boden hervor und wirbelten in einem ätherischen Tanz um Dastur. Der Prinz dirigierte diese Quellmagie und nutzte sie, um die vorrückenden Neuntöter zurückzudrängen und einen Pfad für die Rebellen zu schaffen.

»Die Kontrolle der Quellmagie erfordert intensive Konzentration und zehrt an meiner Kraft,« erklärte Dastur, seine Stimme angespannt und sein Atem mühsam. »Es ist, als würde man versuchen, einen Fluss mit dem Geist zu lenken – die Macht ist da, aber sie ist schwer zu kontrollieren.«

Während er sprach, bildeten sich Schweißperlen auf seiner Stirn, und seine Hände zitterten leicht vor Anstrengung. Die Ströme der Magie um ihn schwankten momentan und spiegelten den Kampf des Prinzen wider, seinen Griff auf die mächtigen Kräfte aufrechtzuerhalten, die er kanalisierte.

Ihr Fortschritt war langsam aber stetig. Die Neuntöter, konfrontiert mit dieser Zurschaustellung arkaner Macht, begannen zu wanken. Einige zogen sich zurück, während andere standhielten, unsicher, wie sie Wasser bekämpfen sollten, das sich biegen und in der Luft tanzen konnte.

Vallen beobachtete Dastur mit wachsender Sorge. Der Prinz war erst kürzlich aus seiner Hyva-Form zurückverwandelt worden, und die Belastung der Kontrolle über die Quellmagie forderte deutlich ihren Tribut. Er lehnte sich näher zu Nyssa und sprach mit leiser Stimme: »Ich mache mir Sorgen über Dasturs Ausdauer. Sein Körper gewöhnt sich noch daran, wieder menschlich zu sein. Wenn er sich zu sehr anstrengt...«

Nyssa nickte grimmig, ihre Augen verließen den Prinzen nie. »Wir müssen einen Weg finden, das schnell zu beenden,« flüsterte sie zurück. »Er kann das nicht ewig durchhalten, und wir können es uns nicht leisten, ihn jetzt zu verlieren.«

Vallens Geist raste und versuchte einen Plan zu formulieren, der sie zu Jorek bringen würde, bevor Dasturs Kraft nachließ. Das Schicksal ihrer Rebellion – und vielleicht von Erishum selbst – hing am seidenen Faden von des Prinzen schwankender Kontrolle über die Quellmagie.

Sich durch die Straßen zurück zum Palast zu kämpfen war wie gegen eine Flut zu kämpfen. Für jeden Neuntöter, den sie niederschlugen, schienen zwei weitere ihren Platz einzunehmen. Aber langsam, unaufhaltsam, drängten sie vorwärts.

Dastur war an der Spitze des Ansturms, eine Naturgewalt für sich. Er handhabte Schwert und Quellenwasser zusammen, jedes verstärkte das andere. Das magische Wasser erhob sich auf seinen Befehl, peitschte auf Neuntöter ein und schuf Pfade für die Rebellen.

Als sie durch die chaoserfüllten Straßen drängten, wandte sich die Schlachtflut plötzlich gegen sie. Eine Gruppe von Elite-Neuntötern, ihre Rüstung mit dem königlichen Wappen geschmückt, tauchte aus einer Seitengasse auf und schnitt ihnen den Weg zum Palast ab. Vallen hob seinen Schild und spannte sich für den Aufprall an, als die Neuntöter angriffen.

In dem Chaos, das folgte, verlor Vallen Nyssa aus den Augen. Sein Herz hämmerte in seiner Brust, als er verzweifelt nach ihr zwischen dem klirrenden Stahl und den Kampfschreien suchte. Dann hörte er ihren Schrei.

Zwei Neuntöter hatten Nyssa in die Enge getrieben, ihre Bewegungen durch Erschöpfung und die frühere Wunde an ihrer Seite verlangsamt. Sie parierte verzweifelt, ihr Schwertarm zitterte vor Erschöpfung. Als ein Neuntöter links täuschte, stürzte der andere vor, seine Klinge schwang auf ihren entblößten Hals zu. In diesem Bruchteil einer Sekunde platzte Bran ins Blickfeld und warf sich mit einem wilden Schrei zwischen Nyssa und ihre Angreifer.

Die für Nyssa bestimmte Klinge schnitt in einer Fontäne aus Karmesin über Brans Kehle, aber selbst als der lebensbeendende Schlag traf, fand Brans eigenes Schwert sein Ziel. Mit einem letzten Kraftaufwand trieb er seine Klinge tief in den Bauch des Neuntöters. Vallens Blick traf sich mit Brans, und die Zeit schien sich zu verlangsamen, Brans schockierter und schmerzvoller Ausdruck brannte sich in seinen Geist ein. Bran öffnete den Mund, als wollte er sprechen, aber nur ein Gurgeln von Blut entwich, als er zusammenbrach.

Der verbleibende Neuntöter, momentan betäubt von der plötzlichen Wendung der Ereignisse, zögerte. Nyssa, Kummer und Wut trieben ihre Bewegungen an, ergriff die Gelegenheit. Mit einem gutturalen Schrei stürzte sie vor, ihre Klinge fand die

Lücke in der Rüstung des Neuntöters und beendete den Kampf mit einem entscheidenden Schlag.

Nyssa fiel neben Bran auf die Knie und stieß einen qualvollen Schrei aus: »BRAN!! NEIN!«

Vallen rannte zu Nyssas Seite. Er packte ihren Arm und gab ihr einen Schubs, als sie weiter schrie. »Nyssa, wir müssen gehen! Jetzt!«

Aber Nyssa widerstand und klammerte sich an Brans gefallene Gestalt. »Wir können ihn nicht zurücklassen!« weinte sie, Tränen strömten über ihr Gesicht.

»Er ist tot, Nyssa,« sagte Vallen, seine Stimme brach. »Wir müssen weitermachen.«

Mit einem letzten, herzzerreißenden Schrei ließ Nyssa zu, dass Vallen sie wegzog. Als sie rannten, konnte Vallen spüren, wie sie mit stillen Schluchzern zitterte. Er verstärkte seinen Griff um ihre Hand, ein stilles Versprechen, dass er Brans Opfer nicht umsonst sein lassen würde.

Vallen blickte zu Nyssa, ihr Gesicht voller Kummer und Entschlossenheit. Als sie näher zum Palast drängten, schlossen sich mehr Rebellen zusammen mit Zivilisten, die mit Schwertern und Schilden aus dem Waffenlager bewaffnet waren, ihrer Gruppe an und ließen ihre Reihen anschwellen. Die Geräusche des Kampfes wurden lauter, das Klirren von Stahl und die Schreie der Verwundeten hallten von den Gebäuden wider. Rauch stieg von mehreren Punkten in der Stadt auf, und der beißende Geruch von Brennendem erfüllte die Luft. Mit jedem Schritt ragte die imposante Silhouette des Palastes größer vor ihnen auf. Vallen stählte sich und wusste, dass der herausforderndste Teil ihres Kampfes noch bevorstand.

Als sie sich dem Palast näherten, wurde der Widerstand wilder. Elite-Neuntöter bildeten eine fast undurchdringliche Linie vor den Palasttoren.

»Nyssa!« rief Vallen und zeigte auf eine Seitenstraße. »Da könnte ein anderer Weg hinein sein! Erinnerst du dich an den

Dienereingang? So könnten wir Jorek aus mehr als einer Richtung angehen.«

Verstehen blitzte in Nyssas Augen auf. Zusammen mit einer kleinen Gruppe ihrer Mitkämpfer brachen sie von der Hauptstreitmacht ab und führten die kleine Gruppe von Rebellen eine schmale Gasse hinunter.

Sie dachten, sie würden hier weniger Widerstand antreffen, da die meisten Neuntöter auf Dasturs frontalen Angriff konzentriert wären. Aber als sie das kleine, unauffällige Tor erreichten, fanden sie es schwer bewacht und sicher verschlossen.

Vallen wandte sich an ihre Gruppe, seine Augen fielen auf Tahj, ihren stämmigen Schmied. »Tahj, wir müssen durch diese Tür brechen. Kannst du das schaffen?«

Tahj grinste und hob seinen massiven, blutigen Schmiedehammer. »Mit Vergnügen,« knurrte er.

Vallen nickte Nyssa und den anderen zu. »Wir kümmern uns um die Wachen. Tahj, du konzentrierst dich auf das Schloss.«

Mit einem Schlachtruf griffen sie an. Vallen kämpfte gegen den ersten Wächter, sein Schwert klirrte gegen das des Neuntöters. Aus dem Augenwinkel sah er Nyssa zwischen zwei Gegnern tanzen, ihre Klinge ein Verschwimmen der Bewegung.

Tahj stürmte an ihnen vorbei, seine Augen auf die Tür gerichtet. Die verbleibenden Wachen versuchten ihn abzufangen, aber Vallen und die anderen hielten sie beschäftigt. Mit einem Kraftaufwand brachte Tahj seinen Hammer auf das Schloss nieder. Das Geräusch von splitterndem Holz und Metall ertönte.

Als Tahj die Tür aufstieß, stürzte der letzte stehende Neuntöter auf ihn zu. In einem koordinierten Manöver parierte Nyssa die Klinge des Neuntöters, während Vallen von der Seite schlug. Sein Schwert fand eine Lücke in der Rüstung des Neuntöters, und der Mann fiel mit einem Stöhnen.

»Jetzt!« Vallens Befehl durchschnitt die momentane Stille nach dem Geplänkel. Er rannte vorwärts, Nyssa direkt neben ihm. Hinter ihnen folgten ihre Kameraden in enger Formation und traten über die gefallenen Neuntöter, als sie durch die nun offene Tür stürmten.

Die Gruppe wogte über das Palastgelände wie eine Welle. Als sie an der Tür ankamen, die in die Küchen führte, trat Tahj sie für sie auf. Sie drängten durch die nun verlassenen Palastküchen, mit dem zurückbleibenden Duft von Brot und köchelndem Eintopf, der verlassen auf dem Herd stand, die Stille ein unheimlicher Kontrast zu dem Chaos draußen.

Drinnen entfaltete sich der Palast als Labyrinth opulenter Korridore und großer Kammern, jede Wendung offenbarte neue Herausforderungen. Die Gruppe rückte vorsichtig vor, ihr Fortschritt behindert durch sporadische Zusammenstöße mit kleinen Kontingenten von Wachen. In einem verzierten Vorzimmer erledigten sie ein Trio von Wächtern. Weiter drinnen überfielen sie eine Patrouille, die um eine Ecke bog, und überwältigten sie schnell, bevor Alarm geschlagen werden konnte. Als sie tiefer in Joreks Weihestätte drangen, wurden diese Scharmützel weniger häufig, aber intensiver, jeder Wachposten wurde erbittert verteidigt. Die Geräusche ihrer eigenen Kämpfe vermischten sich mit dem gedämpften Lärm des größeren Konflikts draußen und wurden schwächer mit jedem Schritt tiefer ins Herz des Palastes.

Schließlich näherten sie sich dem Thronsaalbereich. Anstatt zum Haupteingang zu gehen, führte Vallen sie einen schmalen Korridor hinunter, seine Schritte zielstrebig.

»Wo gehen wir hin?« flüsterte Nyssa, Verwirrung war in ihrer Stimme offensichtlich.

»Dienereingang,« antwortete Vallen leise. »Aus meiner Zeit als Neuntöter erinnere ich mich, dass er weniger schwer bewacht ist. Er führt direkt in den Thronsaal.«

Als sie um die Ecke bogen, sahen sie die kleine, unauffällige Tür in einer Nische versteckt. Jedoch verschwand ihre Hoffnung auf einen leichten Eingang beim Anblick der dort postierten Wachen.

Vallen signalisierte der Gruppe anzuhalten, dann flüsterte er:

»Mehr als ich erwartet hatte. Wir müssen sie schnell und leise ausschalten. Alle bereit?«

Die Gruppe nickte, Waffen bereit. Vallen gab das Signal, und sie stürmten als eine vor.

Der Zusammenstoß war intensiv und chaotisch. Vallen und Nyssa führten den Ansturm, ihre Klingen blitzten im schwachen Licht. Tahjs Hammer schwang in weiten Bögen und hielt zwei Wachen in Schach. Krümelchen, mit Rhio, der ihre Flanke deckte, huschte zwischen den größeren Kämpfern hindurch, ihre kleine Größe und schnellen Bewegungen überraschten die Neuntöter.

Der begrenzte Raum machte den Kampf herausfordernd, aber ihr koordinierter Angriff gab ihnen den Vorteil. Sie bewegten sich wie eine gut geölte Maschine, deckten die blinden Flecken des anderen und schufen Öffnungen für ihre Verbündeten.

Stahl klirrte gegen Stahl, das Geräusch hallte von den Steinwänden wider. Einer nach dem anderen fielen die Wachen dem Ansturm der Rebellen zum Opfer. Innerhalb von Momenten lagen alle sechs Wachen bewusstlos oder überwältigt da.

Leicht keuchend wandte sich Vallen zur Tür. »Es ist verschlossen,« murmelte er und untersuchte den Mechanismus.

Krümelchen trat vor, ein Glitzern in ihren Augen. »Lass mich.«

Während Krümelchen am Schloss arbeitete, drängten sich die Gruppe zusammen und hielten Wache. Aus dem Thronsaal konnten sie Stimmen hören – eine unverwechselbar Joreks.

Nach dem, was wie eine Ewigkeit schien, aber wahrscheinlich nur eine Minute war, gab es ein leises Klicken. Krümelchen grinste triumphierend. »Geschafft,« flüsterte sie.

Vallen blickte Nyssa an, sein Gesicht grimmig aber entschlossen. »Bist du bereit?« fragte er.

Nyssa nickte und holte einen stabilisierenden Atemzug, als sie ihren Griff um ihr Schwert verstärkte. »Zusammen. Wir schaffen das,« antwortete sie.

Mit einem Nicken signalisierte Vallen den anderen. Langsam, vorsichtig, drückte er die Tür auf. Die Gruppe spannte sich an, bereit hineinzustürmen in was auch immer auf sie auf der anderen Seite wartete.

Die Szene vor ihnen war Chaos. Auf dem Podest vor dem Thron stand Jorek mit Berossus an seiner Seite, umgeben von seinen loyalsten Neuntötern. Sein Gesicht war eine Maske aus Wut und Ungläubigkeit. Aber was Nyssas Auge auffing, waren die zusammengekauerten Gestalten in der Ecke – Königin Sasana, ihre Arme schützend um ihre zwei Kinder geschlungen, ihre Augen weit vor Schrecken.

»Tötet sie!« brüllte Jorek, als er sie sah. »Beschützt mich! Keine Gnade für—«

Aber bevor er fertig werden konnte, erzitterten die enormen Haupttüren zum Thronsaal heftig. Mit einem ohrenbetäubenden Krachen brachen sie nach innen auf, als Dastur sie mit einer massiven Faust aus Quellmagie aufhämmerte, die Kraft splitterte Holz, Eisen und Glas. Die Echos des Aufpralls hallten durch die Kammer und brachten die Wachen für einen flüchtigen Moment zum Schweigen. Staub und Trümmer erfüllten die Luft, als Dastur in den Thronsaal schritt, seine Augen auf seinen Bruder gerichtet. Energie knisterte um den verlorenen Prinzen und strahlte rohe Macht mit jedem Schritt aus. Seine Stimme donnerte durch den Raum und durchschnitt das Chaos.

»BRUDER!«

Dasturs Rüstung war mit Blut bespritzt, sein einziges Auge brannte vor rechtschaffener Wut. Die Quellmagie knisterte um ihn wie kaum gebändigte Blitze.

»Unmöglich!« brüllte Jorek. »Du bist tot! Ich habe dich selbst getötet!«

»Nein. Du hast mich in einen Hyva verwandelt. Und jetzt bin ich zurück,« antwortete Dastur, seine Stimme kalt. »Bereit, zurückzunehmen, was du gestohlen hast.«

Dastur rückte auf Jorek vor. »Warum, Bruder? Warum hast du

mich nicht einfach geradeheraus getötet? Warum hast du mich zu Jahrzehnten geistloser Wut verdammt?«

Joreks Gesicht verzerrte sich vor einer Mischung aus Hass und Furcht. Für einen Moment schien es, als würde er nicht antworten. Dann, mit einem Knurren des Trotzes, spuckte er aus: »Ich tat, was nötig war! Du hättest unsere Familie ruiniert.« Eine dunkle Energie pulsierte um Jorek, sein Haar peitschte in einem unsichtbaren Wind. Sein Gesicht verzog sich zu einem Hohnlächeln. »Ich wollte, dass du leidest! Der Tod war zu gut für dich, zu schnell. Ich wollte, dass du dich selbst verlierst, dass du zu genau dem wirst, was du zu verhindern suchtest. Ich wollte, dass du als Monster lebst und irgendwo tief drinnen weißt, dass du versagt hast!«

Dastur schreckte vor dem Gift in den Worten seines Bruders zurück. »Du bist das wahre Monster, Jorek. Nicht ich, nicht die Hyva. Du.«

Bei diesem blitzten Joreks Augen vor ungezügelter Wut auf. Mit einem gutturalen Gebrüll stürzte er auf Dastur zu, Quellmagie knisterte um seine geballten Fäuste. Die Luft zwischen ihnen verzerrte sich, als Jorek einen Strom roher magischer Energie auf seinen Bruder entfesselte.

Dastur hatte kaum Zeit, einen Schild aus seiner eigenen Magie hochzuwerfen, die Kollision der Kräfte sandte Schockwellen durch den Thronsaal. Fenster zersplitterten, und Vallen konnte die Königin vor Schrecken schreien hören.

Als sich der Staub legte, stand Dastur fest, sein einziges Auge loderte vor Entschlossenheit. »Kein Verstecken mehr, Bruder,« sagte er, seine Stimme tief und gefährlich. »Es ist Zeit, für deine Verbrechen zu antworten.«

Mit einem wortlosen Wutschrei griff Jorek an.

Die Kammer brach in Chaos aus, als Dastur und Jorek zusammenstießen. Joreks Magie knisterte gegen Dasturs schimmernde Klinge und sandte Funken von Energie kaskadierend durch den Raum. Ihr Duell wurde zu einem rasenden Tanz aus Licht und

Schatten, jeder Schlag und jede Parade unterbrochen von Ausbrüchen roher Macht, die die Fundamente des Palastes erschütterten.

Um sie herum explodierte die Schlacht ins Leben. Vallen fand sich ins Herz des Getümmels gedrängt, mit Nyssa als Wirbelwind der Bewegung an seiner Seite. Sie bewegten sich in perfekter Synchronität, Klingen blitzten, als sie sich einen Pfad durch die Reihen der Neuntöter schnitten. Als die Klinge eines Neuntöters durch die Luft auf Vallen zuschnitt, blitzte Nyssas Schwert im flackernden Licht und schlüpfte mit tödlicher Präzision zwischen die Platten der Rüstung des Angreifers. Vallen drehte sich, sein Schwert schwang durch die Luft, um die Klinge eines Priesters nur Zentimeter von Nyssas Kehle abzulenken.

Die Luft wurde dick mit dem metallischen Geruch von Blut. Vallen und Nyssa drängten weiter. Durch das Chaos erhaschte Vallen Blicke auf das Duell im Herzen der Schlacht. Dastur und Jorek kämpften mit einer Wildheit, die menschliche Grenzen zu trotzen schien. Quellmagie knisterte um sie, das Wasser antwortete ihren Befehlen so bereitwillig wie ihre Klingen.

Jorek peitschte mit einer Peitsche aus glitzernder Flüssigkeit aus, aber Dastur konterte mit einem Schild aus fester Quellmagie, der zischte und dampfte, als er den Angriff absorbierte. Sie bewegten sich in einem tödlichen Tanz, Jahrzehnte des Grolls und Verrats befeuerten jeden Schlag.

»Du warst schwach!« fauchte Jorek, als er seinen Angriff verstärkte. »Du hättest alles zerstört, was unsere Familie aufgebaut hat!«

Dasturs Klinge sang, als sie Joreks wilden Schlag ablenkte und sofort mit einem blitzschnellen Stoß konterte, der seinen Bruder rückwärts stolpern ließ. »Ich wollte unserem Volk helfen! Unsere Macht für mehr nutzen als nur Kontrolle und Furcht!«

Ihre Klingen verschränkten sich, Gesichter nur Zentimeter voneinander entfernt. »Und sieh, was dein Idealismus hervorgebracht hat,« höhnte Jorek. »Krieg in unseren Straßen, das König-reich im Chaos.«

Mit einem Kraftaufwand stieß Dastur Jorek weg. »Nein, Bruder. Dieses Chaos ist dein Werk. Deine Gier, deine Paranoia – das ist es, was Erishum zerstört hat. Aber heute beenden wir es.«

Dastur riss Jorek mit einer Peitsche aus Quellenwasser von den Füßen und schleuderte ihn an das enorme Buntglasfenster, das den königlichen Hof überblickte. Joreks Körper zerschmet-terte durch das Glas und verschwand aus der Sicht. Bevor Vallen erleichtert aufatmen konnte, hallte ein donnerndes Gebrüll von draußen. Jorek erhob sich in die Luft und schwebte außerhalb der zerschmetterten Reste des Fensters – blutig aber trotzig – stand mitten in der Luft auf einer wirbelnden Säule aus Quellen-wasser. Dastur begegnete dem Gebrüll seines Bruders mit einem eigenen, dann sprang er durch die gezackte Öffnung und prallte mit Jorek in einem wilden Zusammenstoß in der Luft zusammen.

Vallen und Nyssa stürmten aus dem Thronsaal und passierten den zerschmetterten Eingang zum Palasthof. Die Schlacht wogte um sie wie eine unerbittliche Flut, wobei keine Seite einen entscheidenden Vorteil gewann. Vallens Arme brannten vor Anstrengung und seine Atemzüge waren rau und ungleichmäßig, aber er weigerte sich zu wanken.

Ein scharfer Schmerzensschrei riss Vallens Fokus. Er wirbelte herum und sah Nyssa stolpern, verlor den Halt auf den über den Boden verstreuten Trümmern, während sie einen Gegner abwehrte. Ohne zu zögern sprang Vallen zwischen sie und ihren Angreifer, sein Schwert schnitt durch die Luft in einem Verschwimmen und schlug den Neuntöter nieder, bevor er wieder angreifen konnte.

»Nyssa!« rief er und griff fest ihre Arme, als er ihr half, sich aufzurichten.

»Mir geht's gut,« grunzte Nyssa und drückte eine Hand auf ihre blutige Seite.

Vallens Kiefer spannte sich, als er ihre Situation einschätzte. Die Schlacht tobte um sie, aber es war das Duell zwischen Dastur und Jorek, das wirklich seine Aufmerksamkeit fesselte. Die beiden Brüder prallten in einem Mahlstrom der Magie zusammen, ihre Konfrontation eskalierte zu erschreckenden Höhen. Wellen roher Energie pulsierten von ihrem Kampf nach außen und ließen die Steine des Palastes selbst erzittern.

»Wir müssen uns zurückziehen,« schrie Vallen über den Lärm, seine Augen sprangen zwischen Nyssa und den duellierenden Königlichen hin und her. »Wenn wir zu nah bleiben, werden wir im Mahlstrom gefangen!«

Nyssa zögerte, ihr Blick auf die epische Schlacht vor ihnen gerichtet. »Aber was, wenn Dastur unsere Hilfe braucht?«

»Wir können nicht helfen, wenn wir tot sind,« entgegnete Vallen und packte ihren Arm. »Komm, wir müssen uns neu gruppieren und die anderen beschützen. Wir sind dieser Macht nicht gewachsen.«

Als wollten sie Vallens Worte unterstreichen, peitschte ein verirrter Strom von Quellmagie heraus und traf eine nahe Säule mit verheerender Kraft. Der uralte Stein riss und splitterte und sandte einen Schauer von Trümmern nur wenige Fuß von ihrem Standort entfernt herab.

Vallens Geist raste, kalkulierte ihre Chancen, suchte nach einer Lösung, die nicht existierte. Sie waren mittendrin, und während ein vollständiger Rückzug unmöglich war, mussten sie eine sicherere Position finden, von der aus sie den Kampf fortsetzen konnten.

»Rückzug zum Eingang!« befahl er und erhob seine Stimme, um von ihren Verbündeten gehört zu werden. »Wir halten dort die Linie und verhindern, dass Neuntöter sich einmischen!«

Dastur und Joreks Duell hatte im Zentrum des Hofes einen fiebrigen Höhepunkt erreicht. Die Luft um die Brüder schimmerte vor magischer Energie, das Gefüge der Realität schien sich als Antwort auf ihre Macht zu verzerren. Die beiden Brüder tauschten Schläge in einer Raserei aus Stahl und Magie aus.

Vallen bemerkte eine Gestalt, die sich durch die Schlacht bewegte: Prinz Javan, der junge Sohn und Erbe des Königs. Vallens Stirn runzelte sich vor Verwirrung und Sorge – wie war der Junge von seiner Mutter weggekommen? Als er zum zerschmetterten Eingang des Palastes blickte, sah er Königin Sasana, ihr Körper schützend geneigt mit der jungen Prinzessin hinter ihr geschützt. Das Gesicht der Königin war eine Maske des Schreckens, als sie nach ihrem Sohn rief. Obwohl der Lärm der Schlacht ihre Stimme übertönte, konnte Vallen deutlich sehen, wie ihr Mund immer wieder Javans Namen formte. Währenddessen stand der junge Prinz wie gebannt, seine weiten Augen auf den titanischen Kampf zwischen seinem Vater und Onkel gerichtet.

Jorek, sein Gesicht vor Hass verzerrt, beschwor einen Mahlstrom von Trümmern – zerbrochenes Mauerwerk und zerschmetterte Waffen wirbelten um ihn wie ein tödlicher Zyklon. Mit einem Gebrüll sandte er den tödlichen Sturm auf Dastur zu.

Dastur hob seine Hände und rief die Quellmagie an, seine Hände zitterten vor Anstrengung. Das Wasser antwortete und erhob sich zu einer massiven Welle, die in Joreks Angriff krachte.

Der Zusammenstoß der Kräfte war kataklysmisch. Eine Schockwelle brach vom Aufprall aus und schleuderte Kämpfer beider Seiten umher. Vallen wurde rückwärts geschleudert und zog instinktiv Nyssa in seine Arme, um sie zu schützen, als sie zu Boden krachten.

Als sich das Wasser legte, fiel eine unheimliche Stille über das Schlachtfeld. Vallen kämpfte sich auf die Füße und half Nyssa auf, als sie durch den Dunst spähten.

Da, im Zentrum des Platzes, standen Dastur und Jorek. Beide waren zerschlagen und blutig, ihre feinen Kleider in Fetzen, aber

immer noch standen sie einander gegenüber, keiner bereit nachzugeben.

»Es ist vorbei, Jorek,« sagte Dastur, seine Stimme trug klar in
der plötzlichen Ruhe. »Ergib dich und lass uns beginnen, die
Wunden zu heilen, die du unserem Königreich zugefügt hast.«

Für einen Moment schien es, als könnte Jorek nachgeben.
Dann, mit einem Knurren des Trotzes, stürzte er vor, ein Dolch
blitzte in seiner Hand.

Aber bevor Jorek Dastur erreichen konnte, ertönte eine
Stimme. »Vater, hör auf!«

Prinz Javan trat zwischen die beiden Brüder, seine Hände
abwehrend erhoben. Jorek stockte, Schock war klar auf seinem
Gesicht. »Javan? Was machst du?«

»Das muss aufhören, Vater,« sagte Javan, seine Stimme
zitternd aber entschlossen. »Ich habe die Wahrheit dessen gesehen, was du getan hast, den Schaden, den du unserem Volk zugefügt hast.«

Joreks Gesicht verzerrte sich vor Wut und Verrat. »Du wagst
es, dich gegen mich zu stellen? Gegen deinen eigenen Vater?«

»Ich stehe zu Erishum,« antwortete Javan. Er wandte sich
Dastur zu und nickte feierlich.

Dasturs Auge weitete sich vor Überraschung, aber er nickte
zurück, ein kleines Lächeln der Dankbarkeit auf seinen Lippen.

Joreks Züge verzogen sich zu einer Maske ungezügelter Wut.
Mit einem wilden Heulen, das durch die Luft hallte, stürzte er auf
Dastur zu, ein Dolch glänzte bedrohlich in seinem weißknöch-
rigen Griff. Javan, der die mörderische Absicht seines Vaters
spürte, sprang in Aktion. Der junge Prinz warf sich zwischen die
beiden Männer.

Für einen Herzschlag schien die Welt zu erstarren. Jorek
stockte, sein Vormarsch durch das unerwartete Hindernis seines
eigenen Fleisches und Blutes gestoppt. In diesem Bruchteil einer
Sekunde des Zögerns handelte Dastur. Er schob Javan beiseite.

Dastur beschwor ein Band der Quellmagie in seine Hand,

dünn wie ein Flüstern aber scharf wie die feinste Klinge. Es durchbohrte Joreks Brust mitten im Sprung, der eigene Schwung des Königs trieb ihn auf den wässrigen Speer.

Die Zeit schien sich zu verlangsamen, als die Erkenntnis auf Joreks Gesicht dämmerte, seine Züge erstarrt in einer Maske des Schocks und Unglaubens. Er stolperte, der Dolch fiel aus seinen Fingern. »Bruder …« keuchte Jorek und griff aus, als wollte er um Gnade bitten. Dann, mit einem letzten, rasselnden Atemzug, brach er zusammen.

Die Stille, die folgte, war ohrenbetäubend. Dann rief eine Stimme irgendwo aus der Menge: »Lang lebe König Dastur!«

Als sie ihren Anführer fallen sahen, begannen die Neuntöter ihre Waffen niederzulegen.

Eine Welle des Jubels fegte durch Erishum, beginnend als Kräuselung im Palasthof und anschwellend zu einem Gebrüll, das durch die Stadtstraßen hallte. Die Nachricht von König Joreks Niederlage verbreitete sich wie ein Lauffeuer und entfachte Jubelrufe und Triumphschreie, die mit jedem vergehenden Moment lauter wurden. Doch im Herzen dieser aufkeimenden Feier umhüllte eine Tasche feierlicher Stille jene, die dem gefallenen König am nächsten waren.

Als die Jubelrufe weiter ertönten, stand Dastur über seinem gefallenen Bruder, sein Gesicht eine Maske komplexer Emotionen. Er legte eine sanfte Hand auf Javans Schulter, als der Junge zu ihm trat.

KAPITEL 31

*J*nmitten der Trümmer stand Dastur, sein einziges Auge auf die reglose Gestalt seines Bruders gerichtet. Neben ihm war Prinz Javans Gesicht eine Maske roher Trauer, als er neben Joreks Körper kniete. Königin Sasana näherte sich langsam, die junge Prinzessin klammerte sich an ihr Gewand. Mit einem erstickten Schluchzen sank die Königin neben ihrem Sohn auf die Knie und zog beide Kinder nahe, während sie um ihren gefallenen König und Vater trauerten.

Die der Szene am nächsten Stehenden wurden still, der krasse Kontrast zwischen ihrer Feierlichkeit und dem wachsenden Jubel der Stadt hing schwer in der Luft. Die Trauer der königlichen Familie war eine ergreifende Erinnerung an die persönlichen Kosten ihres Sieges, ein Moment des Verlustes inmitten der Morgendämmerung einer neuen Ära.

Dastur stand abseits und erlaubte seiner Schwägerin und den Kindern ihren Moment der Trauer. Sein Blick wanderte über die Menge, als würde er sie abschätzen. Mit einer Geste rief er noch einmal die Quellenmagie an. Seine Stimme trug bis in jeden Winkel Erishums, als er sprach, hallte vor Macht und Autorität wider.

»Volk von Erishum,« begann Dastur, seine Worte hallten von den Steinmauern der Stadt wider. »Heute markiert nicht nur das Ende einer Schlacht, sondern den Beginn einer neuen Ära für unser Königreich. Mit schwerem Herzen muss ich verkünden, dass König Jorek besiegt wurde. In dem Konflikt, der folgte, verlor mein Bruder sein Leben.«

Dastur hielt inne und ließ das Gewicht seiner Worte über die Menge fallen. Murmeln des Schocks und Unglaubens ging durch die versammelten Massen.

»Seine Herrschaft ist beendet,« fuhr Dastur fort, seine Stimme stetig trotz der Schwere seiner Ankündigung. »Aber das Ende seiner Herrschaft markiert nicht das Ende unserer Kämpfe. Wir haben zu lange im Schatten von Lügen und Betrug gelebt. Heute stehe ich vor euch, um die Wahrheit zu offenbaren, die seit Generationen verborgen wurde.«

»Seit den Tagen von König Jerwan,« fuhr Dastur fort, seine Stimme beladen mit der Last der Geschichte, »wurde unserem Volk eine schreckliche Lüge aufgetischt. Die Sterbende Wildnis, die uns von der Welt jenseits unserer Mauern isoliert hielt, wurde nicht geschaffen, um Erishum vor dem Bösen von jenseits unserer Grenzen zu beschützen. Enum schuf nicht die Sterbende Wildnis. Es war eine Schöpfung dunkler, unheiliger Magie, die von Jerwan selbst beschworen wurde. Er schuf die Sterbende Wildnis, um eine Quelle der Magie, die unter Erishum verborgen lag, für sich zu behalten, außer Reichweite der anderen Königreiche. Er suchte diese Macht zu horten, sie von denen fernzuhalten, die seine Herrschaft herausfordern könnten.«

Vallen verschränkte seine Finger mit Nyssas und drückte ihre Hand, während sie zuhörten. Um sie herum zeigten Gesichter eine Mischung aus Verwirrung, Furcht, Staunen und Neugier. Die Neuntöter, die ihre Waffen niedergelegt hatten, bewegten sich unruhig und tauschten Blicke miteinander aus.

Dasturs unerbittlicher Blick brannte vor Intensität, als er fortfuhr, seine Worte durchschnitten die betäubte Stille. »Aber das ist nicht das volle Ausmaß von Jerwans Verbrechen gegen unser Volk. Die Hyva, jene Monster, die wir lange als Enums Beschützer verehrt haben, sind überhaupt keine göttlichen Schöpfungen. Es sind unsere eigenen Leute, von dunkler Magie und Menschenopfern zu geistlosen, rasenden Bestien verdreht. Und ihr Zweck?« Dasturs Stimme brach vor Emotion. »Nicht uns zu beschützen, sondern uns in unseren Grenzmauern gefangen zu halten – um den eisernen Griff von Jerwans Kontrolle über Erishum und die Quellenmagie aufrechtzuerhalten, ein Erbe, das von jedem König geerbt wurde, der ihm folgte.«

Das Murmeln der Menge wurde lauter, Schock und Empörung verbreiteten sich wie ein Lauffeuer. Vallen sah Tränen über Gesichter strömen und hörte Schreie der Qual und des Unglaubens.

»Ich entdeckte diese schreckliche Wahrheit nach meiner Volljährigkeitszeremonie, als ich zum Erben ernannt wurde,« sagte Dastur, seine Stimme wurde weicher. »Ich schwor, diese Lügen zu beenden, wenn ich den Thron bestieg – unser Volk von diesem jahrhundertealten Betrug zu befreien. Deshalb ließ mich mein jüngerer Bruder, Jorek, in der Sterbenden Wildnis zurück und verwandelte mich in einen Hyva. Er suchte mich zum Schweigen zu bringen, um das Erbe der Lügen fortzusetzen, die unser Königreich in Ketten gehalten haben.«

Vallens Aufmerksamkeit wurde zu Prinz Javan gezogen, der von seiner trauernden Familie aufgestanden war und nun neben Dastur stand. Das Gesicht des jungen Prinzen war aschfahl, seine Augen weit und unkonzentriert, als sie zwischen seinem Onkel und der leblosen Gestalt seines Vaters hin und her sprangen. Der Schock, der in jede Linie von Javans Zügen eingraviert war, machte deutlich, dass diese Offenbarung für ihn genauso verblüffend war wie für den Rest des Königreichs. In diesem Moment sah Vallen nicht einen Prinzen, sondern einen Jungen, der plötzlich in eine auf den Kopf gestellte Welt gestoßen wurde und mit

Wahrheiten rang, die alles zerschmetterten, was er über seine Familie und sein Königreich geglaubt hatte.

»Aber das Schicksal, so scheint es, hatte andere Pläne,« sagte Dastur, ein flüchtiges Lächeln umspielte seine Lippen. »Durch den Mut und das Opfer vieler stehe ich heute vor euch, nicht länger eine Bestie, sondern euer rechtmäßiger König. Und ich schwöre euch jetzt – ich werde der König sein, den Erishum verdient. Ich werde die Ungerechtigkeiten unserer Vergangenheit korrigieren und uns in eine Zukunft der Wahrheit und Freiheit führen.

»Wir werden damit beginnen, die Magie zu befreien, die zu lange gehortet wurde. Nicht mehr wird sie ein Werkzeug der Unterdrückung sein. Stattdessen wird sie unser Land und unser Volk nähren, wie es immer gedacht war.«

Mit diesen Worten wandte sich Dastur der Weihestätte zu, dem angeblich heiligen Herzen von Enums Macht. Er hob seine Hände, und Vallen spürte, wie sich die Luft um sie veränderte, schimmerte vor Energie. Mit einem ohrenbetäubenden Krachen explodierte das Dach der Weihestätte nach oben.

Ein gemeinsames Aufkeuchen ging durch die Menge, als ein kolossaler Geysir aus glitzerndem Wasser aus der Öffnung brach und in einer blendenden Zurschaustellung himmelwärts schoss. Sonnenlicht tanzte über die kaskadierenden Flüssigkeit und verwandelte sie in eine schimmernde Säule. Als der magische Strom seinen Zenit erreichte, spaltete sich der Geysir in unzählige Ströme und regnete über das Königreich und über die Grenzmauern hinaus auf die Sterbende Wildnis in einem spektakulären Schauer herab.

Der kühle Nebel kribbelte auf Vallens Haut, geladen mit spürbarer Energie. Um ihn herum leuchteten Gesichter vor Staunen auf, als das magische Wasser fiel und in Erishums ausgedörrte Erde sickerte. Wo es berührte, erwachten Pflanzen zum Leben – Farben intensivierten sich, verwelkte Blätter entfalteten sich – als würden sie aus einem langen Schlummer erwachen.

Aber Dastur war noch nicht fertig. Mit einer weiteren Geste wandte er seine Aufmerksamkeit den massiven Grenzmauern zu, die immer noch den größten Teil des Königreichs umschlossen. Der Boden erzitterte unter ihren Füßen, als Dastur eine immense Welle der Macht kanalisierte.

Ein tiefes Grollen, wie ferner Donner, rollte durch die Stadt. Vallen und die versammelte Menge strengten sich an, durch die Lücken zwischen den Gebäuden in Richtung der Grenzmauern zu sehen.

Durch diese schmalen Aussichten erhaschten sie Blicke auf Staubwolken, die in der Ferne aufstiegen. Fragmente der massiven Grenzmauern konnten beim Bröckeln gesehen werden, die einst undurchdringlichen Barrieren wichen nun.

Ein gemeinsames Murmeln des Staunens ging durch die Menge. Zum ersten Mal in lebender Erinnerung erlebten die Menschen von Erishum den Fall der Mauern, die ihre Welt seit Generationen definiert hatten.

Als sich der Staub legte, ging erneut ein gemeinsames Aufkeuchen durch die Menge. Zum ersten Mal in lebender Erinnerung konnten die Menschen von Erishum über ihre Grenzen hinaussehen. Die Sterbende Wildnis erstreckte sich vor ihnen, eine weite Ausdehnung verdrehter, geschwärzter Vegetation – eine dunkle, undeutliche Linie am Horizont.

Doch während sie zusahen, breitete sich das magische Wasser aus, das von der Weihestätte herabgeregnet war, und sickerte in den korrupten Boden der Sterbenden Wildnis.

Vallen kniff die Augen zusammen und versuchte mehr Details zu erkennen. Er konnte aus dieser Entfernung nicht viel sehen, aber er kannte die Bedeutung dessen, was geschah.

»Es verändert sich,« rief jemand in der Menge aus. »Das Land dahinter – es verändert sich!«

Obwohl sie es von hier nicht klar sehen konnten, wusste Vallen, dass der Heilungsprozess begonnen hatte. Der einst

korrupte Boden der Sterbenden Wildnis erhielt die lebensspen-
dende Magie, die ihm so lange vorenthalten worden war.

Verwelkte Bäume richteten sich auf, ihre Rinde glättete und
hellte sich auf. Tote Blätter fielen ab, ersetzt durch frische grüne
Knospen, die sich mit erstaunlicher Geschwindigkeit entfalteten.
Die ausgedörrte Erde erweichte, und Grashalme begannen zu
sprießen und breiteten sich wie ein lebender Teppich aus.

Dasturs Stimme ertönte noch einmal, erfüllt von Hoffnung
und Verheißung. »Das ist die wahre Macht der Quelle, mein
Volk. Nicht eine Kraft der Zerstörung oder Kontrolle, sondern
eine des Lebens und der Erneuerung. Mit ihr werden wir nicht
nur unser Land heilen, sondern die Wunden, die uns so lange
geteilt haben.«

Er wandte sich wieder der Menge zu, sein Ausdruck feierlich.
»Ich weiß, dass das, was ich heute offenbart habe, schockierend
ist. Viele von euch mögen sich wütend, verraten oder ängstlich
fühlen. Das sind natürliche Reaktionen darauf zu erfahren, dass
so vieles von dem, was ihr geglaubt habt, eine Lüge war. Aber ich
verspreche euch dies: von diesem Tag an wird es keine Geheimnisse mehr geben, keine Täuschungen mehr. Zusammen werden
wir ein neues Erishum schmieden, das auf Wahrheit, Gerechtigkeit und Mitgefühl aufgebaut ist.«

Vallen spürte eine Welle der Emotion, als er Dasturs Worten
lauschte. Er dachte an alles, was sie durchgemacht hatten, all die
Opfer, die gebracht wurden, um diesen Moment zu erreichen. Es
schien fast zu viel zu glauben, dass es vorbei war, dass sie nicht
nur eine Schlacht, sondern einen Krieg gegen Jahrhunderte der
Unterdrückung gewonnen hatten.

Während die Aufmerksamkeit der Menge auf die wundersame Verwandlung der Sterbenden Wildnis gerichtet war,
bemerkte Vallen heimliche Bewegung am Rand der Versammlung. Eine dunkel gekleidete Gestalt bahnte sich heimlich ihren
Weg zur neu entblößten Landschaft dahinter. Der Schimmer des
Sonnenlichts auf einem kahlen weißen Kopf, gezeichnet mit ritu-

ellen roten Narben, ließ Vallens Blut gefrieren – es war Berossus, der Großzähler, der zu entkommen suchte.

Vallen handelte instinktiv und setzte sich in Bewegung. Er raste durch die Menge und wand sich zwischen betäubten Zuschauern hindurch. Die Entfernung zwischen ihm und seiner Beute schloss sich schnell. Berossus, vielleicht die Verfolgung spürend, warf einen Blick über seine Schulter. Seine Augen, weit vor Panik, trafen Vallens. Der Fluchtversuch des Priesters wurde zu einem ungeschickten Gedränge, seine dicken Roben verhedderten sich um seine Beine.

Mit einem letzten explosiven Geschwindigkeitsschub stürzte sich Vallen auf Berossus. Die beiden kollidierten in einem Gewirr von Gliedmaßen und krachten mit knochenerschütternder Wucht zu Boden. Berossus wand sich wild, sein Gesicht zu einer grotesken Maske aus Furcht und Wut verzerrt. Speichel sprühte von seinen Lippen, während er Flüche ausstieß, seine knochigen Finger kratzten verzweifelt an Vallens Armen.

»Lass mich los, du Narr!« fauchte Berossus. »Weißt du, wer ich bin?«

Vallen zog den Priester wortlos auf die Füße und behielt einen festen Griff um seinen Arm. Er begann Berossus zurück zum Palasthof zu marschieren, wo Dastur immer noch zur Menge sprach.

Als sie sich näherten, teilte sich die Menge, Murmeln der Überraschung und Wut ging durch die Menschenmenge beim Anblick des Hohepriesters. Dastur wandte sich um, sein einziges Auge verengte sich, als er sah, wen Vallen gefangen hatte.

»Eure Majestät,« rief Vallen und schob Berossus vor. »Ich habe den Großzähler beim Fluchtversuch erwischt.«

Dasturs Gesicht verhärtete sich, sein Blick auf Berossus gerichtet. Der Priester schien unter dem Gewicht dieses Blicks zu schrumpfen, seine frühere Dreistigkeit verdampfte.

»Großzähler Berossus,« ertönte Dasturs Stimme und brachte die Menge zum Schweigen. »Du und mein Bruder habt den

Namen Enums benutzt, um unsagbare Gräueltaten gegen unser Volk zu begehen. Ihr habt den Glauben zu einem Werkzeug der Unterdrückung verdreht und unschuldige Leben geopfert, um eure Macht aufrechtzuerhalten.«

Berossus versuchte zu sprechen, aber Dastur brachte ihn mit einer Geste zum Schweigen. »Du behauptest für Enum zu sprechen, aber deine Handlungen haben nur den korrupten Begierden eines falschen Königs gedient. Die Hyva, die du erschaffen hast, die Leben, die du zerstört hast – du wirst für alles antworten.«

Das Gesicht des Hohepriesters war aschfahl geworden, seine Augen huschten umher, als suchte er einen Ausweg. Aber es gab nirgends zu laufen, nirgends sich vor der Wahrheit zu verstecken, die Dastur bloßlegte.

»Eure Majestät,« krächzte Berossus schließlich heraus, »ich tat immer nur, was für das Wohl Erishums notwendig war—«

»Schweig!« Dasturs Stimme krachte wie Donner. »Du wirst deine Chance haben, deine Handlungen zu verteidigen, Berossus. Aber es wird vor einem Gericht sein, wo du für deine Verbrechen gegen das Volk von Erishum antworten wirst.«

Dastur wandte sich zur Menge. »Lasst das ein Zeichen für alle sein. Niemand, egal wie hoch seine Stellung, steht über der Gerechtigkeit.«

Er nickte Vallen zu. »Bringt ihn in die Kerker.«

Als Vallen begann, Berossus wegzuführen, traten zwei vertraute Gestalten aus der Menge vor – Adamir und Tahj.

»Eure Majestät,« sagte Adamir, seine Stimme fest. »Wenn Ihr es erlaubt, können wir den Gefangenen eskortieren.«

Dastur nickte seine Zustimmung. »Sehr wohl. Stellt sicher, dass er fair behandelt, aber sicher verwahrt wird. Sein Prozess wird einen Präzedenzfall für die neue Ära der Gerechtigkeit setzen, die wir aufbauen.«

Als Adamir und Tahj die Obhut über Berossus übernahmen, erhaschte Vallen einen Blick auf das Gesicht des Priesters. Der

Mann, der einst so viel Macht gehalten hatte, der in ganz Erishum gefürchtet worden war, sah nun klein und besiegt aus.

Als Berossus weggeführt wurde, schritt Dastur vor, seine Präsenz befahl die Aufmerksamkeit einer wachsenden Menge. Er hob seine Arme, und eine Stille fiel über die Menge. Seine Stimme, verstärkt durch Quellenmagie, ertönte über die Stadt. »Heute markiert die Morgendämmerung einer neuen Ära. Der Tyrann ist gefallen, die Lügen wurden entlarvt, und wir stehen an der Schwelle wahrer Freiheit!« Zustimmendes Brüllen brandete aus der Menge auf, der Klang wusch über Vallen wie eine physische Kraft. Er sah Gesichter, die vor Freude leuchteten, Hoffnung und Verheißung einer besseren Zukunft. Tränen strömten über Wangen, Fremde umarmten sich, und die Luft schien vor der Energie der Befreiung zu vibrieren. In diesem Moment brach das volle Gewicht dessen, was sie erreicht hatten, über Vallen herein.

Als würde sie seine Gedanken spüren, drückte Nyssa seine Hand. »Wir haben es geschafft,« flüsterte sie, ihre Stimme erstickt vor Emotion. »Wir haben es wirklich geschafft.«

Vallen zog sie nahe und drückte einen Kuss auf ihre Stirn. »Das haben wir,« murmelte er. »Und jetzt beginnt die wahre Arbeit.«

Um sie herum wich der Schock der Menge gemischten Emotionen. Einige weinten offen, überwältigt von der Größe der Offenbarungen. Andere umarmten sich und suchten Trost angesichts ihrer zerschmetterten Weltanschauung. Wieder andere sprachen aufgeregt und begannen bereits, sich die Möglichkeiten dieser neuen Welt vorzustellen.

Dastur sprach immer noch und umriss seine Vision für die Zukunft Erishums. Er sprach davon, diplomatische Beziehungen mit den Königreichen jenseits der Sterbenden Wildnis zu eröffnen, die Quellenmagie zu nutzen, um das Leben aller Bürger zu verbessern, und eine gerechtere und fairere Gesellschaft zu schaffen.

Aber Vallen fand seine Aufmerksamkeit zu Prinz Javan gezogen, der etwas abseits von Dastur stand, sein Ausdruck beunruhigt. Die Welt des jungen Mannes war vielleicht mehr als die aller anderen auf den Kopf gestellt worden. Sein Vater war tot, getötet von dem Onkel, den er gerade erst unterstützt hatte, und nun erfuhr er, dass sein gesamtes Erbe auf Lügen und Gräueltaten aufgebaut war.

Vielleicht Vallens Blick spürend, blickte Javan auf. Als ihre Augen sich trafen, war klar, dass Javan eine bedeutende Rolle dabei spielen würde, Erishums Zukunft zu formen.

Als Dasturs Rede endete, begann ein neuer Gesang aus der Menge zu steigen. »Lang lebe König Dastur! Lang lebe Erishum!«

Der Gesang wurde lauter, eine donnernde Bestätigung von Hoffnung und Neuanfängen. Vallen stimmte ein, seine Stimme vermischte sich mit Nyssas und Tausenden anderen.

Aber selbst während er feierte, wusste Vallen, dass der Weg vor ihnen schwierig sein würde. Generationen von Lügen und Unterdrückung hatten tiefe Narben bei Erishum und seinem Volk hinterlassen. Diese Wunden zu heilen würde Zeit, Geduld und harte Arbeit erfordern. Es würde die geben, die Veränderung widerstanden, die aus Furcht oder Eigeninteresse an den alten Wegen festhielten. Und jenseits ihrer Grenzen lagen andere Königreiche, deren Absichten gegenüber einem neu verwundbaren Erishum noch zu sehen waren.

Doch als er um sich blickte auf die Gesichter seiner Mitbürger, auf die Entschlossenheit in Dasturs Auge und die Hoffnung, die auf Nyssas Gesicht strahlte, wusste Vallen, dass sie, welche Herausforderungen auch vor ihnen lagen, sie gemeinsam bewältigen würden.

Die Sonne ging nun unter und warf einen goldenen Schein über Erishum. In der Ferne schimmerte die Sterbende Wildnis – nicht länger sterbend – vor neuem Leben. Als die Dunkelheit fiel, erschienen Lichtpunkte überall in der Stadt, als Menschen

Kerzen und Lampen anzündeten, eine spontane Feier ihres Neuanfangs.

Vallen legte einen Arm um Nyssas Taille und zog sie nahe, während sie zusahen, wie die Lichter über die Stadt blühten. Morgen würde neue Herausforderungen und neue Verantwortlichkeiten bringen. Aber für jetzt erlaubten sie sich einfach zu sein, in diesem Moment des Triumphs und der Hoffnung zu existieren.

EPILOG

*D*as warme Aroma von frisch gebackenem Brot erfüllte die Luft und vermischte sich mit dem kräftigen Schlag der Gewürze und dem süßen Duft von karamellisiertem Zucker. Für Nyssa war es der Geruch von Zuhause – von Trost und Liebe. Als sie ein weiteres Blech goldener Laibe aus dem Ofen zog, wischte sie einen Mehlstreifen von ihrer Wange und atmete tief ein, genoss den hefigen Geruch. Um sie herum summte die Bäckerei vor Aktivität und zauberte ein zufriedenes Grinsen auf ihr Gesicht.

Frau Kayseri, ihr Gesicht von Alter gezeichnet, aber ihre Augen immer noch scharf, saß an einem Ecktisch, nippte an Tee und beobachtete die Szene mit stiller Zufriedenheit. Obwohl sie nun größtenteils im Ruhestand war, kam sie die meisten Tage noch herein, bot Ratschläge an und erfreute Kunden mit Geschichten aus den alten Zeiten.

Mehrere ehemalige Schlammlerchen, nun respektable Bäcker und Lehrlinge in eigenem Recht, bewegten sich effizient durch die Küche. Nyssa lächelte, als sie ihnen bei der Arbeit zusah, erinnerte sich an die verängstigten, hungrigen Kinder, die sie einst gewesen waren. Nun standen sie aufrecht und stolz, ihre

Zukunft so strahlend wie das neue Erishum, das sie mitaufbauten.

Die Glocke über der Tür läutete, und Nyssa blickte auf, um Mitanni und Timi hereinplatzen zu sehen, ihre Gesichter rot vor Aufregung.

»Frau Nyssa! Frau Nyssa!« rief Mitanni, ihre Augen funkelten. »Du wirst nie erraten, was passiert ist!«

Nyssa stellte ihr Blech ab und wischte sich die Hände ab, als sie sich dem atemlosen Paar zuwandte. »Was ist es?«

Timi, der nun über Nyssa hinausragte, grinste über das ganze Gesicht, als er herausplatzte: »Tarric hat um Khinnis' Hand angehalten! Und sie hat ja gesagt!«

Eine Welle der Freude überspülte Nyssa. »Das sind wundervolle Neuigkeiten!« rief sie aus und bewegte sich bereits, um einen Korb zu sammeln. »Wir müssen ihnen etwas zum Feiern schicken.«

Während sie schnell eine Auswahl von Leckereien einpackte – Khinnis' Lieblings-Honigkuchen, Tarrics bevorzugtes Gewürzbrot und eine Auswahl von Gebäck – fand sich Nyssa dabei wieder, darüber nachzudenken, wie viel sich in den Jahren verändert hatte, seit König Dastur die Quellenmagie befreit hatte.

Die Sterbende Wildnis war verschwunden. Üppige Wälder und sich ausdehnende Ackerflächen standen nun an ihrer Stelle, der Boden reich und fruchtbar nach Jahren des Ruhezustands. Die Verwandlung war wundersam gewesen, das Land schien erleichtert auszuatmen, als es seine verfluchte Form abstreifte.

Nyssa erinnerte sich an die Wochen nach der Freisetzung der Quellenmagie, als Menschen an den Rändern der ehemaligen Sterbenden Wildnis aufgetaucht waren, hager und verängstigt, neu in ihre menschlichen Körper zurückgekehrt nach Jahren oder sogar Jahrzehnten als Hyva. Der Anblick von ihnen war sowohl freudig als auch herzzerreißend gewesen – Familien wiedervereinigt, nachdem sie geglaubt hatten, ihre Lieben für immer verloren zu haben, aber auch die harte Realität, wie viele unter der grausamen Herrschaft von Erishums ehemaligen Königen gelitten hatten.

Was wenig von den Grenzmauern nach Dasturs dramatischer Geste übrig geblieben war, war Stein für Stein abgerissen worden, das Volk von Erishum arbeitete zusammen, um die letzte physische Erinnerung an ihre Gefangenschaft zu demontieren. Nyssa war an dem Tag dort gewesen, an dem der letzte Stein entfernt wurde, beobachtete, wie er weggetragen und symbolisch für das Fundament einer neuen Schule zweckentfremdet wurde.

König Dasturs Krönung war schnell nach der Schlacht gekommen, eine freudige Angelegenheit, die die Straßen Erishums mit Feier erfüllt gesehen hatte. Athura hatte als seine Königin neben ihm gestanden. In einem Zug, der viele überrascht, aber letztendlich Zustimmung gefunden hatte, hatten sie Joreks Kinder als ihre Erben angenommen. Nyssa sah oft Prinz Javan durch die Stadt gehen, eifrig über die Menschen lernend, die er eines Tages regieren würde, hart arbeitend, um das Erbe seines Vaters zu überwinden.

Als sie den Korb fertig gepackt hatte, reichte Nyssa ihn Mitanni und Timi. »Hier,« sagte sie warmherzig. »Bringt das zu Khinnis und Tarric mit meinen Glückwünschen. Sagt ihnen, ich werde bald besuchen, um bei den Hochzeitsvorbereitungen zu helfen.«

Das Paar nickte eifrig und nahm vorsichtig den Korb. Als sie sich zum Gehen wandten, läutete die Glocke wieder, und eine vertraute Gestalt trat durch die Tür. Vallen, sein Haar vom Wind zerzaust und seine Kleider staubig von einer langen Reise, lächelte müde, als er Nyssa erblickte. Das Gewicht seines Reiserucksacks noch auf den Schultern, durchquerte er den Raum in wenigen langen Schritten und umarmte sie warm.

»Ich habe dich vermisst,« murmelte er in ihr Haar, die Müdigkeit der Straßenreise war in seiner Stimme offensichtlich.

Nyssa lehnte sich in seine Umarmung, genoss die feste

Wärme von ihm. »Willkommen zu Hause,« antwortete sie sanft und atmete den Duft offener Straßen und ferner Orte ein, der an ihm haftete. »Wie war die Reise? Und der Außenposten?«

Vallen zog sich leicht zurück, seine Hand bewegte sich, um sanft auf Nyssas geschwollenem Bauch zu ruhen. »Die Reise war lang, aber notwendig,« sagte er, seine Augen wurden weicher, als er sie ansah. »Der Außenposten kommt gut voran, obwohl sie Hilfe beim Training ihrer neuen Rekruten brauchten. Aber noch wichtiger, wie geht es dir? Wie geht es unserem Kleinen? Ich habe an euch beide gedacht, bei jedem Schritt auf dem Heimweg.«

Nyssa legte ihre Hand über seine, während sich ein Lächeln auf ihrem Gesicht ausbreitete. »Uns beiden geht es gut. Das Baby war heute ziemlich aktiv – ich denke, es wusste, dass sein Vater endlich nach Hause kommt, nachdem er so lange weg war.«

Wie auf Kommando gab es ein Flattern der Bewegung unter ihren verbundenen Händen. Vallens Augen weiteten sich vor Staunen, wie sie es jedes Mal taten, wenn er das Baby sich bewegen fühlte.

»Ich kann es immer noch manchmal nicht glauben,« sagte er leise.

Nyssa nickte und verstand vollkommen. Selbst nach all diesen Jahren gab es Momente, in denen die Tragweite dessen, was sie erreicht hatten – was sie überlebt hatten – sie aufs Neue traf.

Als sie in einer ruhigen Ecke der Bäckerei saßen, begann Vallen seine Erfahrungen am Außenposten zu erzählen. »Die Reise dorthin war ein Abenteuer. Die Straßen verbessern sich, aber es gibt noch Herausforderungen in den Gebieten, wo einst die Sterbende Wildnis stand.«

Er hielt inne, um einen Schluck Wasser zu nehmen, der Durst von seinen Reisen noch offensichtlich. »Das Wachstum, das wir sehen, ist beispiellos. Erishum hat sich weit über seine alten Grenzen hinaus ausgedehnt und weite Bereiche dessen zurückerobert, was einst die Sterbende Wildnis war. Es ist schwer zu glauben, wie viel sich in nur wenigen Jahren verändert hat.«

Erishum hatte nun Außenposten, die mehrere Tagesritte von den alten Stadtmauern entfernt waren. Die entferntesten Siedlungen waren fast eine Woche Reise entfernt. Es wurde gemunkelt, dass es nicht lange dauern würde, bis Siedlungen an Puzurs und Hasunas Grenzen drängten.

Er schüttelte den Kopf vor Staunen. »Der Außenposten, den ich besuchte, ist nur einer von vielen, und er gedeiht. Es ist erstaunlich zu sehen, wie schnell sich Menschen an das Leben in den neu zurückeroberten Ländern anpassen. Die Ackerflächen um ihn herum dehnen sich aus.« Vallens Stimme füllte sich mit leisem Stolz, als er fortfuhr: »Die neuen Rekruten am Außenposten sind eifrig zu lernen. Ich denke, sie werden es gut machen.«

Als Hauptmann von König Dasturs persönlicher Garde und Haupttrainer für Erishums neue Freiwilligenarmee teilte Vallen seine Zeit zwischen dem Schloss und den zahlreichen Außenposten auf, die nun das erweiterte Territorium des Königreichs säumten.

Nyssa drückte seine Hand, ihr Herz war voll. »Und das Waisenhaus?« fragte sie. »Bist du auf dem Rückweg vorbeigegangen?«

Vallen nickte, sein Ausdruck wurde weicher. »Das bin ich. Den Kindern geht es gut. Der neue Flügel ist fast fertig. Wir werden bald noch mehr Kinder aufnehmen können.«

Das Waisenhaus war eines von Nyssas ersten Projekten gewesen, nachdem sich der Staub gelegt hatte. Mit so vielen Familien, die durch Jahre der Tyrannei, des Hungers und der Hyva-Verwandlungen zerrissen waren, gab es viel zu viele Kinder, die auf der Straße lebten. Sie hatte sich in die Arbeit gestürzt, entschlossen, diesen Kindern die Liebe und Sicherheit zu geben, die sie nicht erhalten hatte, bis sie Vallen getroffen hatte.

Während sie sprachen und ihren Tag aufholten, fand sich

Nyssa dabei wieder, ihren Blick zum Fenster gezogen. Draußen wimmelten die Straßen Erishums vor Leben. Menschen bewegten sich frei, ihre Gesichter offen und furchtlos. Kinder spielten auf den Plätzen, ihr Lachen trug sich auf der Brise. In der Ferne konnte sie die Türme des Palastes sehen, nicht länger ein Symbol der Unterdrückung, sondern ein Leuchtfeuer der Hoffnung.

»Fragst du dich jemals,« fragte sie leise, »was passiert wäre, wenn wir nicht erfolgreich gewesen wären? Wenn Dastur nicht zurückgekehrt wäre, wenn wir die Wahrheit nicht aufgedeckt hätten?«

Vallen war für einen Moment still, sein Daumen zeichnete sanfte Kreise auf den Handrücken. »Manchmal,« gab er zu. »Aber dann schaue ich um mich auf das, was wir aufgebaut haben, auf das Leben, das wir schaffen, und ich denke, dass Enum uns geführt hat. Jeder Kampf, jedes Opfer – es führte uns hierher.«

Nyssa nickte und lehnte ihren Kopf an seine Schulter. Sie saßen in behaglicher Stille und beobachteten, wie die Nachmittagssonne die Stadt in warme Farbtöne malte.

Als der Tag zu Ende ging und die Bäckerei sich zu leeren begann, näherte sich Frau Kayseri ihrem Tisch. Ihre Augen funkelten, als sie sie ansah, ein wissendes Lächeln auf ihrem Gesicht.

»Ihr zwei solltet nach Hause gehen,« sagte sie, ihre Stimme rau aber liebevoll. »Ich schließe hier ab.«

Nyssa begann zu protestieren, aber Frau Kayseri winkte sie ab. »Geht schon. Das Kleine braucht Ruhe, und ihr auch. Außerdem,« fügte sie mit einem Zwinkern hinzu, »bin ich sicher, dass ihr und Vallen viel aufzuholen habt.«

Mit einem dankbaren Lächeln erlaubte Nyssa Vallen, ihr beim Aufstehen zu helfen. Sie verabschiedeten sich und versprachen, am folgenden Abend mit Frau Kayseri zu Abend zu essen.

Als sie Hand in Hand auf die Straße traten, spürte Nyssa ein Gefühl des Friedens über sich kommen.

Sie gingen langsam durch die Straßen Erishums und genossen die Anblicke und Geräusche ihres verwandelten Zuhauses. Menschen riefen Grüße, als sie vorbeigingen, viele hielten an, um mit Vallen über das Training zu sprechen oder Nyssa nach dem Baby zu fragen.

Als sie sich ihrem Zuhause näherten – einem bescheidenen aber komfortablen Haus nicht weit von der Bäckerei – hielt Nyssa inne und zog sanft an Vallens Hand. Er hielt an und sah sie fragend an.

»Was ist es?« fragte er, eine Note der Sorge in seiner Stimme.

Nyssa schüttelte den Kopf und lächelte, um ihn zu beruhigen. »Nichts. Ich nur... ich wollte einen Moment innehalten.«

Vallen legte einen Arm um ihre Schultern, und zusammen blickten sie über ihre Stadt – ihr Zuhause.

Die Sonne ging nun unter und warf lange Schatten und malte den Himmel in brillanten Schattierungen von Rosa und Lila. In der Ferne schwankten die Wälder, die die Sterbende Wildnis ersetzt hatten, sanft in der Abendbrise. Die Luft war sauber und süß und trug das Versprechen neuen Wachstums, entfesselten Lebens.

Nyssa dachte an alles, was sie durchgemacht hatten – die Furcht, den Schmerz, den Verlust. Aber sie dachte auch an den Mut, die Freundschaft, die Liebe, die sie durchgetragen hatte. Sie dachte an Dastur, der alles geopfert hatte, um die Wahrheit ans Licht zu bringen. An Javan, der unermüdlich arbeitete, um ein Anführer zu sein, der dieses neuen Erishums würdig war. An Khinnis und Tarric, die Liebe inmitten der Trümmer der alten Welt fanden.

Sie dachte an die Kinder im Waisenhaus, nicht länger verlassen, sondern geliebt. An die ehemaligen Schlammlerchen, nun respektierte Mitglieder der Gesellschaft. An Frau Kayseri, die sie alle mit ihrer Weisheit und Stärke geführt hatte. Ihre Gedanken

wandten sich Egmond zu, der seine Schreibergilde zurückerobert hatte und mit Königin Athura zusammenarbeitete, um ein
Bildungssystem zu etablieren, das allen Bürgern zugute kommen
würde, nicht nur den privilegierten wenigen. Jeder von ihnen
half auf seine eigene Weise dabei, ihr Königreich zu erneuern
und umzugestalten.

Und sie dachte an Vallen – ihren Partner, ihre Liebe, den
Vater ihres Kindes. Den Mann, der die ganze Zeit über neben ihr
gestanden hatte, dessen Stärke ihre eigene in den dunkelsten
Momenten gestützt hatte.

Als die Dämmerung über das Land fiel und die letzten
Sonnenstrahlen den ersten funkelnden Sternen am tieferwer-
denden blauen Himmel wichen, wandten sich Nyssa und Vallen
heimwärts, ihre Schritte ungehetzt auf dem vertrauten Pfad. Sie
gingen langsam den Weg zu ihrer Haustür hinauf, als würden sie
jeden Moment auskosten.

Nyssa blickte auf Vallen, auf die Stadt um sie herum, auf die
Zukunft, die in ihr wuchs, und sie wusste, dass, was auch immer
als nächstes kam, sie einander haben würden.

Und in diesem Wissen lag Freude, lag Hoffnung, lag Liebe. In
diesem Wissen lag Zuhause.

DANKSAGUNGEN

Ich hoffe, ihr habt die Geschichte von Nyssa genossen – die wirklich immer nur ein Zuhause wollte. Und Vallen, der nur Nyssa wollte.

Während ich das finale Kapitel der Sterbenden Wildnis und der gesamten Königreich-von-Erishum-Trilogie schließe, finde ich mich dabei wieder, über die Reise nachzudenken, die diese Geschichten zum Leben erweckte. Es begann alles mit meiner Faszination für ein wenig bekanntes Stück Geschichte: die Schlammlerchen des viktorianischen London.

Diese Kinder, die die schlammigen Ufer der Themse nach allem Wertvollen absuchten, fesselten meine Vorstellungskraft und ließen nicht mehr los. Ihre Widerstandsfähigkeit angesichts von Armut und Not wurde zu den Samen, aus denen Nyssa und ihre Welt wuchsen. Was als einfache Idee begann – eine Schlammlerche entdeckt ein Artefakt – blühte zu einer Geschichte von Rebellion, Erlösung und der Macht der Wahrheit auf.

Aus diesem ersten Funken der Inspiration nahm die Welt von Erishum Gestalt an und wuchs weit über meine anfänglichen Erwartungen hinaus. Das Königreich Erishum und sein Königshaus insbesondere wurden von einer anderen faszinierenden historischen Tradition inspiriert: dem Honiton Hot Penny Festival. Dieser jahrhundertealte Brauch – bei dem der örtliche Adel glühend heiße Münzen aus Fenstern zu den Armen hinunterwarf – entfachte Ideen über die Beziehung zwischen Herrschern und Beherrschten, Privilegien und Verzweiflung, die zu zentralen Themen in der Trilogie wurden. Wenn ihr es glauben könnt, das Honiton Hot Penny Festival existiert auch nach über 800 Jahren immer noch (!), aber nun werden die Pennys nur noch leicht erwärmt.

An meinen Lektor, dessen scharfes Auge und einfühlsame Vorschläge halfen, diese Bücher in ihre endgültige Form zu bringen – danke für eure Geduld und Führung.

An meine unglaublichen Beta-Leser, deren Adleraugen Unstimmigkeiten entdeckten und deren Feedback mich drängte, mich intensiver mit der Welt und den Charakteren auseinanderzusetzen – eure Beiträge waren von unschätzbarem Wert. Euer Enthusiasmus für die Geschichte und eure durchdachten Kritiken halfen dabei, diese Bücher auf Weise zu verfeinern, die ich niemals allein hätte schaffen können. Danke für eure Zeit, eure Ehrlichkeit und eure scharfen Einsichten.

An meine Familie, die unzählige Abendessen ertrug, bei denen ich in Gedanken verloren war und über Handlungspunkte oder Charakterbögen grübelte – danke für euer Verständnis und eure unerschütterliche Unterstützung.

An meine Leser, die Nyssas und Vallens Reise von den schlammigen Ufern des Flusses Assur zu den verwandelten Landschaften eines freien Erishum verfolgt haben – euer Engagement und Enthusiasmus waren eine konstante Quelle der Inspiration und Motivation.

Ich danke euch allen, dass ihr mich auf dieser unglaublichen Reise begleitet habt.

ÜBER DEN AUTOR

Gwen DeMarco ist eine begeisterte Leserin, Wein- und Kaffeetrinkerin, Gärtnerin und liebt alles Nerdige. Gwen schreibt gerne paranormale Liebesromane mit Fokus auf das Seltsame und Wunderbare. Sie liebt es, eine schlagfertige Heldin und einen mürrischen männlichen Protagonisten zu schreiben. Sophie Feegle ist ihr erster Ausflug in die Welt der Gestaltwandler, Feen, Oger und Vampire.

Gwen ist glücklich mit ihrer Jugendliebe verheiratet und hat zwei Teenager-Kinder. Man kann sie oft mit der Nase in einem Buch und einem Glas Wein oder einer Tasse Kaffee in der Hand antreffen.

Melden Sie sich für ihren Newsletter an und erhalten Sie eine **kostenlose** Kopie einer Novelle aus Macs Sicht vom ersten Treffen mit Sophie aus »Sophie and The Odd Ones«.

Um mehr zu erfahren, besuchen Sie bitte meine Website und melden Sie sich für meinen Newsletter an, um Updates zu erhalten unter www.GwenDeMarco.com

www.ingramcontent.com/pod-product-compliance
Lightning Source LLC
Chambersburg PA
CBHW050817180626
46814CB00011B/1834